사슴을
사랑한
소년

SAMUEL BJØRK

GUTTEN SOM ELSKET RÅDYR

사슴을 사랑한 소년

사무엘 비외르크 | 이은정 옮김

황소자리

1996년 크리스마스. 오슬로에서 차를 몰고 떠난 한 남자가 산을 통과해 집으로 가는 길이었다. 71세의 홀아비인 그는 딸과 함께 크리스마스를 보냈다. 평소 그는 두 가지 이유로 이 도로를 좋아했다. 무엇보다 그는 도시를 그리 좋아하지 않았다. 도회의 젊은이와, 그들이 끊임없이 분출하는 활기는 언제나 즐거웠지만. 두 번째 이유는 이 산간도로가 웅장한 풍경에 둘러싸여 있기 때문이었다. 숲과 광활한 대지, 높은 산과 산정호수가 빚어내는 풍경은 어느 계절이든 숨막히게 아름다웠다. 노르웨이의 가장 큰 자랑. 눈길이 닿는 곳마다 펼쳐지는 아름다움. 올해는 겨울이 일찍 찾아왔다. 마법처럼 사방에 눈이 쌓이자 적막하고 매혹적인 엽서 속을 운전하는 듯한 기분이 들었다.

대다수 노인들이 그렇듯 그의 시력은 좋지 않았다. 그래서 좀 더 편안한 운전을 위해 일찌감치 출발하려고 노력했다. 낮시간에. 그러나 이번에는 일찍 출발하지 못했다. 어둠. 그는 어둠을 좋아하지 않았다. 어둠속에서는 난로 앞에 편안히 앉아 있는 게 상책인데. 그럴 때면 세상이 빙글빙글 돌아가든, 지금처럼 밤에 둘러싸인 채 자신이 돌든 상관없었다. 때로는 그게 더 아늑하기도 했다. 그는 혼자서 술을 마시곤 했다. 담요를 덮은 채 소파에 웅크리고 앉아 있노라면, 밖에서는 야행성 들짐승이 깨어나고 추위가 어찌나 세게 들러붙는지 두툼한 나무 벽이 쩍쩍 소리를 내곤 했다. 하지만 이렇게 도로에 나와 있으면? 이렇게 집에서 멀리 떨어져 있으면? 그는 절대로 이런 상황을 좋아하지 않았다. 노인은 속도를 늦추고는 차 앞면 유리 쪽으로 얼굴을 가져갔다. 이런 비상시를 대비해 드라이

빙 라이트를 사서 자신의 차에 추가로 달았다. 희미한 달빛마저 구름에 가릴 때 그 스위치를 켜면 도움이 됐다.

사방에 차갑고 적막한 어둠이 내려앉았다. 노인은 심호흡을 하며 생각했다. 잠깐 차를 세우고 그냥 앉아 있을까. 물론 미친 짓이었다. 바깥 기온은 영하 20도에 육박했고, 그는 주택지로부터 수 마일이나 떨어져 있었다. 이럴 때 선택권은 한 가지뿐, 그냥 가야만 했다. 최선을 다해서. 노인이 정신을 맑게 해줄 방송을 찾아보려고 라디오를 켜려 할 때였다. 헤드라이트에 뭔가가 잡혔다. 그 바람에 노인은 두 발로 차 바닥을 힘껏 찼다.

맙소사!

도로 앞에 웬 물체가 있었다.

뭐지…?

50미터. 20미터. 10미터. 그는 미친 듯이 브레이크 페달을 밟았다. 심장이 목구멍까지 펄쩍 튀어오르고, 핸들을 움켜쥔 손가락 관절이 하얘지고, 눈앞 세상이 무너져 내릴 듯 느껴졌을 때, 차가 멈추었다.

숨이 막혔다.

도대체 저게 뭐지?

눈 쌓인 도로에 소년이 서 있었다.

소년은 움직이지 않았다.

입술은 파랬다.

그리고 머리에는 사슴뿔이 나 있었다.

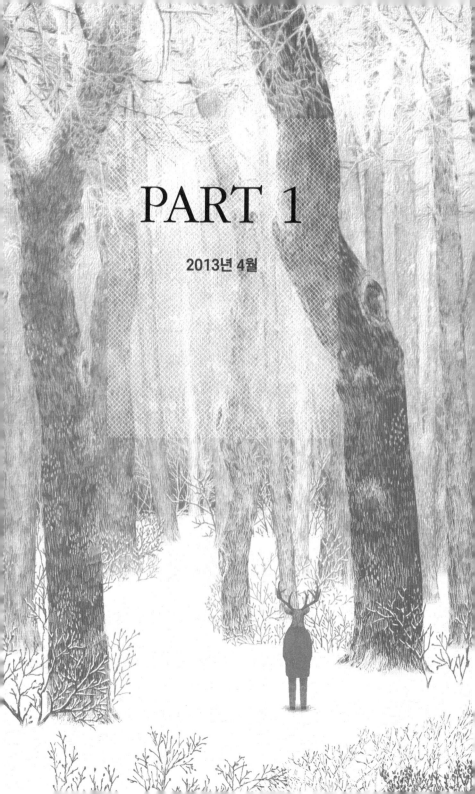

PART 1

2013년 4월

1장

곱슬머리 소년은 작은 돛단배 뒤쪽 널빤지에 얌전히 앉아 있으려고 무던히 애썼다. 노를 젓는 아빠를 몰래 힐끔거렸다. 행복감에 얼굴이 달아올랐다. 소년은 다시 아빠를 바라다보았다. 지난번 여행에서 무슨 일이 있었는지 엄마가 알고 난 후 아주 오랜만이었다. 엄마가 오두막이라고 부르는 깊은 숲속(사실상 산속이었다)의 아빠 집에서 있었던 일. 소년은 엄마에게, 엄마가 만들어주는 것처럼 좋은 음식을 아빠가 만들어주지 않아도, 아빠가 집 안에서 담배를 피우고 거실에 총을 두어도 괜찮다고 설명하려고 애썼다. 왜냐하면 그건 사람이 아닌 뇌조를 쏘기 위한 총이었으니까. 하지만 엄마는 소년의 말을 들으려고 하지 않았다. *더 이상 그 집에 가서는 안 돼.* 엄마는 심지어 경찰에 신고를 했다. 어쩌면 경찰에 신고한 건 아닐지도 모른다. 하지만 누군가 그의 집에 찾아와 식탁에 앉아서 소년에게 말을 하고 수첩에 무언가를 적었다. 그 후로 소년은 아빠를 만나러 올 수 없었다. 지금까지.

소년은 아빠에게 지난번 방문 이후 자신이 읽은 책들에 관해 말하고 싶었다. 낚시에 관해. 도서관에서 관해. 소년은 여러 가지 물고기의 이름을 배웠다. 흰송어, 곤들매기, 배도라치, 송어, 연어 같은 물고기의 이름을 알았고, 창꼬치는 갈대밭에 숨기를 좋아하기 때문에 이런 호수에는 살지 않는다는 얘기도 하고 싶었다. 여기는 갈대밭이 없었다. 습지가 곧장 물로 이어졌다. 하지만 떠들어서는 안 된다고 배웠기 때문에, 소년은 아무 말도 하지 않았다. 낚시를 할 때 말을 하면 안 된다. 아주 조그만 목소리로, 아빠가 말을 시킬 때만 대답해야 한다.

"올해는 스바르센에 먼저 가자." 아빠가 나지막이 말하며 수염 사이로 빙긋 웃었다.

"네. 언제나 멋져요." 소년은 속삭여 대답했다. 자신을 바라보는 아빠의 표정에는 늘 사랑이 흘러넘친다고 소년은 생각했다.

소년은 엄마에게 이런 느낌을 몇 번이나 설명하려고 했다. 아빠에 대한 느낌을. 자신이 여기 숲에서 지내는 것을 얼마나 좋아하는지. 창밖의 새들. 나무 내음. 돈은 중요하지 않으며 아빠의 그림을 아무도 사지 않는 것은 아빠의 잘못이 아니라는 점을. 손을 씻지 않고, 식탁보 없이 밥을 먹어도 괜찮다는 것을. 하지만 엄마는 들으려 하지 않았고, 가끔 너무 가혹한 말을 했다. 결국 소년은 그 모든 노력을 포기했다.

아빠와 지내기.

소년은 눈을 들어 구름을 보면서 저 구름이 빨리 사라져 별들에게 길을 내어주기를 바랐다. 그러면 물고기가 몰려오리라. 소년은 다시 아빠에게, 칠흑에 가까운 물살을 가르며 말없이 노를 젓고 있는 아빠의 힘센 팔뚝에 눈길을 돌렸다. 자기도 열심히 운동을 해서 스스로 노를 저을 수 있을 거라고 말하고 싶었지만 입을 다물었다. 소년은 엄마가 다니는 체육관에는 다니지 않았다. 그곳은 아이들에게는 허용되지 않았고, 자신은 겨우 열 살이었다. 소년은 집에 있는 자기 방에서 열심히 운동했다. 거의 6개월 동안 매일 저녁, 팔굽혀펴기와 윗몸일으키기를 했다. 거울 앞에서 여러 번 자신을 살펴보았지만 근육은 그다지 커지지 않았다. 상관없었다, 적어도 그는 노력하고 있었다. 아마도, 다음 여름. 연습을 하고 있으니까 그때쯤이면 많이 달라질 것이다. 곱슬머리 소년은 그게 어떤 모습일지 상상하곤 했다. 엄마의 체육관에 다니는 남자들처럼 우람한 팔과 거대한 근육을 가지면 노를 쉽게 저을 수 있겠지. 그러면 아들이 호수를 가르며 노를 젓는 동안 아빠는 배의 가로장에 앉아 쉬어도 될 것이다.

"맥주가 없으면 제대로 된 낚시 여행이 아니지." 아빠가 소년을 보며 눈을 찡긋했다. 그는 다리 사이로 손을 뻗어 배 바닥에 놓아둔 초록색 캔을 하나 더 땄다.

소년은 고개를 끄덕였다. 비록 그 점이 엄마가 방문객들과 논의했던 문제라는 사실을 알았지만. 아빠가 얼마나 술을 많이 마셨으며, 그런 행위가 얼마나 무책임한지에 대해 엄마가 방문객들과 의논했다는 걸 잘 알았지만 말이다. 스바르센 호수. 소수의 사람들만 아는 아름다운 외딴 산정호수. 지금 그들 두 사람은 그곳에 함께 있었다. 그래서 소년은 더 이상 다른 문제에 대해 생각하지 않으려고 노력했다. 엄마가 다음번은 없을 거라고 했던 말에 대해. *더 이상 아빠를 만나러 가서는 안 돼.* 이번이 마지막일 거라는 사실도.

"먼저 던져볼래?" 아빠가 배에 노를 내려놓으며 속삭였다.

"플라이요 아니면 스피너요?" 소년은 아직 이유는 몰라도 이게 중요하다는 점을 알았다.

아빠는 맥주를 한 모금 더 들이키고는 구름을 흘긋 살핀 후 어두운 수면을 응시했다. "네 생각은 어떤데?"

"스피너요." 주저하던 소년이 용기 내어 대답했다.

아빠가 고개를 끄덕이며 웃었다. 아빠가 가로장 위에 놓아둔 미끼통을 열자 소년은 뿌듯함으로 뺨이 얼얼했다.

"플라이를 하기에는 너무 어둡다, 그 말이지?"

"네." 소년은 고개를 끄덕였다. 잠깐 구름을 올려다보며, 하늘에 별이 필요한 만큼 반짝이지 않는다는 사실을 미처 몰랐던 척 했다.

"자, 됐다." 아빠가 낚싯대에 현란한 색의 후크를 달며 말했다.

아빠가 건네는 낚싯대를 소년이 받는 순간은 늘 엄숙한 느낌이었다. 소년은 아빠가 그 다음에 무슨 말을 할지 잘 알았다. 그럼에도 아빠가 낮은 목소리로 말을 할 때 새로운 사실을 배우는 표정으로 바라보았다.

"바닥에 닿지 않게 짧게 쥐어, 알았니?"

"네. 알았어요." 소년이 대답하고 낚싯대를 뱃전 너머로 던졌다.

꽉 쥐고. 낚싯대를 들었다가 뒤로 잡아당겨. 적절한 때가 되면 손에 힘을 살짝 빼고 흘려보내.

아빠와 눈을 맞추던 곱슬머리 소년의 가슴은 다시 벅차올랐다.

11

화려한 후크가 허공을 가르며 날아가 검은 물로 톡 떨어질 때, 아빠의 눈은 소년이 모든 것을 잘했다고 말해주었다.

"이 정도는 마셔 줘야지." 아빠가 중얼거리며 새 맥주캔을 땄다. "살살 해라."

소년은 아빠의 말대로 했다. 그리고 불현듯 엄마에게, 엄마가 틀렸다고 말하고 싶은 강한 충동에 사로잡혔다. 배에 대해 그리고 호수에 대해. 소년은 아빠와 함께 있고 싶었다. 수첩을 가진 사람들이 뭐라고 말하든 중요하지 않았다. 어쩌면 여기로 이사 올 수도 있지 않을까? 새에게 먹이도 주고? 아빠를 도와 지붕도 고치고? 헐거운 돌계단도 수리하고? 그러면 얼마나 멋질까 생각하느라 소년은 낚싯대를 드리우고 있다는 사실마저 잊을 뻔했다.

"물었다!"

"네?"

"미끼를 물었어!"

낚싯대가 휘어지기 시작한 것을 깨달은 소년이 몽상에서 깨어났다. 낚싯줄을 감으려고 했지만 손잡이가 움직이지 않았다.

"큰놈이에요!" 소년이 조용히 해야 한다는 사실을 까맣게 잊은 채 소리쳤다.

"그래?" 아빠가 다시 가로장에 앉으며 말했다. "네가 처음에 던질 때, 호수 기슭에서 뭔가 걸리지 않은 게 확실해?"

"그런… 것… 같지… 않아요." 잡고 있는 줄을 있는 힘껏 감으며 소년이 말했다. 어찌나 묵직한지 배가 점점 기슭 쪽으로 끌어당겨졌다.

"드디어 다 됐다." 웃으며 뱃전 너머로 팔을 뻗던 아빠가 신음하듯 소리쳤다. "이런, 맙소사!"

"왜요?"

"토마스, 보지 마." 배가 그들이 잡은 것에 근접했을 때 아빠가 다시 소리쳤다.

"아빠?"

"바닥에 엎드려. 눈 감고!"

소년은 아빠의 말을 듣고 싶었지만 귀가 말을 듣지 않았다.

"아빠?"

"엎드려, 토마스. 보지 말고!"

그럼에도 소년은 보고 말았다.

배 아래쪽 물 위에 어떤 여자가 떠 있었다.

푸른 눈에 하얀 얼굴.

눈을 뜨고 있었다.

옷이 젖은 채로, 숲에 오기에는 전혀 어울리지 않는 옷차림으로.

"아빠?"

"엎드려, 토마스! 제발."

소년은 어떻게든 보려고 했다. 아빠가 가로장 너머로 몸을 날렸다. 그리고 소년을 배 바닥으로 밀어 쓰러뜨렸다.

2장

카롤리네 베르그가 비행기 타기를 두려워한다는 건 사실이 아니었다. 그것은 핑계였다. 사실 그녀는 어디든 가는 걸 두려워했다. 집에 있는 게 좋았다. 틀에 박힌 자신의 일상이 좋았다. 아니, 그녀에게는 변치 않는 일상이 필요했다.

"엄마, 꼭 보러 오셔야 해요, 네?"

"엄마도 그러고 싶은데, 비비안. 너도 알다시피 엄마는 비행기 타는 게 무서워."

"그럼 기차 타고 오세요."

"생판 모르는 사람들과 열여섯 시간 동안 밀폐된 상자 안에 있으라고?"

"알아요. 하지만 엄마가 저 춤추는 걸 보러 오면 좋겠어요."

"비비안, 엄만 네가 춤추는 거 여러 번 봤잖니?"

"네. 하지만 그건 보되 예술회관에서 했던 거죠. 이번에는 오슬로 오페라하우스예요. 오페라하우스라고요! 제가 알렉산데르 에크만 앙상블에 들어가게 됐다고 말씀드렸죠? 제가 〈백조의 호수〉를 추게 될 거라고요, 백조의 호수요! 대단하지 않아요?"

"대단하구나, 비비안. 축하한다, 내 딸."

"엄마, 혼자서 거기 그렇게 계시다 세월 다 가요. 엄만 늙어가고 있다고요. 제발 오슬로에 좀 오세요. 우리 저녁에 외식도 해요. 마에모라고 들어보셨어요? 미슐랭가이드를 비롯해 온갖 곳에서 추천하는 레스토랑이에요. 우린 또….'

당연히 그녀는 딸의 무용을 보러 가고 싶었다.

두 말할 것도 없이 그러면 더 바랄 게 없었다.

"다음에 집에서 보자. 이 정도로 해둘 수 없겠니?"

"네. 안 돼요. 저 이제 가봐야 해요. 리허설 해야 하거든요. 엄마 괜찮아요?"

"괜찮아, 비비안. 내 걱정은 마라."

"알았어요, 엄마. 빨리 결정해주세요."

"그러면 오죽 좋겠니."

맙소사, 언제 이렇게 됐을까?

그냥 왔다 가버린 나날들.

그녀의 삶에 무슨 일이 있었던 것일까? 그녀가 꿈꾸었던 삶에!

그녀는 마흔두 살이었지만 100살쯤 된 듯 느껴졌다. 매주 토요일이면 쉬드베스트에서 새우샌드위치로 점심을 먹었다. 아무도 그 일을 입 밖으로 말하지 않았지만 그녀는 사람들이 자신을 비웃는다는 걸 알고 있었다. 친구들. 그녀가 언제나 친구라고 여겼던 옛 친구들. 그들은 학창시절을 함께 보냈다. 그 시절에는, 그녀도 계획이 많았었다. 인도로, 아프리카로 여행하기. 과테말라에서 사과 따기. 암스테르담 거리에서 기타 연주하기.

다른 친구들은 그렇지 않았다. 그들은 결혼을 하고, 아이를 낳고, 시청과 지방 슈퍼마켓에서 일자리를 구했다. 그들은 절대로 보되를 떠나지 않았다. 하지만 지금은 모두가 세상을 돌아다닌 것처럼 보였다. 그녀만 빼고 모두.

비비안은 2년 전 봄에 오디션을 보러 오슬로에 갔다. 강하고 아름다운 비비안. 뜻하지 않게, 사실상 난데없이 찾아온 딸이었다. 세계 도처에서 날아온 비행기가 모이는 보되 공항. 나토 군인들이 훈련차 그곳에 왔다. 스무 살이던 카롤리네 베르그는 세상으로부터 어떤 도움도 받지 못했다. 그 영국인 남자는 그녀를 임신시키고 주소조차 알려주지 않은 채 떠났다.

그게 그 남자 때문이었을까?

검은 곱슬머리의, 리즈 출신 미남 조종사 루크 무어.

카롤리네, 네가 아무 데도 가지 못한 게?

그건 전적으로 네 잘못이야.

그녀는 공항에서 엎어지면 코 닿을 곳에 위치한 작은 아파트에 살았지만 결코 공항에 가본 적이 없었다.

그 어디에도.

너 알리칸테(스페인의 휴양도시) 꼭 가봐. 정말 아름다운 곳이야.

메테가 말했다.

한때 가장 친한 친구였으나 지금은 아무 사이도 아닌 그 친구. 지금 그녀에게는 남편과 아이들, 훈스타드의 커다란 저택이 있고,

매년 여름이면 보되에서 멀리 떨어진 곳으로 휴가를 갔다.

키웨스트 말이야. 거기가 그렇게 멋지다고 하던데 정말일까?

쉰네뵈가 말했다.

학교 다닐 때는 죽을 썼지만 훗날 요트 타기를 취미로 삼고, 해외 부동산투자가인 하르스타드 출신 사업가를 낚아챈 친구.

친구들은 그녀를 비웃었다. 그랬다. 그들은 정말 그랬다. 그들이 아파트 문을 드나들 때마다. 소리 내어 말하지 않았지만, 얼굴만 봐도 그녀는 알 수 있었다.

"영수증 드릴까요? 비닐봉투 필요하세요?"

으윽, 그녀는 그 소리가 정말 싫었다.

호밀빵 하나.

삐익.

우유 한 개.

삐익.

캔콜라 4개, 특별가.

삐익.

넌 못났어.

삐익.

넌 혼자서 아무것도 못해.

삐익.

하지만 남몰래 (오, 만약 그들이 알았다면!) 인터넷에서 알아낸 전화번호로 그녀는 전화를 걸었다. 용기를 내기 위해 레드와인도 여러 잔 마셨다. 그랬다, 처음 몇 번은 말도 못 꺼내고 전화를 끊었다. 손바닥이 땀으로 축축했다. 하지만 세 번째 시도 끝에 겨우 입을 열었다.

정신과의사.

오, 하느님. 사람들의 입방아에 오를 먹잇감을 또 하나 던져주고, 그녀를 비웃을 이유가 하나 더 늘어난 셈이지만 그녀는 어쨌든 전화를 걸었다.

하느님 감사합니다.

보되 공항.

근 35년 동안 공항 근처에 살면서도 그 문 안으로 발을 들여놓은 적이 단 한 번도 없었다. 카롤리네 베르그는 새로 산 커다란 빨간색 수트케이스를 출입구 쪽으로 힘껏 끌어당긴 다음, 멈춰서서 숨을 골랐다.

정신과의사가 한 말이 이것일까?

걸음마를 떼세요.

좋아. 넌 할 수 있어, 카롤리네.

그녀는 반짝거리는 슬라이딩도어에 비친 자신을 바라보았다. 당장 그 문을 만질 수도 있지만, 아직은 다른 행성에 있는 듯한 느낌이었다. 그녀는 새옷을 샀다. 미장원에도 다녀왔다. 일단 전화를 걸고 난 후부터는 의사가 하라는 대로 했다. 즉시 그런 건 아니었다. 천만에. 처음에는 자기혐오에서 벗어나지 못했다. 입을 열 때마다 입에서 오물이 쏟아져 나올 것만 같았다. 의사는 그녀의 신변에 관해 여러 질문을 했다. 그녀가 생각하지도 못한 것들까지 물어보았다. 아버지와의 관계는 어땠나? 어머니와는 어떻게 지내는가?

어지러웠고 구역질이 났다. 밤마다 그녀를 잠 못 들게 하던, 그녀가 깨닫지 못했던 비참한 생각과 감정들. 하지만 그로부터 몇 주일이 지나자 뭔가 풀린 느낌이 들었다. 마치 눈사태 같았다. 일단 열기 시작하니 멈출 수가 없었다.

유리에 비친 자신을 보며 미소 지었다.

근사해 보여, 카롤리네.

너 정말 잘하고 있어, 카롤리네.

새 외투네, 카롤리네? 아주 잘 어울려.

의사는 그녀에게 숙제를 내주었다.

자신을 사랑하는 법을 배워야 해요.

오슬로? 수도?

오랫동안 가고 싶던 곳이었다.

왕궁을 봐야지. 의사당도. 칼 요한스의 문. 국립극장. 프롱네르 공원의 조각상들. 그리고 마지막으로, 제일 중요한 오페라하우스.

그녀는 심호흡을 하고 억지로 몇 걸음을 뗐다. 한 발 움직이고, 다른 한 발 더. 이제 안으로 들어왔다. 그녀는 출국장에 서 있었다. 현기증이 약간 났지만 멈추지 않았다. *잘될 거야, 카롤리네. 거의 다 왔어. 바로 저기가 체크인하는 곳이야.* 파란색 스크린. SK4111. SAS. 목적지 오슬로. 출발시각 12시 35분.

비비안, 엄마가 가고 있어.

엄마가 네 공연을 보러 가고 있어.

3장

　작은 아파트 창가에 선 홀거 뭉크는 자신이 바보처럼 느껴졌다. 그는 그날의 네 번째 담배에 불을 붙였다. 오슬로에도 봄이 오고 있었다. 비슬레트 스타디움 주변의 나무들은 초록색으로 변하기 시작했다. 하지만 오직 그것만이 그의 기분을 조금 낫게 해줄 뿐이었다. 힘든 겨울이었다. *아니, 위대한 겨울이었다. 그리고 그것 때문에, 그는 지금 바보처럼 느껴졌다.* 그는 정상을 참작해서 휴가를 받았다. 딸 미리암이 심각한 부상을 입었기 때문이다. 그는 딸의 회복을 돕기 위해 휴가를 냈다. 비극은 그의 가정을 다시 결속시켰다. 그가 뢰아에 있는 집을 떠난 지 10년 만이었다. 겨울 동안, 과거의 불행은 잊힌 듯했다. 마리안네와의 이혼은 있지도 않았던 일처럼. 병원에 입원했던 미리암은 점차 회복되면서 뢰아에 있는 집으로 옮겨졌다. 그 역시 딸과 함께 집으로 들어갔다. 전 부인의 새로운 남편 롤프는 미리암에게 방을 내어주고 이사를 나갔다. 뭉크는 그 자리를 차지할 기회를 잡았다. 금세 예전과 거의 비슷해졌다. 하지만 그게 지속될 수 없다는 것을 그는 알았어야 했다. 자신은 얼마나 어리석었던가. 고가의 저녁식탁에 둘러앉은 식구들. 그가 강력계 형사가 되어 마침내 생활비를 조금 더 쓸 수 있게 되었을 무렵, 마리안네가 구입한 오래된 식탁이었다. 금요일 저녁이면 그들은 정상적인 가정처럼 TV 앞에서 시간을 보냈다. 그와 마리안네는 손녀 마리온을 가운데 앉히고 나란히 소파에 앉았다. 어느새 아픈 미리암을 잊어버릴 정도로 가까워졌다. 마리안네가 그렇게 행동했던 이유를 뭉크는 진작 알았어야 했다. 마치 예전의 날들 같았다. 다시 그 시절로 돌아간 것 같았다.

딸이 목숨을 잃을 뻔한 원인이 뭉크였지만 마리안네는 단 한 번도 그를 탓하지 않았다. 실은 그가 원인이 아니었다. 특별수사반은 비뚤어진 살인자를 추적하고 있었고, 미리암은 그의 마지막 피해자였다. 아니 그보다는 마지막 피해자가 될 뻔했다. 뭉크는 담배를 한 모금 빨고 나서 고개를 절레절레 흔들었다. 그는 아직도 딸을 잃을 뻔했던 두려움에서 벗어나지 못했다. 만약에 그랬으면…? 만약에 그랬으면…? 하지만 미리암은 회복되는 중이었다. 다행이었다. 그는 자신도 모르게 환상을 품었다. 그와 마리안네, 미리암, 그리고 어린 마리온. 심지어 바보처럼 결혼반지를 다시 끼기 시작했다. 혹시 마리안네가 그것을 보지 않았을까 궁금했다. 며칠 후 그가 밖에서 담배를 피우고 있는데 마리안네가 밖으로 나왔다.

홀거, 우리 얘기 좀 해.

그녀의 눈빛에서 직감했다.

롤프가 내일 다시 들어올 거야.

그는 희미하게 고개를 끄덕였다. 몇 개 안 되는 짐을 꾸려서 꼬리를 내리고 집을 떠나야 했다, 다시.

자신은 바보였다. 사랑에 빠진 10대처럼 굴었으니.

그동안 무슨 생각을 했던 거야? 홀거 뭉크는 반쯤 피우다 만 담배를 창가 재떨이에 비벼 껐다. 새 담배에 불을 붙이려는데 그의 휴대폰 벨이 울렸다.

화면에 뜬 이름. 한동안 보지 못했던 이름이었다.

아네트 골리.

그가 없는 동안 특별수사반을 이끌어왔던 영리한 경찰변호사.

"네, 뭉크입니다."

"아, 반장님." 그녀의 목소리가 친근했다.

홀거 뭉크는 10년 남짓 마리뵈스가테에 위치한 특별수사반의 팀장이었다. 그리고 그 시기에 노르웨이 최고 수사관들로 이루어진 팀을 만들었다. 아네트 골리도 틀림없이 그들 중 한 명이었다. 인정한다. 그의 수사팀과 그뢴란드의 오슬로 경찰본부가 대립하던 때도 있었다. 뭉크는 자기 식대로 하는 것을 좋아했지만 모두가 그 방식을 좋게 평가하는 건 아니었다. 그의 상관 미켈손이 그런 사람들 중 하나였다. 만약 그들 팀의 완벽한 검거율이 아니었다면, 미켈손은 그들 모두를 경찰본부로 복귀시켜 일거수일투족을 감시했을 거라고 뭉크는 확신했다. 그것은 어디까지나 정치와 통제에 관한 문제였고, 아네트 골리는 종종 외교관 역할을 했다. 두 조직을 결합하는 아교 같은 존재였다.

"어떻게 지내세요?" 골리가 물었다. "미리암은 좀 어때요?"

"미리암은 잘 지내." 뭉크가 새 담배를 꺼내며 대답했다. "매일 조금씩 나아져. 다시 말도 하기 시작했어. 단어를 말하는 정도지만 시간이 지나면 좋아지겠지"

"다행이에요." 골리의 음성이 어두워졌다. "방해가 됐다면 죄송해요. 하지만 아셔야 할 것 같아서요. 미켈손이 특별수사반을 다시 결성하기를 원해요. 물론 부담은 갖지 마세요. 어디까지나 반장님이 복귀할 준비가 되어 있다면요."

"호수에서 발견된 여자 건인가?"

"네, 들으셨군요."

뭉크는 뢰아에서 혼자 만들어낸 거품 속 판타지에 빠져 지내는 동안 현실과 일정한 거리를 두려고 애썼다. 하지만 이 살인사건은 회피하기 어려웠다. 언론에서 좀 떠들어야 말이지. 발레복을 입은 젊은 여자가 산속 외딴 호숫가에서 죽은 채로 발견되었다.

"들었지." 뭉크가 말했다. "피해자 신원은?"

"비비안 베르그. 22세. 노르웨이 국립발레단 무용수예요."

"좋아. 그럼 내국인이겠군?"

"원래 보되 출신인데 줄곧 오슬로에서 거주했어요. 그래서 미켈손은 우리가 수사를 맡길 원해요."

"실종신고가 된 상태인가?" 뭉크는 다시 수사본능이 꿈틀거리는 것을 느끼며 물었다.

발레복을 입은 젊은 여자?

외딴 산정호수에서?

자신이 한동안 현실을 외면했지만 언제까지나 그럴 수 없다는 사실을 뭉크는 잘 알았다. 조만간 자신의 작은 아파트 욕실 장에 다시 결혼반지를 모셔놓아야 하리라.

"아니요. 어떤 이유인지 실종신고가 되어 있지 않아요."

"그렇다면 피해자가 누구인지 어떻게 알았지?"

"피해자의 어머니가 보되에서 비행기를 타고 깜짝방문을 했다가 딸의 아파트가 비어 있는 것을 발견했어요."

"딱하군."

"맞아요. 그건 그렇고 어쩌세요? 준비되셨어요? 엔진을 켤까요? 특별수사반을 다시 가동할까요?"

"지금 수사는 누가 맡고 있지?"

"크리포스요, 국립범죄수사국. 하지만 당분간이에요. 반장님이 준비되면 우리가 맡아요."

"아네트는 지금 사무실에 있어?"

"네."

"20분 안에 그리로 갈게." 뭉크가 말하고 전화를 끊었다.

4장

미아 크뤼거가 마지막 종이상자에 테이프를 붙이려 할 때였다. 커피테이블 위에 열어둔 노트북에서 스카이프가 접속되었다. 서른 세 살의 여자는 화면에 뜬 상대를 보며 미소를 지었다.

끝없이 이어지는 여름.

카리브 해에서 요트를 즐기며 6개월.

바닥에서 커피잔을 집어든 미아가 소파에 앉아 다리를 턱 밑으로 끌어당겼다.

"안녕, 미아? 잘 지내죠? 비행기 티켓 아직 예약하지 않았어?"

빅토르 비크. 몇 년 전 자신의 꿈을 좇기 위해 추운 노르웨이와 경찰직을 버리고 떠난 옛 동료였다.

"어제 예약했어요." 미아가 말했다. "뉴욕을 경유해서 당신이 있는 남쪽으로 날아갈게요."

"굿!" 모니터 속 그을린 얼굴이 웃었다. "비행기는 언제 탈 예정이야?"

"다음주 금요일. 그때까지 세인트 토마스에 도착해 있을 거죠?"

검은 피부의 웨이터가 빅토르 뒤에 나타나 파라솔 달린 테이블에 음료수를 내려놓았다.

"아니, 우린 토르톨라의 로드타운에 정박할 거예요. 거긴 너무 복잡해서."

"세인트 토마스 섬이?"

"거긴 크루즈 항이니까. 게다가 미국인 관광객들은 죄다 거기에서 내리거든요."

"그럼 나도 토르톨라로 갈까요?"

"아니, 아니야." 빅토르 비크가 하와이풍 셔츠주머니에서 1달러짜리 지폐 몇 장을 꺼내며 말했다.

웨이터가 목례를 하고 테이블을 떠났다. 미아는 배경의 야자수를 보았다. 천장에 매달린 선풍기. 부둥켜안고 웃으며 지나가는 커플. 여자는 흰색 비키니, 남자는 가슴을 드러낸 채 음료수를 손에 쥐고 있었다.

카리브 해. 미아는 이게 현실이라는 사실이 믿기지 않았다.

"우리가 데리러 갈 테니 걱정 마요. 휴, 오늘은 덥군. 거기는 어때요? 노르웨이는 아직 겨울이죠?" 그가 윙크를 하고 손등으로 이마를 쓸었다.

"아니요, 여기도 봄이 시작되고 있어요." 미아가 창밖을 슬쩍 보며 말했다.

연한 햇빛이 텅 빈 거실 바닥에 부드럽게 쏟아졌다. 4월. 오슬로에도 봄이 왔다. 13도. 겨우내 도시를 떠나지 않았던 짙은 어둠이 마침내 물러갔다. 하지만 약한 햇빛은 그녀를 기다리고 있는 것에 비하면 아무것도 아니었다.

버진 아일랜드.

"여긴 1년 내내 여름이야." 빅토르 비크가 웃으면서 음료를 한 모금 마셨다. "우리가 이렇게 연결돼서 난 정말 기뻐요, 미아. 당신을 다시 만나게 되면 정말 굉장할 거야. 비행기 탈 때 나한테 연락해줘요. 그래야 내가 당신이 오는 걸 알 수 있지, 알았죠?"

"그럼요. 금요일 오후 1시쯤 세인트 토마스에 도착하는 걸로 알고 있어요."

"알았어요. 뉴욕에서 아침 비행기로 오는 모양이군." 빅토르가 말했다. "만약 우리가 다른 곳에 정박하면 알려줄게요, 오케이?"

"좋아요."

"끝없는 여름이 당신을 기다리고 있어." 빅토르 비크는 다시 웃었고, 미아가 키보드의 키를 누르기 전 마지막으로 술잔을 들어 보인 뒤 사라졌다.

모니터를 끈 미아는 기쁨에 들떴다.

배를 타고 6개월이라. 왜 진작 이런 생각을 못했던가?

미아의 아버지는 오스가르드스트란드 집에 있는 주방에서 보트 잡지를 열심히 읽었다. 그는 열렬한 구독자였다.

"이것 좀 봐라, 미아. J-클래스 엔도버? 너 이렇게 아름다운 보트 본 적 있니?"

미아가 여덟 살 때였다. 미아가 아빠를 독점하는 얼마 안 되는 시간 중 하나는 쌍둥이 동생 시그리가 발레나 합창, 승마 등 이런

저런 활동을 위해 외출했을 때였다.

둘은 달라도 너무 달랐다. 시그리는 활동적이었다. 그에 비해 미아는 말수가 적고 몸으로 하는 활동에는 재주가 없었다. 한날 한시에 태어난 둘은 평생 하나였지만, 그렇게나 달랐다.

나는 숲속의 공주가 될게. 너는 백설공주 해.

왜 난 항상 백설공주여야 하지, 시그리?

넌 검은 머리이고, 난 금발이니까. 이제 알겠어?

맞다, 난 바보야.

바보? 그런 말 하지 마. 넌 내가 아는 사람들 중 가장 똑똑해.

미아 크뤼거는 노트북을 닫고 커피잔을 바닥에 내려놓았다.

그 생각은 더 이상 하지 마. 다 지난 일이야.

미아는 상자 덮개에 테이프를 붙이고 난 뒤 마커펜을 찾았다. 뭐라고 쓸까 한참 궁리했지만 결국 간단하게 라벨을 붙였다.

사진.

미아는 다른 상자들이 있는 작은 방으로 상자를 옮겼다. 추억들. 마침내 그녀는 아픈 과거와 마주할 힘을 얻었다. 마지막 상자가 가장 힘들었다. 차마 보기 힘든 특별한 사진앨범이었다. 미아의 앨범. 어머니가 그녀만을 위해 만든 앨범이었다. 앨범 표지의 유모차에 탄 아기 사진부터 시작해 미아의 사진이 가득 들어 있었다. 미아는 그 사진에서만 혼자였다. 다음 장부터는 그렇지 않았다. *두 번째 생일을 맞은 미아와 시그리. 시그리와 미아의 무용. 아빠가 새로운 차를 샀다!* 오스가르드스트란드에서의 어린시절은 오직 1980년대 사진앨범이라는 방식으로 기록되었다. 알록달록하지만 바랜 기억들은 당장 욕실로 달려가 고통을 완화하기 위해 약병 뚜껑을 돌리고 싶은 충동을 불러일으키곤 했다. 하지만 미아는 그러지 않았다. 당연히 그러지 않았다.

왜냐하면, 비어 있기 때문이었다.

더 이상 약은 없었다.

모든 벽장은 비어 있었다.

약병도 더 이상 없었다.

4개월 전. 그녀의 마음은 창밖보다 더 차가웠다. 알코올과 알약. 그녀가 대처할 수 없는 세상에 맞서 끊임없이 자신을 마비시키기.

쌍둥이 여동생 시그리는 10년도 더 전에 헤로인 과다 투여로 숨졌다. 슬픔에 젖은 부모님은 그 직후 세상을 떠났다.

지난해 미아는 트뢴델라그 해변의 집으로 이사했다. 거기서 그들을 따라가기로 마음먹었다. 스스로 목숨을 끊기로.

어서 와, 미아, 어서 와.

흰 옷을 입은 시그리는 누런 밀밭을 달리며 미아에게 따라오라고 손짓했다.

자신은 얼마나 어리석었던가.

미아는 그 생각을 하면 지금도 부끄러웠다. 마지막으로 종이상자를 힐끗 본 뒤 문을 닫고 거실로 나왔다.

새로운 인생.

배에서 보내게 될 6개월.

그녀는 웃으며 주방 선반에 빈 커피잔을 내려놓았다. 샤워를 하려는데 누군가 초인종을 눌렀다. 미아는 복도를 지나 현관문의 작은 구멍으로 밖을 내다보았다. 낯익은 얼굴이 보였다. 이웃에 사는 20대 후반의 젊은 남자 알렉산데르와, 그의 여동생임에 틀림없는 금발 여성이 서 있었다.

아파트 세놓을 생각 없어요?

당신이 없는 동안에요?

제 동생의 형편이 좀 어려워서요….

미아 크뤼거는 아파트를 팔고 오슬로를 떠나는 것을 고려하고 있었다. 하지만 도움이 필요한 사람을 보면 미아는 언제나 마음이 약해졌다. 그런 점에서 미아와 시그리는 아주 달랐다. 시그리는 훨씬 냉정한 편이었다. 미아는 주변에 민감했다. 이따금 미아는 자신이 거의 투명하게 느껴졌다. 경찰관. 그녀 같은 사람에게 경찰관이라는 직업은 분명 최상의 선택은 아니었다. 사방의 악이 그녀를 무너뜨릴 뻔한 게 여러 번이었다. 미아는 본래 문학을 공부할 계획이었다. 어릴 때부터 줄곧, 주변의 모든 강렬한 느낌들로부터 안식처를 찾아 허구의 세계로 도망쳤다. 시도도 해봤다. 블린데른 대학교에 입학해 강의도 들었지만 시험은 한 번도 치지 않았다. 너무 쓸모없게 느껴졌기 때문이다. 시그리가 노숙자가 되어 거리를 떠돌고 문간에서 마약을 하는 동안 자기 혼자 책을 읽는다는 것이…. 아니, 그녀는 뭔가 실제적인 것을 해야만 했다. 그래서 우연히 경찰학교에 지원했고, 어떤 이상한 이유로 거기에서 특출나게 잘해냈다. 마치 경찰관이 되려고 태어난 것 같았다. 뭉크는 미아가 학교를 다 마치기도 전에 특별수사반 팀원으로 그녀를 채용했다. 미아는 처음부터 그 일이 마음에 들었다. 팀원들의 지지. 아주 영특하고 재주 많은 사람들. 뭔가에 헌신한다는 느낌. 이 모든 비참함에 맞서 방패가 된다는 것. 하지만 그것은 양날의 검으로 밝혀졌다. 그녀는 매우 강한 동시에 매우 약했다.

그래서 미아가 특별한 거야.

미아는 우리 팀원들 중 최고야.

홀거 뭉크는 지난 10년간 미아에게 아버지나 다름없었다. 미아는 진심으로 그에게 감사했다. 하지만 때가 왔다.

새로운 출발.

6개월간의 휴가.

미아는 다시 한 번 가슴에서 기쁨이 솟는 것을 느꼈다. 그녀는 문을 열고 손님들을 맞았다.

5장

미아는 유스티센 카페의 조용한 구석에 앉아 커피와 패리스 미
네랄워터를 주문했다. 몇 달 전만 해도 펍을 방문해 맥주와 야거스
마이스터를 마시는 것으로 시작하곤 했다. 그때가 아주 멀게만 느
껴졌다. 지금은 알코올 생각만 해도 메스꺼웠다. 뭉크는 지각을 했
고 미아는 그를 기다리는 동안 팔목의 팔찌를 만지작거렸다. 미아
와 시그리가 견진성사 때 선물로 받은 팔찌였다. 하트와 앵커 그리
고 각자의 이니셜이 새겨진 은제 팔찌였다. 미아의 M과 시그리의
S. 그들은 견진성사가 끝나고 침대에 누워 창으로 들어오는 햇빛에
팔찌를 비춰보며 감탄했다. 그리고 시그리가 제안했다.

너는 내 것을 끼고 나는 네 것을 끼면 어떨까?

그 후로 미아는 팔찌를 뺄 수가 없었다. 미아의 휴대폰에 뜬 날
짜는 오늘이 4월 10일임을 가리켰다. 8일만 지나면 시그리가 죽은
지 11년째 되는 날이었다. 미아가 이 날짜를 정해서 해외로 나가는
데는 이유가 있었다. 그녀는 여동생의 무덤을 방문할 힘이 없었다.

그것이 자신의 정신건강에 끼칠 영향이 두려웠다. 미아는 지금 4개월째 말짱했다. 거의 매일 운동을 했다. 요즘처럼 기분이 괜찮았던 적이 없었다. 묘비를 보면 다시 어둠속으로 빨려 들어갈지 모른다. 그녀는 위험을 무릅쓰기 싫었다.

시그리 크뤼거.

몹시 사랑하고 그리워하는

여동생이며, 친구이자 딸

1979년 11월 11일에 태어나 2002년 4월 18일 사망.

미아는 팔찌를 뺄 수가 없었다. 사진과 다른 것들은 그녀의 방식대로 처분했다.

미아는 미네랄워터를 한 모금 마신 뒤 바를 힐끗 바라다보았다. 한 노인이 시원하고 맛있는 맥주를 주문했다. 안 돼, 유혹당해서는 안 돼. 미아는 상상도 하지 않으려 애썼다.

반 시간쯤 늦게 뭉크가 도착했다. 그는 베이지색 더플코트를 벗은 다음 미아와 포옹하고 나서 의자에 앉았다. 그가 테이블에 서류 파일을 올려놓았다.

"뭐 먹을 것 좀 주문했어?" 그가 바를 돌아다보며 물었다.

"아니요. 배고프지 않아요."

뭉크는 웨이터를 불러 새우샌드위치와 사과주스를 주문했다.

"잘 들어, 미아." 그가 미아를 향해 몸을 기울였다. "내가 보스한테 말했어. 미켈손은 내 말에 전적으로 동의했고. 그 자식은 멍청해. 미아의 정직은 해제됐어. 그 자식이 실수했던 거야. 우리는 미아가 복귀하길 바라. 괜찮지?"

미아가 희미하게 웃었다. "저 다음주에 떠나요."

"벌써 결심한 거야?"

"네."

"진심이야?"

미아가 고개를 끄덕였다.

뭉크는 한숨을 쉬며 수염을 긁적였다. "이해해, 좋아. 말할 필요도 없이, 난 미아가 우리와 함께한다면 기뻤을 거야. 하지만 미아는 휴가를 즐길 자격이 있지. 미아에게 부담을 줄 생각은 없어. 그저 물어본 거야."

"특별수사반이 재가동되는 건가요?"

"응."

"호수에서 발견된 그 여자 건으로요?"

뭉크가 고개를 끄덕였다. 웨이터가 주문한 것을 가지고 왔다.

"비비안 베르그라는 무용수야. 완전히 갖춰 입은 채로 발견됐어. 아버지와 낚시하던 소년이 발견했고."

"어디에서요?"

"스바르센 호수. 바스파레트 근처야. 호수는 산 높은 곳에 있어. 이상한 시나리오지."

"무슨 말이에요?"

뭉크가 포크로 새우샌드위치를 공략한 다음 입에 넣고 말했다. "피해자는 목요일에 아파트에서 사라졌어. 그리고 토요일에 산속 호수에서 완전히 갖춰 입은 채로 발견됐어. 뭔가 이상하지 않아?" 뭉크가 둘 사이에 있는 파일을 손으로 툭 쳤다. "여기에 모든 게 들어 있어."

"반장님이 무슨 말씀하는지 알아요. 하지만 전 결심했어요."

"알아."

"그런데 '완전히 갖춰 입었다'는 말이 무슨 뜻이죠?"

"올림머리를 했고, 튀튀인지 뭔지 하는 치마를 비롯해서 발레복을 입고 있어. 흰색 타이즈에, 푸앵트라는 발레슈즈도 신고."

"푸앵트요? 그걸 신고 있었다고요?"

뭉크가 고개를 끄덕였다.

"이상하네요."

"그래, 그렇지?"

"호수가 도로에서 얼마나 먼가요?"

"가파른 산길을 걸어서 45분 정도."

"그럼 거기까지 옮겨진 건가요?"

"그야 모르지." 뭉크가 어깨를 으쓱했다.

뭉크는 샌드위치 너머로 미아를 힐끗 보았고, 미아는 그의 눈빛을 읽었다.

"뭐예요?" 미아가 말하며 고개를 갸우뚱했다.

"무슨 말이야?"

"저한테 말하지 않는 게 뭐냐고요?"

뭉크가 진지한 표정으로 입가를 냅킨으로 닦았다. "내 생각에 피해자는 자기 발로 걸어갔어."

"무슨 말씀이세요?"

"푸앵트 바닥이 너덜너덜 닳았더라고. 거기까지 걸어서 올라간

게 틀림없어."

"스스로 죽으러 갔단 말인가요?"

"아니, 그건 분명 아니야. 심장에 바늘이 찔려 죽었거든."

"주삿바늘이에요?"

"응."

"그 안에 뭐가 들어 있었는데요?"

"에틸렌 글리콜."

"그게 뭐죠?"

"부동액."

"맙소사!"

"그러게 말이야. 그건 치명적인 데다 여느 주유소에서나 살 수 있지."

"그런데 왜 그녀가 스스로 호수까지 걸어간 다음 주사를 맞았다고 생각하는 거예요?"

"괴로워서였겠지." 뭉크가 의자에 등을 기대며 물었다. "미아도 그렇지 않았던가?"

뭉크는 말하는 순간 자신의 실수를 깨달았다.

정확히 일년 전 오늘. 테이블은 여러 색의 알약으로 뒤덮여 있었다. 미아는 퇴뢴델라그 해변에서 떨어진 한 섬에서 혼자 있었다.

어서 와, 미아, 어서 와.

"미안." 뭉크가 다시 미아를 향해 몸을 기울였다. "물론 내 말은 그게 아니라…."

"괜찮아요." 미아가 손을 들어올리며 말했다.

"그나저나 어떻게 지내?" 뭉크가 여전히 당황한 표정으로 말을 이었다. "안부 묻는 걸 깜빡했군. 미안해. 지금 상황이 어떤지 알 거야."

"그럼요. 이해해요. 전 잘 지내요. 사실은, 정말로 잘 지내요."

미아가 미네랄워터 병을 집어들고 흔든 다음 한 모금 들이켰다.

"잘됐군." 뭉크가 고개를 끄덕였다. "좋아 보여, 아주. 이런 말을 해도 되는지 모르지만, 이런 미아의 모습을 본 지도 꽤 오랜만이야, 뭐라고 해야 할까…."

"멀쩡한?" 미아가 미소 지었다.

뭉크가 키득거렸다. "내가 찾던 표현에 딱 들어맞지는 않지만, 좋아. 왜 아니겠어? 지금까지 얼마나 됐지?"

"4개월."

"와, 축하해."

"그런 말씀 마세요." 미아가 한숨을 내쉬었다. "전 형편없는 경찰이었어요. 정말 죄송해요."

"그런 말 마." 뭉크는 코를 킁킁거리며 고개를 저었다. "미아가 없었으면 어떻게 됐을지 누가 알까? 생각만 해도 끔찍해. 미아는 사건을 해결했어. 게다가 난 미아가 그러기 위해 치러야 했던 것에도 손을 쓰지 못했지. 그럼에도, 지금 미아의 건강한 모습을 보니 기뻐."

미아가 웃었다. 그가 무슨 말을 하고 싶은지 너무도 잘 알았다.

"좀 어때요?"

"미리암? 나날이 좋아지고 있어. 강한 아이잖아. 머잖아 회복될 거야. 그건 그렇고, 미리암이 안부 전해달랬어. 조만간 그애한테 얼굴 좀 보여줘."

"떠나기 전에 그래볼게요."

뭉크가 따뜻하게 웃으며 코트주머니에 손을 넣었다.

"나 담배 한 대 피우려는데 같이 나가주겠어?"

미아가 웃으면서 그를 따라 뒷마당에 있는 온열램프 아래로 걸어갔다. 오슬로에 봄이 왔는지 모르지만 아직 충분히 따뜻하지는 않았다. 미아는 뭉크가 담뱃불을 붙이는 동안 팔짱을 꼈다. 그의 표정이 다시 어두워졌다.

미아는 입술을 꾹 다물고 생각에 잠겼다.

발레복을 입은 젊은 여자.

산속 호숫가에 버려졌다.

부동액이 든 주사기.

"범죄현장에서 이상한 점이 여러 개 발견되었어." 뭉크가 기침을 하며 전에도 많이 본 표정으로 미아를 쳐다보았다.

미아, 뭔가 이상한 점이 있어.

"뭘 발견했는데요?"

"뭐부터 말해야 할지 모르겠는데." 뭉크가 잠깐 말을 멈췄다. "범인이 삼각대 위에 카메라를 설치해놨어."

"시신을 향해서요?"

뭉크가 심각하게 고개를 끄덕인 뒤 담배를 깊이 한 모금 빨았다.

"사진이 찍혔던가요?"

"아니, 아무것도 없었어. 메모리카드를 넣는 슬롯이 비어 있었어. 만약 그게 그 안에 있었다면 놈이 가져갔을 거야."

"왜 '놈'이에요? 범인이 남자라고 단정하는 이유라도 있어요?"

"바닥에 발자국이 나 있었어. 사이즈가 43이야."

"시신은 물가에 놓여 있었어요?"

"응."

"카메라 렌즈는 시신을 향하고 있었고요?"

"응."

"정말 이상하군요." 미아가 혼잣말로 중얼거렸다.

"알아."

"다른 건요?"

"이게 관련 있는지 모르지만 멀리 떨어지지 않은 곳에서 동화책 한 페이지를 발견했어."

"무슨 책인데요?"

"아스트리드 린드그렌의 《사자왕 형제의 모험》. 괜찮다면 자료를 보겠어? 나에게 큰 힘이 될 거야." 뭉크가 담배를 비벼 끄다가 용기 내어 물었다. "미아, 나에게 7일만 내어줄 수 있겠어?"

"모르겠어요."

"일주일이야. 그거면 돼."

6장

　뭉크는 담배를 입에 물고 창밖을 보았다. 죄책감에 마음이 아팠
다. 휴가. 과거와 최근의 일. 모든 것들로부터 벗어나기. 맹세코 미
아보다 더 절실하게 휴가가 필요한 사람은 없었다. 하지만, 때가
너무 나빴다. 지금 그에게는 미아가 필요했다. 미아가 필요한 사건
이었다. 사건현장 사진을 보는 순간, 뭉크는 그런 생각이 들었다.
강력계 형사로 30년을 근무한 그였지만 이런 경우는 드물었다. 잔
혹하고, 계획적이며, 계산된 범죄였다. 마치 누군가 매순간 즐긴
것처럼. 살인을, 사람을 죽이는 행위를. 평범한 사람에게는 무시무
시한 말로 들릴 것이다. 관련된 모든 사람들에게도 그랬다. 보통은
이유가 단순했다. 동기도 명확했다. 질투나 증오. 복수. 흔히 알코
올이나 마약 과다투여와 결합되어 일어났다. 인간의 본성. 설명하
기 어렵지 않다. 뭉크에게 있어서, 왜 그런 일이 일어났는지 단번
에 알지 못하고 명백한 용의자 리스트에서 범인을 구별하지 못하
는 사건은 한 손에 꼽을 정도였다. 시간은 걸렸지만 대체로 첫 번

째 직감이 맞았다. 그런데 이번에는? 그는 고개를 저으며 담배를 한 모금 빨았다. 그때 외투주머니에 넣어둔 휴대폰이 진동을 했다.

"아네트예요. 혹시 지금, 시간 있으세요?"

"응. 계속해."

"드디어 올레볼 병원의 누군가와 연락이 닿았어요. 카롤리네 베르그가 지금 면담할 준비가 된 것 같아요."

"좋아. 병원에서 우리한테 시간을 준대?"

"반장님이 언제 병원에 갈 수 있을지 알려주세요. 그럼 제가 당직 간호사한테 말할게요."

"그리고 비비안 베르그가 속한 발레단 단장은 어떻게 됐어?"

"그녀의 이름은 크리스티안네 스피드쇠예요." 골리가 말했다. "그녀는 오늘 오페라극장에 있대요. 지금 충격으로 제정신이 아니지만, 반장님이 편한 시간에 만날 수 있을 것 같아요."

"차량에 관해서는 알게 된 거 없어?"

크리포스는 산길 초입 근처 길가에서 버려진 회색 메르세데스 차량을 발견했다. 범죄현장 감식가는 조수석 아래 바닥에서 목걸이를 찾아냈다. 비비안 베르그의 어머니는 그게 딸의 것이라고 확인해주었다. 이상하게도, 그게 다였다. 그럼 범인은 그녀를 거기까지 차로 옮겼을까? 나머지 길은 그녀 스스로 걸어갔을까? 왜 그 누군가는 차문을 열어두었을까? 왜 차를 그 먼 곳에 그냥 두었을까?

"메르세데스는 토마스 로렌트센이라는 변호사가 수요일에 도난당한 차량이라고 보고되었어요."

"전과가 있는 사람이야?"

"제가 조사한 바로는 없어요. 하지만 그뢴리에한테 확인해보라고 부탁했어요. 제가 가진 데이터베이스는 믿을 수가 없어서요."

"오케이, 좋아." 뭉크는 미아가 안으로 들어가 테이블 앞에 앉는 것을 보았다.

"반장님은 어떻게 되어가고 있어요?" 골리가 궁금해했다.

"우리가 통화하는 동안 미아는 사진을 보고 있어."

"잘됐네요. 제가 법의학자한테 반장님이 들를 거라고 말해뒀어요. 거기에 먼저 가실 거죠?"

"오늘 늦게 가려고. 에른스트 휴고 비크한테 직접 말했어?"

"아니요. 그는 은퇴했어요. 지금은 릴리안 룬드라는 여자예요."

"오케이. 우린 우선 카롤리네 베르그부터 만나볼게. 그녀가 우리와 얘기할 준비가 되어 있다면."

"미아도 데리고 가실 거예요?"

"그랬으면 하는데…."

"행운을 빌어요. 다른 일이 생기면 제가 연락드릴게요." 골리가 말하고 나서 전화를 끊었다.

뭉크는 담배꽁초를 도로에 던지고 안으로 들어갔다. 그는 흠흠 헛기침을 한 다음 조용히 미아의 맞은편 자리로 가서 앉았다.

"무슨 생각해?"

이런 모습을 종종 보았다. 미아의 연푸른 눈동자는 그를 향했지만 멀리 어딘가를 보고 있었다.

"제 휴가가 방금 날아갔다는 생각요." 미아가 손으로 검은 머리칼을 쓸어올리며 말했다.

"진심이야?"

"그런 것 같아요."

"미아 생각은 어때?" 뭉크가 머뭇거리며 그들 사이에 놓여 있는 파일에 손을 얹었다.

"뭔가 빠진 게 있어요."

"그게 뭔데?"

"우리는 카메라가 무엇을 봤는지 알 수 없어요. 누군가 그 각도에서 사진을 찍지 않았을까요?" 미아는 사건현장을 찍은 사진들을 한 장 한 장 넘겨보다 뭉크를 바라다보았다. 이번에는 덜 먼 곳을 응시하고 있었다.

"만약 그 파일에 없으면 없는 거야."

"전…." 미아가 다시 먼 곳을 응시했다.

뭉크는 아무 말도 하지 않았다. 그저 미아가 빠져들도록 내버려 두었다. 미아 크뤼거가 있는 특별수사반과 없는 특별수사반? 그것은 밤과 낮의 차이와 같았다. 미아는 원하는 만큼 시간을 쓸 수 있었다.

"범인이 왜 이 장소를 골랐는지 잘 모르겠어요." 미아가 한참 만에 다시 뭉크를 응시하며 말했다. "우선 범인은 여자와 단둘이 있는 것을 원했어요. 그렇게 생각하지 않으세요?"

"'우선'이라니 무슨 뜻이야?"

미아는 고개를 살짝 기울인 채 뭉크를 쳐다보았다. 뭉크는 전에도 이런 모습을 여러 번 보았다. *내가 보고 있는 것을 당신은 보고 있죠? 하는 눈빛이었다.* "범인은 카메라를 올려놓았어요. 여자를 가리지도 않고 물속에 뉘어놓았고요."

"그래서…?"

"범인은 우리가 찾아내기를 바랐던 거예요." 테이블 위 뭔가를 향해 무의식적으로 손을 뻗던 미아가 다소 놀란 표정을 지었다. 술을 찾는 손길이었다.

예전에 미아는 사진을 관찰할 때마다 근처에 술병을 두었다. 이번에는 다르다는 사실을 한순간 그녀의 몸이 잊었던 것 같았다.

"그렇게 생각해?"

"반장님은 그렇게 생각하지 않아요?" 미아는 미네랄워터를 한 모금 마셨다.

"모르겠어. 자세히 이야기해봐."

"범인은 언제나 후회의 사인들을 보여줘요, 자기가 한 짓을 보지 않으려고 시신을 감춘다거나 하는 식으로. 반장님이 가르쳐주셨잖아요. 이런…." 미아는 또다시 내면으로 들어갔다. "그는 여자와 단둘이 있고 싶어했어요."

뭉크는 아무 대꾸도 하지 않았다.

"그게 당신이 원하는 거였지, 그렇지 않아?" 미아의 시선은 계속해서 멀리 어딘가를 향했고, 입에서는 나지막하게 단어들이 흘러나왔다. "당신과 여자, 그 숲속에서 단둘이. 당신은 그 여자를 거기에 데려갔어. 어떻게 데려갔지? 그 여자를 알고 있었나? 그래서 함께 거기까지 걸어간 거야? 그 여자는 너를 믿었겠지?"

"그 책을 가지고 무엇을 했을까?" 뭉크가 물었다.

"무슨 말씀이세요?" 미아가 멍하니 물었다.

"동화책에서 떼어낸 한 장. 그것도 관련이 있겠지?"

"물론이에요." 미아가 파일을 열고 사진 한 장을 그에게 내밀었다. "이거 보이세요?"

"이 책장이 왜?"

"그 여자는 목요일에 사라졌어요."

"그래서?"

"지난 주말에 비가 왔어요. 이번 주에는 오지 않았고. 이 책장은 비를 맞지 않았어요. 즉 범인은 우리가 이걸 발견하도록 일부러 놓아둔 거예요." 미아가 의자에 등을 기대며 다시 손으로 머리카락을 쓸어올렸다. "《사자왕 형제의 모험》. 반장님은 그게 어떤 의미가 있다고 생각하세요?" 그렇게 묻던 미아가 계속했다. "말씀드리기에는 너무 이르지만."

"그럼 우리와 함께 하는 거야?"

"너무나도 짧은 휴가였네요." 미아가 체념한 듯 웃으며 중얼거렸다. "아까 피해자 어머니에 대해 뭐라고 하셨죠?"

"보되에서 딸의 공연을 보러 비행기를 타고 왔어. 그런데 딸이 집에 없는 것을 알고 경찰에 연락했어."

"그 엄마는 지금 어디에 있어요?"

"충격으로 올레발 병원에 입원해 있어."

"그럼 그녀와 얘기할 수 있나요?"

"그렇지 않아도 방금 허락을 받았어."

"저에게 2분만 주세요." 미아가 말하고 여자화장실로 향했다.

7장

쿠리로 더 잘 알려진 경찰관 욘 라르센은 차 앞 유리를 똑바로 보려고 안감힘을 썼다. 숙취의 고통에 신음하던 그는 다리 사이에 있는 물병을 집어들어 벌컥벌컥 마시며 실눈을 떴다. 오늘의 임무를 달가워해야 하는 건지 아닌지 판단할 수가 없었다. 잠복근무. 몸을 쓸 일은 별로 많지 않았다. 그는 퀴레 그레프스가테에 위치한 아파트를 힐끗 올려다봤다. 그들은 17세의 마약 상습복용자 로테를 감시하는 중이었다. 마약의 먹이사슬 밑바닥에는 다른 놈이 더 있지만, 어떤 이유에선지 그들은 이 소녀를 감시하라고 했다. 그녀가 더 윗선에 있는 누군가에 대한 단서를 줄 거라는 말을 들었다. 그는 브리핑 때 집중하지 못했다. 눈을 뜨고 있었지만 머릿속은 다른 것들로 꽉 채워졌다. 다른 술집에 갔어야 하는데. 하지만 결과는 같았으리라. 맥주와 위스키. 포켓볼 몇 판. 더 많은 맥주. 더 많은 위스키. 그리고 또다시 어린 여자가 옆에 잠들어 있는 침대에서 지옥 같은 숙취를 겪으며 깨어났다.

루나, 도대체 무슨 이름이 그렇지? 그녀는 머리를 여러 가닥으로 땋고 코에 피어싱을 한 스물한 살짜리였다. 팔에는 쿠리가 들어본 적도 없는 어떤 인물의 타투를 하고 있었다. 루나. 도대체 누가 딸 아이한테 여신의 이름을 붙여준단 말인가? 그렇더라도 쿠리가 그녀를 보는 시선에는 아무런 효과도 없었다. 어린애, 꼬마. 오케이? 아니, 그녀는 어린애가 아니었다. 아무리 성인이라지만, 그녀는 쿠리보다 열네 살이나 어린 바텐더였다.

안 된다. 계속 이렇게 해서는 안 됐다. 뭔가 조치를 취해야 했다.

쿠리는 정신을 차리고 일종의 업무에 충실하려고 애썼다. 하지만 얼마 지나지 않아 차문이 열리더니 동료가 옆 자리에 올라탔다. 알란 달. 여러 모로 쿠리와 정반대인 동료였다. 큰 키에 휘청거릴 듯 여윈 몸을 지닌 남자. 지난번 쿠리가 마약수사반으로 배정된 후로 기르기 시작해서 이제는 유행이 된 수염을 그도 기르고 있었다. 정작 당사자는 유행 따위에는 관심이 없어 보였지만.

"별 일 없지?"

"응, 아무 일도." 쿠리가 중얼거렸다.

"저 건물에 다른 출구는 없는 거지?"

"없어. 지난번에 점검한 후 다른 문을 만들지 않았으면."

달은 쿠리의 빈정거림에도 별 반응 없이 테이크아웃한 쟁반에서 커피잔을 집어들었다.

"난 모카라테. 자넨 평소처럼 블랙. 오래 걸려서 미안해. 더 맛있는 커피를 사려고 복스트가테에 있는 카페구타까지 걸어갔다 왔어."

쿠리는 커피를 한 모금 마셨지만 솔직히 다른 데서 파는 커피와 별 차이를 느끼지 못했다.

"참," 달이 열띤 눈으로 쿠리를 돌아다보며 말했다. "어젯밤에 당신 동료를 만났어. 여행을 갈 거라더군."

"누구?"

"최고의 형사. 얼마 전에 새 여권을 가지러 사무실에 왔어. 해외에서 직업을 구했나?"

쿠리는 커피를 마시면서 동료가 누구를 말하는지 서서히 깨닫기 시작했다. *미아 크뤼거.*

쿠리는 천천히 고개를 저었다. 최고의 형사? 진짜? 쿠리는 그녀가 낯선 별명으로 불리는 것을 많이 들었다. 하지만 '최고의 형사'라는 표현은 처음이었다. 한 번도 그런 별명을 들어본 적이 없었다. 경찰 내 그의 동료들 사이에서는 언제나 모종의 적대감이 형성되어 있었다. 뭉크의 팀원들은 명성이 자자했고, 거기에 뽑히지 못한 이들은 이죽거리는 경향이 있었다. 쿠리는 지난번 마약수사반을 떠나던 때, 자신이 선택된 데 대해 무한한 자부심을 느꼈다. 그리고 지금 일시적으로 이곳에 재배치되었을 때는 거드름 피우는 동료들의 미소를 목격했다.

혹시? 특별수사반은 문을 닫았는데, 설마 다시?

그게 잘 안 됐나?

쿠리는 스스로를 세상에서 가장 똑똑하고 교양 있는 사람이라고 여기지는 않았다. 다만 이따금, 주변 사람들이 어린애처럼 군다고 느꼈다. 복도에서 질투의 눈길을 보내고, 서로의 흠을 잡고, 마치 학교나 닭장에라도 있는 듯 더 높은 서열로 올라가기 위해 끝없이 다툼을 벌였다. 아무튼 그랬다.

오늘밤은 술 마시지 마.

그는 스스로 맹세했다. 이번 주에는 매일 저녁 같은 바에 갔고, 같은 여자와 침대로 갔다. 대체 그녀는 나의 어떤 점에 끌렸을까?

"요즘은 그녀와 연락 안 해?" 달은 포기하지 않았다.

"뭐, 가끔 전화 통화만 해."

"그게 실제로 정당방위였어? 아니면 그녀가 그 자를 처형한 게 사실이야?"

쿠리는 저 위 아파트에서 일어나는 일에 관심이 있는 척 시선을 돌렸지만 통하지 않았다.

"사람들 말로는 그녀가 미쳤다던데? 제정신이 아니라고. 그녀가 그 자를 죽인 게 맞지? 뭉크가 그런 게 아니고?"

쿠리는 한숨을 내쉬었다.

몇 년 전 중요한 내사가 있었다. 쿠리가 경찰본부로 쫓겨났던 또 다른 때였다. 뭉크와 미아는 실종 소녀를 수색하기 위해 단서를 추적하던 중 트뤼반 호숫가에 세워둔 캠퍼 밴을 급습했다. 그곳에서 그들은 예상치 못했던 누군가와 마주쳤다. 유명한 마약상이자 마약중독자였던 마르쿠스 스코그였다. 미아의 쌍둥이 여동생인 시그리의 전 남자친구이기도 했던 남자. 미아는 그의 가슴에 총을 두 발 발사했다. 그녀는 당장 정직 처분을 받았다. 그리고 뭉크는 그녀를 옹호하는 발언을 하다 징계를 당했다. 뭉크는 오슬로가 아닌 다른 지역으로 좌천됐다. 특별수사반은 문을 닫았다.

"정당방위였어." 화제가 바뀌기를 바라며 쿠리가 대답했다.

"하지만 그녀가 총을 쐈지?"

"맞아. 뭉크는 그 일이 있고 나서 캠퍼 밴에 들어갔을 거야."

"그런데 어떻게 뭉크가 미아를 변호할 수 있지?" 달은 커피를 한 모금 마신 뒤 그에게 눈을 찡긋했다. "그녀에게 그 별명을 붙인 건 언론사였지?"

쿠리가 다시 한숨을 쉬었다. 그게 오늘의 화젯거리가 될 참이었다. 당시 트뤼반 사건은 언론의 먹잇감이 되었고, 미아 크뤼거는 하룻밤 사이에 노르웨이 최고의 명사가 되었다. 만만한 상대. 파파라치의 새로운 돈벌이 상대. 다행히 그 상황은 오래가지 않았고, 맹금들은 다른 먹잇감을 향해 날아갔다. 하지만 경찰 내부에서는 호기심이 여전한 게 분명했다.

"무슨 별명?"

"미아 문빔?"

"아니, 그건 미아의 할머니가 부르던 별명이야." 쿠리는 커피잔을 내려놓고는 짜증스럽게 동료를 쳐다봤다. "그녀의 칠흑 같은 머리카락과 연푸른 눈동자 때문이야. 그런데 그녀는 입양되었어. 그거 알았어?"

"그래? 이런…!"

"그래. 그들은 쌍둥이야." 쿠리가 계속했다. "태어나자마자 입양됐지. 미아와 시그리. 오스고르드스트란드에 사는 부부에게. 그분들은 지금 모두 사망해서 같은 묘지에 묻혀 있어. 그녀 혼자 남았지. 그녀의 한쪽 눈에는 흉터가 있어. 심문을 하던 중 어떤 미친놈한테 공격을 당했지. 운이 좋아서 시력은 잃지 않았지만. 게다가 그녀는 손가락 관절 하나가 없어. 경비견한테 정통으로 물린 걸로 알고 있어. 그때도 총을 쐈어야 하는데."

달은 성긴 머리카락을 손으로 빗어올리며 희미하게 웃었다. 그리고 고개를 끄덕였다. "그렇군. 그리고 그때 아마 엉덩이 어딘가에 나비 문신을 하고 있었다지."

쿠리가 점퍼를 신경질적으로 끌어올렸다. "여기, 이쯤일 거야."

"알았네, 알았어." 달이 중얼거렸다. "그냥 물어본 거야. 맙소사, 우리, 하루 종일 여기에 죽치고 있어야 하는 거지?"

"그러게 말이야. 도대체 왜 그래야 하지?" 쿠리는 알고 싶었다. "저 여자는 분명 어디에도 가지 않을 텐데 말야. 아마 지금쯤 분홍색 구름 위를 둥둥 떠다니고 있을걸. 다른 곳에서 더 잘 쓰일 수 있는 인력과 시간을 이렇게 낭비하고 있는 동안."

"명령이니까." 달은 심드렁하게 대꾸했다. "그건 그렇고, 자네 도대체 오늘 왜 이렇게 날카로워? 꿈자리가 나빴나?"

쿠리는 고개를 저으며 다시 물을 한 모금 마셨다. 마약수사반 근무는 언제나 그렇듯 그에게 좌절감만 안겼다. 최근 몇 주일 동안 오슬로에는 헤로인이 넘쳐났다. 소문에 따르면 매우 강력한 물건이라고 했다. 그래서 지금 과다한 인원이 초과근무에 투입되고 있었다. 쿠리는 노르웨이가 뭔가 단단히 잘못되어 가고 있다는 의심을 지울 수 없었다. 마약으로 따지자면, 아마 세계 최고의 국가가 아닐까? 어쩌면 그 쓰레기를 합법화하는 편이 나을지도 모른다. 일종의 품질관리가 가능해지니까.

사람들은 몽롱하게 취할 필요가 있다. 그렇다면 왜 국가가 전반을 관리하지 않을까? 헤로인은 금지하더라도 덜 심각한 약물, 가령 대마초나 마리화나라면? 사람들을 덜 몰아붙이되 이익을 환수하고, 처벌 대상에서 제외하면 어떨까? 그러면 모든 것이 훨씬 간단해질 텐데. 왜 17세의 마약중독자를 감시해야 하지? 틀림없이 그 아이의 인생은 이미 고달플 것이다. 이게 무슨 소용이 있을까?

달은 옆자리에 잠자코 앉아 있었다. 쿠리의 의중을 읽은 게 분명했다.

미아를 깎아내리라고?

안 돼.

자신이 지켜보는 한 어림없었다.

질투심 가득한 자식들.

"그런데," 잠시 후 껄끄러운 분위기를 바꾸려고 달이 입을 열었다. "호수에서 발견된 그 여자, 좀 이상하지 않아? 발레복을 입었다면서? 거기에 대해선 뭐 들은 거 없어?"

"아니."

"우리가 아무 얘기도 듣지 못한 게 이상해. 그렇지 않나? 지금쯤 내부에 정보가 돌아야 하는데 말야, 그렇지 않아?"

"크리포스는 원래 그래. 언제나 자기들끼리만 알지."

"음, 내 생각에는 뭔가 더 있어."

"그래?"

"자네 못 들었군. 감식반에 내 친구가 있는데 뭔가 이상한 점을 발견했대."

"뭔데?"

"그게 뭔지 말하지 않았지만, 모두에게 함구령을 내렸다더군."

"정말이야?"

"응, 틀림없이 우리한테 말하지 못하는 뭔가 있어." 달이 하품을 했다. "배가 고픈걸. 자네 좀 쉬지 않겠어? 내가 여기 있을게. 아님 가서 우리 먹을 것 좀 사오든가?"

"당신이 5분 전에 커피를 사왔잖아. 그때 먹을 것 좀 사오지 그 랬어?"

달은 어깨를 으쓱하며 마치 사소한 움직임도 놓치고 싶지 않다는 듯 아파트를 향해 고갯짓을 했다.

쿠리는 한숨을 쉬었다. 그가 막 차에서 내리려는데 휴대폰 문자 메시지가 들어왔다. 쿠리는 문자를 읽자마자 웃음을 터뜨렸다.

"무슨 일이야?"

"먹을 건 당신이 사와야겠어."

"무슨 말이야?"

"아네트 골리야. 특별수사반이 다시 가동됐대. 저 마약중독자에게 행운이 있기를…."

쿠리는 웃으면서 동료의 어깨를 다정하게 툭 친 다음 차에서 내렸다. 그러고는 자신을 시내로 태워다 줄 택시를 불렀다.

8장

카롤리네 베르그의 눈을 보니 진정제를 투여한 듯했다. 하지만 그녀의 마음 속 무언가가 이미 죽어서 결코 되살아날 수 없으리라는 사실까지 감춰줄 알약은 이 세상에 없었다. 40대 초반의 여자는 어깨까지 내려오는 금발을 하고 있었다. 그들이 찾아갔을 때, 그녀의 다리는 자신의 몸을 지탱할 수조차 없는 상태였다. 그럼에도 한사코 침대에서 일어나려고 했다.

"저희에게 들려줄 말씀이 있다고 해서 매우 고맙게 생각합니다." 자기소개와 형식적인 절차가 이어진 후 카롤리네 베르그가 다시 침대에 눕자 뭉크가 말했다.

미아는 이 만남이 별로 내키지 않았다. 북노르웨이 출신의 금발 여인은 이 방이 아닌 아주 먼 곳에 있는 것처럼 보였다. 분명 심도 있는 대화를 나눌 준비가 되지 않은 상태였다. 미아는 당장 그곳을 떠나고 싶어졌다.

"딸애가 죽었다는 게 믿어지지 않아요." 카롤리네 베르그가 먼 곳을 응시하며 울먹이는 목소리로 힘없이 말했다.

"이해합니다." 침대 옆 의자에 앉은 뭉크가 대꾸했다. "이런 식으로 불편하게 해드려서 다시 한 번 송구하단 말씀을 드리고 싶군요. 하지만 어떻게 된 일인지 밝혀야 할 필요가 있어서요."

피해자의 가족을 만나는 일. 그건 언제나 미아에게 깊은 영향을 끼쳤다. 다행히 뭉크는 미아와 정반대였다. 이런 작업을 할 때, 뭉크의 내면에 존재하는 테디베어 같은 면이 효과적으로 발휘되는 모습을 미아는 여러 번 목격했다. 뭉크에게는 차분함과 아버지 같은 든든함이 있었다. 그런 풍모가 슬픔에 잠긴 가족들로 하여금 안전한 손길을 느끼게 했다. 만약 뭉크가 종교적이라면 틀림없이 훌륭한 성직자가 됐을 거라고 미아는 종종 생각했다.

"처음에는 내 딸일 거라고 생각하지 않았어요." 카롤리네 베르그가 멍하니 창밖을 보며 중얼거렸다. "내 딸처럼 보이지 않았어요. 그애는 언제나 생기가 넘쳤거든요. 거기에 있는 비비안은 그렇지 않았어요. 그러니까 비비안일 리가 없어요."

"그러시겠죠." 뭉크가 고개를 끄덕였다. "카롤리네, 만약 힘드시면 우리에게 말씀해주세요. 우리는 당신의 상황을 존중할 겁니다."

"그 진주귀고리는," 카롤리네 베르그는 뭉크가 아무 말도 하지 않은 듯 말을 이어나갔다. "내 딸은 절대 그런 걸 하지 않아요. 귀를 뚫기 싫어했거든요. 만약 다른 애들처럼 그애가 원했으면 내가 해줬을 거예요. 하지만 그애는 싫다고 했어요."

뭉크는 미아를 흘깃 보며 은밀하게 눈썹을 치켜떴다.

"그럼 귀고리는 처음 보는 건가요?"

카롤리네는 창에서 눈길을 떼지 않은 채 고개를 끄덕였다.

"정말 죄송한데 물어볼 게 있습니다." 뭉크가 말했다. "비비안에게 이런 짓을 할 만한 사람으로 떠오르는 대상은 없으십니까? 혹시 따님이 아무 말도 하지 않았나요? 뭔가 일어날 거라고? 따님이 혹시 적대적으로 생각하는 사람은 없었나요?"

카롤리네 베르그가 뭉크를 돌아다보았다. 그녀의 멍한 눈은 그가 지금 거기에 있다는 사실조차 인식하지 못하는 것 같았다.

"전 딸애와 세바스티안이 커플이었다고 생각하지 않아요. 제가 아는 한 그저 친구 사이예요. 비비안이 좋아하는 것은 무용밖에 없었어요. 그애는 한 번도 남자한테 관심이 없었어요."

미아는 흠흠 헛기침을 하며 뭉크와 눈을 마주치려고 했다. 카롤리네 베르그는 이런 면담을 할 준비가 되어 있지 않은 게 분명했다. 그녀는 심지어 그들의 질문에 대답도 하지 않았다.

"세바스티안이요?" 뭉크가 조심스럽게 유도했다. "그의 성이 뭔지 아세요?"

"진주귀고리? 아니야, 그건 네 것이 아니야, 비비안. 너 할머니처럼 보이고 싶니? 너는 항상 그렇게 보이는 건 싫다고 했잖아. 바보처럼 보인다고." 카롤리네는 조용히 킥킥거렸다. 그녀의 눈이 다시 반쯤 감겼다.

미아의 눈에는 이제 그녀의 흰자위만 보였다. 불쌍한 여인은 그렇게 잠시 가라앉았다 다시 수면 위로 올라와 그들을 알아보았다.

"아, 죄송해요." 그녀가 중얼거리며 침대에서 일어나 앉았다.

뭉크는 조심스럽게 그녀의 손에 자신의 손을 올려놓았다. "괜찮아요, 카롤리네. 좀 더 쉬세요. 우리는 나중에 다시 와야 할 것 같습니다." 그가 미아를 힐끗 보았다. 그는 고개를 끄덕이며 자리에서 일어났다.

"이렇게 빨리 가시게요? 아니요, 전 돕고 싶어요. 제발 제가 돕게 해주세요. 내 딸이 혼자서 거기에 누워 있을 순 없어요. 누군가 그애를 도와줬을 거예요. 비비안, 엄마가 지금 갈게." 카롤리네는 침대에서 나오려고 했지만 그녀의 손은 이불자락을 찾지 못했다.

"괜찮습니다." 뭉크가 그녀를 안심시키며 침대 옆 빨강 단추를 눌렀다.

"우린 더 이상 그와 어떤 관련도 없어요!" 카롤리네 베르그가 갑자기 소리쳤다.

"누구요?" 뭉크가 물었다.

"약속해줘, 비비안. 그는 더 이상 우리 가족이 아니야!"

그녀의 연약한 몸이 덜덜 떨렸다. 문이 열리고 간호사 두 명이 병실로 들어왔다. 한 명은 카롤리네 베르그의 이마에 손을 댄 채 뭉크에게 고갯짓을 했다.

"그만 가보시는 게 좋겠어요."

"물론입니다." 뭉크가 대답하며 자리에서 일어났다.

"카롤리네? 제 말 들려요?"

문이 다시 열리고, 이번에는 의사가 들어왔다.

잠시 후 그들은 주차장으로 돌아왔다. 미아는 뭉크가 이렇게 화를 내는 모습을 오랜만에 보았다.

"도대체 누가 허가를 내 준 거야? 애초에 이곳에 와선 안 됐어."

"저한테 묻지 마세요." 미아가 아우디에 오르며 대꾸했다. "우린 이제 뭘 해야 하죠?"

"세바스티안에 대해?"

"전 그녀가 마지막으로 한 말이 마음에 걸려요."

"사무실에 전화해." 뭉크가 자동차 시동을 걸었다. "그리고 가브리엘한테도 연락하라고 해. 그 친구 사기전담반에 배치됐는데, 얼른 돌아와서 우리와 일해야 한다고."

미아는 고개를 끄덕이며 가죽재킷에서 휴대폰을 꺼냈다.

"어디로 가는 거죠?"

"비비안 베르그의 상사를 만나러." 뭉크가 대답한 뒤 올레발스바이엔으로 차를 몰았다.

"좋아요." 미아는 대답한 뒤 사무실을 지키고 있을 루드비 그뢴리에의 번호로 전화를 걸었다.

9장

엘리베이터 버튼을 누르던 가브리엘 뫼르크는 짜릿해졌다. 오랜만에 느끼는 감정이었다. 한동안 사기전담반에서 근무했다. 업무는 나쁘지 않았지만 결코 이런 느낌은 없었다. 당연히 그랬다.

마리뵈스가테 13번가. 특별수사반에 돌아왔다. 그는 엘리베이터 문에 비친 자신의 모습을 보며 빙긋 웃었다. 그리고 얼마 안 되는 시간 사이에 자신의 인생이 얼마나 크게 바뀌었는지 생각했다. 완전히 바뀌었다. 그는 지금 완전히 다른 사람이었다. 홀거 뭉크가 외로운 지하실 모니터 앞에서 해킹이나 하던 자신을 데려와 경찰관을 만들어준 지 채 일년도 안 되었다. 그 사이에 그는 토르쇼브에 새 아파트를 구해 살면서 매일 아침 일어나 일터로 왔다. 그리고, 언급하기조차 조심스러울 만큼 소중한 딸을 얻었다.

에밀리에.

충격이었다. 그랬다. 지금도 마찬가지다. 내가 아빠라고? 자신의 삶에서 얻고 싶었던 것이 무엇인지 정확히 알지 못하지만, 분명 그것은 아니었다. 하지만 이제는 평정을 찾았다. 목표의식. 자신보다 더 중한 무엇. 오로지 딸을 보기 위해 깨어 있던 밤들. 보드라운 손바닥 안으로 살포시 말려든 작은 손가락들. 그는 그저 딸의 숨결을 느끼기 위해, 작디작은 배에 손을 살짝 대곤 했다.

뭐하는 거야?

우리 딸이 괜찮은지 확인하려고.

맙소사, 가브리엘. 아기는 자고 있어, 괜찮아.

알아, 하지만….

그가 빙그레 웃고 있을 때 엘리베이터 문이 열렸다.

지난 가을 그들은 뭉크의 딸 미리암이 연루된 사건을 수사했다. 그녀는 간신히 살아서 탈출했다. 그녀는 아무것도 모른 채 협곡으로 갔다. 부상은 심각했지만 다행히 목숨은 건졌다. 뭉크는 그런 딸을 간호하기 위해 휴가를 냈고, 특별수사반은 뿔뿔이 흩어졌다. 쿠리는 마약수사반으로 배정되었다. 일바는 성범죄전담반으로, 그는 사기전담반으로 갔다. 아네트 골리와 루드비 그뢴리에만 특별수사반에 남아 명맥을 유지했다. 하지만 미아는…. 가브리엘은 미아가 그동안 어디에 있었는지 몰랐지만 자신이 얼마나 그녀를 만날 기대에 부풀어 있는지는 정확히 알았다.

돌아왔다. 마침내. 가브리엘은 엘리베이터에서 내리자마자 익숙한 얼굴과 마주쳤다.

"이게 누구야, 새내기 아빠 아니신가!" 언제나 그렇듯이 호탕한 쿠리가 휴게실에서 나오다가 그를 보더니 어깨를 툭 쳤다. "그래, 미아 맞지?"

"네?" 가브리엘이 물었다.

"그 친구 좀 내버려둬, 쿠리." 루드비 그륀리에가 말했다. "어서 오게, 가브리엘. 다시 만나서 기쁘네."

"그냥 물어봤을 뿐이에요." 쿠리가 키득거렸다. "어쨌든 내기는 내깁니다, 그렇죠?"

"무슨 말이에요?"

"저 친구가 자네를 상대로 실없는 장난을 쳤네." 그륀리에가 이렇게 말하고는 복도로 사라졌다.

"우리가 궁금해하는 건, 자네가 딸 이름을 미아로 지었는지 아닌지야." 쿠리가 씩 웃었다.

"아니요." 그제야 상황을 파악한 가브리엘이 대답했다. "에밀리에라고 지었어요."

"빌어먹을, 내 돈 날아갔네." 쿠리가 윙크를 하고는 가브리엘의 어깨를 다시 툭 쳤다.

"하하." 가브리엘은 멋쩍게 웃으며 자기 방으로 갔다.

가브리엘 뫼르크가 미아 크뤼거를 좋아한다는 사실을 모르는 사람은 없었다. 그랬다. 그는 아기 이름을 미아로 할까 잠시 고민했지만 여자친구인 토브가 단호히 거부했다. 그녀는 그가 최고의 두뇌들과 함께 일하게 되어 정말 좋다고 여러 번 말했다. 하지만 그가 집에서도 특정 동료의 이름을 계속 입에 올려야 하는 상황이 벌어진다면? 말도 안 되는 일이었다.

에밀리에.

가브리엘은 어린 딸을 생각하며 미소 지었다. 그가 막 책상에 앉아 노트북을 네트워크에 연결시켰을 때 휴대폰이 울렸다.

"네."

"잘 지냈어요? 미아예요. 우리를 위해 뭐 좀 확인해줘야겠어요."

"물론이죠, 뭐죠?"

"감식반에서 비비안 베르그의 휴대폰과 노트북이 왔어요?"

"모르겠어요, 확인해볼게요. 그런데 왜 그러시죠?"

"그녀에게 남자친구가 있었나 봐요. 우린 이름밖에 몰라요."

"이름이 뭐죠?"

"세바스티안. 확인 좀 부탁해요."

"그럴게요." 가브리엘은 귀와 어깨 사이에 휴대폰을 끼운 채 키보드를 두드렸다. 화면에 비비안 베르그의 페이스북 페이지가 떴다. "찾았어요, 세바스티안 폴크. 어쨌든 두 사람은 친구 맞네요. 가만 보자…."

"그에 대해 뭐라고 나와 있어요? 그도 무용수예요?"

미아의 음성 뒤편에서 뭉크의 걸걸한 목소리도 들렸다.

"아뇨. 그런 것 같지는 않아요." 가브리엘이 재빨리 화면을 훑어보며 대답했다. "그보다는 익스트림스포츠를 하는 친구 같아요. 여기 아웃도어 스포츠강사라고 나와 있네요. 그게 뭔지 모르지만." 산 정상에 서 있는 젊은 남자. 실내암벽을 오르는 모습. 펍에서 각자 맥주잔을 들고 있는 세 남자. 헬리콥터에 매달린 모습. 물거품이 이는 강에서 카약을 타는 모습. 가브리엘은 사람들이 이렇게 웹사이트에서 사생활의 많은 부분을 기꺼이 공유한다는 사실이 놀랍기만 했다. "음, 뭐라고 말하죠? 아웃도어 액티비티 사진들, 보스

Voss에서 개최하는 익스트림스포츠 주간 링크 화면, 패러슈트 점프라든지 등산 등의 사진들도 보이고요. 관련된 멘션은 거의 없지만 그렇다고 그게 꼭 무언가를 의미하는 것은 아니에요."

"주소를 알 수는 없을까요?"

가브리엘은 다른 탭을 열어 '1881'이라고 타이핑을 했다. "여기에 등록된 세바스티안 폴그는 한 명뿐이에요. 만약 이 사람과 동일인이라면 그는 퇴옌에 살고 있네요. 전화번호를 알려줄까요?"

"루드비에게 알려주고 직접 걸어보라고 부탁해요."

"그러죠."

잠깐 전화에서 침묵이 흘렀다. 가브리엘은 뭉크가 뒤편 어디에선가 뭐라고 소리치는 것을 들었지만 정확한 내용은 알 수 없었다.

"그리고 또 필요한 게 있어요. 이건 좀 더 막연한데, 피해자 가족 중 한 명이 무슨 사건에 연루된 것 같아요."

"예컨대?"

"그건 잘 몰라요. 혹시 비비안 베르그의 가족 중에 범죄 전과를 지닌 사람이 있는지 확인 좀 해줄래요?"

"네, 그럴게요."

"좋아요." 미아가 말했다. "뭔가 알아내면 나한테 문자 줄래요?"

"네. 그런데 여기로 오지 않을 건가요?"

"우린 지금 오페라하우스로 가는 중이에요." 그녀가 말했다.

"알았어요. 만약 뭔가 나오면 연락…." 가브리엘이 말을 마치지도 전에 미아는 전화를 끊었다.

가브리엘은 코트를 벗고, 가방에서 캔콜라를 꺼낸 다음 시스템에 로그온했다. 이곳에 들어온 후 가브리엘은 정부가 평범한 시민에 대해서도 얼마나 많은 정보를 가지고 있는지 알고 충격을 받았다. 일년 전만 해도 이런 곳에 들어오는 백도어를 알아내기 위해인터넷을 이용하곤 했다. 그런데 지금은 키 한 번만 누르면 오픈액세스가 가능했다. 모든 게 너무도 쉬웠다. 유전자 기록, 사진, 지문, 개인정보, 그리고 마지막으로 가장 중요한 범죄정보 기록을 포함한 10개의 다양한 데이터베이스까지. 경찰은 유죄판결을 받은사람뿐만 아니라 범죄 혐의가 있는 사람과 그의 가족구성원 및 친구, 동료들에 대한 정보까지 저장할 수 있었다.

빅데이터. 빅브라더가 보고 있었다. 그의 예전 무정부주의자 해커 친구들이 만약 그가 요즘 뭘 하고 있는지 안다면 자신들의 마이크로칩을 삼킬 것이다. 솔직히 가브리엘에게는 더 이상 그들의 의견이 중요하지 않았다. 물론 처음에는 그렇지 않았다. 그는 참여했던 IRC 채팅방에서 빈정거리는 메시지를 받곤 했다.

너 갈아탄 거냐, 저쪽으로 간 거냐?

그 사실이 지금도 그를 괴롭히느냐고?

천만에, 아니었다.

목에 팻말을 걸고 나무에 매달려 있던 여섯 살 소녀. 촛불로 둘러싸인 깃털 위에서 나체로 발견된 10대. 심장에 부동액 주사를 맞고 살해된 채 산속 호수에서 발견된 22세의 비비안 베르그.

해커 친구들이 어떻게 생각하든 상관없었다.

그는 지금 어엿한 경찰이었다. 콜라를 한 모금 마시며 첫 번째 데이터베이스에 로그온했다. 그는 이 직업에 무한한 긍지를 느꼈다.

10장

크리스안네 스피드쇠는 검은 머리의 우아한 30대 중반 여인이었다. 그녀가 전직 무용수였다는 사실에는 의심의 여지가 없었다. 사무실을 가로질러 걸어와서 커피잔에 커피를 따를 때도 마치 공연의 일부인 듯 입가에 미소를 머금고 고개를 꼿꼿이 세운 채 발레리나처럼 움직였다. 이 아름다운 여인이 아무리 평범한 만남인 양 행동하려 애써도, 이번 살인사건이 그녀에게 얼마나 큰 타격을 주었는지 미아는 확연히 알 수 있었다.

"우유와 설탕은요?" 우아한 여인은 테이블을 가로질러 은쟁반에 놓인 그릇과 주전자를 향해 손을 뻗으며 물었다.

"전 됐습니다. 고맙습니다." 뭉크가 대답했다.

"어쩌다 이런 비극이." 스피드쇠가 미아를 힐끗 보며 말했다.

"심심한 위로를 보냅니다. 충격이 크셨을 겁니다." 뭉크가 더플코트의 단추를 풀며 말을 보탰다.

"말도 못하게 충격적이었어요." 스피드쇠가 고개를 저었다. "믿을 수가 없어요. 아직도 이해가 되지 않아요. 비비안, 그애는, 우리의 작은 햇살이었는데." 그녀가 희미하게 웃으며 커핀잔을 입으로 가져갔다. "바보같이 들린다는 것 알아요. 하지만 그애는 정말 그랬어요. 비비안은 자기도취에 빠진 다른 아이들과 달랐죠. 제 말이 무슨 뜻인지 아시겠어요?"

"글쎄요, 잘…." 뭉크가 헛기침을 하며 대답했다.

"오, 이런! 무용수에 대해 잘 모르시는군요?"

"네, 무슨 말씀인지 잘…." 뭉크가 정중하게 대꾸했다.

"제 동생이 한때 무용을 했어요." 미아가 끼어들었다.

"그래요? 전문적으로요?"

"아니요, 어렸을 때요. 학예회, 그런 데서."

"아, 귀여웠겠다." 스피드쇠가 고개를 끄덕였다. "무용은 슬프게도 문화목록에서 저평가되는 예술형식이죠. 하지만 우리는 거리의 시민들에게 다가가기 위해 최선을 다하죠."

"그녀를 잘 아셨습니까?" 뭉크가 질문하면서 헛기침을 했다.

"비비안요? 그렇기도 하고 그렇지 않기도 해요." 스피드쇠가 커핀잔을 내려놓았다. "발레 예술감독으로서 저는 거의 60명의 무용수뿐만 아니라 발레마스터, 튜터, 예술행정가들까지 책임지고 있거든요. 하지만 가능하면 모두를 개인적으로 알려고 노력하죠."

"그녀를 마지막으로 본 게 언제죠?" 미아가 물었다.

"수요일 오후예요. 요즘 공연이 있어요. 전원이 목요일에 공연하고 금요일에는 쉬죠. 그런데 그 일이 일어나기 전 비비안이 내 방에 들러 월요일에 빠지면 안 되겠느냐고 물었어요."

"그녀가요?"

"나는 그애가 어디 멀리 가는 줄 알았어요."

"혹시 어딜 간다고 말했습니까?" 뭉크가 물었다.

스피드쇠가 은쟁반으로 손을 뻗어 각설탕을 집어 커피잔에 넣었다. "전 집안일이라고 짐작했어요. 죄송해요. 그때 딴 생각을 하느라, 최근 들어 예산이 삭감되어 정신이 없었어요."

"그래서 허락을 하셨나요?"

스피드쇠가 고개를 끄덕였다. "공연 중에는 모두가 밤낮없이 연습하죠. 그래서 가능할 때는 무용수가 알아서 휴가를 가도 개의치 않아요."

"그녀가 어디로 갔는지 짚이는 데는 없습니까?"

"유감스럽게도, 없어요."

미아가 창밖으로 시선을 돌렸다. 멀리 피오르에 떠 있는 배가 보였다.

"어쩌다 이런 비극이. 혹시 밝혀낸 거라도…?"

"아직 없습니다. 유감스럽게도." 뭉크가 대꾸했다.

"비비안이 귀를 뚫었나요?" 미아가 불쑥 물었다.

"무슨 뜻이죠?" 스피드쇠가 미아를 의아하게 쳐다봤다.

"아시잖아요…." 미아가 자신의 귓불을 만졌다.

"아, 잘 모르겠어요. 그런데 왜요?"

미아는 이제 더 명확하게 볼 수 있었다. 꼿꼿한 움직임은 겉모습에 불과했다. 크리스티안네 스피드쇠는 현실을 견뎌내기 위해 당찬 표정을 지었지만 실상은 붕괴 직전이었다. 그녀가 떨리는 손으로 커피잔을 내려놓을 때 잔을 받치는 은쟁반이 덜컹거렸다.

"죄송해요. 전…." 희미하게 웃는 그녀의 뺨으로 눈물이 떨어졌다. 그녀는 결연히 눈물을 닦고 다시 허리를 곧추세웠다.

"사과를 해야 할 건 우립니다." 뭉크가 말했다. "이 일로 얼마나 힘드실지 잘 압니다. 이렇게 시간을 내주셔서 정말 고맙습니다."

"아니에요." 대답하는 그녀의 얼굴에 눈물이 자꾸 흘렀다.

미아는 불편하게 느껴지기 시작했다. 이 모든 슬픔이.

마침 가죽재킷 주머니 속 핸드폰 진동이 그녀를 구했다. 화면에 루드비 그뢴리에의 이름이 떴다.

"전화 좀 받고 올게요." 미아가 양해를 구하고 복도로 나갔다. "네, 말씀하세요."

"그 친구에게 연락을 해봤어." 그뢴리에가 말했다. "세바스티안 폴크. 그는 휴가차 등산을 하러 스위스에 가 있더군. 딱하게도 그녀가 죽은 사실조차 모르고 있었어."

"어떻게 반응해요?"

"완전히 충격 먹었지." 루드비가 대답했다. "말을 잇지 못하더군. 어쩔 수 없이 전화를 끊었다가 나중에 다시 통화했어."

"그들이 어떤 관계인지 물어보셨어요?"

"아주 가까운 친구인 것 같았어. 그게 다야. 다음 비행기를 타고 귀국한다더군."

"돌아오면 우리에게 연락해달라고 하셨어요?"

"나에게 다시 전화해달라고 했지. 기꺼이 돕겠다고 했어."

"잘됐네요. 고마워요, 루드비." 미아가 말하고 전화를 끊었다.

미아가 크리스티안네 스피드쇠의 방으로 돌아오려고 할 때 다시 휴대폰이 울렸다.

"여보세요." 가브리엘 뫼르크였다. "미아, 휴대폰에 무슨 문제 있어요?"

"음, 뭔가가 좀 이상해요. 시간 나면 새 걸 사야겠어요. 그나저나 뭣 좀 알아냈어요?"

"그럼요." 미아는 그가 흥분해 있음을 목소리로 짐작했다. "시간은 좀 걸렸지만 뭔가를 알아냈어요."

"뭔데요?"

"범죄기록 정보에서 카롤리네 베르그가 레이몬드 그레거라는 이름과 관련 있는 항목을 찾아냈어요."

"카롤리네 베르그가 이미 요주의 인물이었어요?" 미아가 놀라서 물었다.

"아니요. 그녀 말고 남자. 그런데 이상하게 파일에는 보되의 경찰변호사 이름 외에 아무것도 없어요."

"자세한 내용이 없어요?"

"네. 그 이름만 나와요. 그래서 내가 보되의 경찰변호사에게 직접 연락해봤어요. 이렇게 말해도 되는지 모르지만, 아주 흥미로워요. 지금 통화 괜찮아요?"

"괜찮아요. 말해봐요."

"밝혀진 바에 의하면," 가브리엘이 말을 이어나갔다. "레이몬드 그레거는 수년 전 이상한 사건의 용의자였어요."

"그가 비비안과 어떻게 연결되는데요?"

"그는 비비안의 삼촌이에요."

"카롤리네 베르그의 오빠라고요?"

"이복오빠예요."

"어떤 사건의 용의자였는데요?"

"흥미로운 건 지금부터예요." 가브리엘이 말을 이었다. "6년 전 보되에서 어린 여자아이의 실종을 둘러싸고 딱히 관계없어 보이는 두 사건이 일어났어요. 소녀들은 결국 찾았지만, 두 아이 모두 똑같이 특별한 진술을 했어요."

"뭔데요?"

"둘 다 어떤 남자의 차를 타고 보되 외곽에 있는 집으로 갔다고."

"아이들을 강제로 끌고 간 건가요?"

"음, 꼭 그렇지는 않아요. 그는 아이를 데리고 놀았대요."

"놀다니요?"

"말 그대로 아이들과 놀았대요. 인형을 갖고 놀고, 티파티도 하고, 드레스도 입고…."

"뭐라구요…?"

"알아요. 나도 지금껏 들은 이야기 중에 가장 기괴했으니까요."

"그런데 왜 데이터베이스에 그런 기록이 없죠?"

"그러게요, 들어봐요." 가브리엘이 열심히 설명했다. "두 아이 모두 그 남자가 레이몬드 그레거가 맞다고 확인해줬는데도 그는 기소조차 되지 않았어요."

"왜죠?"

"잘은 모르지만 일종의 법률상 맹점이 있었던 것 같아요. 그건 아네트가 잘 설명해줄 수 있을 거예요. 어쨌든 그는 석방됐고, 변호사를 통해 기록이 남지 않게 손을 쓴 것 같아요."

"정말 이상하네요. 경찰변호사가 그 이유에 대해 아무 설명도 하지 않아요?"

"네. 그래서 그가 계속할 수 있었던 같아요, 내 추측으로는."

"뭘 계속해요?"

"직장생활요. 그는 교사예요."

"농담하는 거예요?"

"아니요."

"보되에서?"

"아니요. 지금은 그 지역을 떠났어요."

"그럼 그가 지금 어디 있는지 알아요?"

"그럼요." 가브리엘이 의기양양하게 말했다. "제가 이미 알아냈어요. 현재는 헤드럼 학교에 근무해요. 라르비크 변두리에 있는."

"맙소사."

"알겠어요. 선배는 거기에 뭔가 있을 거라고 생각하는 거죠?"

"그래요." 미아가 말했다. "잘했어요, 가브리엘."

"보되에 있는 경찰변호사가 계속 정보를 주기로 했어요."

"좋아요. 그건 아네트한테 처리해달라고 부탁해요."

"그러죠."

미아는 휴대폰을 주머니에 넣고 예술감독의 방으로 돌아갔다.

11장

　토마스 로렌트센은 가브리엘스가테의 자기 사무실에서 휴대폰을 초조하게 바라보며 앉아 있었다. 그는 피할 수 없는 전화를 기다리는 중이었다. 그들이 연락하지 않을 거라고는 생각할 수 없었다. 그들은 연락을 할 것이다. 빌어먹을! 어쩌다 이런 일이 일어났지? 그는 메르세데스 자동차를 일주일 전쯤 사무실 바로 아래에서 도난당했다. 그리고 살인사건 수사 과정에서 차가 발견되었다.

　이해가 되지 않았다.

　책상 위의 휴대폰은 여전히 잠잠했다. 반짝거리는 그 검정색 물건이 자신을 조롱하는 것만 같았다. 아무 소리도 내지 않는 것만으로 자신을 괴롭히고 있잖은가. 그는 그 물건을 벽에 던져버리고 싶은 충동에 사로잡혔다. 이 빌어먹을 놈. 곧 울릴 거면서 왜 나를 계속 기다리게 만드는 거냐? 로렌트센은 휴대폰을 적대적으로 노려보다 넥타이를 느슨하게 풀고 의자에서 일어났다. 창문에 비친 자신의 얼굴을 힐끗 보면서 주류 진열장으로 갔다. 피곤해 보이나?

그는 피곤하지 않았다. 그랬다. 물론 도난당한 차 때문에 스트레스를 받기는 했다. 맹세코, 그는 살인과 아무 관계도 없었다.

아니면 혹시? 다른 일과 관련해서?

로렌트센은 주류 진열장 선반에서 꺼낸 위스키를 크리스털 잔에 따랐다. 그러고는 마호가니 책상 뒤로 온 후에야 자신이 사실상 뛰어서 왔다는 사실을 깨달았다. 빌어먹을 휴대폰. 게다가 스마트하지도 않았다. 영국에서 특별주문한 자신의 개인 휴대폰인 금색 플레이트의 아이폰에는 한참 모자랐다. 자신이 얼마나 돈이 많은지 누설하지 말았어야 했다. 하지만 이미 엎질러진 물이었다. 오, 하느님. 저들은 내가 얼마나 위험을 무릅썼는지 모르는 것일까? 그는 이제 슬슬 애가 타기 시작했다.

빌어먹을, 시신이라고? 그리고 사람들이 콧방귀도 뀌지 않을 그저 그런 마약중독자의 시신도 아니었다. 그 일이 온통 뉴스를 도배했다. 젊은 여자. 발레리나. 호수. 그는 혹시 연결고리를 찾을 수 있을까 해서 자신의 기억을 미친 듯이 뒤졌지만 아무것도 없었다. 우연일 것이다. 우연 외에 달리 설명할 수 없었다. 전날 경찰이 그에게 전화를 걸었다. 그륀리에라는 경찰이었다.

"토마스 로렌트센 씨입니까?"

"네. 그런데요?"

"DN87178로 등록된 메르세데스 벤츠 E220의 차주시죠?"

"그런데요?"

"차량 도난신고를 하셨죠?"

"네. 지난 수요일에요."

"틀림없죠?"

틀림없냐고? 물론 틀림없었다.

차량은 사무실 밖에 주차되어 있었다. 그의 개인 주차공간이었다. 대문 안, 마당에 두면 절도 따위는 당하지 않을 거라고 믿었다. 한데 그것이 없어졌다.

"혹시 절도를 목격했거나 평소와 달리 이상했던 점이 기억나면 경찰에 연락해주시겠습니까?"

로렌트센은 넥타이를 풀며 겨드랑이에 난 땀을 의식했다.

뭔가 기억나는 거? 그게 무엇일까? 그들이 알아냈을까?

혹시 모든 게 나를 체포하려는 계략이 아닐까? 이 모든 게?

그는 의자에 털썩 앉은 뒤 웃음을 터뜨렸다. 그는 중요 인물이었다. 그렇다, 아주 중요했다. 단지 자신을 끌어내리기 위해 언론들이 의도적으로 호숫가에서 죽은 채 발견된 발레리나에 대해 광적으로 보도경쟁을 벌일지도 모른다는 생각이 들자, 절대 그럴 리 없다며 그는 도리질을 쳤다.

침착해, 토마스. 느긋해져. 의사가 한 말을 기억해.

로렌트센은 서랍에서 작은 상자를 찾아내 바닥에 쏟은 다음 흰 알약을 찾아 위스키 한모금과 삼켰다.

경찰? 경찰이 왜 연락을 했지?

어쨌든 그들에겐 경찰 내부의 소식통도 있었다. 이런 경우에 대비해 그들을 보호해주기로 약속된 소식통. 그렇지 않은가?

로렌트센은 책상 위 핸드폰에 시선을 고정한 채 다시 의자에서 일어섰다. 빌어먹을 벨소리.

그는 위스키를 단숨에 마시고 다시 잔을 채웠다. 이번에는 창가에 비친 자신의 모습을 외면하려 애썼다. 그러는 사이 생각은 다시 그 주제로 돌아갔다. 시간이 갈수록 점점 더 신경이 쓰였다. 도난당한 차 때문만은 아니었다. 천만에. 그보다는 다가올 그 순간 때문이었다.

돈을 챙겨서 튀어. 사라져버려.

그는 이마의 땀을 닦았다.

그러면 왜 안 되는데?

그에게는 막대한 돈이 있었다. 예전부터 많았다. 그것은 단지….

다시 의자에 털썩 앉던 그는 자신이 얼마나 지쳤는지 깨달았다.

그들은 머잖아 자신을 찾아낼 것이다.

자신이 어디로 가든 그들은 찾아낼 것이다, 그렇지 않은가?

그들은 사방에 깔려 있었다.

그는 악마에게 영혼을 팔아버렸다. 자발적으로.

빠져나갈 길은 없었다. 로렌트센은 고개를 저으며 셔츠단추 하나를 더 풀었다. 빌어먹을, 여기는 왜 이렇게 더운 거야.

정신 바짝 차려, 멍청아!

오케이, 계획을 세워야 했다. 그는 술잔을 책상에 내려놓고 노트북을 열었다. 비밀번호를 입력하자 접근이 허용되었다. 모니터에 뜬 총액은 믿기 어려울 정도였다. 평범한 시민이 100년 걸려도 벌 수 없는 액수였다.

제네바.

지금 그의 머릿속에서는 모종의 계획이 형태를 띠기 시작했다.

입가에 미소가 떠올랐다. *다음 배송지는?* 그의 손가락이 키보드를 가로질러 날아다녔다. 앞에 나타난 스케줄과 지도를 확인했다. 그에겐 당연히 거래처가 있었다. 저들은 전혀 모르는 거래처.

그저 이번 건만 잘 처리하고, 그 다음엔….

로렌트센은 환하게 웃으며 위스키잔을 비우고 다시 잔을 채우기 위해 비틀거리며 마루를 걸어갔다. 여전히 술잔을 손에 쥔 채로 걸음을 멈췄다.

나는 떠날 것이다. 사라질 것이다.

그는 창문을 보며 조용히 고개를 끄덕였다.

이제 끝났다. 그는 웃으면서 건배를 하기 위해 술잔을 들어올렸다. 그때 테이블에 놓여 있던 물건이 몸부림을 치기 시작했다.

휴대폰 벨이 울리고 있었다.

술잔이 손에서 빠져나갔다. 그는 술잔이 바닥에 부딪치는 소리도 듣지 못했다.

빌어먹을! 토마스 로렌트센은 굳은 채 잠깐 서 있다가 책상에서 휴대전화를 집어들었다.

"여보세요?"

12장

굵은 빗방울이 검정색 아우디의 보닛으로 후드득 떨어지고 있었다. 뭉크는 비를 흠뻑 맞으며 광장을 가로질러 달려와 운전석에 올라탔다.

"마음이 바뀌었어. 우리는 거기로 가지 않을 거야."

"왜요?" 미아가 물었다.

"레이몬드 그레거는 지금 병가 중이야. 게다가 전화도 받지도 않아. 어디 있는지 알 수도 없고."

미아는 가죽재킷 주머니에서 목캔디를 꺼냈다. 빗발이 점점 세졌다. 마치 오케스트라의 퍼쿠션 연주처럼 들렸다. 사람들은 도피처를 찾는 놀란 고양이처럼 뛰고 있었다.

"순찰차를 급파했어. 만약 그들이 레이몬드를 체포하면 재평가를 할 수 있겠지만 지금 당장은 헛수고로 끝날 공산이 높잖아. 그런 상황에 세 시간을 운전하는 건 무리야."

"라르비크 경찰이요?"

뭉크가 고개를 끄덕이며 축축한 외투주머니에서 담뱃갑을 찾았다. "스피드쇠는 어떻게 생각해?"

"그런대로 정직해 보이는데, 반장님 생각은 달라요?"

뭉크가 어깨를 으쓱했다. "난 그녀가 우리에게 모든 것을 말한다고 느끼지 않았어. 뭐, 확신할 순 없어."

그가 담배에 불을 붙인 뒤 창문을 조금 열었다. 빗방울이 차 안으로 들이쳐서 잿빛 연기와 뒤섞였다. 하지만 미아는 아무 말도 하지 않았다.

"어린 소녀들을 유괴한 남자가 어떻게 계속 교사로 근무할 수 있지?" 뭉크가 앞 유리창을 응시하며 짜증스럽게 말했다.

"관련 기록이 없으면 중단시킬 방법도 없겠죠."

"그렇다면 시스템에 심각한 문제가 있는 거지." 뭉크가 중얼거리고 나서 담배를 한 모금 빨았다. 그때 미아의 휴대전화가 울렸다.

"미아 크뤼거 씨입니까?" 남자의 목소리였다.

"그런데요."

"안녕하세요? 토르핀 나켄이라고 합니다. 비슬레트 건물 관리보수회사 직원이죠. 소피에스 플라스 3번지에 거주하고 계시죠?"

"그런데 무슨 일이죠?"

"2층이죠?" 저음의 목소리가 계속해서 말했다.

"실례지만 어디에서 전화하셨다고요?"

"비슬레트 건물 관리보수회사요. 댁의 아파트를 담당하고 있습니다. 귀찮게 해서 죄송한데, 우리 사무실에 도둑이 들어서 보안키를 몇 개 분실했습니다. 혹시 댁에서 평소와 다른 점은 발견하지 못했습니까?"

미아는 담배 연기를 손으로 휘젓다가 좌석 창문을 열면서 물었다. "예를 들면요?"

"원치 않는 방문객이나 분실한 물건이 있다든지, 뭐 그런 거요."

"제가 아는 한 없어요."

"그래요, 다행이군요." 나켄이 안심하는 목소리로 말했다. "이 보안키가 비용이 꽤 듭니다. 건물 전체의 자물쇠를 교체해야 할 것 같습니다. 물론 보험으로 대부분 충당할 거지만요."

"저, 지금 제가 좀 바쁜데요." 미아가 뭉크를 힐끗 보며 말했다. 뭉크는 방금 받은 문자메시지를 확인하고 있었다.

"아, 물론입니다. 죄송합니다. 그냥 확인 차 전화한 겁니다. 그럼 여기에 크뤼거 씨는 '확인'했다고 표시하겠습니다."

"그러세요." 미아가 전화를 끊었다.

"아네트야." 뭉크가 말했다.

"왜요?"

"피해자가 다니던 정신과의사 이름을 알아냈어."

"무슨 정신과의사요?"

"내가 말하지 않았나? 미안해. 비비안의 아파트에서 알약이 발견됐어. 이 정신과의사의 추천으로 동네 병원에서 항우울제를 처방받았어." 뭉크가 휴대폰 화면을 미아에게 보여주었다.

"볼프강 리테르?"

"뭐 생각나는 거 있어?" 뭉크는 내심 반가워하는 게 분명했다.

"아뇨."

"정말이야? 볼프강 리테르, 뉴스 안 봤어?"

미아는 고개를 저으며 가죽재킷에서 목캔디를 하나 더 꺼냈다. 그녀는 오래 전에 TV를 폐기했고, 가능하면 신문도 보지 않았다. 어렸을 때는 뉴스 보기가 의무였다. 가족들은 <u>오스고르드스트란드</u> 집 거실에 있는 텔레비전 앞에 모였다. 하지만 요즘에는 그럴 힘도 없었다. 과거에 미디어는 대중에게 정보를 전달한다는, 일종의 총체적인 책임을 졌다. 지금은 온통 시청률에만 관심이 있었다. 유명 인사들을 이용해서 황금 시간대 시청률과 인터넷 클릭 수를 높이기 위해 숨 가쁜 경쟁을 벌였다. 미아는 심지어 가게에서 신문의 1면을 힐끔거리는 것도 굳이 하지 않았다.

이스라엘과 팔레스타인 갈등의 숨은 이유는?

루홀라 호메이니가 표명한 파트와fatwa(이슬람 세계의 법률 용어로, 법학자들이 《코란》을 비롯한 이슬람 세계의 법원을 바탕으로 한 법적 해석을 의미—옮긴이)에 대해 반기를 든 작가는 누구?

왜 중국 학생들은 천안문 광장에서 시위를 했나?

미아의 어머니 에바 크뤼거는 오스가르덴 학교의 교사였다. 그녀는 딸들이 학교에서 우수한 성적을 받는 것 못지않게 시사에 밝은 것을 중요하게 여겼다. 시그리는 당연히 미아보다 훨씬 우수했다. 모든 면에서 A였다. 미아는 종종 그게 일부 원인이 아니었을까 생각했다. 이를테면 모든 면에서 완벽한 것이 결국 압박감을 주어 일종의 반발로 약물을 하게 된 건 아닐까. 하지만 그것은 공허한 진실이었다. 아버지 퀴레는 그림 판매상이었다. 쌍둥이 입양은 아이 없는 커플에게 하늘이 내린 선물이었다. 어머니는 가끔 까다로

웠지만 지나치게 엄격하지는 않았다. 집에서 선생님 같을 때도 있긴 했지만, 그뿐이었다.

마르쿠스 스코그. 모든 게 그의 잘못이었다.

"닥터 LSDLysergic acid diethylamide(환각제, 흔히 마약류로 분류된다) 정말 몰라?" 뭉크가 다시 물었다.

"누군데요?"

"볼프강 리테르? 블라크스타드 정신병원 원장. 중증 정신질환자에게 환각제를 투여하는 것을 옹호하는 정신과의사지."

"처음 듣는 얘기예요."

"일주일쯤 전에 다큐멘터리를 했잖아, 티비에서."

"안 봤어요. 1970년인가, 그런 시도가 있었던 걸로 알고 있어요."

"그래, 맞아. 요즘에는 안 하지. 그나저나 미아는 지금 어느 행성에 가 있는 거야?" 뭉크가 의자에서 몸을 돌려 미아를 쳐다보았다.

"죄송해요." 미아가 딴생각을 떨쳐버리고 대답했다. "이제 돌아왔어요."

"겉보기에 건강한 젊은 여자가? 우리의 작은 햇살이? 과도한 항우울제라? 좀 이상하게 생각되지 않아?" 뭉크가 수염을 긁적이며 새 담배를 꺼내려다 마음을 바꿨다.

"정말 그래요. 아직 그에게 연락해보지 않았죠?"

"먼저 판사한테 영장을 받아야겠지."

"환자와 의사 간 비밀유지 조항 때문인가요?"

"아네트가 할 거야, 절차이니까. 하지만 오래 걸리지는 않을 거야." 뭉크가 말할 때 다시 휴대폰이 울렸다. "네?"

그녀는 그에게 총을 쏘았다.

가슴에. 두 발.

마르쿠스 스코그.

"그래서 그의 집에 가봤어?"

아냐, 그 생각은 그만해.

"레이몬드 그레거한테, 카롤리네 베르그 말고 다른 가족이 있나? 학교에 연락해서 동료교사들 중에 뭔가 아는 사람이 있는지 찾아보고."

그녀의 아파트, 상자에 넣어둔 기억들.

"차는 그의 집 밖에 대놓고. 요주의 인물로 공고를 해줘. 그래. 우리에게 아주 중요한 참고인이야. 동원 가능한 수단을 총동원해줘. 새로운 내용 있으면 나에게 계속 알려주고. 고맙네." 뭉크는 전화를 끊고 인상을 찌푸렸다.

"라르비크 경찰이에요?"

"응. 레이몬드 그레거를 찾지 못했대. 집에 없다더군. 이웃들도 일주일 전부터 그를 못 봤고."

"그래요?"

"우연의 일치일 뿐이야, 안 그래?"

"그래요. 다시 그녀를 만나봐야겠죠?"

"카롤리네 베르그?"

"네."

"생각하기도 싫지만 그래야겠지." 뭉크가 한숨을 쉬며 손가락으로 운전대를 톡톡 쳤다. "나랑 같이 법의학자 만나러 갈 거지?"

"아니요. 전 감식반의 할보르센을 만나보려고요. 지금쯤 뭔가 들을 수 있을 거라고 기대했는데, 아직 연락이 없는 게 이상해요. 아직 아무것도 발견하지 못한 게 분명해요."

"좋아. 그럼 가는 길에 내려주지." 뭉크는 이렇게 말하며 주차장에서 차를 뺐다.

"법의학자한테 피해자의 입에 난 상처에 대해 물어보세요." 브륀살렌에 위치한 크리포스 건물에 이르렀을 때 미아가 입을 열었다.

"무슨 상처?"

"비비안 베르그의 입가에 상처가 있었어요. 그런 상처는 예전에도 본 기억이 없어요."

"오케이."

"오늘 늦게 팀 브리핑 있죠?"

"7~8시 사이에."

"그럼 그때 봬요." 미아가 말하고 나서 차에서 내렸다.

13장

뭉크가 초인종을 누르고 기다리자 어떤 목소리가 들렸다. 신임 법의학자, 릴리안 룬드. 뭉크는 내심 그녀를 만나기를 기대했다.

"네?"

"홀거 뭉크입니다."

"아, 네. 어서 오세요. 여기는 1호실이에요. 저기 복도 끝으로 가세요. 음악 소리를 따라서 가시면 됩니다."

음악이라고?

뭉크는 안으로 들어갈 때까지 말뜻을 이해하지 못했다. 음악 소리는 그를 복도 끝으로 안내했다. 그렇지 않았다면 음울했을 부서는 뜻밖에도 감성적이었다. 그 음악이 무엇인지 알아차린 뭉크는 미소를 짓지 않을 수 없었다. 바흐. 그가 개인적으로 좋아하는 음악가였다. 게다가 여느 음반도 아니고 골드베르크 변주곡이었다. 그의 집에도 소장되어 있는 CD. 어찌나 많이 들었는지 뭉크는 음악을 거의 외울 지경이었다. 글렌 굴드의 연주였다. 천재라는 건

의심의 여지가 없지만 한편으로 광기의 경계에 있는 예술가였다. 뭉크는 미아를 생각하지 않을 수 없었다. 다만 미아는 지금 훨씬 좋아진 것 같았다.

"계십니까?"

뭉크는 음악이 흘러나오는 방문을 노크한 뒤 들어가려고 했다. 그때 흰 비닐 앞치마에 마스크를 쓰고 라텍스 장갑을 낀 젊은 남자가 그를 불러세웠다. "누구시죠?"

"뭉크라고 합니다." 그가 신분증을 들어 보이며 말했다. "특별수사반, 마리뵈스가테에 있죠. 릴리안 룬드 씨를 만나러 왔습니다."

안으로 들어서자 음악 소리가 더 크게 들렸다. 부드럽고 아름다운 선율이 흐르는 잿빛의 차가운 방. 수술대에 누워 있는 시신과 대조를 이루었다.

"안녕하세요, 뭉크 반장님." 뒷방에서 나타난 여자가 악수를 하기 위해 장갑을 벗으며 인사했다. 그녀가 쓰고 있던 마스크를 아래로 당기며 미소 지었다. "릴리안 룬드예요."

검은 머리에 투명하고 푸른 눈. 만약 그에게 추측해 보라고 한다면 나이는 그의 또래쯤 되어 보였다. "반장님네 것은 아니예요." 룬드가 수술대 위 시신을 향해 고갯짓을 하며 말했다. "그녀는 2호실에 있어요. 여기 일이 끝나면 그리로 갈 거예요."

"복도에서 기다리겠습니다."

"좋아요." 릴리안 룬드가 다시 웃으면서 조금 전 뭉크를 불러세웠던 젊은 남자를 돌아다보았다. "부탁했던 샘플들 다시 만들어줄래요?"

"다시요?"

"내가 보기에 오염된 게 분명해요. 수치가 너무 높아요."

"네, 그러죠." 젊은 금발 남자는 뭉크를 힐끗 보며 대답한 뒤 왔던 길로 다시 사라졌다.

복도로 나온 뭉크는 의자를 발견하고는 담배를 한 대 피울까 생각했다. 예전에는 이런 일 따위 문제도 되지 않았다. 그가 맡은 대부분의 사건을 담당했던 병리학자 에른스트 휴고 비크는 괴짜였지만, 규율 따위는 신경도 안 쓰는 골초라는 점에서 뭉크에게는 최상의 파트너였다. 하지만 릴리안 룬드가 부임하면서 뭔가 규율에 변화가 생겼을 거라고 짐작한 뭉크는 담배를 피우지 않기로 했다.

몇 분 후 그녀가 그에게 왔다.

"휴, 죄송해요." 룬드가 뭉크의 맞은편 의자에 털썩 앉았다. "나흘 사이에 네 구의 시신이 들어왔어요. 반장님네 그 시신 외에 세 명 모두 마약 과다복용이었어요. 이 순간에도 오슬로는 그런 사람들로 흘러넘쳐요."

"마약 과다복용자도 여기로 오나요?" 뭉크가 놀라서 물었다.

"그럼요. 왜 안 되나요?"

"아닙니다. 그저 저한테는 생소한 얘기라."

"새 사람이 오면 규칙도 바뀌어야죠." 릴리안 룬드가 상냥하게 대꾸했다. "전 어떤 경우든 제 눈으로 확인하고 싶어요. 당연히 그래야겠죠, 그렇지 않아요?"

"그럼요, 당연하죠." 고개를 끄덕거리는 뭉크는 이 신임 병리학자를 보며 마음이 따뜻해졌다. 빈틈없고 헌신적인…. 스피커에서 흘러나오는 글렌 굴드는 덤이었다.

"그녀를 보실래요? 아니 사진으로만 보고 싶어하신다고 들었는데, 그 얘기가 사실인가요?"

"무슨 말씀인지?"

"제가 잘못 들었나요? 시신을 볼 필요가 없다고 했던 그 형사님 아니세요?"

"미아 크뤼거 말이군요." 뭉크가 웃으면서 말했다.

"아, 그렇군요. 죄송해요."

"사과할 건 없습니다. 현재까지 밝혀진 게 뭐죠?" 그가 의자에서 일어나며 물었다.

"'현재까지'라니 무슨 말씀이에요?" 룬드가 되물었다. "그나저나 저기 벽장에 방호복이 있을 거예요."

시신을 참관하는데 흰색 비닐 가운을 입으라고? 비크 재임 시절에는 결코 없는 일이었다. 법의학연구소는 확실히 새로운 관리자 아래 있었다. 그건 의심할 여지가 없었다.

"시간이 많지 않았기에 드리는 말씀입니다."

"하아, 뭐든지 시간이 많아야 한다는 것은 신화죠. 가끔 그런 경우도 있지만 이 경우에는 사인이 간단해요."

룬드는 다시 마스크를 쓰고는 뭉크에게 다른 방으로 따라오라고 손짓했다. 그녀가 시신을 덮은 흰 시트를 걷어 여자의 가슴을 가리켰다. 해부하느라 절개했던 곳은 대충 꿰매어져 있었다. 뭉크는 순간 앞에 놓인 시신이 진짜가 아니라는 생각이 들었다. 그는 자신의 직업에서 이런 순간을 결코 좋아하지 않았다. 흔치 않지만 TV 시리즈에서 강심장 수사관들이 표정 하나 바뀌지 않고 시신을 들여다보는 모습을 볼 때면 방송국에 전화를 걸어 항의하고 싶은 충동이 들곤 했다. 그들은 힘겨운 상황을 너무도 가볍게 처리했다. 게다가 절대로 현실적이지 않았다.

"여기 바늘자국이 있어요. 제가 크리포스에 보낸 보고서 보셨죠? 에틸렌 글리콜?"

뭉크가 고개를 끄덕였다.

"전에는 이런 것을 본 기억이 없어요. 반장님은요?"

뭉크는 대답하지 않았다. 그는 앞에 누운, 난도질당한 생명 없는 흰 몸뚱이로 인해 상대에 대한 경외감마저 들었다. 수사관 생활 30년이 되었지만 뭉크는 결코 이런 상황에 익숙하지 못했다. 죽음. 생명의 마감. 그러고는 올레볼 병원 회색 지하실 방 수술대 위에 누워 과학적 호기심의 대상이 되어버린….

"시신을 가려드릴까요?" 룬드가 뭉크를 다정한 눈길로 보며 물었다.

"그럼 좋죠."

"이해해요. 늘 하는 일이지만 저 역시 언제나 힘들죠."

"또 뭐라고 말씀하셨죠?" 뭉크가 다시 전문가의 얼굴로 물었다.

"전에 이런 경우를 본 적이 있으시냐고요, 부동액 말예요."

"아니요, 이런 경우는 처음입니다. 전혀 본 적이 없어요. 사람이 부동액에 중독된 사건은 여러 번 봤지만 언제나 긴 시간을 두고 경구로 중독된 경우였습니다. 그런 경우 대체로 나중에는 회복이 됐어요. 장기간에 걸쳐 해를 입었지만 목숨은 건졌죠. 이 용액으로 누군가를 살해하려면 대량 주입해야 하죠."

"알아요." 룬드가 입술을 깨물며 고개를 끄덕였다. "대단한 냉혈한이에요. 그렇게 생각하지 않으세요?"

"무슨 뜻이죠?"

"전 형사는 아니지만 누구나 이렇게 가까이에서 남의 심장에 바늘을 찌를 순 없죠."

"그게 아직은 수사 초반이라…."

"이해해요." 룬드가 허연 몸뚱이 아래쪽으로 이동하며 말했다. "질에, 강제로 삽입한 흔적은 없어요. 정액도 발견되지 않았고요. 제가 보는 한 적어도 성적인 동기는 아닌 것 같아요."

뭉크는 말없이 고개를 끄덕였다.

"손톱과 손은," 룬드가 가리켰다. "이상할 정도로 깨끗해요. 아무 흔적도 없어요. 마치 누군가 일부러 씻은 것처럼."

"그래요?"

"네." 룬드가 얼굴을 찌푸렸다. "몸의 다른 부분도 마찬가지예요. 아무것도 보이지 않아요."

"하지만 피해자는 발견되었을 당시 물속에 있었습니다."

"알아요, 그렇더라도 뭔가 있어야 해요. 그 흔한 멍도 없잖아요? 상처도 없고요. 분명 저항한 흔적이 약간이라도 있어야 하는데…. 제 말은, 그녀처럼 멀쩡한 젊은 여자라면요."

"우리는 피해자가 사건현장에 스스로 걸어갔을 거라고 추정하고 있습니다." 뭉크가 낮은 목소리로 말했다.

"그래요?" 룬드가 놀란 표정을 지었다.

"네. 지금까지 수사한 바로는 그래요."

"혹시 염두에 두고 있는 누군가가 있으신가요?"

"몇 사람 조사하고 있습니다만 현재 구체적인 용의자는 없습니다, 안타깝게도."

"제가 아직 설명할 수 없는 한 가지가 있어요." 룬드가 수술대 위쪽으로 걸음을 옮기며 말했다.

"그게 뭐죠?"

"피해자의 입 보셨어요?"

"네?"

"어느 시점에 테이프가 붙어 있었을 거라고 추측할 수도 있겠지만요…. 저도 처음에는 제대로 보지 못했는데, 거기 뭔가 있더군요. 이것 보셨어요?" 그녀가 시신의 입가 피부를 가리켰다. "이건 정상이 아니에요."

"뭐가요?"

"이 수포요. 꼭 화상처럼 보여요. 보이세요?"

"네. 그렇지 않아도 미아가 당신에게 물어보라고 하더군요."

"잘 보셨군요." 룬드가 말했다. "이건 테이프 때문에 생긴 게 아니에요. 실은 저도 이게 뭔지 모르겠어요. 그래서 테스트를 위해 샘플을 보낼 생각이에요."

"그 결과를 언제쯤 받아볼 수 있을까요?"

"오래 걸리지는 않을 거예요, 아마 내일 오전쯤."

그때 금발의 젊은 직원이 노크 없이 들어오는 바람에 대화가 중단되었다. 어떤 이유인지 그는 뭉크의 시선을 피했다.

"방해해서 죄송한데, 시신이 또 들어왔습니다."

"마약 과다복용이에요?" 룬드가 물었다.

"네."

"빌어먹을! 아, 말이 험했네요. 그런데 도대체 이 도시가 어떻게 돼가고 있는 거죠?"

그녀가 짜증스럽게 고개를 저으며 문으로 향했다. 뭉크는 그녀를 따라 복도로 나갔다.

"죄송하지만 지금 가봐야 해요." 릴리안 룬드가 장갑과 마스크를 벗고 악수를 청했다.

"도와줘서 감사합니다."

"천만에요. 뭔가 알게 되면 바로 전화 드릴게요." 법의학자가 말한 뒤 음악 소리가 나는 곳을 향해 빠른 걸음으로 걸어갔다.

14장

　연구실에서 구부정하게 앉아 현미경을 들여다보던 테오 할보르센은 미아가 들어오는 것을 보고 얼른 고개를 들었다.

　"문빔!" 그가 환하게 웃으며 소리쳤다. "오랜만이야. 그동안 어디에 있었어?"

　미아도 미소로 화답했다. "슬프지만, 아무 데도."

　"아, 또 잘렸다더군. 그렇지? 그거 때문이었어?" 할보르센이 안경을 벗으며 물었다.

　"어떤 사람들이 그렇게 말해요?"

　"당신이 물어보는 사람이 누구냐에 따라." 유쾌한 전문가가 어깨를 으쓱했다. "누구는 당신이 쫓겨났다고 하고, 누구는 배를 탈 거라고 하고."

　"후자가 사실이에요, 거기까지는 가지 못했지만. 지금 발레리나 사건 다루고 있죠? 내 말이 맞죠?"

　"맞아, 유감스럽게도." 할보르센이 한숨을 내쉬었다. "게다가 다른 일도 산더미야. 시간이 충분하지 않아. 내가 제대로 할 수 있을 거라고 생각해?"

구부정한 감식반원은 양손을 내던지듯 들고는 주위를 둘러보았다. 길쭉한 연구실은 각종 서류와 바닥부터 천장까지 쌓인 상자들로 빽빽했다. 방에는 창문도 없었다. 3층인데도 마치 지하실에 있는 듯한 느낌이었다. 미아는 할보르센이 정신이 산만해지는 걸 막으려고 일부터 햇빛 차단을 요청했다는 이야기를 들은 적 있다.

테오 할보르센. 미아는 지난 10년 동안 50여 명의 감식반원을 만났다. 그는 업무에 관해 우는 소리를 잘하는 것으로 악명이 높았지만, 해답이 필요할 때 그녀가 찾아갈 수 있는 상대는 그 외에 달리 없었다. 할보르센은 작은 아인슈타인과 같았다. 다른 사람들과 일하기보다 모든 것을 혼자 하기를 좋아했지만 그 결과는 언제나 2층에서 나오는 것보다 훨씬 낫고 정확했다.

"그럼 별장에도 다녀오지 않았어요?" 미아가 그를 따라 방을 가로질러 가며 물었다.

"내가 그럴 시간이 어디 있어?" 할보르센이 다시 안경을 쓰며 대꾸했다. 그는 걸상을 찾아 올라선 다음 선반에서 작은 종이상자를 내렸다.

"브리트는 잘 지내죠?"

"아직 나를 버리지 않았어, 바보같이." 할보르센이 윙크를 하며 종이상자를 현미경 쪽으로 옮겼다

"저거 내 거예요?" 미아가 고갯짓으로 상자를 가리키며 물었다.

"무슨 말이야?"

"저거요. 왜 내 사건이 저렇게 구석에 처박혀 있어요?"

"문빔." 할보르센이 한숨을 내쉬며 참을성 있게 고개를 저었다. "당신이 사람들을 마음대로 부리고, 또 당신의 주술에 걸린 사람들이 기꺼이 스스로 장님이 된다는 걸 알아. 하지만 나는 아니야. 나는, 내 원칙대로 해."

"이건 뭔데요?"

"치아." 그가 푸른색 라텍스장갑을 끼며 말했다. "모든 살인이 심미적·지능적으로 만족스럽다든지 쾌감을 위해 저질러지는 것은 아니지. 에르퀼 푸아로(애거사 크리스티의 소설에 나오는 명탐정)나 젊은 크뤼거가 그들의 작은 회색 뇌세포를 가동해서 해결하는 것도 아니고. 게다가 역사책에 기록되는 것도 아니고." 할보르센은 다시 한숨을 쉬며 상자를 열었다. "젊은 마약상이 망글레루드 쇼핑센터 뒤편에서 쇠지레로 맞아죽었어. 지금 경찰은 소피엔베르크 공원에서 입에 피를 흘린 채 발견된 갱스터와 어떤 관계가 있는지 수사 중이야. 구미가 당기지 않아?"

할보르센은 이렇듯 뭐든지 불평하는 것으로 유명했지만 미아는 언제나 그가 좋았다. 그들은 여러 건의 사건을 함께 해결했고, 그는 매 같은 눈으로 경찰이 필요로 하는 정확한 증거를 찾아냈다. 그리고 미아는 그런 투덜거림이 그저 일이 뜻대로 되지 않을 때 겉으로 드러내는 그만의 방식이라는 점을 잘 알았다.

미아는 참을성 있게 기다렸다. 마침내 그가 관찰하던 누런 치아가 상자에 담겼다. 그는 등 뒤 작업대에 놓인 노트북에 뭔가를 입력했다.

"좋아. 이제 미아 차례야."

"비비안 베르그?"

할보르센은 바닥을 가로질러 의자를 굴려간 다음 파일 하나를 미아에게 건넸다.

"하지만 이건 벌써 본 건데." 미아가 몇 페이지 뒤적이다 말했다.

"알아. 하지만 내가 알아낸 건 그게 전부야."

"이거 당신이 크리포스에 보낸 보고서 아니에요?"

노트북을 보던 할보르센이 고개를 끄덕였다. "맞아. 그리고 난 그들에게 거기 쓴 대로 말했지."

"뭐라고?"

"장난하느냐고. 도대체 나보고 거기에서 어떻게 증거를 찾아내라고 하느냐고."

"무슨 말이에요?"

"미아, 그거 읽어보지 않았어?"

"읽어봤죠. 아니, 자세히 보지 않았어요. 뭐라고 썼는데요?"

할보르센이 한숨을 내쉬었다. "이건 서커스다, 그렇게 썼어."

"서커스?"

"정말 읽어보지 않았군? 난 가끔 도대체 왜 힘들게 이 일을 하는지 모르겠어." 할보르센이 의자를 굴려서 다시 서류가 있는 곳으로 돌아왔다. 그가 미아에게 내밀었던.

"자세히 얘기해봐요." 미아가 서류를 흘끗 보며 말했다.

"너무 많아."

"무슨 뜻이에요?"

"누군가 경찰을 혼란스럽게 만들고 있어."

"어떤 의미에서?"

할보르센이 미아에게 주었던 서류를 가리켰다.

"DNA."

"네?"

"사건현장은 노르웨이의 어느 산속 어느 호숫가잖아? 한데 그 차와 사건현장에서 수집한 체모와 피부 샘플이 공공수영장 배수구에서 수집한 것보다도 더 많으니 내가 어떻게 이 일을 하겠어?"

"이게 메르세데스에서 나온 거예요?"

"그리고 스바르센 호수에서 나온 것까지." 감식반원이 고개를 끄덕이고는 다시 노트북이 있는 곳으로 의자를 굴렸다. "당신이 보고 있는 그대로야, 문빔…." 그는 미아가 볼 수 있게 노트북 각도를 맞춘 다음 서류 파일을 열었다. "이걸 보라고."

미아는 모니터를 보았지만 도무지 이해가 되지 않았다. "내가 보고 있는 게 뭐죠?"

"어지럽지. 61개의 체모 샘플. 49개의 피부 샘플. 9개의 배설물 샘플. 그 중 어느 것도 DNA가 일치하는 게 없어. 이 결과에 따르면 사건현장과 메르세데스에는 100명 넘는 사람이 있었어. 이런 판국에 내가 어떻게 이 작업을 할 수 있겠냐고."

"그럼 범인이 사건현장을 오염시킨 건가요?"

"이봐요, 셜록 선생. 우리가 정확히 말할 수 있는 유일한 사실이 바로 그거요." 할보르센이 줄이 달린 안경을 가슴께로 늘어뜨리며 말했다. "실질적인 질문은 도대체 범인이 이 모든 것을 어떻게 구했느냐는 거지. 이토록 많은 머리카락과 피부 샘플과 배설물을. 도대체, 누가 이렇게 할 수 있을까?"

미아는 딱히 대꾸할 말을 찾지 못햇다.

"이건 그렇다 치고," 할보르센이 갑작스럽게 의자에서 일어나며 덧붙였다. 그가 연구실 뒤편으로 사라지더니 카메라를 가지고 돌아왔다. "당신들이 해야 할 일들이 많은데, 이런 일까지 일어났어."

"이게 사건현장에서 발견된 카메라예요?"

"응, 니콘 E300. 물론 지문은 없어. 카메라에든 삼각대에든. 그런데…." 할보르센이 의미심장한 미소를 띠며 미아에게 카메라를 건넸다. "렌즈 좀 살펴봐."

미아는 카메라를 빛을 향해 들고 렌즈를 들여다보았다.

"보여?"

시간이 좀 걸렸지만 미아는 결국 발견했다.

렌즈의 긁힌 자국.

"어머, 세상에." 그녀가 중얼거렸다. "제발 사실이 아니라고 말해줘요."

이제 더 또렷하게 볼 수 있었다.

숫자였다.

"이런." 그녀가 중얼거리며 다시 렌즈를 들여다보았다.

"내가 보기에는 숫자 4같은데…, 형사는 당신이니까." 할보르센이 어깨를 으쓱하며 말했다.

미아는 가죽재킷 안 심박동이 빨라지는 것을 느꼈다.

숫자?

그녀는 다시 카메라를 들어 눈에 갖다 댔다.

그랬다. 거기에 있었다.

"내가 사진을 찍어봤지." 그가 일어서며 중얼거렸다.

"이 카메라를 이용해서요?"

"응, 시험 삼아."

미아는 얼른 사진을 살펴보았다. 틀림없었다.

4.

렌즈에 투박하게 긁어서 낸 자국.

"내가 이것 가져도 되죠?"

"물론."

"고마워요, 테오." 미아는 사진을 주머니에 넣으며 인사했다. "진심이에요."

"그런 일 하려고 내가 이 자리에 있는걸."

"브리트에게 안부 전해주세요. 다른 것 알게 되면 나한테 알려줘요, 알았죠?"

"물론이지." 할보르센이 대꾸했다. "필요한 것 있으면 뭐든지 전화만 해."

"그럴게요, 테오. 또 만나요."

"언제든지." 유쾌한 감식반원은 웃으며 이마에다 손가락을 세워 보였다.

15장

"처리해야 할 일은 많지만 시간은 부족하니, 부디 간결하게 할 수 있겠지?" 뭉크가 스크린 옆에 서서 말했다.

가브리엘 뫼르크가 콜라캔을 내려놓고 막 자리에 앉자 조명이 꺼졌다.

"저 들으라고 하는 말씀이죠?" 쿠리가 목소리를 높여 대꾸했다.

"자네가 끝까지 질문을 자제해주면, 당연히 그게 최고지." 뭉크가 옆 테이블에 놓인 서류를 재빨리 넘기며 받아쳤다.

방 안에 나지막이 웃음소리가 들렸지만 스크린에 첫 번째 사진이 뜨자 즉시 잠잠해졌다.

"비비안 베르그, 22세." 뭉크가 연쇄적으로 사진들을 클릭하며 말했다. "목요일 오후에 세인트 한스하우겐 아파트에서 실종됐으며, 토요일 아침 스바르센 호수의 물속에서 발견되었다."

"확실한가요?" 쿠리가 물었다.

"욘. 확실하냐니, 뭐가?" 뭉크가 한숨을 쉬며 반문했다.

"지난 목요일에 그녀의 아파트에서 사라졌다는 사실요."

"아네트?" 뭉크가 골리를 향해 고개를 까딱했다.

아테트 골리가 자리에서 일어났다. "그녀가 아파트 단지에서 목요일 오후에 나서는 것을 본 목격자가 두 명이 있어요. 5시에서 5시 반 사이에. 우리가 방금 입수한 영상에 따르면 이는 사실로 보여요. 그런데⋯."

"영상이라고요?" 쿠리가 물었다. 그는 최신 정보를 듣지 않은 게 분명했다. 그들은 길모퉁이 상점의 CCTV에서 비비안 베르그가 아파트를 떠나는 모습이 담긴 화면을 입수했다.

"끝날 때까지 질문을 자제하기로 한 것 같은데?" 뭉크가 말했다.

"압니다. 그런데⋯."

"아직 이 사실을 듣지 못한 분을 위해 설명하자면," 아네트가 심드렁한 어조로 계속했다. "우린 지금 세 개의 비디오를 입수했어요. E18도로로 달리는 메르세데스의 모습. 산비카 쇼핑센터를 지나는 메르세데스. 그리고 세 번째 영상에는 비비안이 자기 아파트를 나와 아마도 메르세데스를 향해 걸어가는 모습이 담겨 있어요. 그리고 법의학자에 따르면 비비안은 발견될 당시 24시간이 좀 못 되는 시간 동안 물 속에 있었어요." 아네트의 설명이 계속됐다. "산비카에서 찍힌 마지막 영상은 메르세데스가 목요일 오후 7시 직전 쇼핑센터를 지나는 모습이에요. 그러니까 그로부터 대략 24~36시간 사이에 범행이 저질러진 것으로 추정할 수 있어요." 아네트가 뭉크를 바라보았고, 뭉크는 동의한다는 듯 고개를 끄덕였다.

"산비카에서 스바르센까지 얼마나 걸리죠?" 일바가 물었다.

이 젊은 아이슬란드 출신 여성은 지난 가을 특별수사반에 합류했다. 그리고 통상 그렇듯 뭉크가 그녀를 어떻게 발탁했는지는 아무도 몰랐다. 하지만 그녀는 팀에 더없이 적합했다. 가브리엘은 자신이 이 팀에서 더 이상 막내가 아니라는 사실을 기뻐했다. 통상 경험 많은 수사관들은 이런 자리에서 많은 것을 그러려니 하고 넘어갔다. 그럼에도 일바가 이런 질문을 하는 덕분에 그는 아마추어처럼 보이지 않았다.

"많이 걸리면 두 시간." 골리가 대답했다.

"그럼 그녀는 줄곧 차에 타고 있었을까요?" 일바가 다시 물었다. "24시간 넘게?"

"우리가 나중에 직접 가볼 거야." 뭉크가 말한 뒤 아네트 골리에게 고갯짓을 했다.

"그러니까," 골리가 계속해서 설명했다. "비비안은 목요일 오후에 사라졌어요. 크리포스에 따르면 그녀는 서둘러 집을 나선 걸로 보여요. 휴대전화를 집에 두고 갔더군요. 커피테이블 위에는 노트북이 열려 있고, 오븐에는 음식이 들어 있었어요. 저녁식사를 준비하던 중 서둘러 외투를 입고 계단을 내려와 조용히 아파트를 떠난 걸로 보여요."

"엥?" 쿠리가 참지 못하고 입을 열었다. "아무것도 가져가지 못할 만큼 급박한 상황에서 조용히 떠났다고요?"

"우리가 주목해야 할 또 다른 점은, 그녀의 아파트에서 발견된 처방약이에요." 골리가 말을 이어나갔다. "지금쯤 아셨겠지만 항우울제와 진정제가 발견됐어요. 비비안이 행복하지 않았음을 짐작할 수 있죠. 우리는 그녀의 주치의와 정신과의사에게도 연락을 했어요. 곧 그녀의 병력기록을 입수할 거예요."

"고마워, 아네트." 뭉크가 말하자 골리는 자리에 앉았다.

"레이몬드 그레거는," 루드비 그륀리에가 일어서서 말했다. "뭔가 이상한 데가 있습니다. 그에 대해선 별로 알아낸 게 없어요. 보되 경찰도 별 말이 없고. 변호사가 개입해서 이런저런 걸로 경찰을 협박한 게 분명해요. 그렇기는 해도 몇 년 전 그가 고소당한 사건 즉, 어린 소녀 두 명이 실종됐던 사건으로 우리가 그를 소환한다든지, 어떤 식으로든 우리에게 도움이 되도록 엮어볼 여지는 보이지 않습니다. 다만 우리가 알고 있는 사실은 이겁니다. 그는 현재 58세이며 싱글입니다. 라르비크 근처 헤드룸 학교에서 교사로 있는데 현재는 병가 중이에요. 이유는⋯." 그륀리에가 안경을 쓰고 자신의 서류를 뒤적였다. "음, 아직 알아내지는 못했지만, 어쨌든 그와 면담을 해야 할 것 같습니다. 라르비크 경찰이 지금 그를 찾고 있어요. 그쪽에, 현재로서는 그가 가장 유력한 용의자라고 분명히 말해뒀습니다."

"그 자의 휴대폰은요?" 가브리엘이 처음으로 입을 열었다.

"텔레노르에 따르면, 목요일 이후부터 전원이 꺼져 있다더군." 그륀리에가 자리에 앉으면서 대답했다.

"피해자 휴대폰에는 뭐가 없나요?" 일바가 물었다.

"내가 받은 통화기록에 의하면," 가브리엘이 말했다. "그녀는 삼촌과 연락하고 지내지 않았어요. 페이스북에서도 친구 사이는 아니었고. 그들이 접촉했으리라고 짐작할 만한 것은 없었어요."

"그륀리에가 방금 말했듯이 레이몬드 그레거는," 뭉크가 확실히 못을 박았다. "현재로서는 우리의 가장 유력한 용의자다. 라르비크 경찰이 그를 찾고 있다. 만약 찾지 못하면 밤이 지나 그에 대한 수색을 강화할 예정이다. 미아?"

"몇 가지 말씀드릴 게 있어요." 미아가 스크린 앞으로 걸어나갔다.

그녀가 뭉크를 보며 고개를 까딱했다. 스크린에 새로운 사진이 나타났다. 가브리엘은 처음 보는 사진이었다.

"이건 카메라 렌즈를 긁어서 새긴 거예요."

"그게 뭐죠?" 일바가 안경을 콧잔등 위로 올리며 물었다.

"숫자예요. 4." 미아가 다시 뭉크를 보며 고개를 까딱했다. 그가 다른 사진을 클릭했다. 이번에는 좀 더 또렷하게 보였다.

"처음에는 카메라를 가지고 가해자가 이 일, 음, 살인을 찍은 줄 알았어요. 그러니까 자신의 행위를요. 그가 시각적인 기록을 원했나 보다 생각했어요. 하지만 이제 저도 잘 모르겠어요."

"범인이 남자라는 거야?" 쿠리가 미아의 말을 가로챘다.

"삼각대 주변에 난 발자국을 보니 사이즈가 43이었어요." 미아가 차분히 대답했다.

"남자의 신발을 신은 여자라면 어쩌려고?"

"그럼 발자국 가운데가 더 움푹하고 가장자리는 희미하겠죠." 스크린에 또 다른 사진이 떴다. 이번에는 책에서 떼어낸 한 페이지였다. "이 책의 뜯겨진 페이지 숫자를 주목하세요." 미아가 계속했다. "범인은 이 숫자가 별 의미 없다고 말하고 있어요."

"왜…."

일바가 입을 열려 했지만 미아는 무시하고 뭉크를 향해 다시 고개를 까딱했다.

이제 나는 악마가 되었다. 미아가 스크린에 뜬 책의 인용구를 손으로 가리켰다. *그것을 생각하면 나는 참을 수가 없다. 하지만 생각하지 않을 수가 없다.* "《사자왕 형제의 모험》에 나오는 구절이에요. 동생 칼 레욘이 불에 대해 하는 말이죠. 칼은 병약하고 누군가의 도움을 필요로 하죠. 그리고 영웅인 그의 형 요나탄(흔히 '욘'이라는 애칭으로 부름)은 그런 동생을 살리려고 목숨을 희생해요. 나중에 사람들은 요나탄 대신 동생이 죽었어야 한다고 생각하죠." 상황실 안에 침묵이 흘렀다. "그러니까 우리가 갖고 있는 숫자 4가," 미아가 계속했다. "이게 첫 번째 단서예요. 그리고 이 책 한 장이 두 번째 단서예요. 우린 여기에서부터 시작할 필요가 있어요."

"하지만⋯." 일바가 큰 소리로 나섰지만 다시 한 번 가로막혔다.

"그 다음 우리는 이걸 볼 필요가 있어요. 자, 이 CCTV 장면은 비비안이 지난 목요일에 아파트를 떠나는 모습이에요. 그녀의 걸음걸이에 주목하세요. 나는 무용수에 대해 잘 알아요. 그들은 나긋나긋, 고양이처럼 걷죠. 몸 근육 하나하나를 조절하면서요."

"요점이 뭐야?" 쿠리가 물었다.

"이 여자는 무용수가 아니에요." 미아가 나지막이 말하며 뭉크를 향해 고개를 까딱하자 뭉크가 리모컨을 눌렀다. "이 여자는 진짜 비비안 베르그가 아니에요."

16장

쿠르트 방은 그런 목소리를 난생 처음 들었다. 레코드에서나 들어본 목소리. 그렇다, 현실에서는 전혀 들어본 적이 없는 목소리였다. 빌리 홀리데이Billie Holiday(1915~1954, 미국의 재즈가수), 라드카 토네프Redka Toneff(1952~1982, 노르웨이의 재즈가수), 에이미 와인하우스Amy Winehouse(1983~2011, 영국의 싱어송라이터)의 목소리가 그럴까? 붉은색 머리칼을 길게 기른 소녀가 귀엽게 웃으며 마이크 앞으로 걸어왔다. 그녀의 달콤한 목소리가 연습실보다 두 배쯤 큰 공간을 가득 채웠다. 시간이 멈춘 듯 느껴졌다. 구름이 걷힌 것 같았다. 추운 겨울이 여름으로 바뀐 것 같았다. 바깥세상이 존재하지 않는 듯했다. 쿠르트는 자신이 사랑에 빠진 게 그 목소리인지, 그 소녀 자체인지 알 수 없었다.

그녀, 그녀, 그녀. 당연히 그녀였다. 그는 잠들 수가 없었다. 숨을 쉴 수도 없었다. 입에서 색소폰을 뗄 수도 없었다.

니나 빌킨스 콰르텟.

그들은 이런 역량의 뮤지션을 길러내는 데 있어 노르웨이 최고라고 할 수 있는 트론하임 재즈학교에서 만났다. 그는 한 번에 들어갔다. 그곳에 들어가기 위해 노력하는 색소포니스트들이 얼마나될까? 많았다. 아주 많았다. 그런 학교를 한 번에 들어간 사람은 있을까? 세 개의 오디션에서 심사위원들로부터 열렬한 기립박수를 받았던 에이스. 바로 그였다. 쿠르트 방. 모름지기 하키를 할 줄알아야 남자로 쳐주는 망굴레루드 출신의 멀쑥하고 수줍음 많았던 소년. 맙소사, 그는 공작처럼 뽐내며 도도하게 걸어야 했다! 스웨덴인 피가 반쯤 흐르는 재즈가수 따위에는 관심도 없어야 마땅했다. 트론하임에는 그런 여자들이 너무도 많았다. 매력적인 데다 재능도 뛰어난 노래하는 소녀들. 하지만, 이 소녀는 달랐다. 니나 빌킨스의 목소리를 처음 들었을 때 그의 무릎은 젤리처럼 흐느적거렸다. 그 후로 자신이 강아지처럼 느껴졌다. 개가 아니라, 절대로 아니라, 그는 여전히 그 자신이었다. 하지만 홀딱 반했다. 생각을 제대로 할 수 없었다.

그녀는 밴드 전체를 오슬로로 옮기자고 제안했다.

그는 고개를 끄덕이며 대답했다. "좋아. 네 말대로 할게, 니나."

사실 그는 트론하임에서 사는 걸 좋아했지만 말이다. 묄렌베르자신의 아파트. 나인 뮤지스라든지 안티크바리아트, 램프 같은 술집들. 트론하임은 미친 듯 영감을 불러일으키는 재즈 장면들이 있는 멋진 도시였다.

그녀는 뮬레를 다른 드러머로 교체하라고 요구했다. 그가 들어본 적도 없는 포르투갈 출신의 사내였다.

"그래, 그래. 니나, 네 말대로 할게."

심지어 그와 뮬레는 언제나 함께 연주를 해왔는데도 그렇게 대답했다. 그들은 쌍둥이나 다름없었다. 몸은 하나에 머리가 둘인 것처럼 연주를 했다.

그 후 그녀는 테너 대신 한두 옥타브 올려서 소프라노 색소폰을 더 연주해야 한다고 주장했다. 마일즈 데이비스Miles Davies(미국의 재즈트럼펫 연주자. 여기서는 1955~1960년까지 결성했던 밴드 마일즈 데이비스 퀸텟을 말함—옮긴이) 말년의 존 콜트레인John William Coltrane(1926년~1967년. 미국의 재즈색소폰 연주자이자 작곡가. 디지 길레스피의 빅밴드에서 알토 색소폰주자로 활동했으며, 이후 자니 호지스의 밴드, 마일즈 데이비스 퀸텟에서 활동했다—옮긴이)처럼 더욱 가볍고 날카롭고 광적으로.

"절대적으로, 네 뜻에 따를게, 니나."

당연히 그는 소프라노를 연주할 수 있었다. 실은 예전부터 언제나 그러고 싶었다, 그렇지 않았던가?

그럴 리가, 절대로! *어머니도 그도 그렇지 않았다. 망굴레루드 집 거실에 비닐로 싸여 있던 얀 가르바레크(노르웨이의 색소폰 연주자)의 음반. 그는 언제나 음량이 풍부한 테너를 더 좋아했다.*

안 된다, 더 이상 이대로 둘 수는 없었다. 단호한 태도를 취해야 할 때였다. 여기서 멈춰야 한다. 니나 빌킨스 콰르텟. 니나, 니나, 니나. 그녀의 목소리가 쿠르트 방의 머릿속을 채웠다. 어디에 있든 상관없었다.

분명한 건, 그 포르투갈인 녀석이 오슬로에 나타난 후부터였다.

새로운 드러머. 실력은 괜찮았다. 그것은 문제될 게 없었다, 이론 상으로는. 달콤함. 그는 타고난 드러머였지만, 그가 뮬레보다 낫다 고? 천만에. 그는 그렇게 생각하지 않았다. 아, 자신은 얼마나 어리석었던가. 조짐이 보일 때 눈치챘어야 했다. 니나와 포르투갈인 드러머. 소파에 뒤엉켜서, 리허설 도중 열정적인 키스를 했다. 손을 잡고 거리를 걸어가던 두 사람.

그쯤에서 그가 떠났어야 마땅하다. 더 이상은 안 된다고 말했어 야 한다. 당연히 그래야만 했다. 자신이 그 정도라도 냉철했더라 면. 하지만 어떻게 그럴 수 있단 말인가?

그 목소리. 아, 그 목소리.

꿀처럼 달콤하고 사포처럼 거친.

비밀에 대답하는 듯한, 그녀가 입을 열 때마다.

그래서 그는 떠나지 못했다.

멍청이.

니나 빌킨스 콰르텟.

다행히 성과는 있었다. 작년 보사Vossa 재즈 페스티벌. 그들은 작 은 무대에서 연주를 했지만 모두로부터 최고의 리뷰를 받았다. 지 역 사람들은 열광했다. 그리고 콩스베르그 재즈 페스티벌에서도 같은 일이 벌어졌다. 매진. 사람들은 티켓을 구하려고 난리였다. 단 2세트만 연주하기로 계획했지만 관중은 그들이 무대를 떠나지 못하게 했다. 열광의 도가니였다. 그는 피를 토하고, 나흘 동안 입 술 감각이 없어질 정도로 무리를 했지만 그만한 보람이 있었다. 당 연히 그랬다. 이제 그들은 몰데에서 연주할 계획이었다. 노르웨이에서 가장 명성 높은 페스티벌이었다. 게다가 작은 무대가 아니었다. 공연장은 몰데 대성당이었다. 만약 어머니가 살아 있었다면 무척이나 자랑스러워했을 것이다.

"오늘은 진짜 기분 안 난다." 니나가 불분명한 발음으로 중얼거리더니 마이크 앞을 떠났다.

그녀는 목을 움켜쥔 채 드림을 쳐다보았고, 상대방은 미리 짠 듯 고개를 까딱했다. 또다시. 그런 일이 자꾸자꾸 일어났다.

그는 마음에 들지 않았다.

빌리 홀리데이는 그걸 했었다.

찰리 파커도.

콜트레인도.

마일즈도.

그게 어떤 종류의 논쟁이었냐고?

"정맥에 마약을 주사하는 거라면 모를까, 그런 게 아니잖아. 쿠르트, 대체 뭐가 문제라는 거야?"

양이나 횟수 문제가 아니었다. 주사를 맞든 연기를 마시든, 그것도 문제가 아니었다.

그랬다. 그는 사랑에 빠졌다. 그녀는 천사의 목소리를 가졌다.

하지만 헤로인은?

맙소사, 그것은 안 되는 일이었다.

그는 심지어 그들과 같은 방에 있는 것도 견디기 힘들었다. 그들이 약물에 취해 있을 때면 밖으로 나갔다. 한참을 밖에서 머물다가 빙글빙글 도는 듯 멍한 눈빛에 실실 웃는 그들에게로 돌아오곤 했다. 그들은 약을 하면 자신들의 연주가 좋아진다고 생각했지만, 아니었다. 약에 취해 스스로 그렇게 느꼈을 뿐. 그게 유일한 변화였다. 헤로인은 표출되는 음악과 아무 상관이 없었다. 그는 정신이 맑을 때의 그녀 목소리가 훨씬 좋았다. 그리고 포르투갈인 드러머? 아, 그는 말도 하지 말자. 항상 반 박자씩 늦었다. 아니면 4분의 1 박자씩 빠르거나.

오우! 그를 더 이상 참기가 힘들어졌다.

몰데 공연 후. 그 때까지는 참겠지만, 더 이상은 불가능했다.

그에게는 다른 프로젝트가 있었다. 사실은 많았다.

누가 뭐라 해도 그는 쿠르트 방이었다.

그는 거울 앞 복도에 서 있었다. 니나가 포르투갈인 드러머와 손을 잡고 녀석의 뺨에 입을 대고 킥킥 웃으며 주방으로 몰래 들어간 후였다. 그는 자신의 옷차림을 점검하며 머리를 절레절레 흔들고 나서 목에 스카프를 맸다. 엉망진창이군. 저녁이라 바깥은 추웠지만 그는 그 냄새가 싫었다. 헤로인과 그것을 싼 은종이 타는 냄새. 드러머가 처음 은종이 속 갈색 뭉치 밑동에 라이터를 켰을 때 하마터면 토할 뻔했다.

그만해.

그는 담배에 불을 붙이며 굳세게 결심을 했다. 참을 만큼 참았다. 그 목소리도 지겨웠다. 녀석의 열정? 곧 사라질 것이다. 그렇지 않을까? 앞으로 5년? 틀림없이 결국에는 사라지지 않을까? 이번 리허설이 끝나면 뮬레에게 연락할 것이다. 다시 트리오를 시작해야지. 만약 뮬레가 그의 전화를 받아준다면. 그랬다, 4개월 동안 뮬레는 말 한 마디 없었다. 그는 친구를 탓하지 않았다. 당연히 그랬다.

그놈의 니나. 니나. 니나.

친구는 실제로 입에 거품을 물며 리허설 룸을 뛰쳐나갔다. 빌어먹을, 날씨가 추웠다. 게다가 어두웠다. 이제 봄이어야 마땅하지 않을까? 쿠르트 방은 손으로 점퍼를 잡아당겨 여민 다음 담배를 도로에 내던졌다. 그때 누군가 그의 앞에 불쑥 나타났다.

"실례합니다. 혹시, 쿠르트 방 씨?" 그 또래 젊은 남자가 커다란 파카후드로 얼굴을 가린 채 서 있었다.

"그런데요?" 쿠르트가 새 담배에 불을 붙이려고 주머니에서 담뱃갑을 꺼내며 물었다.

내 이름을 어떻게 알았지? 팬인가?

우쭐한 기분이 들면서 웃음이 나왔다. 비록 오래 전에 이런 것 따위 신경 쓰지 않기로 마음을 먹었지만.

음악이 먼저였다.

"색소폰은 어디에 있습니까?" 후드 아래 남자가 그를 호기심 어린 눈으로 바라보며 물었다.

"무슨 말씀이신지?" 쿠르트가 미소를 지었다.

팬임이 분명했다. 그는 기뻐하지 말아야 했지만, 당장은 알아봐줘서 기분이 좋았다. 거리에서. 그러니까 적어도 그는 뭔가 잘한 게 있었다. 안 돼, 더 이상은. 그는 마음을 굳게 먹었다. 이제야 모든 게 분명해졌다.

더 이상은 안 돼.

"위층 리허설 룸에 있어요." 쿠르트는 여전히 웃으면서 대답했다. "사인을 원하시나요? 죄송한데, 지금은 좀 바빠서요, 혹시….."

"괜찮습니다. 우리가 사용할 수 있는 게 제게 있어요." 후드 안 목소리가 말했다.

"무슨 말씀인지…."

쿠르드는 더 이상 말을 잇지 못했다. 자신의 얼굴에서 축축한 뭔가를 느꼈을 뿐이다.

"개인적인 감정은 없습니다." 몇 초 사이에 그 목소리는 아주 멀리 떨어진 곳에서 들려왔다.

도대체….

쿠르트는 방금 자신이 내던진 담배를 똑똑히 보았다. 하지만 그것은 더 이상 거기에 있지 않았다. 담배의 날개가 자라나더니 3층으로 날아갔다. 여전히 불타면서. 창문에 부딪힌 뒤 주방으로 들어가고, 거기에서 은종이와 뒤섞여 종이로 접은 파이프가 되었다. 꿀과 사포로 가득한 나무 속 벌새처럼 보이는. 그러더니 목청을 높여 노래를 부르기 시작했다.

포르투갈어를 말하는 입술로.

PART 2

17장

휴대폰 소리에 잠을 깬 뭉크는 순간 자신이 어디에 있는지 몰라 어리둥절해졌다. 잠깐 뢰아의 옛집에 돌아와 있는 상상을 했지만, 한낱 꿈이었음을 곧장 깨달았다. 그는 옷을 입은 채로 자신의 아파트 소파에서 잠들었다. 어젯밤 늦게 사무실을 나선 그는 침대까지 갈 힘조차 남아 있지 않은 상태였다.

주방 벽에 걸린 시계는 7시 30분을 가리키고 있었다. 얼마나 잤을까? 세 시간? 휴대전화 벨소리가 울리다가 끊겼나 싶었는데 다시 울렸다. 화면을 보니 아네트 골리였다. 뭉크는 잠이 덜 깬 채 일어나 전화를 받기 위해 초록색 버튼을 눌렀다.

"일어나셨어요?"

"응, 거의." 뭉크는 기침을 했다. 테이블 위 담배로 손을 뻗던 그는 자신과의 약속을 떠올렸다.

아침 식전에 담배를 피우지 말 것.

완전한 금연은 포기했지만 적어도 줄이려는 노력은 가능했다.

"볼프강 리테르와 통화했어요. 그가 오늘 반장님을 만날 수 있대요. 되도록 이른 시간에." 아네트 골리의 목소리는 오랫동안 깨어 있던 것처럼 들렸다.

"알았어." 뭉크가 눈에 붙은 졸음기를 몰아내려 애쓰며 고개를 끄덕였다.

"미아한테도 전화했어요. 미아는 준비됐대요. 그나저나 미켈손한테 연락받았어요."

"계속해."

"우리가 원한다면 얼마든지 사람들을 부를 수 있다고요. 이상할 만큼 우리가 원하는 대로 기꺼이 지원을 해주려는 것 같아요."

"잘됐군." 뭉크는 이제야 정신이 들기 시작했다. "비비안 베르그가 살았던 아파트를 샅샅이 조사하도록 쿠리에게 필요한 인력을 지원해줘. 가가호호 방문하게. 크리포스가 이미 한 바퀴 돈 걸로 알고 있지만, 우리가 다시 일일이 만나서 얘기해보는 게 좋을 것 같아, 오케이?"

"그럴게요. 그리고 릴리안 룬드가 통화하고 싶대요. 그녀에게 연락해보시겠어요?"

"그럴게. 아네트는 사무실이야?"

"네. 어젯밤 집에 가지 못했어요."

"나도 금방 나갈게."

똥보 수사관은 천장을 향해 한껏 기지개를 켰다. 소파는 너무 딱딱했다. 온몸이 쑤셨다. 어떻게든 침대에서 자야 했다. 소파에서 뻗어버리다니. 초보자 같은 실수였다. 새로운 사건을 맡으면 일주일 내내, 잠자고 먹는 것도 잊어야만 한다. 이렇게 바보처럼 행동하다니. 이런 사건은 대체로 단거리 경주가 아니었다. 마라톤이 되기 십상이었다.

서둘러 샤워를 마쳐야 했다. 깨끗한 옷으로 갈아입으려고 할 때 다시 휴대폰이 울렸다. 발신자를 확인한 그는 깜짝 놀랐다.

미리암?

다시 뭔가가 엄습하는 느낌이 들었다. 아버지로서 본능처럼 밀려오는 걱정이었다. 좀처럼 사라지지 않는, 내면 어디엔가 도사리고 있는 작고 어두운 공포.

이렇게 일찍? 무슨 일이 있나?

"그래, 미리암. 일찍 일어났구나? 몸은 좀 어떠냐?"

그는 딸의 대답을 참을성 있게 기다렸다. 그녀가 단어를 명확히 발음하고, 제대로 입 밖으로 내는 데 시간이 걸린다는 것을 잘 알고 있었다.

"아…아빠…. 괜찮아요. 아…아빠는 어떠세요?"

"난 아주 좋아." 뭉크가 담배를 찾으며 말했다. 참고 기다리기 위해선 뭔가가 필요했다.

그는 딸이 자랑스러웠다. 하지만 어눌한 말을 듣는 건 고통스러웠다. 미리암은 씩씩하게 자신의 부상과 싸웠다. 그녀다웠다. 미리암처럼 고집 센 성격은 상황이 아무리 어려워도 결코 인정하지 않는 법이다. 그리고 그녀가 다시 '아빠'라고 말하는 것을 들었을 때 안심이 되었다. 두 사람 사이에는 오랜 세월 미움이 존재했다. 미리암이 아빠에게 거의 말을 하지 않았던 세월. 어쩌다 가끔 만날 때 미리암의 눈에는 증오가 서려 있었다. 그 증오가 얼마나 지독했던지 미리암은 절대로 아빠에게 손녀를 보여주지 않겠다고 결심했다. 그랬던 날들이 이제는 지나갔다. 감사하게도. 그 점을 생각하면 뭉크는 이보다 더 행복할 수가 없었다. 하지만 이렇게 말을 더듬는 것을 들을 때면? 독하게 마음을 먹어야 했다.

"어제 치료는 잘 받았니?"

"무…물리치료사가…, 왔어요. 조…좋았어요. 파…팔이 약간 무겁지만… 다…다리는 조…좀 튼튼해졌어요."

"잘됐구나." 뭉크가 대답했다. "정말 다행이야, 미리암. 기쁜 소식을 들어서. 마리온도 함께 있니?"

"마…마리온은, 자요." 딸이 더듬거렸다.

딸이 말을 하려고 노력하는 모양이 눈에 선했다. 그는 딸에게 전화를 끊고 쉬라고 말하고 싶었다. 하지만 자신에게 하고 싶은 이야기가 있어 보였기에 계속하도록 두었다.

"마…마리온이…, 하…할아버지가 자기한테 마…말을 사줄 거라고 하던데요?"

"그래, 내가 약속했다. 하지만 인형을 위한 말이야." 뭉크가 재빨리 말했다.

"아…아빠, 그런 식으로 하시면 미리암을 마…망치는 거예요. 저…저는 딸을 그렇게 키우지 않으려고."

"미안하다." 뭉크는 딸이 불필요한 에너지를 쏟지 않도록 얼른 말을 가로챘다.

"네…. 그…그건 정말 중요해서…."

"물론이다, 미리암. 내가 자제하마. 약속할게. 알다시피 내가 안 된다고 말을 할 수가 없구나."

그 말을 들은 미리맘이 조그맣게 킥킥거렸다. 그 웃음소리에 뭉크의 마음이 따뜻해졌다.

"아…알아요." 딸이 계속했다. "그…그런데…, 제가 전화한 이유는 그게 아니에요."

"그래?"

그때 뭉크에게 다른 전화가 왔다. 루드비 그뢴리에였다. 다행히 그는 이미 걸려온 전화를 끊지 않고 처리하는 방법을 알고 있었다. 홀거 뭉크는 쉰세대였고, 어쩔 수 없는 경우가 아니면 스마트폰을 바꾸지 않았다.

"저…저 결혼하기로 결심했어요." 미리암이 차분히 말했다.

"무슨 말이냐?"

"결혼할 거라고요." 미리암이 이번에는 더욱 또렷하게 말했다. "이번 여름에요."

미리암은 한때 손녀 마리온의 친부인 산데피요르 출신의 의사와 약혼을 했었다. 겉으로 보기에 그들의 관계는 좋았다. 비록 뭉크는 그 문제에 대해 관여할 수 없었지만 말이다. 현재 그들은 갈라섰고 마리온은 엄마와 아빠가 돌아가면서 돌보고 있었다. 뭉크는 어린 손녀가 두 집을 왔다갔다 하며 지내는 것을 탐탁지 않게 생각했지만 손녀는 별로 개의치 않는 듯했다.

할아버지, 요즘은 누구나 집이 두 개예요, 모르셨죠?

그 아이의 엄마가 그랬던 것처럼 확실히 조숙한 여섯 살짜리였다.

글쎄, 할아버지는 몰랐다. 마리온.

지금은 그게 완전히 정상이에요, 할아버지. 그러면 생일도 두 번하고 크리스마스선물도 두 배로 받을 수 있잖아요. 그래서 왕이 그렇게 결정했대요.

그런가? 훌륭한 왕이구나.

네. 훌륭해요, 그렇죠? 왕이 왕궁에 있을 때 사람들은 깃발을 높이 달아요. 사람들이 그가 별장이 아니라 집에 있다는 걸 알 수 있게요. 멋지지 않아요? 정말 똑똑해요. 맞아요, 왕은 똑똑해요. 그는 일을 하지 않아요. 그냥 발코니에서 손을 흔들며 사람들한테 인사를 해요. 할아버지, 저도 말 가질 수 있어요?

말? 말은 왜 갖고 싶은데?

내가 갖고 싶은 게 아니에요! 바비 거예요. 바비는 승마복도 없고 말도 없어요. 바비도 가질 수 있죠?

"아…아빠. 아빠의 허락을 구하는 게 아니에요. 그냥 아빠에게 알려드리는 거예요. 아셨죠?"

딸은 목숨을 잃을 뻔한 부상을 입었음에도 책임감은 변하지 않았다. 누구도 그녀에게 이래라 저래라 할 수 없었다.

"물론이지." 뭉크가 기침을 했다. "그래 어떤 사람이냐?"

"그…그래서 제가 전화한 거예요. 아…아빠가 그를 만나보셨으면 해요. 그의 이름은 지기예요. 저는 그가 있어서 행복해요."

뭉크는 딸이 숨가빠하는 것을 눈치챘다. "축하한다, 미리암. 벌써 기대가 되는구나."

"그러세요?"

"그럼. 우리 딸이 순백의 드레스를 입겠네? 내가 너를 데리고 들어가는 거냐?"

딸이 키득키득 웃었다. "그…그건 봐야 할 것 같아요. 우…우리 집 정원에서 할까 해요."

"어디든 상관없이 내가 널 데리고 들어가마, 미리암."

"고마워요, 아빠. 고…고마워요." 딸이 나직하게 말했다.

"이제 좀 쉬어라, 알았지?"

"알겠어요."

"지기라는 청년 만날 날을 기대하마. 되도록 빨리 널 만나러 가마. 아빠가 지금은 좀 바쁘고, 며칠 안에, 오케이?"

"오케이. 아빠, 모…몸 조심하세요."

"너도 미리암."

뭉크가 전화를 막 끊었을 때 다시 전화벨이 울렸다. 미아였다.

"집에 계세요?"

"응."

"오늘 함께 가실 거죠?"

"물론이야." 뭉크가 대답했다. "지금 우리 집으로 오려고?"

"10분이면 도착해요." 미아가 대답하고 전화를 끊었다.

18장

서른여섯 살의 사만타 베르그는 결혼하는 꿈을 꾸었다. 아, 얼마나 멋진 꿈이었는지 잠에서 깨어나 자신이 침대에 누워 있고 여전히 혼자임을 깨달았을 때 다시 수면제를 먹고 싶은 유혹을 느꼈다. 눈을 감았다. 따뜻한 이불 속에서 몸을 웅크렸다. *거기로 돌아가. 하얀 해변으로.* 아, 모든 것이 얼마나 완벽했던가. 그녀가 항상 꿈꾸던 그대로였다. 모래 위의 맨발. 흰색 드레스. 바람에 펄럭이는 베일. 배경음악. 미국 영화에서 본, 꽃으로 장식한 아치. 그 아래 그가 서 있었다. 그녀의 왕자님. 이번에는 그가 누구였는지 잘 기억나지 않지만 브레드 피트와 비슷했다. 분명 그보다는 훨씬 젊었다. 그녀를 기다려온 듯 반짝이는 푸른 눈동자에 말쑥한 차림새. 손에는 반지를 들고 있었다. 하객들은 모두 그녀를 주시했다. 부러움과 질투가 섞인 눈길이었다. 한편에는 그의 가족과 친구들. 다른 한편에는 자신의 가족과 친구들.

라일라 베케보그도 그 자리에 있었다. 학창시절 친구. 얄미운 계집애. 그녀는 언제나 페이스북에 자신의 완벽한 가족사진을 업데이트했고 만날 때마다 그 일을 들먹였다. "사만타, 아직도 싱글이야? 어머, 안됐다. 넌 항상 결혼해서 가정을 갖고 싶어했잖아. 음, 그래도 고양이 한 마리는 키우겠지?"

다른 친구들은 그렇게 대놓고 말하지는 않았지만 사만타는 그들의 눈빛에서도 비슷한 것을 느꼈다. 동정. 친구들은 그녀를 안됐다고 생각했다.

아, 곧 나의 차례가 오는 걸까?

목사는 할아버지를 생각나게 만드는 노인이었다. 걸걸한 음성에 흰수염을 무성하게 기르고 한없이 인자한 미소를 짓고 있었다.

사만타, 이 남자를 당신의 법적인 남편으로 받아들이고 오늘부터 더 나아지거나 더 나빠지거나 병이 들거나 건강하거나 사랑하고 아끼겠습니까? 죽음이 두 사람을 갈라놓을 때까지?

그녀는 크게 외치고 싶었다. 네, 그럴게요. 그러고 말고요! 하지만 그녀는 자신을 억제했다. 당연히 그랬다. 그러고는 살짝 얼굴을 붉히며 속삭이듯 말했다. 젊은 처녀가 그렇듯이 '*네.*' 그녀는 그를 유혹하듯 살짝 윙크를 했다. 그가 그녀의 가느다란 손가락에 다이아몬드반지를 끼워주었다. 그녀는 눈을 감았다. 서늘한 여름공기를 가르며 앞으로 몸을 기울인 그가 그녀의 입술에 키스했다. 아, 얼마나 달콤하던지. 그의 억센 팔이 그녀를 감싸고, 그의 입술이 그녀의 입술에 닿았을 때 그녀의 몸은 달아올랐다.

캐비닛을 열고 하얀색 수면제 알약 상자를 꺼내려고 할 때, 얼음처럼 차가운 욕실의 바닥타일이 잠을 깨웠다. 꿈은 증발해버렸다.

아무리 노력해도 이제는 꿈속으로 돌아갈 수 없으리라. 그녀는 알약을 도로 넣고 평소처럼 아침을 준비하기 위해 주방으로 어슬렁거리며 걸어갔다.

내가 따분한가? 왜 아무도 나를 원하지 않지?

그녀에겐 정말이지 매일이 똑같았다, 하지만 그게 뭐가 잘못이지? 사만타는 반복되는 자신의 일상을 사랑했다. 그래서 삶이 더욱 단순했다. 그녀는 계획을 세워야 그날을 잘 보낼 수 있다고 믿었다. 7시 30분에 알람이 울리면 일어났다. 주방으로 가서 라디오를 켰다. 아침을 준비했다. 보통은 바삭한 빵을 먹고, 고양이 레베카에게 참치캔을 줬다. 그런 다음 샤워하고, 몸을 잘 말린 뒤 침실로 가서 옷을 입었다. 화려하지는 않아도 단정해 보이는 옷으로. 결혼을 하는 것은 아니지만 드레스를 판매하니까, 그에 어울리게 입었다. 누구처럼 고객과 경쟁하듯 돋보이게 입지는 않더라도, 감각과 우아함을 발산해야 했다. 빠듯한 예산으로 쉽지만은 않았다. 하지만 사만타는 어떻게든 해냈다. 오랫동안 그녀의 업무 평가에서 지적은 나오지 않았고, 사만타는 그것을 좋은 징조로 여겼다.

프린센스가테에 위치한 웨딩드레스 제작소. 그녀의 직장이었다.

지난번 모임에 나갔을 때 친구들이 속닥거리는 소리를 들었다. 사만다가 바에서 음료를 가지고 돌아왔을 때 라일라 베케보그는 그 역겨운 미소를 지으며 몸을 살짝 앞으로 숙이고 있었다.

"쟨 신부는 못 되고, 웨딩드레스를 팔면서 평생 신부 들러리나 하겠지. 너무 가혹하지 않니?"

"그 남자가 복역 중이라는 거 사실이야?"

"누구?"

"약혼했다던 그 남자?"

"맙소사, 걘 진짜 운도 없다."

사만타 베르그는 자신의 뫼테플라센(데이트 상대 찾는 앱) 프로필을 다시 활성화시킬까 생각하며 예른바네토르예 지하철역에서 내렸다. 틴더Tinder(매칭채팅 사이트)도 이용해보았지만 그녀에게는 확실히 맞지 않았다. 연결도 많지 않았을 뿐더러 몇 번 연결된 남자도 음, 정말 솔직히 말하자면, 그것에만 관심이 있었다.

사만타는 자물쇠에 열쇠를 꽂으며 경보스위치를 껐다. 웨딩드레스 세상. 그녀는 문득 자신이 이 일을 얼마나 사랑하는지 깨달았다. 그래. 친구들은 자신이 하고 싶은 말을 할 권리가 있었다. 그녀는 이 우아한 드레스들로 둘러싸인 아름다운 공간을 하루종일 걸어다니는 게 좋았다. 그랬다, 아직 그녀의 차례가 오지 않은 건 조금 부끄러웠다. 하지만 그녀에게도 때가 올 것이다. 그럴 것이다. 단지 인내심의 문제일 뿐이다.

다음번에는 새 사진을 올려야 할까? 사만타는 언젠가 프롱네르 공원에서 셀피를 찍었다. 고양이 레베카와 산책을 하던 때였다. 전신이 보이는 사진은 아니었지만 꽤 근사했다. 포기하려는 것은 아니었다. 도전하는 자가 이긴다. 행운은 용감한 자의 것이다. 속담도 있지 않은가? 그녀는 혼자 싱긋 웃으며 뒤편에 있는 옷걸이에 외투를 걸고 상점 안으로 들어섰다. 그때 문 위에 설치한 벨이 울렸다. 그날의 첫 번째 손님이었다. 금발에 초록색 모자를 쓴 젊은 여자가 안으로 들어왔다. 또 한 명의 예비신부이리라. 사만타는 그 생각만으로도 행복해졌다. "어서 오세요, 뭘 도와드릴까요?"

젊은 여자가 모자 챙 아래서 신경질적으로 쏘아보았다. "웨딩드레스요."

"그럼 제대로 오셨어요. 특별히 마음에 둔 스타일이 있나요?"

여자는 다소 멍한 눈으로 서 있었다. 그들은 언제나 그런 식이었다. 선택할 게 너무 많아서였다. 게다가 자신과의 싸움이었다.

"1만 크로네 정도 되는 거요." 여자가 불쑥 말했다.

사만타가 다시 미소 지었다. 가격부터 말하는 것은 절대 특이하지 않았다. 그녀는 이해했다. 자신이 꿈꾸던 드레스의 가격을 알고는 고개를 숙인 채 실망한 표정을 지으며 탈의실로 돌아가는 사례를 수없이 봐왔다.

"그 정도면 선택의 폭이 넓답니다. 특별히 마음에 둔 디자인이 있어요? 클래식? 아니면 모던한 것? 그렇지 않아도 제가 개인적으로 좋아하는 로사 클라라의 새로운 제품이 막 들어왔어요. 전통적이면서도 세련됐죠. 라인도 깔끔하게 떨어지죠. 제가 언제나 강조해왔고 앞으로도 그럴 테지만, 가장 아름다운 웨딩드레스는 스페인산이랍니다. 그런 것 좋아하지 않으세요?"

사만타는 젊은 여자를 로사 클라라 섹션으로 안내한 다음 레일에서 드레스를 하나 골랐다.

"저는 이 드레스가 정말 마음에 들어요. 이건⋯."

"네, 좋네요. 그걸로 할게요." 초록색 야구모자를 쓴 여자는 재빨리 고개를 끄덕이고는 창밖을 흘끔거렸다.

그녀의 머리 모양은, 뭐라고 해야 할까? 아주 요상해 보였다.

"손님에게 어울리는지 한번 입어보시겠어요?"

"아뇨, 그럴 필요 없어요."

"그러세요? 그래도 입어보시는 게…."

"그걸로 할게요." 여자가 다시 말했다. "얼마죠?"

"8,400크로네입니다. 몸에 맞게 고치려면 1,600크로네가 추가되고요. 좀 비싸게 여겨질지도 모르지만, 중요한 날을 위해서는 완벽하게 맞추는 게 중요하죠. 그렇지 않으세요?"

"그걸로 할게요."

"잘 생각하셨어요." 사만타가 가볍게 기침을 하며 덧붙였다. "분명 손님에게 어울릴 거예요. 그럼 피팅을 위해 입어보시겠어요? 탈의실은 저기 아래에 있어요. 제가 도와드릴게요."

"얼마라고 하셨죠?" 가발 쓴 여자는 벌써 카운터에 가 있었다.

"8,400크로네입니다. 하지만 말씀드렸듯이…."

"현금 되죠?"

"무슨 말씀인지?"

"현금요."

여자는 이제 그녀를 똑바로 응시하고 있었다. 사만타는 이곳에서 기쁨과 기대로 반짝이는 눈들을 수없이 보아왔지만 그런 시선은 처음이었다. 젊은 여자는 흡사 놀란 것처럼 보였다.

"드레스를 포장해드릴까요?"

"네, 좋아요." 여자가 가방에 손을 넣어 돈봉투를 꺼냈다. 그녀가 떨리는 손으로 지폐를 세어 카운터에 내려놓았다.

"성함을 여쭤봐도 될까요?"

"아니요."

"제 말은 혹시…."

"괜찮아요." 여자가 말한 뒤 사만타에게서 커다란 흰색 가방을 받아들었다.

"혹시 수선이 필요하시면 언제라도 들러주세요, 말씀드렸듯이 저희는 잘 맞게 입으시도록 도와드리고 싶거든요."

사만타는 말을 멈췄다. 자신은 혼잣말을 하고 있었다. 초록색 야구모자를 쓴 여자는 벌써 상점을 나가고 없었다. 사만타는 고개를 절레절레 저었다. 드레스를 구입하는 일은 중대사이다. 그런데 저 여자는 눈도 깜짝하지 않고 거금을 지불했다. 뭐, 누군가는 그럴 수도 있겠지. 그녀는 한숨을 내쉬며 뒷방으로 가서 커피잔에 커피를 따랐다.

그럼 그렇게 할까? 지금 프로필을 새로 올려?

규정상 근무시간에는 스마트폰이나 노트북을 사용하지 못하게 되어 있었다. 그 점에 관해서는 꽤 엄격했다. 하지만 보라, 자신은 방금 드레스 한 벌을 팔았다. 그것도 오전 10시 15분에. 로사 클라라를. 문을 연 지 한 시간도 안 되어서.

스마트폰 좀 한다고 하늘이 무너지나?

사만타는 가방에서 핸드폰을 꺼내 카운터로 돌아왔다. 미소를 지으며 이번에는 자신의 어떤 모습을 보여줄까 궁리하기 시작했다.

19장

블라크스타드 정신병원. 오슬로에서 차로 30분 걸리는 노란색 건물은 나무와 공원으로 둘러싸이고 인근에 커다란 호수까지 있었다. 미아는 오래 전 다른 삶을 살던 시절, 술집에서 옆 테이블의 대화를 엿들은 적이 있었다.

"왜 사이코들이 최고의 조망을 누려야 하지? 노르웨이 어디를 가든 다 똑같아. 베르겐이고 트론하임이고 오슬로고. 위치 하나는 최상이야. 정작 그들은 조망 따위에는 아무 관심도 없는데, 대체 왜 그래야 하지? 그들은 제정신이 아니야. 갇혀 있어야 마땅하다고. 까놓고 그런 사람들은 어디에 있든 상관없잖아. 대신 우리가 그런 입지를 누릴 수 있다고 상상해봐."

미아는 차에서 내려 뭉크를 따라 웅장한 건물로 걸어갔다. 그때 그들의 주장이 일리가 있다는 생각이 절로 들었다. 블라크스타드 정신병원은 과연 특권을 누리는 곳에 자리잡고 있었다.

"그러니까 그가 여기 자문의사면서 오슬로 시내에 개인병원도 갖고 있단 말이지?" 뭉크가 담배를 내던지며 물었다.

"그거야 특별한 일이 아니죠, 이 분야에서는."

"아마도 그럴 거야."

"그럼 비비안 베르그가 이 병원 환자였나요?" 웅장한 건물이 가까워졌을 때 미아가 물었다.

"내가 아는 바로는 아니야. 그녀는 개인적인 환자였어. 여기 있는 환자들이 얼마나 돈이 될 거라고 생각해?"

"무슨 뜻이에요?"

"그들은 이미 국가로부터 돈을 받고 있어. 여기서도, 개업의로서도. 그게 합법이겠지? 분명 그래, 하지만 그렇더라도."

뭉크는 고개를 저으며 더플코트 안으로 손을 넣어 새 담배를 꺼냈다. 그러다가 마음을 고쳐먹고 담배를 다시 주머니에 넣었다. 머리카락을 단단히 하나로 묶고 목에 사원증을 건 직원이 그들을 커다란 건물로 안내했다.

미아는, 큰 키에 수염을 기르고 안경을 쓰고 트위드재킷 차림에 파이프를 피우는 전형적인 독일인 정신과의사를 상상했었다. 하지만 볼프강 리테르는 그의 이름에서 연상되는 것과는 달랐다. 책상 건너편의 남자는 지팡이처럼 호리호리한 데다 태도는 여성스럽고 말투는 어찌나 나긋나긋한지 미아는 그의 말을 알아듣기 위해 몸을 앞으로 숙여야 했다. 갈색 터틀넥 상의를 입은 그는 서른 살쯤되어 보였다. 그 외의 옷차림과 진료실의 대체적인 분위기는 그가 물질적인 소유보다 영적인 문제에 더 관심이 많은 사람이라는 인상을 주었다. 한쪽 창턱에는 분홍색 라바 램프가 놓이고 벽걸이시계는 1970년대의 분위기를 강하게 풍겼다. 하지만 그를 진정 유명하게 만들어준 LSD와 관련지을 수 있는 것은 그것들뿐이었다.

"비극이군요, 정말 비극이에요." 리테르가 나긋나긋한 목소리로 말했다. "비비안은 공주였어요. 진짜 독특한."

"죄송하지만 단도직입적으로 말씀드리겠습니다. 우리가 해야 할 일이 많아서요." 미아가 물었다. "비비안의 진단명이 무엇인가요?"

"진단명, 질병, 비정상. 그걸 누가 구분할 수 있을까요?" 리테르가 몸을 뒤로 젖히며 말했다. "무엇보다 우리 모두 인간입니다, 그렇지 않은가요? 물론 사람에 따라 그 무게에 예민한 사람이 있죠. 그렇다고 해서 그들에게 딱지를 붙일 필요가 있을까요?"

뭉크는 재빨리 미아를 곁눈질했다. 미아는 뭉크가 무슨 말을 하고 싶은지 정확히 알았다. 리테르는 여기 나머지 인간들과 같은 행성에 있는 것처럼 보이지 않았다.

"지프라시돈Ziprasidone과 서트랄린sertraline." 뭉크가 주머니에서 메모지를 꺼내며 말했다. "그녀가 이 약을 먹은 이유가 있겠죠. 이 약들을 처방하셨죠?"

뭉크는 어지러운 책상 너머로 쪽지를 내밀었다. 리테르는 안경을 매만지며 재빨리 메모지를 읽었다. 그런 다음 어깨를 살짝 으쓱하더니 의자에 등을 기댔다.

"누구나 조금씩 도움이 필요하죠, 그렇지 않나요? 당뇨병 환자에겐 인슐린이 필요하고, 아이들에겐 불소 알약이 필요하죠. 자연이 우리에게 주지 않았거든요, 그렇지 않습니까?"

"뭔가 오해를 하신 것 같네요." 미아가 나섰다. "우린 여기 있는 사람들에게 낙인을 찍으려는 게 아닙니다. 비비안이 어땠는지 알고 싶을 뿐이에요. 22세의 아가씨가 단지 즐거움을 위해 그렇게 독한 약을 먹지는 않았을 테니까요. 그렇죠?"

리테르는 안경 너머로 두 사람을 찬찬히 살폈다. "비비안 베르그는 소위 해리성 정체장애를 갖고 있었습니다." 그가 한참 만에 입을 뗐다. "그녀를 돌볼 수 없었던 어머니 때문에 생긴 질환이죠. 어린 시절에 발병했어요. 어릴수록 자신이 처한 현실에 대처하기 어렵기 때문에 영혼이 다른 사람의 의식으로 숨으려는 욕구가 생기거든요. 당신들이 듣고 싶은 말이 이거죠?" 그는 거의 알아차릴 수 없게 고개를 저으며 경멸하듯 미아를 쳐다보았다.

당신이 궁금한 게 이것이라면, 내가 그 말을 들려주지.

"해리성이라고요?" 뭉크가 물었다.

"정체성의 혼돈이죠." 리테르가 말했다. "정신분열증과 종종 혼동되죠. 그만큼 많은 환자들이 제대로 된 치료를 받지 못한다는 의미인데, 이곳에선 그런 경우는 절대 없어요. 나는 내가 하는 일을 잘 알고 있다고 자부합니다. 그녀는 언제나 약속을 잘 지켰고 나아지는 중이었죠. 물론 그녀가 완치될 때까지 살지 못한 건 슬픈 일이지만요."

"다중인격인가요?" 미아는 흥미를 느끼며 물었다.

"그렇습니다. 그 점이 두 진단을 종종 헷갈리게 만드는 이유죠. 두 질병은 아주 유사해요. 증상도 비슷하고. 충동 조절능력이 약해지고 정서적인 불안정, 자해, 현실감 상실을 동반하는…."

"현실감?"

"세상을 있는 그대로 인지하거나 경험하지 못하는 거죠."

뭉크가 미아를 힐끗 보며 나섰다. "그녀가 현실을 인지하는 데 문제가 있었나요?"

"그렇습니다. 놀라운 일이 아니지만, 현실세계에 대처하는 데 있어 뭔가가 문제를 야기했어요. 직업이라든가 친구, 가족."

"그럼 그녀는 자신을 다른 누군가로 생각했던 건가요?"

미아의 질문에 리테르는 고개만 끄덕였다.

"누구로요?"

리테르가 잠시 동요했다. "당신들이 그녀의 진료기록에 접근할 권한이 있는 건 나도 알지만, 아무리 그렇더라도 이건 좀…." 그가 안경을 벗었다. "적절하지 않은 듯하군요. 제 직업에 대해 이해하시지 않습니까?"

"그럼 차라리 우리가 누군가를 여기로 불러서 당신의 컴퓨터에 들어 있는 정보를 복사하라는 뜻인가요?" 미아는 순간 자신의 공격적인 말투를 후회했다. 하지만 그녀는 피곤했고 인내심을 발휘할 여유도 없었다.

"물론 그건 아닙니다. 하지만 그렇더라도."

"이해합니다." 뭉크가 나섰다. "하지만 우리에게 큰 도움이 될 겁니다. 그러니 혹시 가능하다면…."

"나이든 남자요." 리테르가 나지막이 말했다.

"네?"

"비비안이 자신을 나이든 남자로 여긴 적이 몇 번 있었습니다."

"왜 남자죠?" 뭉크가 물었다.

"질문 잘하셨습니다." 리테르가 어깨를 으쓱했다.

방 안에 침묵이 흘렀다.

"자신을 더 강한 사람으로 간주할 특정 대상이 그녀에게 필요했군요." 미아가 마침내 말했다. 그렇게 말하며 리테르의 반응을 살폈다. 그는 미아가 그런 말을 할 거라고 예상하지 못한 듯했다.

"어디까지나 추정입니다." 정신과의사가 안경다리 하나를 입으로 빨며 말했다. "해리 현상은 트라우마를 경험했을 때, 더 흔하게는 그 후의 방어적인 현상인 것으로 간주됩니다. 가장 중요한 병인적 요소는 심각하고 지속적인 성적·육체적 폭력으로 여겨지고요. 어린시절 폭력을 경험할수록 증상이 더욱 심각하죠."

"비비안이 폭행을 당했나요?" 뭉크가 물었다.

"아니요. 전 그렇게 말하지는 않았는데요."

"그럼 왜 그녀가 그렇게…?" 뭉크가 말을 멈추고 미아를 보았다.

"해리성 정체성 혼란은," 미아가 말하다 말고 주저했다.

리테르는 미아에게 말싸움을 걸었지만 미아는 자신이 거기에 말려들 정도로 유치하지 않기를 바랐다. 하지만 그의 고상한 척 하는 태도에는 미아로 하여금 자제할 수 없게 만드는 뭔가가 있었다.

"그녀는 폭행을 당하지 않았지만 연상을 통해 그것을 발전시켰군요." 미아가 밀했다.

"무슨 뜻이야?" 뭉크가 물었다.

"레이몬드 그레거요."

"응?" 뭉크는 어리둥절한 표정이었다.

"제 추측으로는 카롤리네 베르그가 어떤 식으로든 이복오빠한테 폭행을 당했고, 딸을 자기 슬픔에 개입시킨 것 같아요. 그런 일은 흔히 있죠, 그렇죠? 싱글맘과 딸의 경우, 역할 혼동이 일어날 수 있어요. 그러면 어른이어야 할 사람이 제 역할을 하지 않죠."

설령 리테르가 감명받았다 한들 자기 감정을 드러내지는 않았으리라. 하지만 미아는 분위기가 바뀐 것을 느꼈다.

"네, 비비안 베르그는 폭행을 당하지 않았습니다." 그가 기침을 하며 말했다. "하지만 그녀가 원하지 않는, 안전하지 못한 환경에서 성장했죠. 이런 경우는 우리가 생각하는 것보다 많습니다. 아이는 자기 부모를, 보편적인 시각으로 바라보지 않게 되죠. 우리가 잘 보살피지 않으면 연약한 어린 마음은 안전함을 느끼기 위해서 재빨리 도피처를 찾기 쉽습니다. 내가 입버릇처럼 신을 믿지 못한다고 말하는 이유가 그겁니다. 만약 신이 있다면 혼자 살아갈 수 있을 때까지 20년간이나 보살핌이 필요하고 쉽게 상처를 입는 종족은 창조하지 않았을 겁니다. 휴머니티요? 우리는 약한 존재입니다, 그렇게 생각하지 않으세요?"

"그래서 사람들이 자기 머릿속으로 도피를 하나요?" 뭉크가 의사에게 물었다.

"그들은 도망쳐요. 사라져버리죠. 도움을 청하죠."

"하지만," 뭉크가 계속했다. "만약 그녀의 상태가 심각했다면 왜 여기로 들어와서 치료를 받지 않았죠?"

"물론 우리는 의논을 했습니다. 하지만 그녀에겐 무용이 중요했어요. 그녀가 나를 자주 보는 한 상황 악화를 막을 수 있었죠."

"그녀가 나아지고 있었다고 말씀하셨죠?"

"그럼요. 약물도 어느 정도 도움을 줬지만, 무엇보다 중요한 것은 확실하게 거리두기였습니다."

"거리요?" 뭉크가 물었다. 그렇게 물으면서도 뭉크는 대충 짐작이 갔다. "어머니로부터?"

"그렇습니다. 물론 물리적인 거리를 두는 게 다는 아니죠. 하지만 그건 여러분이 생각하는 것보다 중요합니다."

"그녀도 그걸 알았나요?" 미아가 물었다.

"무슨 뜻인지?"

"비비안이 찾아왔을 때, 자신의 병을 이해하고 있었나요?"

"어느 정도는…." 리테르가 대답했다. "원래는 다른 증상 때문에 도움을 받으려고 나를 찾아왔죠. 보통은 그렇게 시작되죠."

"그게 뭐죠?"

"주로 식이장애였어요. 하지만 그녀의 직업상 그런 일은 흔하기 때문에 시간이 좀 걸려서야 실제로 어떻게 된 건지 알게 되었죠."

미아는 그의 음성에서 자부심을 엿볼 수 있었다.

"이런 증상을 가진 사람들을 많이 치료하시나요?"

"죄송하지만 다른 환자들에 대해서는 말할 수 없습니다." 리테르가 대답했다. 그러고는 다소 우쭐한 표정을 지으며 다시 웃었다.

"특정한 환자 개인에 대해 묻는 게 아니었어요, 나만…."

"제가 말씀드린 그대로입니다. 당신들이 보여준 그 종이쪽지로는 비비안의 병력 기록에만 접근할 수 있습니다."

"그녀가 어머니에 대해 많이 얘기하던가요?" 뭉크가 물었다.

"처음에는 그렇지 않았어요. 하지만 시간이 흐르면서 당연히 했죠. 우리는 그래야 하니까요. 그녀에게는 어려운 일이었죠. 그녀는 어머니를 이 세상 누구보다도 사랑했어요. 그래서 더 어려웠을 겁니다, 그렇지 않겠어요? 어머니가 자신에게 가장 상처가 되었던 사람이라는 걸 인정해야만 했으니까요."

"그녀가 레이몬드 그레거에 대해서도 말했나요?"

"그럼요, 여러 번."

"어떻게요?"

"분노하고 절망스러워했죠. 그녀는 모두 알고 있었어요. 어머니가 들려줬다고 하더군요. 그때 '죽이기'도 언급되었죠."

"죽이기요?"

"네, 물론입니다. 저는 모든 환자에게 그 방법을 권유하죠."

"무슨 뜻입니까?" 뭉크가 미아를 흘낏 보며 말했다.

"물론 글자 그대로는 아닙니다. 다만 제 치료에서는 중요한 부분이죠."

"죽이기가요?"

리테르가 짧게 웃었다. "내면의 정복할 수 없는 짐승을 퇴치하는 최고의 방법입니다. 모르시겠습니까? 이런 말을 해도 되는지 모르지만, 저는 이 방법으로 큰 효과를 거두었죠."

"어떻게 하는 건지 물어봐도 될까요?" 뭉크가 호기심 어린 눈으로 물었다.

리테르가 다시 한 번 희미하게 웃었다. "방법은 다양해요. 우리는 역할극을 합니다. 가끔 내 환자들은 그것을 종이에 쓰기도 해요. 그림을 그리기도 하죠. 전적으로 개인에게 맡깁니다."

"비비안은 어떻게 했죠?" 미아가 물었다.

리테르는 잠깐 침묵하다가 입을 열었다. "우리는 사실 거기까지 이르지 못했습니다. 그녀에게 공연 계획이 있어서요."

"죽음…, 무용?" 뭉크가 코를 찡긋거리며 중얼거렸다.

"그녀가 춤추는 것을 못 보셨죠?" 리테르가 물었다.

"못 봤습니다." 뭉크가 대답했다.

"당신은요?" 미아가 물었다.

"아, 네. 저는 여러 번 봤습니다. 그녀는 뭐라고 말할까? 독특하면서도 탁월했습니다. 그녀의 죽음은 진정 이 세상에 손해죠. 그렇지 않았다면 원하는 만큼 재능을 펼칠 수 있었을 텐데. 무대 위의 그녀를 보면…, 음, 아니, 말로 표현할 수 없을 것 같군요."

뭉크가 다시 미아를 힐끗 보았다. 그녀는 그 눈빛이 무엇을 말하는지 잘 알았다. 테이블 위에 놓인 핸드폰이 간헐적으로 진동을 했고, 리테르가 마침내 휴대폰을 확인했다.

"죄송한데, 이제 그만해야 할 것 같습니다. 환자들을, 음, 더 이상 기다리게 할 수 없을 것 같군요. 이해해주실 거라고 믿어요."

"시간 내주셔서 고맙습니다." 뭉크가 일어서며 덧붙였다. "그녀의 진료기록 사본을 우리에게 보내주실 거죠?"

"내 비서가 처리해줄 겁니다." 리테르가 말하며 두 사람 모두와 악수를 했다. "더 필요하신 게 있으면 비서에게 연락주십시오."

"무슨 생각해?" 그들이 주차장으로 돌아왔을 때 뭉크가 물었다.

"조각이 몇 개 더 맞춰진 것 같아요, 그렇지 않아요?"

뭉크는 담배에 불을 붙였다. 빗방울이 떨어지기 시작했다. 오슬로의 봄은 아직 올 생각이 없어 보였다.

"레이몬드 그레거 말이지?"

"그를 얼른 찾아낼 필요가 있어요."

"동감이야. 라르비크 경찰서에 연락해서 몇 명을 투입해달라고 해야겠어. 그나저나 배 안 고파?"

"전 아무 거나 좋아요."

"좋아. 난 속이 비면 머리가 안 돌아가. 버거?"

"이왕이면 더 건강한 음식?"

"의사가 비비안의 춤을 봤다고 했지?"

"네. 그가 자신을 지켜봐주기를 바랐던 걸까요?"

"그 점은 생각해보자고." 뭉크가 앞장서서 걸어가며 말했다.

그때 뭉크의 휴대전화가 울렸다. 뭉크가 상대방 목소리를 더 확실하게 듣기 위해 고개를 숙였다. 미아는 뭉크가 전화를 끊기도 전에 무슨 내용인지 짐작했다.

"어디예요?"

"감레비엔의 호텔."

"동일범이에요?" 미아가 재빨리 차문을 열며 물었다.

뭉크는 대답하지 않았다. 그저 검은 눈으로 끄덕이며 운전석에 올라탔다.

20장

룬드그렌 호텔은 감레비엔의 한 간선도로 끝에 있는 기찻길에 붙어 있었다. '호텔'이라는 단어를 붙일 만한 곳은 못 되었다. 낡은 네온사인에는 'O'자에만 불이 들어오고, 문에 손글씨로 써서 붙인 '현금만 받습니다'는 이 쇠락한 건물에 평소 어떤 부류의 손님이 드나드는지를 말해주었다. 사건현장 인근 좁은 골목을 경찰차들이 가로막고 있었다. 미아는 언론사들이 이미 몰려든 것을 보았다. 열렬한 기자들이 저지선 뒤에 무리지어 있었다. 뭉크와 미아는 녹슨 문을 통과해 안으로 들어갔다. 추레한 리셉션에서 아네트 골리가 걱정스러운 눈빛으로 그들을 맞았다.

"피해자 신원은?" 뭉크가 외투단추를 풀며 물었다.

"신분증에 의하면 이름은 쿠르트 방이에요. 사람들은 그가 재즈 뮤지션이라고 하던데 지금 확인 중이에요."

"누가 그를 발견했죠?" 미아가 물었다.

"접수원." 골리가 뒷방을 향해 고갯짓을 했다. 그곳에 떨리는 손으로 커피잔을 쥔 나이든 남자의 윤곽이 보였다.

"손님은 많아요?"

"3호실에 마약상습자, 5호실에 매춘을 거절한 보스니아 소녀."

"그들 아직 여기에 있나?" 뭉크가 물었다.

"그 두 사람 모두 각자의 방에 머물도록 조치했어요."

"여긴 방이 몇 개죠?" 미아가 물었다.

"열 개. 피해자의 방은 9호실이에요." 골리가 앞장서서 복도를 걸어가며 대답했다.

현장에 감식반원이 와 있었다. 그가 고개를 끄덕이며 일행에게 각각 파란색 라텍스장갑을 건넸다.

"신발은?" 뭉크가 자신의 발을 가리키며 물었다.

"별 상관없습니다." 감식반원이 중얼거리며 방을 떠났다.

그의 말이 무슨 뜻인지 문가에 도착하자마자 깨달았다. 호텔 방 바닥은 한때 좋은 시절도 있었겠지만, 지금 해진 카펫을 가로질러 발자국이 몇 개 더 생기더라도 별 영향이 없을 것 같았다.

"잠깐 우리끼리만 방에 있어도 될까요?" 골리가 부탁했다. 세 명의 다른 현장 감식반원들이 방을 나갔다.

"맙소사." 침대에 있는 시신을 보자마자 뭉크가 중얼거렸다.

"가슴에 동일하게 찔린 상처가 나 있어요. 그리고 동일한 카메라도." 골리가 삼각대에 놓인 카메라를 가리켰다. "니콘 E300이에요. 저게 의미가 있다고 생각하죠?"

미아에게 한 말이었지만 미아는 듣지 않고 있었다. 마지막으로 범죄현장을 본 지도 오래되었다. 미아는 이런 현실을 거의 잊어버렸다. 최근 몇 년간은 사진으로만 사건현장을 접했을 뿐, 직접 보는 일은 피했다. 미아는 사진을 핑계로 삼곤 했지만, 이번에는 아니었다. 지금 그녀는 그것이 스멀스멀 엄습해오는 것을 느꼈다.

어둠.

"저기 테이블에 휴대폰이 있었어요." 아네트가 그쪽을 가리키며 말했다. "피해자 것인데 스포티파이Spotify(상업적인 음악 스트리밍 서비스)를 통해 같은 노래가 반복해서 나오도록 설정해 놨더라구요. 그 바람에 접수원이 알게 된 거죠. 여기 벽이 얇은 게 분명해요."

"무슨 노랜데?" 뭉크가 물었다.

"존 콜트레인의 '마이 페이보릿 씽즈My Favortie Things'요."

미아는 마음을 단단히 먹었다. 재킷주머니에서 목캔디를 찾아 입에 넣었다. 일종의 기분 전환을 위한 전략이었다. 정신과의사로부터 배운 방법이었다. *혀에 닿는 소금 맛이 당신을 지켜줘요. 그건 좋은 것을 의미하죠. 아름다운 것. 느낄 수 있죠? 그렇죠?*

"마이 페이보릿 씽즈?" 뭉크가 되풀이했다

"네." 골리가 대꾸했다. "거기에 무슨 의미가 있겠죠?"

"물론이에요." 미아가 기침을 했다. "살인자가 하는 것은 뭐든 의미가 있어요. 여기에 이유 없는 것은 없어요."

"저기 저 벽에 쓴 글은 원래 없던 거겠죠?" 골리가 침대 위쪽 꽃무늬 벽지에 검정 펠프팁 펜으로 쓴 문장을 가리켰다.

내가 어떻게 하는지 잘 봐.

"틀림없어요." 미아가 냉정을 찾으며 말했다.

지금까지 미아는 차마 침대를 볼 수 없었다. 생명이 없는 몸뚱이를 봤을 때 자신에게 끼칠 여파가 두려웠다. 하지만 이제 미아는 피해자에게 눈길을 보냈다.

젊은 남자였다. 그녀가 추측하기로 스물넷이나 스물다섯 살쯤.

옆에는 색소폰이 놓여 있었다. 신발을 신은 채로. 외투도 입고 있었다. 눈을 뜨고. 공포에 질린 표정이었다.

주먹 안으로 손가락을 꼭 말아쥐고. 마치 자신을 보호하고 싶었지만 그러지 못한 듯.

"이게 무슨 뜻이라고 생각해요?" 골리가 물었다. "이 글이?"

"애니메이션 〈밤비〉에 나오는 말이에요." 미아가 대답하며 삼각대 위에 놓인 카메라 쪽으로 걸어갔다. 카메라 렌즈는 침대 위 푸르둥둥한 피해자를 향하고 있었다. "토끼 텀버가 밤비와 얼음에서 미끄럼 타기를 하다가 하는 말이에요."

"아니, 어쩌면…." 다시 뭉크의 목소리가 점점 희미해졌다.

미아는 지난번 감식반에 갔을 때도 불길한 감정에 휩싸였지만 떨쳐내려고 애를 썼다. 렌즈에 긁힌 숫자. 우연의 일치일 수도 있었다. 그렇지 않은가? 이미 거기에 있었던 것? 오래 사용한 흔적이 있는 낡은 렌즈? 그렇지 않은가?

미아는 새 목캔디를 찾으려고 주머니를 뒤적였다. 그 사이 그녀의 눈은 그녀가 찾고 있는 것, 그러나 안 봤으면 더 좋았을 그것을 발견했다. 또 하나의 숫자.

7.

"입가에 똑같은 물집이 있군." 뭉크가 장갑 낀 손가락으로 가리키며 말했다. "가슴에도? 바늘자국이 있다고 했지?"

"네. 자세한 건 법의학자에게 맡겨야 한다고 생각했어요." 골리가 대답했다. "제가 룬드에게 연락했고 지금 오는 중이에요."

"또 다른 숫자네요." 미아가 이내 정신을 수습하며 중얼거렸다.

두 수사관이 미아를 쳐다보았다.

"빌어먹을." 뭉크가 카메라 뒤편으로 가면서 중얼거렸다. "7이라. 4? 7? 도대체 그게 뭘 의미할까? 미아 생각은 어때?"

어느 순간부터 지저분한 바닥이 움직이기 시작하더니 벽지의 바랜 꽃무늬들과 뒤섞여서 미아를 현기증나게 했다.

"잘 모르겠어요." 미아가 입술을 깨물며 대답했다.

"괜찮아?"

"뭐가요?"

두 사람은 지금 안개 속 어딘가를 향하고 있는 미아의 눈을 보고 있었다.

"잠깐 생각 좀 해야겠어요." 미아가 문으로 걸어가며 말했다. "접수원이랑 얘기를 좀 해보시겠어요?"

"뭘? 아, 알았어. 물론이지. 지금 가려고?"

"그냥 정리 좀 할 게 있어요." 미아가 웅얼거리며 장갑을 벗었다.

"좋을 대로 해." 뭉크는 얼굴을 찌푸린 채 침대 위의 시신 쪽으로 다가갔다. "휴대폰에서 같은 노래가 흘러나오고 있었다고?"

"네." 골리가 고개를 끄덕였다.

"나중에 연락할게요." 미아는 거리의 신선한 공기를 마시러 도망치듯 밖으로 나갔다.

21장

"그럼 이제 어떻게 하죠?" 미아가 방을 나간 뒤 아네트 골리가 물었다.

"무슨 뜻이야? 언론?"

사건현장 감식반원 한 명이 불쑥 고개를 들이밀었다. 하지만 뭉크는 그에게 좀 더 기다리라고 했다.

"네. 피해자가 한 명일 때는 그렇다 쳐도, 이렇게 두 명이 되면 문제가 달라져요. 무슨 말이든 해야 할 것 같아요."

"기자회견 준비해." 뭉크가 한숨을 내쉬었다. "하지만 두 죽음 간 연관성 여부에 대해서는 언급하지 마. 아직은 아니야. 수사 중인 데다…. 어떻게 해야 하는지는 아네트도 잘 알 거야."

"그럼 미켈손은요?"

"그가 아네트를 귀찮게 하던가? 아네트 당신 생각은 어떠냐고?"

골리의 주머니 안에서 휴대폰이 울렸다. "늘 하는 말이죠. 우리가 지금 연쇄살인범을 상대하고 있는 거냐? 뭉크 반장은 이렇게 빨리 사건을 맡을 만큼 준비가 돼 있느냐? 미아는 정신적으로 문제가 없느냐?"

"또 그 타령이야? 대체 언제가 돼야 그만둘까?"

"반장님은 미아가 스스로 입원했던 사실, 아세요?" 골리가 나지막하게 물었다. "재활시설에?"

"지금 미아는 기분도 좋고 놀랄 만큼 활기차 보인다고 생각하는데, 무슨 말이야? 재활시설이라니?"

"예렌에 있는 비트코프 병원에요." 골리가 계속했다. "연초에 입원해서 한 달 가량 있었어요."

"알아. 미아한테는 큰 도움이 됐지. 그게 어쨌다는 거야?"

뭉크는 슬슬 짜증이 밀려왔다. 미켈손은 항상 이런 식이었다. 미아가 그를 위해 사건을 해결하고, 언론에서 그를 영웅으로 만들어 줄 때는, 그럴 때는 그녀의 정신건강에 대해 아무것도 문제 삼지 않았다.

"아, 저는 모르겠어요. 반장님도 조금 전에 미아를 봤잖아요. 어쩌면 미아는 충분히 회복되지 않았을지도 몰라요."

"미아는 괜찮을 거야." 뭉크가 퉁명스럽게 대꾸했다. 흡연 욕구가 불쑥 밀려왔다.

"그럼 반장님은요?" 골리가 다정한 목소리로 물었다.

"나? 내가 뭐?"

"이 일이 반장님에게 지나치게 부담된다고 해도 모두 이해할 거예요. 이렇게 단기간에 두 건의 살인이 일어났으니. 미리암이 사고를 입은 지도 얼마 되지 않았고요."

"아네트는 어느 편이야?"

"반장님 편이죠, 당연히. 다만 전…."

"난 괜찮아. 미아도 최상이고. 미켈손한테 가서 전해. 뭔가 건설적인 것을 제공해주지 못하려거든 입이나 다물라고. 우리는 여기에서 해야 할 일이 있어. 기자회견 준비해줄 거지?"

"그럼요."

성급한 현장 감식반원이 다시 문을 열고 고개를 들이밀었다. 이번에 뭉크는 그에게 들어오라고 손짓했다. 뭉크는 거리에 있는 'O' 자 네온 불빛 아래에서 신경질적으로 담뱃재를 턴 다음 다시 리셉션 뒤편 방으로 갔다.

"여기에 얼마나 앉아 있어야 합니까?" 나이든 남자가 물었다.

그는 9호실에서 젊은 남자의 주검을 발견한 일로 충격에서 벗어나지 못하는 게 분명했다.

"특별수사반의 홀거 뭉크입니다." 뭉크가 악수를 청했다.

"짐이라고 합니다." 노인이 중얼거렸다. "마이어, 짐 마이어. 정말 유감입니다."

노인은 잿빛 성긴 머리카락을 포니테일 스타일로 묶고 둥근테 안경을 쓰고 있었다. 뭉크는 전에도 여러 번 이런 눈빛을 본 적이 있었다. 관계당국의 면전에서 긴장한 모습. 이상할 게 없었다. 만약 이 남자가 룬드그렌 호텔 소유주이고 운영을 맡고 있다면 아마도 수년 동안 무수하게 경찰을 만났을 것이다.

"괜찮습니다, 짐." 뭉크가 말했다. "피곤해 보이는군요. 밤새 근무하셨나요?"

"그럼요. 안 그러면 돈을 벌 수 있나요. 누구를 고용할 형편이 안 되고, 수지를 맞추기에도 빠듯하죠."

"이해합니다. 쿠르트 방이 체크인 할 때 당신이 상대했나요?"

"누구요?"

"9호실 남자요. 숙박계를 쓰지 않습니까?"

"현금만 받아요." 마이어가 중얼거리며 눈을 비볐다. "돈을 지불하는 한 손님이 뭐라고 쓰건 상관하지 않습니다."

"그는 언제 도착했죠?"

마이어가 머뭇거렸다. "밤 늦게요. 11시경일 겁니다."

"혼자 왔나요?"

"그래요."

"다른 사람은 없었나요? 이를테면 그의 앞이나 뒤로? 그러니까, 혹시 그를 뒤따라 들어온 사람이 없었나요?"

"아니요." 마이어가 떨리는 손으로 커피잔을 테이블에 내려놓으며 말했다.

"그가 어때 보였습니까? 대화를 나눴습니까?"

"대화?"

"네. 어떻게 했죠? '안녕하세요, 방 있습니까?' 하고 물었나요?"

"아하, 그런 깃." 마이어가 말하다가 기침을 했다. "모르겠습니다. 그가 들어왔고, 손에 돈을 쥐고 있었어요. 뭐라고 말했는지는 정확히 기억나지 않아요."

"기억해보십시오."

"방 있습니까? 뭐 그런 말이었을 거예요. 별다르지 않았어요, 마약에 취해 보였다는 사실 외에는. 하지만 여기서야 익숙한 일이죠. 여기야 특급호텔도 아니고, 그건 제가 잘 알죠. 얻어먹는 주제에 손님을 고를 수 있나요."

"마약에 취했다고요?"

"노려보는 눈빛이었어요." 마이어가 다시 커피잔을 들려고 시도했다. 하지만 완전히 성공적이지는 않았다. "그러니까, 완전히 맛이 갔다고 할까. 하지만 말씀드렸듯이 우리는 까다롭게 굴 형편이 못 되죠."

"색소폰은요?"

"무슨 말씀이죠, 색소폰이라니? 그 손님은 아무것도 가져오지 않았어요."

"케이스를 들고 오지 않았나요? 가방이라든가 슈트케이스 뭐 그런 거요?"

"아니요. 그냥 손에 돈만 쥐고 있었어요."

"그럼 어떻게 된 거죠? 사장님은 왜 그의 방으로 간 겁니까?"

"평소 같으면 저는 절대 그러지 않는데, 맙소사 똑같은 곡이…, 그것도 밤새…. 여기에 있으면 무슨 소리든 들리죠. 끊임없이 흘러나오는 그 울부짖는 소리 때문에 미칠 것 같았어요."

"그래서 곧장 안으로 들어가셨나요?"

"아니요. 노크를 했어요, 분명해요. 여러 번. 그러다 결국 문을 살짝 밀어보았죠. 안으로 들어가려던 것은 아니었어요." 마이어는 잠깐 생각에 잠긴 듯하더니 커피잔을 다시 입으로 가져가려고 했다. 아직 충격에서 벗어나지 못한 게 분명했다.

"그가 다른 손님들과도 얘기하지 않았나요? 안에서든 밖에서든, 그 누구와든?"

"글쎄요." 마이어가 말했다. "음, 혹시 그것도 대화라면…." 그가 두세 번 머리를 긁적였다.

"누구죠?"

"처음에는 아무 기척이 없었어요. 한데 생각해보니까…."

"뭐죠?" 뭉크가 초조하게 물었다.

"청소업체에서 온 청년이었어요."

"네?"

"우린 베트남인 청소업체와 거래하고 있습니다. 그들은 평소에, 뭐라고 말해야 할까…, 음, 젊은 백인은 보내지 않습니다. 무슨 말인지 아시죠?"

"아니요, 모르겠는데요."

"그러니까 우리는 청소를 맡기는 대가를 그들에게 지불하고, 청소업체는 값싼 노동력을 고용하죠. 무슨 말인지 이해하시겠어요?" 마이어가 말하며 콧잔등을 찌푸렸다.

"그런데 이번에는 젊은 남자를 보냈다는 건가요? 젊고 인종적으로 노르웨이인 남자?"

"네, 맞아요, 백인 남자." 마이어가 고개를 끄덕였다. "그때 난 별 생각이 없었어요. 자기가 어떻게 보이든, 일자리가 필요한 사람도 있거든요. 난 그 점에 대해선 문제가 없다고 봅니다."

"그 남자가 쿠르트 방과 얘기를 나눴나요?"

"맞습니다. 그 둘이 복도에 서 있는 것을 내가 봤어요."

149

"어떤 상황이었죠?"

"나야 모르죠. 거기 오래 있지 않았거든요. 그저 그들이 얘기하는 걸 보았고, 그게 답니다."

"이곳에서 평소 거래하는 청소업체라고 하셨죠?"

"네. 난 그들에게 아주 만족해요. 저렴하고 믿을 만하거든요. 우리는 가끔 거기 직원에게 숙소도 제공하죠. 그것도 우리 거래의 일부예요. 혹시 세무서에서 온 것은 아니죠, 그렇죠?"

"물론입니다. 그 업체 상호 좀 알려주시겠습니까? 주소도?"

"그러죠." 마이어가 다시 커피잔을 내려놓았다.

그는 자리에서 일어나 테이블 뒤편의 빼곡한 코르크 게시판으로 가더니 명함을 가지고 돌아왔다.

"사계네 세탁&청소 서비스?"

"베트남 가족이 경영하죠. 아주 좋은 사람들이에요. 아까 말했듯이 우리는 가끔 거기 직원들도 재워줍니다." 그가 말꼬리를 흐리더니 딴 데를 쳐다봤다.

"설령 사장님이 불법이민자를 재워주었다고 해도 그건 제 소관이 아닙니다." 뭉크가 그를 안심시켰다.

"아니요, 우리는….."

"말씀드렸듯이 그것은 제가 관여할 바 아닙니다. 그런데 그 젊은 남자를, 전에도 본 적이 있나요?"

"아닙니다."

"그러면 청소업체에서 왔다고 생각한 근거가 뭐죠?"

"아, 네. 거기 조끼를 입고 장비까지 가지고 왔더군요. 비록 하찮은 직업이지만, 장비가 없다면 이렇게 힘든 청소를 어떻게 하겠습니까. 그 친구는 뭔가를 가지러 나갔다 와야겠다고 양해를 구했어요. 그런데 그 뒤로 다시 보지 못했어요."

"하지만 그가 방과 얘기를 나눴다면서요. 9호실 남자와?"

"맞습니다." 마이어가 고개를 끄덕이며 눈을 껌뻑거렸다. "이제 그만 가도 될까요? 어젯밤부터 한 숨도 못자서."

"아무래도 경찰서로 가주셔야 할 것 같습니다." 뭉크가 일어섰다.

"지금요?"

"그렇습니다." 뭉크가 이렇게 말하고 다시 리셉션으로 갔다.

막 전화 통화를 끝낸 아네트 골리가 그에게 다가왔다.

"저 노인을 경찰서로 데리고 가. 전체 진술을 받고 서명도 받고, 오케이?"

"알았어요." 골리가 고개를 끄덕인 다음 문 가까이에 있는 경찰을 부르다가 물었다. "반장님은 어디 가시게요?"

"세게네." 뭉크가 대답하고 명함을 코트 주머니에 찔러넣었다.

"나중에 사무실에 들르실 거예요?"

"응."

"알겠어요." 골리가 이렇게 대답할 때 다시 그녀의 휴대폰이 울렸다.

22장

사게네 세탁&청소 서비스는 예상대로 오슬로의 세계네 지구, 세
게네 교회 근처에 있었다. 뭉크도 잘 아는 동네였다. 그와 마리안
네는 오래 전 이곳에 살았다. 작은 침실 하나에다 주방 안에 욕실
이 있는 원룸 아파트였다. 그가 수사관으로 막 첫발을 내딛던 때였
다. 마리안네는 아직 교육대학에 다니고 있었다. 그들은 돈이 많지
않아도 행복했다. 뭉크는 문득 밀려드는 향수에 희미하게 미소 지
었다. 잠시 후 그는 담배꽁초를 아무렇게나 던지고는 유리문을 열
고 소박한 접수대로 향했다.

드라이클리닝과 세탁, 청소 서비스를 제공하는 업체였다. 접수
대 뒤편 옷걸이에 옷들이 죽 걸려 있었다. 그가 들어서자 중년의
베트남 여인이 자리에서 일어나더니 웃으면서 맞았다.

"어서 오세요. 드라이클리닝 하시려구요?" 그녀가 귀 뒤에서 펜
을 꺼내며 물었다. "오늘은 셔츠를 특별 값으로 해드려요. 한 장 값
으로 세 장요. 슈트는 한 벌에 셔츠 한 장이 무료, 슈트 두 벌에 셔

츠 두 장이 무료예요."

"오슬로 경찰입니다." 뭉크가 신분증을 보여주며 말했다. "여기 주인이신가요?"

여인이 황급히 목에 건 안경을 쓰고 경계하듯 그를 바라보았다. "무슨 문제라도?"

"아, 아닙니다." 뭉크가 재빨리 미소를 지었다. "별거 아닙니다. 다만 여기 직원에 대해 몇 가지 물어볼 게 있습니다. 직원 관리를 맡고 있으신가요?"

"잠깐만요." 여인은 이렇게 말하고는 옷걸이 뒤편으로 사라졌다.

잠시 후 그녀는 20대 중반의 말쑥한 청년을 앞세우고 나타났다.

"딘 응우옌입니다." 그가 정중하게 말하고 손을 내밀었다. "뭘 도와드릴까요?"

"여기 주인입니까?"

"매니저입니다."

잘 다림질한 카키색 바지. 검정색 점퍼 안 흰색셔츠. 말끔하게 손질된 손톱과 손목에 찬 금장시계. 세탁소 카운터에 서 있기보다는 의류광고 카탈로그에 더 잘 어울릴 것 같은 느낌이었다. 사게네 세탁&청소 서비스는 수익이 괜찮은 사업체처럼 보였다.

"이곳 고용인에 대한 정보가 필요해서 왔습니다."

"네?" 응우옌이 관심 있게 물었다. "누구요?"

"그가 어젯밤에 룬드그렌 호텔에서 일했다고 하더군요. 노르웨이 원주민?"

"룬드그렌요? 제가 알기로 어제는 거기에 간 사람이 없는데요.

노르웨이 원주민이라? 백인을 말하는 건가요?"

"그렇습니다. 혹시 여기 직원 중에 백인은 없습니까?"

"아뇨. 우리는 가족사업체입니다. 고용인은 이모와 이모부, 조카들로 이루어져 있죠." 응우옌이 엷게 웃으며 말했다.

"외부인은 없단 뜻인가요?"

"네, 우린…."

그때 여인이 청년의 말을 가로막았다. 그들 사이에 짧은 대화가 오갔다. 뭉크가 추측하기에 베트남어 같았다.

"아, 물론입니다." 응우옌이 다시 뭉크를 돌아다보며 말했다. "죄송하지만 임시직원일 수도 있겠네요."

"임시직이라고요?"

"우리는 가능한 한 사람들을 도우려고 합니다." 응우옌이 창가에 줄지어 놓인 의자들을 향해 고갯짓을 했다. "우린 풀타임 직원을 고용할 형편은 안 됩니다. 하지만 가끔 일거리가 있나 알아보러 오는 사람들이 있죠."

"저기에요?"

"네, 가끔요."

"드라이클리닝 외에 청소 서비스도 하시죠?"

응우옌이 고개를 끄덕였다.

"임시직원은 어떤 식으로 뽑게 되나요?"

"그들이 저기에 앉아서 기다리고, 만약 우리에게 할 일이 생기면 그들에게 맡기는 식이죠."

"청소 일 말씀이죠?"

"그렇습니다. 드라이클리닝을 할 직원은 충분하니까요."

중년 여인이 다시 뭐라고 말했지만 이번에는 응우옌이 그녀의 말을 무시했다.

"그들은 주로 어떤 사람들이죠?"

"임시직원요?"

"그렇습니다."

응우옌이 잠시 망설였다. 뭉크는 짐작이 갔다. 호텔 주인 마이어와 비슷하게 이 젊은이도 뭉크가 이민국이나 세무서에서 나오지 않았을까 의심하고 있었다.

"말씀드렸듯이…."

"보십시오." 뭉크가 수염을 긁적이며 계속했다. "난 그들이 누구이든 상관없습니다. 아시겠어요? 그들이 불법으로 채용되었든 탈세를 했든. 설령 그런 일이 있더라도, 그건 다른 사람의 업무죠."

응우옌은 말쑥하게 자른 앞머리 아래로 조금 더 뭉크를 살피더니 입을 열었다. "대부분 이민자들이죠. 노르웨이에서 이민자가 일자리를 찾기는 어렵거든요. 물론 여기에서 태어난 사람들도 어렵지만요. 말씀드렸듯이 우리는 단지 도우려고 노력할 뿐입니다."

뭉크가 한 손을 들어서 선수를 쳤다. "다시 말하지만, 충분히 이해합니다. 그건 내 관할 업무가 아니에요. 난 그저 당신네 임시직원 중 내 설명에 부합하는 사람이 있는지 알고 싶을 뿐입니다."

"당신이 찾는 사람을 알 것 같습니다." 그가 마침내 말했다.

"그래요?"

응우옌이 고개를 끄덕였다. "우린 보통 그런 사람을 고용하지는 않습니다, 뭐라고 하셨죠? 노르웨이 원주민? 그런 사람들은 이 동네에 흔치 않습니다. 우리는 주로 아프가니스탄이나 소말리아, 북극 출신들을 쓰죠. 하지만, 맞습니다. 한 명 쓴 적이 있습니다."

여자가 다시 항의하자 응우옌이 짜증스럽게 그녀를 제지했다.

"여자 분이 뭐라고 하는 거죠?"

"그가 누군지 알고 있다고요. 그리고 그는 더 이상 여기에서 환영받지 못한다고요."

"트러블, 노, 노." 여인이 울퉁불퉁한 검지를 흔들며 말했다.

"어머니, 내가 처리할게요. 그러니까 20대 중반이라고 하셨죠? 백인이고?"

"네."

"당신이 찾는 인물과 비슷한 사람을 쓴 적이 있습니다. 하지만 마지막으로 본 지 꽤 됐습니다."

"왜죠?"

"작은 불화가 있었거든요."

"어떤 거죠?"

"우선 임시직은 내 사무실에 들어올 권리가 없습니다."

"그리고요?"

"그리고, 우리는 실제로 그들에게 계약서를 쓸 것을 요구하죠. 혹시라도 그들이 자기 임금을 제대로 신고하지 않을 경우, 우리가 책임을 뒤집어쓸 수도 있거든요. 만약 그들이 세금 한도보다 많이 번다면 우리한테 텍스코드를 알려줘야 하죠."

"그런데 그가 그렇게 하지 않았나요?"

"칼." 여인이 말한 다음 고개를 절레절레 흔들었다.

"그의 인적사항을 갖고 계십니까?"

"자세히는 모릅니다." 딘 응우옌이 말했다. "이름과 주소, 전화번호 정도죠. 하지만 그는 나에게 절대로 텍스코드는 알려주지 않았습니다."

"돈을 떼어먹었어요." 여인이 나섰다.

"어머니, 제가 처리하고 있잖아요."

"우리한테 사기를 쳤어요, 수천 크로네를."

"그가 당신들의 돈을 떼어먹었다고요?"

응우옌이 조그맣게 한숨을 내쉬었다. "말씀드렸듯이 전 일당 받는 사람들에게 타격을 입힐 생각이 없습니다. 그건 제 사업에도 좋지 못하니까요. 그래서 세금 내지 않고 일할 자유가 있다는 사실을 증명하지 못하는 사람들에게는 보통 임금을 지불하지 않습니다."

"바보같이 물러터져서는." 여인이 안경을 벗으면서 말했다.

"그럼 어떤 식으로든 그에게 임금을 줬나보군요?"

응우옌이 고개를 끄덕였다. "그가 서류를 모두 가져오겠다고 약속을 했지만 결국 그러지 않았죠."

"그때가 언제쯤입니까?"

"지금부터 얼마나 됐더라? 3주일 전이에요."

"그럼 그 후로 그를 못 봤다는 말인가요?"

"네."

"어제는 룬드그렌 호텔로 아무도 보내지 않았고요?"

응우옌이 고개를 끄덕였다. "네. 보내지 않았습니다."

"그에 대해 몇 가지 정보를 갖고 있다고 하셨죠?"

"잠깐만요." 응우옌이 뒷방으로 사라졌다.

"멍청하기는." 그의 어머니가 중얼거렸다. 그녀는 카운터 뒤편 의자에 앉아서 뜨개질을 하고 있었다.

"여기 있습니다." 응우옌이 카운터에 서류 한 장을 내려놓으면서 말했다.

"칼 오벨린드?"

응우옌이 고개를 끄덕였다.

"그리고 이게 그의 주소입니까?"

"네. 하지만 그 전화번호로는 연결이 안 되더군요. 제가 전화를 걸어봤거든요."

여인이 고개를 저으며 베트남어로 뭐라고 말했다. 응우옌의 표정을 보건대 그녀는 말쑥한 아들이 마음에 들지 않는 듯했다.

"혹시 제가 초상화가를 보내면 그의 인상착의를 설명해주실 수 있습니까?"

"그럼요. 어디에서 봐도 그를 알아볼 수 있습니다. 도울 수 있게 되어 기쁠 뿐입니다. 그런데 그를 왜 찾는지 물어봐도 될까요?"

"유감이지만 말씀드릴 수 없습니다. 협조해주셔서 고맙습니다." 뭉크는 메모지를 집어들어 외투주머니 깊숙이 넣었다. "연락하겠습니다. 고맙습니다." 뭉크는 뜨개질을 하고 있는 여인에게도 목례를 한 다음 이른 봄볕이 내리쬐는 밖으로 나갔다.

23장

미아는 자신의 아파트 건물 밖에 서 있었다. 신선한 공기를 마시는 건 성공한 전략이었다. 어둠이 잠깐 그녀를 엄습했다. 아직 완전히 뿌리 뽑히지 않은 어둠. 그녀 스스로 돌보지 않으면 어떤 일이 일어날지, 영혼은 아주 작은 힌트를 주고 있었다. 빌어먹을! 그녀가 제 손으로 휴가를 예약한 이유도 그 때문이었다. 휴식을 취하려고. *당분간 불필요한 스트레스를 받지 마세요.* 예렌에 있는 심리치료사가 그렇게 말하지 않았던가? 재활병원에서 30일. 그 후 미아는 새로 태어난 것처럼 느꼈다. 지금 와서 그 생각을 하기에는 너무 늦었다. 이미 수사는 그녀를 괴롭히고 있었다. *조심해야 해.* 그녀는 버진 아일랜드에 이메일을 보내야 한다는 사실을 떠올렸다. 빅토르에게 배를 타지 못하게 될 것 같다고 말해야 하리라. 미아가 출입문에 열쇠를 꽂고 문을 여는데 익숙한 얼굴이 보였다.

그녀의 이름이 뭐더라? 프레드릭센 부인이었던가?

같은 아파트에 사는 노부인은 1층 우편함 앞에 서서 주먹을 흔들고 있었다. 한 손에는 지팡이를 쥐고, 가발은 약간 비뚤어졌다. 역겨울 정도로 강한 향수 냄새. 거슬리는 눈화장. 입술에는 연빨강 립스틱을 발랐다. 목소리는 어찌나 크고 날카로운지 미아는 순간 다시 밖으로 나가고 싶어졌다.

"그들을 여기에서 내쫓아야 해요! 탄원서를 냅시다! 당신 2층에 사는 경찰관 아니오? 이대로 둬서는 안 돼요! 뒷마당의 쓰레기통 봤어요? 계단에서 얼마나 고약한 냄새가 나는지 알아요?"

미아는 고개를 절레절레 저으며 계단을 올라 2층으로 왔다. 그때 자신의 아파트 문 밖에서 또 다른 예상치 못했던 얼굴과 마주쳤다.

"안녕, 미아? 잘 지내죠? 장기여행을 떠난다고요? 내 동생이 당신 아파트 얘기 듣고 엄청 기뻐해요. 기막히게 운이 좋다고요."

이웃집 남자는 엄지를 치켜들고 환하게 웃었다.

빌어먹을! 그 계획은 마음에서 완전히 지워버렸는데.

"유감이에요. 제 계획이 바뀌어서, 해외에는 안 나갈 거예요."

"이런." 금발의 젊은 남자가 말했다. 그는 실망한 표정이었다.

"미안해요." 미아가 다시 말하고는 열쇠로 문을 열었다.

뭐라고 덧붙이려던 그녀의 이웃이 아래 층계참에서 일어나고 있는 일을 알아차렸다. "이런, 비켄 부인이 또 불평을 쏟아내고 있나요?" 그는 한숨을 쉬며 짜증스럽게 고개를 저었다. "그녀의 머릿속에는 3층에 사는 이란인들을 내보내야 한다는 생각밖에 없어요. 전형적이죠, 그렇지 않아요? 이 나라의 상황이에요. 사방에 그놈의 인종주의자들이 깔려 있죠. 이거야말로 중단되어야 하는데."

젊은 남자는 이내 계단 아래로 사라졌다. 미아는 세상에 아직도 저렇듯 관대한 사람들이 남아 있다는 사실에 감사하며 자신의 아파트로 들어갔다.

그러나, 그녀는 문 안으로 들어서자마자 멈칫했다. *아니야, 여긴 별로야. 여기에선 생각할 수 없을 것 같아.* 그녀는 계단이 조용해질 때까지 복도에서 기다렸다가 발끝으로 살금살금 다시 내려갔다. 그리고 좋아하는 술집, 로리로 발걸음을 옮겼다.

"어머, 오랜만이야." 낯익은 얼굴이 그녀를 보자 화들짝 놀라며 반가워했다. "늘 마시는 거?"

헤그데하우그스바이엔 끝에 위치한 알록달록한 술집은 미아에게 제2의 집과 같은 곳이었다. 하지만 그것도 예전의 일이었다. 지난 4개월 동안 술을 마시지 않았다.

"아니. 차 한 잔과 패리스 미네랄워터나 줘요." 미아가 가방에서 수첩을 꺼내며 말했다.

"곧 갖다 줄게요." 친근한 웨이터는 그녀에게 윙크한 뒤 나타났을 때처럼 조용히 사라졌다.

그 누구의 도움도 없이 증거에만 빠져보는 것. 이런 것을 마지막으로 언제 했는지 미아는 기억도 잘 나지 않았다. 너무 열악하지만 그냥 시도해볼 수밖에 없었다. 미아는 앞에 빈 수첩을 펼쳐놓고 앉아 아늑한 펍에서 수런수런 떠드는 소음이 마침내 평정심을 안겨줄 때까지 멍하니 내려다보았다. 그러다 주변 세상이 서서히 물러나자 종이 위에서 펜을 쥐고 자신의 머릿속으로 들어갔다.

비비안 베르그. 22세. 발레리나. 도시에서 멀리 떨어진 산정호수. 너덜너덜해진 뿌앵트 슈즈. 스스로 거기까지 걸어갔다고? 진

짜? 자발적으로? 아마 그렇지 않을 것이다. CCTV 영상. 마약을 하고? 최면에 걸려서? 내가 뭘 빠뜨리고 있지?

쿠르트 방. 재즈뮤지션. 20대. 그의 나이가 중요할까? '내가 어떻게 하는지 잘 봐.' 밤비. 얼음 위의 밤비?

산속 호수? 얼음?

물? 정화?

숫자 4. 숫자 7.

미아는 쳐다보지도 않고 찻잔으로 손을 뻗었다.

4…, 7?

7…, 4?

47? 74?

《사자왕 형제의 모험.》

뭔가 불타고 있다. 불타고 있다….

…집이? 숫자 47?

숫자 74?

그녀는 몽롱한 상태에서 휴대폰에 손을 뻗었다.

"그뢴리에입니다."

"저 미아예요. 급한 거예요. 혹시 우리가 화재와 관련된 사건을 맡은 적이 있는지 확인 좀 해주시겠어요."

"무슨 말이야?"

"죄송해요. 불에 타죽은 일가족이라든지…, 뭐 비슷한 사건 맡은 적이 있나요?"

"좀 막연한데." 그뢴리에가 머뭇거렸다.

"알아요. 죄송해요. 그럼 집 주소가 47이거나 74인 경우는요. 죄송하지만 이와 관련된 사건기록이 있는지 확인 좀 해주실래요?"

"그러지."

"고마워요." 미아는 흐름이 끊길까봐 재빨리 전화를 끊었다.

여성, 스물두 살.

남성, 스물다섯 살, 아마도.

누나?

남동생?

가족의 비극.

불에 탄 집.

누가 살아남았을까?

죄책감? 그게 네 잘못이었어?

심장에 부동액 주사.

차가움, 얼음.

불? 열기?

얼음과 불?

펜이 종이 위를 이리저리 날아다녔다. 미아는 심지어 자신이 웃고 있다는 사실도 의식하지 못했다. 얼음과 불? 그게 이 사건과 관련된 것일까? 그들이 불에 타죽었나? 그게 너의 잘못이었다고? 방부제? 미안해? 그들을 돕고 싶어? 그것을 식히려고? 다시 괜찮게 만들려고?

네가 우리에게 보여주고 싶은 게 그거야? 그거야, 그런 거야?

네가 미안해 한다는 것?

미안해? 후회해?

그러려고 했던 게 아니었어?

우리가 널 도와주었으면 좋겠어?

널 알아줘?

"실례합니다, 당신이 미아 크뤼거 씨죠?"

미아는 놀란 나머지 펜을 떨어뜨릴 뻔했다. 너무 멀리 떨어져 있었던 탓에 현실로 돌아오는 길을 찾느라 미아의 뇌가 애를 썼다.

"네, 그런데요….."

"방해해서 죄송한데, 2분만 시간을 내주시겠습니까?"

검정색 외투에 흰셔츠, 장갑, 한쪽으로 빗어넘긴 머리. 그녀를 보는 눈빛은 친근했지만 미아는 그를 통 기억할 수 없었다.

"댁은…?" 미아가 입을 열었다.

"오래 걸리지 않을 겁니다. 하지만 어떤 단계에 이르러서 어쩔 수 없이 당신과 몇 마디 나눠야 할 것 같아서요."

그의 겉모습. 그의 표정. 미아는 100미터쯤 떨어진 곳에서도 경찰을 알아맞힐 수 있지만 그는 한 번도 본 적이 없는 얼굴이었다.

"볼드라고 합니다." 잘 차려입은 남자가 테이블 건너편에서 손을 내밀었다. "국제범죄수사국 소속이죠."

짜증스러웠던 미아의 마음이 호기심으로 바뀌었다. 볼드는 손을 저어 친절한 웨이터를 물리치고 다시 미아에게 집중했다.

"바빠 보이는군요. 저야 당연히 그 이유를 알고 있죠. 며칠 사이에 발견된 두 구의 시신 때문이겠죠? 시간을 많이 빼앗지는 않을 겁니다. 다만 꼭 해야 할 말이 있어서. 기분 상하지 않기를 바랍니다."

"제게는 선택권이 없는 것 같네요." 미아가 찻잔으로 손을 뻗으며 대꾸했다.

"그렇게 느꼈다면 사과하죠." 볼드가 말하며 바 안을 둘러보았다. "하지만 말했듯이 우리는 당신과 해야 할 얘기가 있습니다."

미아도 이제 꽤 분주해진 바를 힐끗 보았지만 딱히 주의를 끌 만한 것은 보이지 않았다.

"'우리'가 누구죠? 국제범죄수사국? 제가 뭘 잘못했나요? 또?"

볼드가 야릇한 미소를 지었다. "아, 아뇨. 그건 절대 아니에요. 미아, 당신에 관한 게 아닙니다. 이번에는." 그가 테이블 너머 미아에게로 몸을 숙였다. "지금 하고 있는 수사에 대해, 한 가지 물어봐도 될까요?"

"제 대답은 노예요. 분명히 말했어요." 미아가 쌀쌀맞게 대꾸했다. "현재 진행되고 있는 수사에 관해선 당신과 할 말 없어요."

볼드가 다시 웃으며 조심스럽게 손을 들었다. "뭉크나 미켈손한테 직접 갈 수도 있었습니다. 그 문제라면…."

"그러면 그러시지 않고요?"

볼드가 잠시 머뭇거렸다. "우리가 어떤 일을 하는지 아시죠?"

"당신들은 국제경찰 업무를 맡고 있죠." 미아가 한숨을 쉬었다. "이기 퀴즈예요? 보다시피 나는 지금 매우 바빠요."

그의 주머니 속에서 휴대폰이 진동을 했지만 그는 무시했다. "좋아요, 미아. 그럼 본론으로 들어가죠. 토마스 로렌트센 말예요."

"누구요?"

토마스 로렌트센? 미아가 그 이름을 떠올리는 데는 몇 초 걸리지 않았다. 변호사. 비비안 베르그를 옮긴 메르세데스의 차주.

"그 사람이 왜요?" 미아는 이제 흥미가 생겼다.

"단지 그가 당신네 수사 대상인지 알 필요가 있어요. 그가 중요한가요? 주요 용의자인가요?"

"왜요?"

"로렌트센이 그 사건에 연루되었습니까? 우리가 알고 싶은 건 그게 다예요. 간단히 물을게요. 그 대답만 해주면 됩니다. 그럼 당신을 혼자 있게 해주죠."

볼드는 불가해한 미소를 지으며 의자에 기대어 앉았다. 미아는 순간 말해줄까 생각했지만 이내 단념했다. 국제범죄수사국. 만약 볼드가 진심으로 이 사건에 대해 알고 싶다면 그뢴란드의 경찰본부에 전화 한 통화만 하면 될 일이다. 여기서 시간 낭비를 할 필요가 없었다. 미아는 자신이 하던 일로 돌아가고 싶었다. 거기에 뭔가 있었다. 한창 잘 나가는 중이었다. 그녀는 직감할 수 있었다.

"아니요. 우린 로렌트센한테 관심 없어요." 미아가 재빨리 말하고 펜을 집어들었다.

"궁금하지 않습니까?" 볼드가 떠나려는 기미 없이 말했다.

"뭐가요?"

"왜 우리가 그에게 관심을 갖는지?"

"물론이에요. 하지만 전 지금 좀 바빠요. 이제 됐죠?"

볼드는 약간 기분이 상한 것 같았다. "미안하군요, 미아. 내가 다르게 접근해야 했나 봅니다. 이럼 괜찮겠죠, 만약 내가…." 그가 코트를 벗었다.

"이봐요." 미아가 말을 하려는데 그가 가로막았다.

"사실은 당신의 도움이 필요합니다. 우린 난관에 봉착했어요. 우리는 누구한테 말해야 할까 의논했죠. 그리고 당신으로 결정했어요. 그게 간단해서."

"또 그 놈의 '우리'가 누군데요?" 미아가 마지못해 펜을 내려놓으며 다시 물었다.

볼드가 잠시 생각했다. "이건 우리끼리만 아는 일이라서요."

"당신이 나를 찾아왔어요." 미아가 다시 한숨을 내쉬었다. "내가 와달라고 부탁한 게 아니라고요, 아시겠어요?"

"그렇죠." 볼드가 대답한 뒤 웨이터를 찾느라 주변을 두리번거렸다. "커피 좀 마셔야겠어요. 당신도 뭣 좀 마실래요?"

"아니요, 전 됐어요."

"말했듯이." 웨이터가 주문을 받아가자 볼드가 말을 이어나갔다. "우린 오랫동안 이 문제를 의논해왔어요. 이건 민감한 주제예요. 내가 무슨 말을 하는지 안다면, 당신도 이해할 거예요. 그래서 결국 당신을 선택했죠."

"영광이군요." 미아가 미네랄워터를 한 모금 마시면서 비아냥댔다. "그럼 다시 물을게요. '우리'가 대체 누구죠?"

"음, 그럼 토마스 로렌트센이 누구인지부터 말씀드리죠. 그래도 되겠죠?"

"좋아요."

"헤로인." 볼드가 커피잔을 입으로 가져가며 말했다.

"구체적으로?"

"수입, 유통, 그리고 돈세탁."

"계속하세요." 미아는 어느새 경계심을 내려놓고 있었다.

"우린 아직 완전한 그림을 완성하지 못했어요. 하지만 당신이 지금 당장 그와 접촉하지 않는 것이 정말 중요해요. 그러면 우리가 오랜 시간 공들인 작전을 망치게 돼요."

"우리는 그 사람에게 관심 없다니까요." 미아가 되풀이해서 강조했다. "우리가 아는 바로는, 그가 자동차를 도난당한 것은 순전히 우연의 일치였어요. 그런 일은 누구에게나 일어날 수 있어요."

"좋습니다. 하지만 이게 그리 간단치가 않아요."

"그렇겠죠, 당신이 말했듯이. 그런데 왜 나죠? 내가 어떻게 당신을 도와줄 수 있죠?"

볼드는 조심스럽게 어휘를 골라 대답했다. "우리 쪽 한 명이 연루되었다고 믿을 만한 정황이 있어요."

"우리 중 한 명이요?"

"그래요." 볼드는 다시 주변을 두리번거린 뒤 더 가깝게 거리를 좁혔다. "로렌트센이 부분적으로 관여하는 마약 거래사업에서 경찰관 한 명이 깊숙이 개입돼 있다고 우리는 생각해요."

"그러니까 그 경찰관이 나라고 생각하는 건가요?"

볼드가 설핏 웃었다. "아니요. 절대로 그건 아니고. 하지만 당신이 우리를 도울 수 있다고 생각해요."

"왜죠?"

"왜냐하면 당신이 그를 아니까."

"뭐라고요? 그러니까 당신은 그가 누구인지 안다는 거예요?"

"우리는 그렇게 생각해요. 하지만 증거가 필요해요."

"그럼 나보고 그 증거를 잡으라는 거예요, 당신들을 위해?"

"바로 그거예요. 이제 납득이 가죠?" 볼드는 의자에 기대어 앉아 다시 커피잔을 입에 갖다 댔다.

"그러니까 나보고 동료를 고자질하라는 거네요?"

"고자질이란 표현은 좀 과해요. 난 그렇게 표현하고 싶지는 않아요. 하지만 요약하면 그런 셈이죠. 아까 말했듯이 우린 난관에 부딪혔어요. 도움이 필요해요."

"그러니까 이 로렌트센이라는 자가 헤로인 수입에 관여하고 있고, 당신들은 그가 경찰 내부의 누군가와 내통하고 있다고 생각하는 건가요?"

"그래요."

"그런데 그 내부자가 내가 아는 경찰관이다?"

"그래요."

"우리 팀의 한 명이라는 말이죠? 마리뵈스가테에 있는?"

"맞아요."

"말도 안 돼." 미아가 고개를 저었다. "그 말을 믿으라구요?"

"처음에 나도 그랬죠." 볼드가 어깨를 으쓱했다.

미아는 다시 호기심이 꿈틀거리기 시작하는 것을 느꼈다.

"뭐라고 말할까?" 볼드가 계속했다. "뭉크는 최고의 인재를 선발하는 걸로 알려져 있지만 누구나 실수는 하죠, 그렇지 않아요?"

"믿기 어려워요." 미아가 천천히 대꾸했다.

"뭐가요?"

"우리 팀원이 그런 일에 연루될 수 있다는 것. 우리 팀원들은 매우 긴밀해요. 실제로 가족이나 다름없어요. 당신은 여섯 살짜리가 죽었다는 소식을 들은 아버지를 안아준 적 있어요?"

"아니요. 그런 적 없어요."

"팀에는 그런 게 중요해요. 이해하겠어요?" 미아는 이제 짜증을 내며 말했다.

"이해해요, 충분히. 특별수사반이 어떤지 알아요. 우리 모두 당신들을 정말 존경해요, 하지만 그렇더라도."

"우리 팀원은 아닐 거예요." 미아가 단호하게 말한 뒤 다시 찻잔으로 손을 뻗었다. 찻잔이 비어 있었다. 그녀가 웨이터를 찾아 두리번거렸지만 보이지 않았다.

아니야, 이건 거짓말이야.

헤로인?

우리 팀 누가?

말도 안 돼.

"쿠리예요." 볼드가 불쑥 내뱉었다. 마치 누군가 LP판에 바늘을 끌어다놓은 듯.

"뭐라고요?"

"우리는 그 자가 욘 라르센이라고 생각해요." 볼드가 진지하게 말했다.

"터무니없군요." 미아는 안도해서 잠깐 크크 웃지 않을 수 없었다. "쿠리? 아니에요, 당신들이 틀렸어요. 욘은 괴짜이지만 절대 그런 짓을 할 사람은 아니…"

"우리는 마약수사반의 누구일 거라고 확신해왔어요."

"쿠리는 마약수사반이 아니에요."

"그는 여러 차례 마약수사반에서 근무한 전력이 있어요. 또 그의 사생활 중 어떤 점이 문제를 야기했을 만한 정황이 있어요."

"잠깐만요."

"계속해도 될까요? 얼마 전에 욘 라르센의 약혼자가 그를 버렸어요, 맞죠? 모든 것은 그녀의 소유였죠. 그들이 살았던 아파트? 그것도 그녀 소유였어요. 그는 빈털터리예요."

"맞아요. 그렇지만…."

"그는 지금 방 하나짜리 월세를 살아요. 돈도 없고. 빚에 쪼들리고 있죠. 술도 많이 마시고 스물한 살짜리 여자애와 연애를 하고 있죠. 루나 뉘비크라는 바텐더인데 마약 밀수로 경찰에 주의를 받았던 전력이 있어요. 그게 그들의 수법이에요. 아무것도 모르는 젊은 애들, 그런 애들을 마약 운반책으로 이용해요. 노르웨이로 마약을 들여오는 수법이죠."

"쿠리는 아니에요." 미아가 다시 부정했다. "당신이 그를 안다면 이해할 거예요."

볼드는 손을 들어 미아의 말을 제지했다. "우리를 도와줄 거죠? 아니면 우리가 틀렸다는 것을 증명하든가?"

주머니 속 그의 핸드폰이 울렸다. 그가 핸드폰을 확인하더니 이번에는 테이블에서 일어났다. "미안해요. 일이 좀 생겼어요. 부탁인데, 최소한 고려라도 해볼래요?"

"당신이 틀렸어요."

"여기 내 전화번호예요." 볼드가 그녀에게 명함을 내밀었다. "내일 전화할게요. 괜찮죠?"

볼드는 그녀에게 짧게 미소를 짓고 굳게 악수를 나눈 뒤 인파 속으로 사라졌다. 미아는 테이블에서 펜을 집어들고 자신의 사건으로 돌아가려고 애썼다. 하지만 그 순간은 이미 지나가버렸다.

뇌물을 받은 경찰.

쿠리?

아냐. 그건 불가능해.

미아가 차를 한 잔 더 주문하려는데 핸드폰이 울렸다.

"아, 반장님. 무슨 일이에요?"

뭉크의 목소리가 이상하게 들렸다. "미아가 함께 가줘야 할 일이 생겼어." 그가 나지막이 말했다.

"뭔데요?"

바에서 누군가가 시끄럽게 웃는 바람에 미아는 뭉크의 말을 잘 들을 수가 없었다.

"직접 가서 보는 게 좋을 것 같아. 주소는 문자로 알려줄게."

"알았어요." 미아는 수첩을 가방에 쑤셔넣고 택시를 잡기 위해 밖으로 달려나갔다.

24장

미아는 차비를 지불하고 택시에서 내렸다. 그리고 어두운 눈빛으로 담배를 문 채 일광욕실 밖에 서 있는 뭉크를 발견했다.

"무슨 일이에요?"

뭉크는 한참 동안 고개만 젓다가 입을 열었다. "사건현장이 어떻게 오염됐는지 알아?"

"계속하세요."

"룬드그렌 호텔 접수원이 말하기를, 쿠르트 방이 자기 방으로 들어가기 전에 어떤 젊은 남자와 말하는 걸 봤다고 했거든. 청소업체 직원으로 보이는."

"어젯밤에요?"

"응."

"청소업체," 미아는 주머니에서 목캔디를 만지작거리며 말했다. "왜 그 생각을 못했을까요? 머리카락? 손톱? 분비물? 그래서 그렇듯 각양각색의 샘플들을 얻었군요. 어쨌거나 대단하네요."

미아는 내심 짜릿한 흥분을 느끼며 뭉크를 향해 미소를 지었다. 하지만 뭉크는 어떤 이유인지 흡족해 보이지 않았다.

"그리고요?" 미아가 더 알고 싶어서 안달을 했다.

"내가 그 청소업체에 갔었어."

"네?"

"그들은 어젯밤에 아무도 파견하지 않았다더군."

"그럼…?" 미아는 여전히 뭉크를 괴롭히는 게 무엇인지 몰라서 고개를 저었다. "청소업체에서는 룬드그렌 호텔에 나타났던 사람이 누구인지 알아요?"

뭉크가 담배를 한 모금 빨며 고개를 끄덕였다. "칼 오벨린드. 주소를 받았어. 그들이 알려준 휴대폰 번호는 해지가 됐더군."

"하지만 그것만으로도 대단해요. 그럼 우리가 더 이상 뭘 기다려야 하죠? 그게 뭔데요? 저한테 보여주시려고 했던 게?"

"베르겐스가타 41번지."

"뭔데요?"

"그가 청소업체에 알려준 주소야."

미아는 이제 가만히 서 있지 못할 만큼 흥분했지만 뭉크는 여전히 비참한 표정이었다.

"그런데 뭐가 문제예요? 우린 이름도 알고 주소도 가지고 있어요. 우리가 뭘 기다려야 하죠? 저한테 보여주시려던 게 뭔데요?"

"이거야." 뭉크가 조용히 말했다. 그는 더플코트 주머니에 손을 넣은 채 앞장서서 커다란 건물 모퉁이로 걸어갔다.

베르겐스가타.

그녀의 머릿속 저편에 뭐가 있었다. 도대체, 그게 무엇일까?

뭉크가 도로 끝에서 걸음을 멈추고 맞은편을 향해 고갯짓했다.

그리고 미아는 그것을 보았다.

붉게 녹슨 작은 공장 건물.

하지만….

"세상에, 반장님!"

뭉크는 그녀를 돌아다보며 고개를 끄덕였다. "이제 보여?"

"그 자가 그들에게 알려준 주소가, 저기라고요?" 구역질이 나오려고 했다. "오, 맙소사. 정말이에요?"

뭉크가 입을 꾹 다물고 고개를 끄덕였다.

"하지만…, 이게 가능해요?"

"우리가 진작 관련성을 따져봤어야 했나? 그 사진들? 시신을 찍은 카메라?"

"오, 하느님." 미아는 가까스로 다시 건물을 보았다. 비록 머리로는 그러지 말아야 한다는 것을 알았지만.

뵈슬렌의 공장 건물. 베르겐스가타 41번지.

그가 그들을 억류했던 곳이었다.

그의 작업실이 있던 곳. 그 모든 도구들.

"클라우스 헤밍." 뭉크가 불을 붙이지 않은 담배를 입에 물었다.

"주소가 같아요? 이건 불가능해요."

미아는 정신을 차리려고 애썼다.

8년 전이었다. 그녀는 곧장 그때로 돌아갔다.

클라우스 헤밍.

우편배달부.

그가 죽인 희생자들의 사진.

그 사진들은 희생자의 집으로 보내졌다. 마치 그들을 죽인 것으로는 충분치 않다는 듯.

우편배달부.

그녀가 만났던 가장 어려운 사건 중 하나였다. 벌써 8년이나 지났는데도 미아는 우편함을 열어볼 때 종종 욕지기가 났다.

빌어먹을!

"베르겐스가타, 뵈슬렌," 뭉크가 이제야 담배에 불을 붙이며 말했다. "왜 내가 이걸 다시 봐야 하는지 이해할 수가 없군."

"하지만 그는 죽었어요, 그렇지 않아요?"

"내가 마지막으로 확인했을 때 틀림없이 그 놈이었어."

"그러면 뭐죠?" 미아는 내키지 않지만 길 너머를 흘끔 쳐다봤다.

"모방범인가?"

"정말 그렇게 생각하세요? 헤밍은 우리에게 절대 아무것도 주지 않았잖아요? 전화번호? 문자메시지? 그 자는 그저⋯."

"그냥 생각일 뿐이야." 뭉크가 그녀의 말을 가로막았다. "하지만 뭔가 관련이 있을 거야. 그렇게 생각하지 않아?"

"반장님이 말한 그 남자의 이름이 뭐라고요?" 미아가 물었다. "청소업체 직원 말예요."

"칼 오벨린드."

"그리고요?"

"그리고 뭐?" 뭉크가 짜증스럽게 그녀를 보았다.

그들을 거의 붕괴시켰던 그 사건.

홀거는 당시 가족 심리치료를 받던 중이었다. 가족이 해체된 후 2년쯤 지났을 때, 뭉크는 마리안네에게 다시 기회를 달라고 간곡히 부탁했다. 그녀는 마침내 받아들였다. *좋아, 우리 다시 노력해봐. 미리암을 위해서.* 하지만 마리안네는 뭉크가 약속시간에 나타나지 않는 현실을 마주했을 뿐이었다.

클라우스 헤밍.

우편배달부.

그의 개인 작업실. 개인 도구들.

빌어먹을!

"이제 뭘 해야 하죠?" 미아가 물었다.

"루드비한테 우리가 알아낸 칼 오벨린드에 관한 모든 것을 확인해달라고 했어." 뭉크가 미간을 찌푸렸다. "나중에 사무실에 모두 모일 거야, 그때 의논해보자고…."

"팀 브리핑을 해요?"

"그래야지."

"차 가져오셨어요?"

"거리 아래 세워뒀어." 뭉크는 고개를 저으며 베이지색 더플코트를 단단히 여민 다음 반쯤 피운 담배를 녹슨 건물을 향해 넌졌다.

25장

쿠리가 위스키잔을 입가로 들어올렸을 때 휴대폰이 진동했다. 바로 앞에 놓인 테이블에서 성난 장수말벌처럼 붕붕거리는데도 그는 듣지 못했다. 휴대폰이 무음으로 되어 있었다. 마침내 그의 손이 허공으로 움직여 초록색 버튼을 누르기 직전, 그는 다행스럽게도 전화를 받아서는 안 된다는 것을 깨달았다. 오후 5시밖에 안 됐는데, 그는 벌써 술에 취해 있었다. 빌어먹을. 그저 잠깐 들르려고 했을 뿐이다. 루나에게 안부인사를 하고 머리나 식힐 겸 가지고 온 수첩에서 뭔가 볼 게 있으면 보려고. 미아가 항상 하는 대로 자신도 해보려고. 물론 그것은 핑계에 불과했다. 그는 간절히 술이 마시고 싶었다. 그리고 딱 한 잔은 여러 잔이 되고 말았다.

전화가 마침내 진동을 멈추었다. 이윽고 문자메시지가 들어오기 시작했다. 한 개. 그리고 또 한 개. 쿠리는 침침한 빛 속에서 휴대폰을 집어들어 문자를 읽었다. 아네트 골리. 뭉크. 무슨 일이 일어난 게 분명했다. 상황실에서 열리는 회의에 전원 참석하라는 내용이었다. 빌어먹을. 안 돼, 못 가. 지금은 안 돼. 이 지경으로 나타날 수는 없었다. 그는 위스키잔을 마저 비운 다음 테이블 건너 루나에게 손짓을 했다.

"한 잔 더." 그가 중얼거리며 술잔의 테두리를 톡톡 쳤다.

젊은 여자가 눈썹을 치켜떴다. "정말이야, 욘?"

"무슨 뜻이야?" 그가 다시 중얼거리다가 자신이 혀 꼬인 발음을 한다는 사실을 알아차렸다.

"정말 괜찮냐고?" 그녀는 손으로 그의 머리카락을 흩트렸다.

"응. 그냥 한 잔 더 줘."

누군가 방 끝에 있는 주크박스에 동전을 넣었는지 갈색 벽을 통해 올드 컨트리송이 흘러들어왔다. 당구공들이 차례대로 부딪히는 소리도 들렸다. 그는 오슬로에서 가장 우중충한, 어찌나 허름한지 힙스터들조차 드나들지 않는 술집에 있었다. 뱃사람 타투. 바이커 재킷. 구석마다 외로운 영혼들이 지저분한 맥주잔에 입을 댄 채 중얼거리고 있었다. 바에 앉아 있는 스포츠재킷 차림의 두 사내는 장소를 잘못 들어온 것처럼 보였다. 그들이 몰래 그를 흘끔거렸다. 처음에 그는 이유를 알지 못했다. 순간 망상이 떠올랐다. 빌어먹을! 경찰들인가? 나를 감시하는 건가? 하지만 세 번째 위스키잔을 기울이다 문득 답이 떠올랐다. 거기에 앉아 있는 쿠리가 애처로워 보였던 것이다. 그들은 동정에 찬 눈길로 그를 보았다. 하지만 쿠리는 떨리는 손으로 한 잔 더 마셨다.

젠장. 어쩌다 이 지경이 됐지?

그는 자신을 통제할 수 있었다, 그렇지 않은가? 확실히 술이 이상했다. 이런 적은 한 번도 없었다. 그는 마치 마른 스폰지, 물이 부족한 나무 같았다. 며칠 전 신문에서 광고를 흥미롭게 읽었다. *솔리아 재활병원. 주변에 도움이 필요한 사람이 있습니까?* 그는 도리질을 쳤다. 그때 루나가 맥주와 위스키체이서(독한 술을 마신 뒤 마시는 물이나 탄산수 ― 옮긴이)를 가지고 왔다.

"카트리네에게 전화할까? 나랑 교대해달라고 부탁할까?" 그녀가 가까이 오더니 따뜻한 손가락으로 그의 뺨을 쓰다듬었다.

"왜?" 쿠리는 초점을 맞추려고 했지만 제대로 되지 않았다.

"당신 집으로 갈 수 있는데? 당신이 원하는 게 그거 아니야?"

쿠리는 몸을 바로 세우고 그녀에게 물러가라고 손짓했다. "아니, 괜찮아. 난 그냥…."

바 건너편 스포츠재킷 1호가 그들을 다시 쳐다보았다.

"정말?"

"당신은 손님 맞아야지." 그가 혀 꼬부라지는 발음으로 말하며 억지로 미소를 지었다.

"나는 가도 괜찮아. 나에게 말만 해, 오케이?"

"괜찮아." 그가 다시 대답했다. 하지만 그녀는 이미 바로 돌아간 후였다.

쿠리는 술잔을 들어 입가로 가져갔다. 감사하게도 떨림이 가라 앉기 시작했다. 기운을 돋우는 술이 목구멍을 타고 위장으로 내려 가자 몸이 더워졌다. 그는 아무것도 먹지 않은 빈속이었다.

바로 그것이었다. 그게 원인이었다.

자신은 알코올을 통제할 수 있었다. 그것은 문제가 아니었다. 단지 아무것도 먹지 않았기 때문이다.

재활병원? 너, 진심이야?

쿠리는 킬킬대며 맥주를 들이켰다. 컨트리송이 끝나고 다른 노래가 흘러나왔다.

너무 일찍 술을 마셨기 때문이다. 게다가 먹는 것도 잊었다.

스포츠재킷 1호가 다시 이쪽을 흘끔거렸다. 쿠리는 그에게 지옥으로 꺼지라고 말하고 싶은 충동이 일었지만 참았다. 대신 창밖을 내다보다 그를 굽실거리게 만드는 낯익은 얼굴을 발견했다.

알란 달.

제기랄. 마약수사반의 더러운 험담꾼. 상황실에서는 팀 브리핑이 있는데, 그는 몹시 취해서 여기에 있었다. 곧 그의 유감스러운 상태에 대한 소문이 뭉크의 귀에 들어가리라. 달이 거리를 건너오자 그는 칸막이 좌석 안에서 고개를 푹 숙였다. 다행히 달은 술집으로 들어오지 않았다. 연석에 차가 대기하고 있었다. 알란 달은 그 차에 올라타더니 어디론가 가버렸다.

운전수? 저 운전수의 얼굴을 어디에서 봤더라?

기억을 뒤져보았지만 그의 뇌는 더 이상 말을 듣지 않았다.

아무래도 상관없었다.

바 뒤편의 텔레비전. 24시간, 일주일 내내 나오는 뉴스채널. 숲속 호수에서 발견된 발레리나. 싸구려 호텔에서 발견된 젊은 남자. 언론은 지금 그 이야기만 떠들어댔다. 스튜디오에 앉아 있는 심각한 두 얼굴이 아네트 골리가 나오는 장면으로 바뀌었다. 쿠리는 그녀를 즉시 알아보지 못했다. 그녀가 제복을 입고 있었기 때문이다.

오늘 일찍이 방송되었던 기자회견이 반복해서 나왔다. 플래시를 터뜨리는 카메라들. 공중으로 솟은 열띤 마이크들. 그리고 더 많은 장면들. 다시 토론회. 그런 다음 생방송처럼 보이는 장면으로 바뀌었다. 그것을 본 쿠리가 벌떡 몸을 일으켰다.

제기랄!

그는 비틀거리며 바로 걸어갔다.

"볼륨 좀 높여줘."

"뭐라고요?"

스포츠재킷을 입은 두 사내가 그를 쳐다보았다. 쿠리는 그들을 무시했다.

"볼륨 좀." 그가 리모컨을 가리키며 중얼거렸다.

루나가 마침내 그가 무슨 말을 하는지 알아들었다.

"우리는 라르비크에 위치한 헤드럼 학교 밖에 있습니다." TV2 로고가 박힌 재킷을 입은 여기자가 말했다. "경찰에서 주요 용의자로 지목한 남자가 근무하는 곳입니다."

화면을 가로질러 천천히 붉은 바탕에 흰 글자가 나타났다.

레이몬드 그레거.

제기랄! 쓰레기 같은 지역 경찰들.

누군가 그렇게 말한 적이 있었다. 뭉크는 뚜껑이 열렸으리라.

"저게 뭐죠?" 루나가 걱정스럽게 말했다. 그때 어디에선가 쿠리의 휴대폰이 진동을 시작했다.

"나 가봐야 해." 그가 거기 놓여 있어서는 안 되는 바스툴 중 한 곳에 앉았다.

그는 앞쪽의 바닥을 보며 떨어지지 않으려고 안간힘을 썼지만 팔은 그를 도와주지 않았다.

"괜찮아요?" 그녀의 예쁜 얼굴이 이제 그의 위에 있었다.

스포츠재킷을 입은 사내들도 자리에서 일어섰다.

"나 출근해야 해." 그는 중얼거리며 다시 일어서려고 애썼지만 다리는 협조해줄 기세가 아니었다.

"카트리네에게 전화할게요."

잿빛 그림자. 수군거리는 목소리.

해저의 심연에서.

컨트리뮤직이 갑자기 뚝 끊기고, 쿠리는 차디찬 바닥에 홀로 남겨졌다.

26장

　세인트 올라프 대성당의 고해실에 앉은 파울 말리 신부는 자신의 아이디어가 과연 훌륭한 것이었을까 의구심을 품고 있었다. 아침 미사가 끝났다. 그러나 신도들은 일하러 가는 데만 정신이 팔려 있는 것처럼 느껴졌다. 대성당은 이제 침묵에 빠져들었다. 이 아름답고 영적인 공간의 정적이 그에게 밀려들었다. 그에게는 큰 의미가 있는 공간이었다. 세인트 올라프 대성당. 그는 이곳이 노르웨이에서 가장 아름다운 가톨릭교회라는 것을 의심하지 않았다. 5년 전 그가 부제로 서품을 받은 곳이자 이후 6개월 동안 사제로 봉직했던 곳이었다. 그는 릴레함메르에서 교구 주임서리로 짧은 임기를 마친 후 다시 이곳 오슬로로 소환되었다. 지금 그는 사제이자 성당의 주임신부를 맡고 있었다. 신부는 신이 자신을 위해 내린 결정에 더없이 만족했다.

　노르웨이의 가톨릭교회는 전통적으로 개신교와 경쟁하지 않았다. 하지만 지난 10년간 이런 분위기가 많이 바뀌었다. 주로 이민자들 덕분에 주일 미사는 이제 폴란드어와 베트남어로까지 열렸고 노르웨이 교구민들 또한 수적으로 증가했다. 지금 그는, 부제와 보좌신부의 훌륭한 도움으로 평일 세 차례, 8시, 11시, 오후 4시에 미사를 집전했다. 그렇게 시간표를 바꾸기로 결심한 것은 바로 지난 주였다. 비단 미사만 바꾼 게 아니었다. 아침 미사, 점심 미사, 그리고 퇴근 후의 미사 덕분에 그의 제자들이 바쁜 평일에도 주님의 영성체를 받을 수 있었다. 그는 바뀐 스케줄에 만족했다.

제자들. 아니지, 그 표현은 분명히 틀렸다. 말리 신부는 혼자서 싱긋 웃었다. 예수님만이 제자를 거느릴 수 있었다. 그렇더라도 신부는 가끔 신자들이 자신의 제자인 것처럼 느껴졌다. 그가 얼굴을 알지 못하는 신자는 드물었다. 행여 낯선 얼굴을 보면, 그는 반드시 새로운 신자에게 자신을 소개했다. 어쨌든 자신은 하느님에게 선택된 사람이었고, 주님에 이르는 통로였다. 거리를 두지 않고 친밀하게 자신의 사명을 수행하는 게 중요했다. 그가 일일 프로그램을 바꾸기로 결심한 이유도 그 때문이었다.

예전 체제에서는 고해실을 매일 오후 5시 15~45분까지 겨우 30분만 열었다. 신자들의 요구가 많지는 않았다. 하지만 그는 무엇보다 타이밍이 잘못되었다는 생각이 자꾸만 들었다. 오후에 죄를 고백하라고? 옳게 생각되지 않았다. 직장에서 하루종일 보낸 후 참회를 하라고? 그는 교구민들을 이해했다. 진심으로 그랬다. 그 시간에 그들이 원하는 것은 가족과 만나 식탁에 둘러앉아 저녁을 먹고, 가정의 편안함 속에서 주님께 기도를 드리는 것이리라. 그때 문득 떠올랐다. 아침 미사 후에 참회를 하면 왜 안 된단 말인가? 더구나 영혼은 밤의 어둠속에서 가장 고독했다. 자신의 죄를 고백하고 싶은 욕구는 사실 아침에 가장 강하지 않을까?

말리 신부는 아직 포기하고 싶지 않았다. 그러나 침묵 속에 혼자 앉아 있으면 몹시 유혹을 느꼈다. 무엇보다 배가 고팠다. 사제복을 들추고 나서 신발끈을 매기도 했다. 금방 청소한 바닥 냄새, 그리고 작은 고해실의 소나무 향도 났다. 아니 오늘은 레몬향인가? 향기로운 아로마에 절로 미소가 번졌다. 한편으로 자신의 생각이 빗나갔나 싶어 다소 실망감이 드는 것도 사실이었다. 아침 시간의 고해? 시간이 없거나 필요성을 느끼는 사람이 없는 게 분명했다. 신부는 몇 분 더 시간을 주기로 마음먹었다. 어쨌거나 그에게는 마루 향을 맡으면서 밀폐된 공간에 혼자 앉아 있는 것보다는 더 유익한 일이 있었다. 자신의 판단은 틀렸다. 그 사실을 인정할 때가 됐다. 말리 신부는 한숨을 쉰 다음 자리에서 일어나기 위해 사제복 자락을 모아쥐었다. 그때, 성당 안에 울려퍼지는 발소리가 들렸다.

밖에 누가 왔나?

성모님이 자비를 보여주시기로 하신 걸까?

신부는 얼른 의자에 앉아 성호를 그었다.

딱딱한 마룻바닥을 딛는 가볍고도 조심스러운 발소리. 그 발이 고해실 바로 앞에 닿았다. 신부는 활짝 미소를 지었다. 누군가 문을 열고 옆에 딸린 작은 방으로 들어왔다.

잠깐 기다리자 새로 도착한 이가 의자에 앉았다. 신부는 작은 쪽문을 열었다.

"은총이 가득하신 마리아님, 기뻐하소서. 주님이 함께 계시니,

여인 중에 복되시나이다. 태중의 아들 예수님 또한 복되시나이다. 천주의 성모 마리아님, 이제 와 저희 죽을 때에 저희 죄인을 위하여 빌어주소서. 아멘." 신부가 성호를 그었다.

상대도 기도에 참여하는 소리가 들렸다. "아멘."

고해는 머뭇머뭇 시작되었다. 젊은 남자. 신부는 격자무늬 칸막이 사이로 그를 볼 수 있었다. 물론 선명하게는 아니었다. 그것이 이 방의 중요한 점이었다. 가깝지만, 그러나 마음 놓고 고백할 정도의 거리감이 있는 것.

"신부님, 용서해주세요. 저는 죄를 지었습니다. 첫 고해입니다."

첫 고해라고?

사제복 안에서 말리 신부의 심장이 두근두근 뛰기 시작했다. 그동안 새로 온 신자는 한 번도 없었다.

"제가… 음, 저는 정말 모르겠습니다." 젊은 남자는 영혼의 문을 찾으려고 애쓰는 게 분명했다.

"천천히 말해도 좋습니다." 말리 신부가 차분하게 다독였다. "이곳은 그대와 주님뿐입니다. 주님은 심판하지 않습니다. 그대가 무슨 말을 하든 주님은 다 들어주십니다."

"감사합니다." 고해자가 중얼거렸다. 그러나 다시 말문을 닫았다. 마음을 단단히 먹으려는 것 같았다. "이게 죄인지 아닌지 잘 모르겠습니다. 저 때문에 여기에 온 게 아니라 제가 목격한 것 때문에 왔기 때문입니다."

"계속하십시오." 말리 신부가 다시 독려했다. "누구 때문인지 물어봐도 되겠습니까?"

"제 형입니다." 그 목소리가 한참 만에 말했다.

젊은 남자의 목소리가 작아져서 신부는 작은 격자 칸막이 가까이 몸을 기울였다. "형이라고요. 친형 말인가요? 아니면 동료 교구민을 말하나요?"

젊은 남자는 이 질문에 멈칫하는가 싶더니 솔직하게 털어놓았다. "아, 아니요. 저의 형제입니다. 제 형이죠. 저희는 함께 살고 있습니다. 이제 저희 단둘이 남았습니다. 부모님은 돌아가셨고요."

"저런, 안됐군요." 말리 신부가 다정하게 위로했다. "그런데 목격했다는 게 뭐죠? 주님에게 고하고 싶은 게 그것입니까?"

다시 격자 칸막이 뒤에서 침묵이 흘렀다. "한 가지 여쭤봐도 될까요?"

"물론입니다."

"저도 제가 왜 여기에 있는지 모르겠습니다. 다만 말을 할 누군가가 필요했습니다. 어쩌면 심리치료사한테 갔어야 할지도 모르겠습니다. 어쩌면 여기에 오는 게 적당하지 않을지도 모르겠습니다. 전 다른 누군가의 영역, 그런 걸 침범하고 싶지 않습니다."

말리 신부는 고해를 할 때 절대 끼어들지 않았지만 지금은 끼어드는 게 옳다고 느꼈다. "큰 일이거나 작은 일이거나, 그것은 중요하지 않습니다. 만약 얘기를 하고 싶어 여기 왔다면, 잘 왔습니다. 이곳에서는 수치심이나 죄책감을 가질 필요가 없습니다. 그대는 순결하며, 나는 기꺼이 들을 것입니다."

"고맙습니다." 젊은이는 안심한 듯했다.

"그래서 형은? 형제님은 무엇을 목격했죠?"

"저는 형이 두렵습니다."

"두렵다니, 왜입니까?"

"형은 변했습니다. 저는 형이 두렵습니다. 형이 그랬을까 봐."

"그랬다니요, 그게 무엇인가요?" 말리 신부는 흥미가 생겼다.

"형은 저에게 더 이상 말하지 않습니다. 형은 밤이면 밖으로 나갑니다. 제가 집에 오면 형의 방문은 잠겨 있습니다. 제가 방에 들어갈까 봐요. 제 생각에 형이 뭔가 감추려는 것 같습니다."

"알겠습니다. 형의 나이가 어떻게 되나요?"

"스물여덟입니다."

"직업은 무엇입니까?"

"아, 아니요. 형은 일을 하지 않습니다. 형은 아프거든요."

낯선 이가 다시 멈칫했다. 말리 신부는 그가 나무의자에서 몸을 뒤척이는 소리를 들었다. 젊은이의 마음이 불편한 게 분명했다.

"아파요? 어떻게?"

"그걸 어떻게 말해야 할지 모르겠습니다, 신부님. 형을 실망시키고 싶지 않거든요. 저는….."

"이것은 그대와 주님의 일입니다." 말리 신부가 차분하게 끼어들었다. "그대는 누구도 실망시키지 않습니다. 주님은 우리 모두의 아버지십니다."

"아니요. 그래도 소용없어요. 그건 실수였어요. 저는 너무 두렵습니다."

말리 신부는 평정심을 유지하려고 애썼다. "무엇이 두렵습니까, 형제님?"

"형은 위험해요."

"무슨 뜻이지요?"

"저의 형이요. 형은 위험해요."

"형이 두렵다고요? 그대를 해칠까 봐?"

이제 칸막이 너머에선 정적만이 흘렀다. 말리 신부는 젊은이가 소리 없이 울고 있을지 모른다고 생각했다.

"형제님. 내 말을 잘 들으세요."

"아니요." 젊은 남자가 자리에서 일어섰다. "차마 못 하겠어요. 그것은 너무 나쁜 짓이에요. 폐를 끼쳐서 죄송해요, 신부님."

말리 신부는 손잡이가 돌아가는 소리를 듣고는 재빨리 마음을 먹었다.

"형제님." 이번에는 짐짓 근엄한 목소리로 말했다. "내가 한 가지 제안을 하죠. 끝까지 들으실 거죠?"

효과가 있었다. 낯선 이는 주저하며 다시 앉았다.

"형제님은 집으로 가야 합니다. 다만 나 그리고 하느님과 협상을 합시다. 형제님은 무거운 짐을 지고 있는 게 분명해요. 그게 얼마나 힘든 일인지 나는 압니다. 하지만 형제님은 기왕에 여기까지 왔고 내가 누구인지 알고 있어요. 이제 집으로 돌아가서 생각해봐요. 그리고 때가 됐다고 느껴질 때 다시 오세요. 내일, 아니 며칠 안에. 상관없어요, 하지만 다시 만날 거라고 서로 약속했으면 좋겠어요. 그럴 수 있겠죠?"

긴 침묵이 흘렀다. 말리 신부는 젊은 남자가 거기에서 얼마나 고통스러워 하는지, 그가 어떻게 다른 방향으로 끌리고 있는지 다 들을 수 있었다. 하지만 마침내 그의 입이 열렸다.

"알았습니다, 신부님. 다시 오겠습니다. 그때도 있어주실 거죠?"

"그럼요." 말리 신부가 인자하게 말했다. "형제님을 위해 여기 있을 겁니다, 매일 아침. 잊지 마세요. 준비가 되면 다시 오세요."

"고맙습니다." 젊은이는 안심하는 듯했다. "정말로 감사드려요, 정말로."

"그럼 다시 만날 때까지." 말리 신부가 말했다.

"다시 만날 때까지, 신부님. 정말 고맙습니다."

발소리가 성당 마루를 가로질러 멀어지는 소리를 들으며 말리 신부는 빙긋 웃었다.

결국 아침에 고해실을 열기로 한 것은 좋은 선택이었다.

그는 성모님에게 감사를 올리는 마음으로 고해실을 떠나기 전 가슴 앞으로 십자성호를 그었다. 그러고 나서 성물실을 향해 조용히 걸어갔다.

27장

휴게실 소파에서 자고 있던 가브리엘 뫼르크는 루드비 그륀리에가 커피를 마시러 들어오는 바람에 잠에서 깨어났다.

"무슨 일 있어요?"

"크리포스가 와 있네. 반장이 지금 브리핑을 하는 중이야. 뭐, 자네까지 갈 필요는 없을 거야. 몇 시간 전에 우리가 검토한 양이 꽤 많으니까."

"그래도 금방 갈게요." 가브리엘이 하품을 참으며 말했다.

그는 아주 이상한 꿈을 꾸었다. 꿈속에서 그는 우편배달부였다. 요트를 타고, 아주 중요하고 큰 편지를 배달하러 가는 중이었다. 봉투에는 '토브와 에밀리에'라고 적혀 있었다. 그는 멀리 떨어진 섬을 지켜보면서 그리로 배를 몰았지만, 아무리 애를 써도 가까이 갈 수가 없었다. 점점 더 멀어지기만 했다. 얼핏 슬픈 얼굴들이 보였다. 편지가 점점 더 커져서 나중에 그는 편지와 함께 파도 속으로 빨려 들어갔다.

혹시 교묘한 암시일까?

그의 어머니는 항상 꿈의 의미에 집착했다. 꿈은 우리가 생각하는 것보다 더 많은 것을 의미한다. 꿈속의 어떤 이미지는 현실에서 무엇을 상징한다는 등등. 최근 들어서는 뉴에이지New Age(기존 서구식 가치와 문화를 배척하고 종교·의학·철학·천문학·환경·음악 영역의 집적된 발전을 추구하는 신문화운동 ― 옮긴이)에 더욱 심취했다. 가브리엘은 그런 쪽에 전혀 관심이 없었다. 어머니가 꿈에서 경험한 것에 대해 의견을 늘어놓을 때마다 "그게 정말이에요?"라고 반응했을 뿐이다. 하지만 지금 그는 자신의 무의식이 뭔가 중요한 것을 말해주려는 게 아닐까 느꼈다. 그는 요 며칠 여자친구의 문자에 답장할 시간이 부족할 정도로 열심히 일했다. *뭉크처럼 되지 마.* 골리에게 호출 전화가 왔을 때 그는 그런 생각을 하는 중이었다.

사기전담반은 일하기에 평화로운 곳이었다. 정규근무. 내근. 그와 토브는 아침과 저녁을 함께 먹었고, 매일 밤 나란히 웅크리고 잠을 잤다.

그런데 지금은?

음, 더 이상 그렇지 않았다. 눈에서 졸음을 털어내던 가브리엘은 칼라 안이 축축하게 젖었다는 사실을 깨달았다.

우편배달부.

그 당시 가브리엘은 10대였지만 지금도 기억이 난다. 물론, 그 남자가 저지른 짓도.

클라우스 헤밍.

피해자들을 감금하고 인형처럼 가지고 놀며 사진까지 찍어 가족들에게 보낸 남자. 그 사건은 전 국민에게 트라우마를 남겼다. 사람들은 사실로 믿고 싶어하지 않았다. 그 소름끼치는 사건을 상세하게 보도할 때마다 사람들은 TV 앞에서 집단적으로 부인했다.

청정한 노르웨이. 오슬로 중심부에서 그런 일이 일어났다.

아냐, 그럴 리가 없어.

그렇게 잔인할 수는 없어, 미국 어디라면 몰라도.

그쪽 어디일 거야, 우리나라 사람은 아닐 거야.

여기 이쪽은 아닐 거야.

훗날 가브리엘이 결론내린 바에 따르면 당시 어머니는 일종의 우울증을 겪고 있었다. 이웃 사람들도 마찬가지였다. 계단통의 퉁한 표정들, 푹 숙인 고개. 사람들은 혹시 자신이 사랑하는 누군가가 그 자의 다음 희생자가 되었다는 사실을 알게 될까 봐, 그의 소포를 받게 될까 봐, 우편함 열어보기를 두려워했다.

시간이 흐르면서 기억은 무뎌졌다. 그리고 점차 지워졌다.

서서히 정상으로 돌아왔다. 그것이 전형적인 노르웨이인이었다.

우리는 용서한다. 우리는 선량함을 믿기로 했다.

하지만 그 어둠이 돌아왔다. 그는 지난밤 사이 팀원들 모두에게서 그것을 보았다. 심지어 평소에는 커다란 테디베어였던 뭉크조차 어둡고 찌푸린 얼굴로 복도를 걸어갔다.

집에 전화해.

가브리엘은 다시 나오는 하품을 참고 작은 냉장고에서 콜라캔을 꺼냈다. 복도를 걸어가며 뻣뻣한 몸을 한껏 스트레칭했다.

그가 상황실로 들어갔을 때 뭉크는 벌써 스크린 옆에 서 있었다.

"아, 가브리엘 뫼르크." 뭉크가 재빨리 소개했다. "기술과 데이터 베이스, 소셜미디어 담당입니다."

가브리엘은 처음 보는 세 명으로부터 목례를 받고 자신도 목례를 한 뒤 미아 바로 뒷자리로 갔다. 크리포스 요원. 작전 수사관들. 남자 두 명에 여자 한 명이었다. 밤새 복도에서는 웅성거림이 있었고, 아네트와 뭉크는 짧지만 시끄럽게 의견을 교환했다. 하지만 지금 뭉크는 크리포스를 합류시킨 게 훌륭한 아이디어라고 여기는 듯 행동했다. 비록 그것이 미켈손의 수작이라고 해도.

인력이 늘어나면 왜 안 되는데?

가브리엘은 뭐가 문제인지 알 수 없었다. 서로 누가 우두머리가 될 것인가를 두고 싸우는 건가? 그런데 지금은? 그는 뭐라고 말하려던 것을 자제하기로 했다.

"미아, 그 이름에 대해 말해주겠어?" 뭉크가 부탁했다.

"칼 오벨린드." 미아 크뤼거가 앉은 채로 대답했다. "이런, 제가 머리가 나빠서. 죄송해요. v, e, r, 그리고 d는 빼주세요."

세 명의 크리포스 경찰관이 눈을 치켜뜨고 미아를 바라보았다.

"칼 올린…?" 여경이 어리둥절한 표정으로 물었다.

"칼 레온이에요." 미아는 피곤한 표정에도 불구하고 이상하게 긴장해 보였다. "내가 실수했어요. 한 번에 알았어야 하는데."

"좋습니다." 크리포스 수사관 한 명이 말했다.

금발에 콧수염. 으레 그렇듯 별다른 특징이 없는 외모였다.

"그럼 아직 《사자왕 형제의 모험》과의 다른 연결고리는 없는 겁니까?" 두 번째 크리포스 수사관이 물었다.

검은 머리, 턱수염. 이번에도 평범한 인상이었다. 아마도 그런 점은 그들의 직업과도 관련이 있을 것이다. 남의 눈에 띄지 않고 군중 속에 섞이는 능력.

"그래요." 미아가 고개를 끄덕였다. "요나탄과 칼 레온. 처음에는 우리도 확신하지 못했는데 이제는 범인이 교묘하게 우리를 갖고 논다는 사실에 의심의 여지가 없어요."

"칼에 대해 다시 설명해주겠어요?" 여수사관이 말했다.

"동생이에요, 살아남은." 뭉크가 말했다. "요나탄은 동생을 구하다 죽었고. 어린 칼은 세상 사람들이 형 대신 자신이 죽었으면 더 좋아했을 거라는 생각을 갖고 있죠."

"그럼 칼 오벨린드는 현실에 없는 겁니까?" 금발의 크리포스 수사관이 이번에는 뭉크에게 직접 물었다.

"오슬로에는 없어요." 루드비 그뢴리에가 수첩을 보며 얼른 대답했다. "스타방게르에 한 명이 있어요. 하지만 우리가 알아본 바에 의하면 오슬로에는 없습니다."

"레이몬드 그레거는 어떻게 된 거죠?" 크리포스 여수사관이 뭉크를 지목해서 물었다.

"찾고 있는 중입니다." 뭉크가 한숨을 쉬었다. "라르비크 경찰서의 어떤 멍청이가 언론에 그 이름을 흘린 것은 불행한 일이지만, 뭐 상관없습니다. 뜻밖에 바람직한 효과를 볼 수도 있을 테니까요. 사람들이 그 이름을 많이 알수록 더 많은 눈이 그를 감시하게 되겠죠. 그걸 그런 시각으로 봐야겠죠."

"그럼 이번 살인사건이 클라우스 헤밍과 관련 있다는 추정하에 수사하는 겁니까?" 이번에는 검은 머리의 크리포스 수사관이었다.

"꼭 그렇지는 않습니다." 뭉크가 손으로 수염을 빗질하며 대답했다. 그의 시선이 다시 미아를 향했다.

"시신을 향하고 있는 카메라." 미아가 설명했다. "그가 청소업체에 알려준 베르겐스가타의 집 주소. 거기에 대해 생각해봤는데, 저는 그에 대해 두 가지 가능성이 있다고 여겨져요."

이제 회의실에는 정적이 흐르고, 모두 그녀가 계속하기를 기다리고 있었다.

"클라우스 헤밍이 여전히 살아 있거나⋯."

"그건 불가능해." 뭉크가 불쑥 끼어들었다. "내가 직접 그의 시신을 봤어."

"아니면 범인이 우리에게 자신이 헤밍과 비슷하다는 것을 알리고 싶어하거나."

"어떤 면에서 비슷하다는 겁니까?" 금발의 콧수염이 물었다.

"스스로 헤밍과 비교되고 싶은 거죠."

미아의 말을 이해한 모두가 다시 침묵했다.

"헤밍에게 친척이 없었나요?" 이번에는 여수사관이었다.

"없어요." 뭉크가 대답했다. "아내도, 여자친구도, 자식도. 심지어 가족도 없습니다."

"그럼 그가 죽었다고 믿어도 됩니까?" 금발 콧수염이 다시 물었다. 그의 질문은, 누구도 처리하고 싶지 않은 어떤 난제에 강타당한 듯 방 안을 동요시켰다.

클라우스 헤밍.

살아 있을까?

아니야, 그건….

뭉크는 사형을 찬성하지 않았다, 결단코. 설령 그렇더라도 클라우스 헤밍이 자살했다는 속보가 떴을 때 노르웨이 국민은 안도의 한숨을 쉬었다. 그는 정신과 병동에서 자신의 운동화 끈으로 목을 매달았다.

정의. 그것이 정의인 듯 여겨졌다.

"노르웨이 정부, 그리고 내가 만나 확인한 모든 사람들에 따르면, 클라우스 헤밍은 죽어서 우리 구세주 공동묘지에 묻혔습니다." 뭉크가 말했다.

"하지만…." 검은 머리 크리포스 수사관이 나섰다.

"우리는 두 번째 가정 아래 수사해나갈 계획입니다." 뭉크가 단호하게 잘랐다. "범인은 우리에게 뭔가 말하려고 헤밍의 수법을 이용하고 있어요. 자신이 얼마나 진지한지 우리에게 보여주려고."

"그렇군요, 하지만…." 금발의 수사관이 끼어들었다.

뭉크는 그를 무시하고 앞에 놓인 수첩을 넘겼다. 그러다가 갑자기 안절부절 못하는 표정을 지으며 손으로 이마를 문질렀다.

"청소업체요." 미아가 얼른 도왔다.

"그래, 그것." 뭉크가 정신을 수습했다. "수수께끼 같은 칼 오벨린드는 세탁소에서 임시직으로 일했습니다. 만약 이 사건이 확대되어 더 많은 희생자가 나온다면, 그가 일했던 장소에서 희생자들이 선택되었을 가능성이 있습니다. 한편으로는 그렇게 보이지만, 아니요, 그런 것 같지는 않군요." 뭉크는 잠시 생각에 잠겼다. "아마도 피해자가 그런 식으로 선택된 건 아닐 겁니다. 다만 지역은 관련이 있습니다."

"산속 호수와 청소업체가요?" 검은 머리 크리포스 수사관이 의아하다는 듯 물었다.

"우린 오페라하우스를 더 생각했습니다." 뭉크가 말했다.

"그들이 오페라극장도 청소한 적이 있나요? 반장님, 우린 거기까진 확인해보지 않았잖아요?" 아네트 골리였다.

"이제 해야지." 뭉크가 눈을 비비며 중얼거렸다. "우리가 알아본 바에 의하면 룬드그렌 호텔은 그 청소업체의 고객이었습니다. 어쩌면 오페라극장도 그렇지 않을까요? 다른 건물도? 그럼 잠재적인 희생자가 더 생기는 것을 막을 수 있지 않을까요?"

미아가 검은 머리 수사관을 힐끗 보자 그가 고개를 끄덕였다.

"그건 나중에 제가 확인해볼게요." 미아가 얼른 나섰다.

"좋아." 뭉크가 주위를 둘러보며 말했다. "루드비?"

"난 룬드그렌 호텔과 청소업체 측에서 설명해주는 칼 오벨린드에 대한 인상착의를 토대로 몽타주 만드는 작업을 하고 습니다."

"좋습니다, 일바?" 뭉크가 일바를 찾았지만 거기에 없었다.

"자고 있어요." 아네트 골리가 설명했다. "하지만 제가 CCTV를 모두 확인해보라고 했어요. 틀림없이 뭔가 찾을 수 있을 거예요. 범인이 유령이 아니라면 말예요."

"좋아." 뭉크가 말했다. "가브리엘?"

"전 쿠르트 방의 휴대폰과 컴퓨터를 확인해봤어요. 비비안 베르그의 소셜미디어 활동도."

뭉크는 몹시 피곤해 보였다. 그는 가브리엘의 말을 간신히 이해했다. "오케이, 좋아. 욘?"

다시 침묵이 흘렀다.

"한동안 쿠리한테서 소식이 없어요." 아네트가 다시 나섰다. "지금 어디에 있는지 모르겠어요. 제가 다시 한 번 연락해볼게요."

"좋아. 담배 한 대 피워야겠습니다. 아네트가 조정자가 되어줄 겁니다. 우리가 알아낸 모든 것은 아네트를 통해서 나한테 오니, 아셨죠?"

사람들이 여기저기에서 고개를 끄덕이며 자리에서 일어났다. 가브리엘이 자기 방으로 돌아와 문을 닫으려고 할 때였다. 미아가 얼른 뒤따라 들어왔다.

"도움이 필요해요."

"기꺼이 도와야죠. 뭔데요?"

"정신과의사 리테르, 그의 컴퓨터를 들어가 볼 필요가 있어요."

"더 구체적으로 말해줄래요?"

미아가 목소리를 낮추고 잠깐 어깨 너머를 살폈다. "그에 대한 모든 것. 다른 사람들 것도. 그의 환자들도 모두. 가능해요?"

"나보고 그의 컴퓨터를 해킹하라고요?"

"그래요."

"잘 모르겠어요." 가브리엘이 머뭇거렸다. 그때 뭉크가 입에 담배를 물고 보기에도 피곤한 얼굴로 그 앞을 지나갔다. "블라크스타드 정신병원을 해킹하라고요? 맙소사. 그건 정보보호법의 모든 조항을 위반하는 거예요. 게다가 난 직업을 잃고 10년쯤 교도소에서 살아야 할 거예요. 뭉크가 나를 죽이는 것은 말할 것도 없고. 그냥 수색영장을 청구하면 안 돼요?"

"영장이 나올 거라고 생각해요?"

"아니요."

"내가 부탁하는 곳은 종합병원도 아니에요. 그랬으면 내가 부탁하지도 않았을 거예요."

"아니에요? 그럼 뭔데요?"

"그는 올레발 스타디움에서 개업했어요. 그런 환자들만을 위한…." 미아가 웃으면서 고개를 갸웃했다.

"그렇다면, 하지만 진짜, 미아…."

"고마워요." 미아가 윙크하며 그의 팔을 툭툭 쳤다.

"성공하면 나한테 연락해줄 거죠?"

"물론이죠, 하지만 난 정말…." 가브리엘이 다시 입을 열었지만 미아는 가죽재킷에서 휴대폰을 꺼내며 방을 나가고 있었다.

28장

엘렌 이베르센은 모렐바켄 학교 밖 자동차 안에 앉아 방문객을 너무 많이 맞은 것을 후회하고 있었다. 마흔이 된 것? 그게 진정 축하할 일일까? 그녀는 후사경에 비친 자기 얼굴을 힐끗 보며 피곤함을 느꼈다. 역시 지쳐 보였다. 눈 아래 늘어진 살, 칙칙한 피부, 가장자리가 붉게 충혈한 눈. 일주일쯤 잠을 설친 듯한 몰골이었다.

젠장, 어쩌자고 이런 상황에 스스로 휘말렸을까?

어쨌든 그래도 행복했다, 그렇지 않은가?

그녀는 상점에서 그를 만났다. 이 학교 교사였다. 그때는 별다른 생각이 없었다. 그저 매일 보는 손님이라고 생각했다.

"혹시 찾는 물건이 있으신가요?"

"식탁의자를 찾습니다."

"특별히 마음에 둔 브랜드라도 있으세요?"

"아른 야콥슨요. 그거 있습니까?"

"그럼요."

"그런데 방금 창가에서 제가 본 의자는 누가 만든 건가요?"

"제가 직접 디자인한 거예요."

"그러세요?"

아부. 설마 그렇게 단순할까? 그는 그녀의 의자를 좋아했다. 그녀가 만든 식탁의자도, 램프도. 실제로 그녀의 작품을 모두 구입했다. 그것도 교사의 월급으로. 솔직히 처음에는 의문이 들었다. 인정해야 했다. 그녀가 만든 물건들은 결코 싸구려가 아니었기 때문이다. 그는 어머니에게 유산을 좀 받았다고 말했다. 그녀는 자신의 삐딱한 시선이 부끄러워졌다.

이제 그만해. 됐어.

누구에게나 이런 일은 끝이 좋지 않아.

휴대폰의 시계를 힐끗 보던 엘렌 이베르센은 슬슬 화가 났다. 2시 20분 전이었다. 20분 후면 치과 예약시간이고, 거기까지 차로 가려면 적어도 15분이 걸렸다. 여기서 기다린 지 30분이 지났다. 전화를 걸었다. 받지 않았다. 지금까지 문자는 몇 통이나 보냈을까? 50통? 그런데 한 번도 답장을 하지 않았다. 전혀.

10대들.

그녀의 아들 루벤은 이제 막 열네 살이 되었다. 아들은 값비싼 최신형 휴대폰을 사달라고 엄마를 괴롭혔다. 하지만 엄마가 전화를 걸면 받기라도 하나? 천만에. 엄마가 연락을 할 수 있게 휴대폰 충전은 잊지 않고 할까? 천만에. 애초 엄마와 약속했던 대로 스스로 휴대폰 요금을 냈을까? 천만에. 스스로 자기 방을 정리하고 집 안일을 거들고 쓰레기통을 비우고, 아무튼 뭔가를 해서 용돈을 주는 엄마로 하여금 호구가 된 것처럼 느끼지 않게 할까? 천만에. 아니었다. 그녀는 고개를 절레절레 흔들며 다시 아들에게 전화를 걸었다. 여전히 받지 않았다.

10대들.

왜 혼자서 치과도 가지 못할까?

"오늘 치과 예약 기억하지, 루벤?"

"무슨 예약이요?"

2주 후에도 똑같은 대화.

"오늘 치과 치료 어땠어, 루벤?"

"엉, 무슨 말이야?"

엄마 휴가 낼 거야. 1시 10분까지 학교 앞으로 데리러 갈게. 알아들었어? 네 손바닥에 써줄까?

엘렌 이베르센은 한숨을 쉬며 가방에서 립스틱을 꺼냈다. 거울에 얼핏 보이는 게 흰머리인가? 또 한 가닥? 또 미장원에 가야 하나? 다녀온 지 얼마 되지 않았는데. 그까짓 게 다 뭔데? 솔직히 넌 흰 머리카락 몇 개 있다고 신경도 쓰지 않았잖아? 괜찮아. 자연스러운 현상이야. 립스틱도 그랬다. 그녀는 립스틱을 잘 바르지 않는 편이었다. 그녀의 입술은 그대로도 완벽하게 예뻤다. 그녀는 거기에서 아이러니를 깨달았다. 너는 지금 아들을 차에 태우려고 학교 앞에서 기다리고 있어. 하지만 그 사람이 여기에서 일하기 때문에 잔뜩 꾸미고 있는 거 아냐? 너답지 않아, 엘렌. 너는 결혼했어. 넌 행복한 결혼생활을 하는 여자야.

음, 행복했고, 행복했다. 엘렌 이베르센은 차에서 내려 학교 정문을 향해 걷기 시작했다. 그녀는 불행하지 않았다, 천만에. 하지만 뭔가가 그녀를 괴롭혔다. 권태? 그게 그렇게 단순할까?

그녀의 삶은 너무, 현실적이었다. 불꽃, 긴장이 그리웠다.

비가 내리기 시작했다. 운동장을 지나 교무실 문을 노크했다.

"무슨 일로 오셨어요?"

"제 아들, 루벤 이베르센을 만나러 왔어요."

"몇 학년이죠?"

"9학년요."

"가만 보자. 헤이디 라우크방, 영어 선생님 수업이군요. 104호 교실이에요."

엘렌 이베르센은 고맙다고 말한 뒤 복도를 걸어 교실로 갔다. 문에 난 유리창을 두드린 다음 짧게 손짓을 했다.

교사가 걸어와 문을 살짝 열었다. "어떻게 오셨죠?"

"루벤 있나요? 치과 예약이 되어 있는데 깜빡한 것 같아요."

헤이디 라우크방이 얼굴을 찌푸렸다. "아니요. 루벤은 오늘 학교에 오지 않았는데요."

"그애가요?"

화가 치밀어오른 엘렌은 자기도 모르게 이를 꽉 물었다.

건방진 녀석. 땡땡이를 쳐?

진작 의심이 들기는 했지만 그래도 그렇지, 오늘?

치과에 가기로 했고, 엄마는 직장에 휴가까지 냈는데?

자기가 뭐라도 되는 줄 아나? 아니야, 더 이상은 안 돼.

그녀는 유리창 너머로 마르틴을 발견했다. "마르틴과 잠깐 얘기 좀 할 수 있을까요?"

라우크방이 부르자 10대 소년은 구부정하게 어슬렁거리며 복도로 나왔다. 그는 똑바로 서기조차 힘들어 보였다.

"어젯밤에 루벤이 너희 집에서 잤지?" 엘렌 이베르센이 다그치듯 물었다.

"네, 그러기로 했는데 걔만 오지 않았어요."

"그게 사실이니, 마르틴?" 엘렌이 그의 어깨에 손을 얹고 물었다. 헤이디 라우크방은 그녀의 등 뒤로 문을 닫고 교실로 향했다.

"네, 그럼요. 제가 왜 거짓말을 하겠어요?"

"루벤이 어젯밤에 너희 집에서 자기로 한 거 아니었어?"

녀석이 고개를 끄덕였다.

"그럼 일부만 사실이니?"

"전부 사실이에요." 마르틴이 양손을 내던지듯 들고 대꾸했다. "하지만 전 루벤이 어디에 있는지 몰라요."

"너한테 전화하지 않았어?"

"아니요. 정말이에요. 제 말을 믿으셔야 해요."

"그럼 루벤과 아무 연락도 안 했니?"

"페이스북도 하고 핸드폰 문자도 보냈어요. 그런데 답을 하지 않았어요. 그래서 전 혹시…?"

"혹시, 뭐?"

"어머니가 마음이 바뀌어서 루벤을 못 가게 하신 줄 알았어요, 아시잖아요."

"뭘 알아?"

"아니요, 제 말은, 어머니는 쿨하지만, 루벤의 아빠는⋯."

"고맙구나, 마르틴. 미안하다. 네 잘못이 아닌데."

엘렌은 마음을 진정시키려고 애쓰며 이번에는 진심으로 미소를 지었다. "그러니까 루벤이 어디에 있는지 모른다는 거지?"

"몰라요." 10대가 어깨를 으쓱하며 대꾸했다.

"좋아. 그럼 만약 루벤과 네가, 이를테면 학교를 빼먹고 시간을 보낸다고 가정할 때, 갈 만한 곳으로 생각나는 데가 있니?"

소년이 경계하듯 그녀를 쳐다보았다. "아마도 소토로?" 그가 마침내 중얼거렸다.

"쇼핑센터?"

"네. 하지만 저는 잘 몰라요."

"고맙다, 마르틴. 혹시 루벤한테 연락 오면 엄마가 찾고 있다고 전해주겠니?"

"네, 아줌마." 10대 소년은 고개를 끄덕이고는 흐느적거리며 교실로 돌아갔다.

소토로 쇼핑센터.

오, 주여, 평일에.

녀석은 지금 사고를 쳐도 크게 쳤다.

엘렌 이베르센은 무거운 발걸음으로 복도를 빠져나와 비를 뚫고 뛰다시피 차로 걸어갔다. 다시 분노가 솟구쳤다.

29장

올레발 스타디움 옆 오피스 단지에 도착했을 때쯤 가브리엘 뫼르크는 일종의 변장을 했더라면 좋았을 텐데, 하고 생각했다. 뭉크에게 어쨌든 출장에 대해 말할 걸 그랬나, 하는 생각도 들었다. 이건 전형적인 미아의 스타일이었다. 규칙이니 규제니 하는 따위는 남의 일이었다. 당연히 그는 거절하고 상관에게 보고했어야 마땅하다. 경찰변호사 아네트 골리에게라도. 정신과의사 볼프강 리테르의 파일에 접근할 수 있게 영장을 청구해달라고. 하지만 결과는? 절대 안 됐을 것이다. 어림도 없었다. 그 점은 이해가 갔다. 그들이 진료하는 환자가 얼마나 많겠는가? 20년 동안 속마음을 털어놓았던 환자들이. 한 1,000명? 2,000명쯤? 음, 대답은 자명했다. 이 일이 얼마나 중대한지는 상관없었다. 그가 아는 한, 판사도 리테르의 환자일 수 있었다.

건물 안으로 들어가 엘리베이터를 타고 3층로 올라가는 동안 가브리엘은 목덜미 아래가 따끔거리는 것을 느꼈다. 치과, 부인과,

그리고 리테르의 정신과가 공동으로 사용하는 접수대. 유리문 뒤편으로 접수원이 한 명 앉아 있었다. 가브리엘은 재빨리 주변을 훑었다. 복도를 따라 조금만 더 가면 공용으로 사용하는 환자대기실이 나올 것이다. 의자도 몇 개 있고 작은 소파도 놓여 있을 것이다. 가브리엘은 심호흡을 한 다음 유리문을 열고 접수원을 향해 미소를 지어 보였다. 컬이 들어간 은발에 콧잔등 아래로 안경을 내려쓴 할머니였다. 그냥 평소처럼 행동해. 그는 다시 한 번 가볍게 기침을 하고 대기실로 향하면서 몸을 숨길 만한 뭔가가 있기를 바랐다. 무릎에 모자를 내려놓은 남자 방문객. 테이블 위에 쌓여 있는 잡지들. 벽에 붙은 포스터. 벽 한쪽으로 인쇄물이 꽂힌 잡지꽂이. 가브리엘은 못 본 체 하는 남자 방문객을 향해 가볍게 목례를 한 다음 가방에서 노트북을 꺼냈다. 이어서 노트북을 무릎에 올려놓고 앉아서 주변 풍경과 어우러지려고 노력했다. 그게 뭐든지 간에.

그는 다양한 방법을 검토했지만 자신에게는 한 가지 선택권밖에 없다고 결론 내렸다. 리테르의 컴퓨터 안으로 들어가려면 네트워크에 접속할 필요가 있었다. 그러기 위한 방법은 세 가지로 압축됐다. 리테르의 집? 불가능했다. 리테르를 팔로우하고, 그가 오픈 네트워크에 연결하기를 바라기? 그러기에는 시간이 없었다. 리테르의 개인병원이 유일한 방법이었다. 그는 노트북의 전원을 켠 다음 재빨리 주변을 둘러봤다. 모자를 쥐고 있는 신사는 계속해서 그를 무시했다. 접수원은 간간히 그를 살피며 특별히 잘못됐다는 판단이 들지 않으면 다시 자신의 책상으로 눈길을 돌렸다. 하긴 그녀가 왜 그러겠는가? 산부인과, 치과, 정신과에 온 환자들이 수없이 들락날락했다.

가브리엘은 몇 초간 기다렸다.

Wi-Fi. 네트워크를 찾는 중.

리스트가 길게 떴다. 오피스 빌딩은 확실히 그게 문제였다. 그의 노트북에 위아래층의 네트워크가 모조리 잡혔다. 가브리엘은 리스트를 죽 훑어보면서 틀림없다고 생각되는 네트워크를 찾았다. *Shared3.* 3층의 모든 사무실이 사용하는 공용네트워크? 훌륭했다. 이보다 더 나을 수는 없었다. 트래픽이 많았다. 자신이 여기 있다는 것을 누군가 알아차릴 위험이 그만큼 적다는 의미였다. 우선 사무실을 나오는 도중에 다운받은 프로그램을 열었다.

John the Ripper.

그는 사람들이 이런 프로그램이 존재한다는 사실을 알까 궁금했다. 관심이 있는 누구에게나 열려 있는 오픈액세스 온라인이었다. 아무 기술도 없이 해킹을 할 수 있게 해주는. 단지 그것을 작동시키기만 하면 됐다. 네트워크에 연결해서 버튼을 클릭하면 당신을 위해 그 일을 해주었다. 물론 시간은 약간 걸릴 것이다. 접수원이 안경테 너머로 이쪽을 흘끔거리자 가브리엘은 긴장되기 시작했다.

빨간색 바탕에 노란색으로 잭 더 리퍼가 그려진 로고. 진부할지 모르지만 그게 이 일을 해줄 것이다. 아이콘을 더블클릭하려던 가브리엘은 문득 더 간단한 방법이 있을지도 모른다는 생각을 했다. 리퍼 자체는 훌륭한 프로그램이지만 몇 초 안에 그 일을 수행하지는 못했다. 최소 10분은 걸릴 것이다.

가브리엘은 재빨리 마음을 고쳐먹고 테이블에 노트북을 내려놓은 다음 접수원에게 다가갔다.

"실례합니다." 그는 헛기침을 하고는 아주 순진한 표정을 지었다. "제가 여자친구를 기다리는 중인데요. 혹시 이 병원 네트워크로 로그온을 해도 될까요?"

"그럼요." 접수원은 웃으면서 종이에 뭐라고 끄적였다.

몸에 밴 친절함.

"shared3이에요." 카운터 너머로 노란색 포스트잇 쪽지가 건네졌다. "몇 번 문제를 일으켰지만 지금은 잘 될 거예요."

"정말 고맙습니다." 가브리엘은 말하면서 약간 죄책감을 느꼈다. 이렇게 친절한 부인인데 자신은 코앞에서 능숙하게 거짓말을 하고 있었다. 하지만 어쩔 수 없었다. 목적이 수단을 정당화하는 경우. 그 흔한 말이 이런 상황에 들어맞는 것일까?

그는 침착하게 소파로 돌아와서 코드를 입력했다.

Shared3 / JgFrPh45

적어도 그들은 해독하기 어려운 비밀번호를 정하는 정도의 감각은 있었다. 다만 아무한테나 가르쳐주지 않았으면 좋았을 텐데.

모니터의 와이파이 아이콘이 로그온 되었음을 알려주자 다른 생각은 사라지고 절로 미소가 나왔다. 예전의 짜릿함이 돌아왔다. 그게 뭔지 꼬집어 말할 수는 없지만 언제나 그를 매혹시켰던 그 느낌. 그는 자신의 것이 아닌 한, 그 어느 것도 파괴하고 싶지 않았다. 그저 순수하게 실력을 확인하는 것만으로 족했다. 자신의 두뇌를 이용해서 금기의 허를 찌를 때면 엄청난 스릴을 느꼈다. 그때 누군가 문을 열고 들어오는 바람에 그는 화들짝 놀랐다. 아이를 데리고 온 엄마였다. 그는 여전히 자신이 살았던 지하실의 안전함에 익숙했다. 이곳은 완전히 새로운 환경이었다. 연결 프로토콜을 다운로드하는 동안 낯선 취약함을 느꼈다. 자신의 것을 포함해서 무려 다섯 개의 컴퓨터가 네트워크에 로그온 되어 있었다. 가브리엘은 숨기 위해, 자신을 완벽하게 감추기 위해 더 노력해야 했나 싶었지만 이제 너무 늦었다. 그가 거기에 접속한 사실을 알려면, 전문성이 필요할 것이다. 게다가 설령 그렇더라도 다시 그를 찾기란 몹시 어려울 것이다.

병원 문에 붙어 있는 이름표.

산부인과 전문의, 마리트 엥.

Mrit_Eng.

치과 전문의, 거트 오베르쇠 비크, 치과의사.

Gover_V.

정신과 전문의, 볼프강 리테르.

Wolf_Ritt.

가브리엘은 John the Ripper 아이콘을 더블클릭한 다음 필요한 프로그램 정보를 입력했다.

30분 후. 그는 노트북을 가방에 넣고 다시 거리로 나왔다. 점퍼 안에서 심장이 콩닥콩닥 뛰었다. 그는 마지막으로 3층 창문을 힐끗 본 뒤 머리에 쓴 후드를 앞으로 잡아당겼다. 이윽고 휴대폰에서 미아의 전화번호를 찾으면서 택시승차장으로 힘차게 걸어갔다.

PART 3

30장

매일 아침. 심지어 6시도 되기 전. 새벽녘의 이 길은 어쩌면 세상에서 가장 따분한 경로일 것이다. 서른두 살의 요나스 올센은 운전석에 앉아 입이 귀에 걸리도록 웃고 있었다. 어젯밤 일을 생각하면 아직도 온몸이 후끈거렸다. 그게 사실이라는 것이 거의 믿기지 않았다. 그렇게 술술 풀렸다는 게.

현실이 아닌 것만 같았다.

4월. 이제 진짜 봄이 오고 있었다. 밖은 아직 어두컴컴했지만 나무마다 연둣빛 이파리가 돋아나기 시작하는 것을 알 수 있었다. 보통 때 같으면 그런 광경은 오히려 그를 울적하게 만들고 외로움만 부추겼을 것이다. 일년 중 이맘때 더 악화되는 것 같았다. 당신은 그런 생각을 하면 웃길 것이다. 분명 반대여야 한다고. 일년 중 어두운 겨울이 가장 힘든 시기여야 하지 않을까? 하지만 아니었다. 그는 그렇게 생각하지 않았다. 언젠가 온라인에서 그런 내용의 기사를 읽은 적이 있었다. 노르웨이에서 매년 6,000명 넘는 자살자가 나오는데, 대부분이 봄에 발생한다는 것이다. 그는 기사를 온전히 이해하지 못했다. 다만 겨울에는 모두가 우울한데 반해, 날씨가 화창하면 자신만 다르다는 것을 절감한다는 내용이었다. 일단 밖이 환해지면 그 어둠이 자신의 내면에 있음을 깨닫게 된다, 뭐 그런 말이었다.

요나스 올센은 몸을 숙여 라디오를 켰다. 동이 트기 시작했다. 그레프센과 마리달렌이 포함된 이 길은 나이 많은 보안대원의 구역으로 간주되었다. 만약 당신이 게으른 편이라면 그야말로 최고의 근무처이다. 점검해야 할 곳도 많지 않고, 간격도 멀어서 일이 수월한 편이었다. 적어도 그가 가고 있는 스카 캠프는 그랬다. 과거에 육군캠프였지만 지금은 성인 교육을 위한 시설이었다. 그에게는 언제나 불필요한 출장처럼 여겨졌다. 무엇보다 시내에서 멀리 떨어져 인적이 드문 곳이었다. 누군가 펜이라든가 업데이트도 안된 구식컴퓨터 따위를 훔치러 거기까지 갈 거라고는 상상할 수 없었다. 하지만 이것은 그의 직업이었고 오늘은 아무래도 상관하지 않았다. 그는 좋아하는 노래가 나오는 라디오방송을 찾아 콧노래를 부르고 손가락으로 운전대를 두드리며 박자를 맞췄다.

그는 애초 여자친구를 사귈 거라는 희망은 포기했었다. 나이도 많은 데다 수줍음도 많았다. 게다가 어설펐다. 학창시절을 떠올리면 위축되기 일쑤였다. 이성의 관심을 끌고자 했던 치기 어린 시도들의 결말은 꽤 비참했다. 그는 대부분의 시간을 집에서 책에 코를 박고 지냈다. 그런데 그때? 아니, 그는 믿을 수가 없었다. 린다. 리셉션의 임시직원. 원래 있던 직원은 출산휴가 중이었다. 그녀에게는 뭔가 딱 꼬집어 설명할 수 없는 특별함이 있었다. 이제 그녀와 회사의 계약이 끝나가고 있으며, 예전의 리셉셔니스트가 곧 복귀할 거라는 사실을 그는 알고 있었다. 그는 휴게실의 달력을 멈추게 하고 싶었다. 날이 지나는 것을 막고 싶었다. 시간이 그대로 멈추면 그녀는 아무 데도 가지 않을 것이다.

그러던 어느 날 그녀가 느닷없이 말했다.

언제 커피 마시러 갈래요?

그는 너무 당황해서 입을 뗄 수가 없었다.

네…, 그럼 좋죠.

아니면 저녁식사 어때요, 당신이 좋다면요? 토요일? 그날 괜찮아요? 혹시 바빠요?

바쁘냐고요? 아니요, 전혀 안 바빠요. 토요일 좋아요.

그러고 나서 그녀는 카운터를 가로질러 메모지를 내밀었다. 그녀의 웃는 눈이 그를 바라보았다. 그녀의 전화번호였다.

그 직후 그는 차에 시동도 걸 수 없을 지경이었다. 처음의 기쁨은 이내 익숙한 두려움으로 바뀌었다. 두려움이 마구 밀려왔다. 마치 얼음물 속으로 서서히 가라앉는 것 같았다. 아니, 안 돼, 안 돼. 내가 뭣 때문에 망신을 자초하려는 거지? 재앙이 될 게 뻔하다. 취소해야 했다. 뭐라고 말해야 하지? 그가 얼마나 멍청한지 알고 나면 그녀는 그를 미워하게 될 것이다. 긴장. 놀람. 문장도 연결하지 못하고, 입에서는 바보 같은 말만 나올 것이다. 전에도 그런 소리를 많이 들었다. 학교 복도나 직장에서 사람들 사이를 지나갈 때 등 뒤에서 들려오던 웃음소리. 수군거림.

하지만 그는 그녀가 좋았다.

"나는 당신이 마음에 들어요, 요나스."

린다.

"내일은 뭐 할까요?"

그는 자신의 행운을 믿을 수가 없었다.

그리고 마치 세상이 그에게 또 다른 작은 기쁨의 징표를 주려고 마음먹은 듯 태양이 갑자기 떠오르며 마리달렌 호수 주변의 숲에서 어둠을 지워주었다. 봄의 왕국에 찾아온 또 하나의 아침. 이제 주변은 온통 강렬하고 찬연한 빛깔들뿐이었다. 그는 스카 캠프의 주차장으로 들어가면서 무엇이 이런 차이를 만들었는지, 조용히 생각했다. 어둠속의 자연. 햇빛속의 자연. 네가 원하는 삶. 사랑하는 그녀와…. 그는 마지막 생각을 차마 완성하지 못했다. 그들은 겨우 하루 저녁을 함께 보냈을 뿐이다. 그가 또 바보처럼 굴 가능성도 있었다. 앞질러 생각하지 마. 그냥 순간을 즐겨. 이 몸에 흐르는 사랑의 느낌을.

스카 캠프 주차장에서 숲을 통과해 걸어 올라가면 외위웅엔이 나왔다. 사람들은 그곳에서 오리에게 먹이를 주거나 텐트 치고 야영을 한 뒤 막 깨어난 물고기를 살펴보았다. 시동이 켜진 채 주차된 차가 보였다. 그는 짜증이 밀려오는 것을 느꼈다. 꼭 저래야 할까? 사람들은 왜 사려 깊지 못할까? 요나스 올센은 차에서 내려 캠프로 들어가는 출입구를 점검하러 갔다. 체인은 그 자리에 잘 달려 있었다. 자물쇠도 건드리지 않았다. 그는 캠핑 구역을 살폈다. 어느 것도 분실된 흔적이 없었다. 모든 게 제자리에 있었다. 그가 자기 차로 돌아와 막 떠나려고 할 때였다. 그의 진로를 막는 무언가가 눈에 들어왔다. 엔진을 켜둔 채 서 있는 차. 아무래도 이상하지 않은가? 잠시 주저했지만 그는 차에서 내려 주차장을 가로지르기 위해 걸음을 옮겼다. 어쨌든 자신은 경비원이었다. 모든 것이 제대로 돌아가게 하는 것이 그의 임무였다. 그런데 저게 뭐지…?

가까이 갈 때까지 그는 제대로 보지 못했다. 조수석의 열린 창문으로 연기가 나오고 있었다. 많은 양은 아니었다. 잿빛의 가느다란 한 줄기. 하지만 틀림없이 거기에 있었다.

"여보세요?" 요나스 올센이 앞면 유리를 노크했지만 차 안에는 아무도 없었다. "엔진을 켜두시면 안 됩니다. 저 부탁인데요…?"

자신에게 대답할 수 있는 그 누구도 보이지 않았다. 이상했다.

그가 다시 유리를 두드렸다. "여보세요?"

대답이 없었다. 그는 경비원이었다. 이런 걸 단속하는 게 그의 임무 아니던가? 맞다, 그랬다. 올센은 세 번째로 유리를 두드린 다음 차문을 열고 회색 연기만 가득 찬 빈 좌석 두 개를 보았다.

"여보세요?"

그 순간 그는 보았다.

무언가 타고 있었다. 뒷좌석에서.

인형의 집?

"여기, 누구 없어요?"

요나스 올센에게 불쑥 그것이 밀려왔다.

두려움. 검은 물.

그는 재빨리 차에서 고개를 빼고 뒤로 물러난 다음 가슴주머니에 달린 무전기 버튼을 눌렀다.

"본부, 여기는 JO. KGM 루트, 스카다. 내 말 들리나, 오버?"

그는 차에서 조금 더 물러섰다. 셔츠 안 심장이 쿵쿵 뛰는 것이 느껴졌다. "본부? 여기는 JO. 내 말 들리나? 오버?"

조금 전까지만 해도 보이지 않던 것이, 지금 보였다.

작은 틈. 자동차트렁크. 트렁크가 제대로 닫혀 있지 않았다.

원치 않았지만 어쩔 수가 없었다.

맙소사!

요나스 올센은 멀찍이 떨어져서 자신의 손을 내려다보았다. 마치 트렁크를 연 게 자신이 아니라는 듯.

"본부? 들려요?"

트렁크 안에 소년이 있었다.

"본부?"

크게 뜬 소년의 눈.

"이봐요?"

더는 이 상황을 감당할 수가 없었다. 마침내 무전기에서 응답의 목소리가 흘러나왔을 때, 요나스 올센은 의식을 잃은 후였다.

31장

미아 크뤼거는 휴대폰 벨소리에 잠을 깼다. 그녀는 잠이 든 줄도 몰랐다. 밤새 매트리스에서 몸을 뒤척이다가 여러 번 깼다. 망막에 비비안 베르그의 이미지가 어른거렸다. 짙푸른 물에 반쯤 가려진 하얗고 가녀린 몸뚱이. 슬픔의 바다에서 아직 수면으로 올라오지 못한 카롤리네 베르그의 절망적인 눈빛. 벽에 쓰인 글씨. 쿠르트 방의 공포에 질린 눈.

어서 와, 미아, 어서와.

누런 밀밭을 달리는 여동생의 이미지. 다시 시작됐다. 한동안 그녀를 건드리지 않았던 것들이 다시 왔다.

미아는 종이상자를 넣어둔 방으로 갔었다. 그 중 하나를 열어볼 생각이었다. 미아의 앨범. 할머니를 보려고.

그 사진들은 대체로 미아의 마음을 편안하게 해주었다.

밤이면 달을 향해 외쳤던 할머니. 이웃사람들에게 마녀라고 불리던 할머니였지만 미아에게는 이 미친 세상에서 단 한 명 정상으로 보였던 사람이다.

넌 듣고 있지 않아, 그렇지? 너 자신의 소리를?

난 네가 휴가를 떠날 거라고 생각했어.

넌 자신이 괜찮지 않다는 것을 알아. 안 그래, 미아?

밤에 떠오르는 어두운 생각과, 떨림이 멈추지 않을 것 같은 몸뚱이. 결국 미아는 로리 술집으로 가고 싶어졌다. 그곳은 새벽 3시까지 열려 있었다. 맥주 두 잔과 야거스마이스터 한 병이면 그녀를 잠들게 해줄 것이다. 아니면 퇴옌에 있는 샤를리에 브룬의 트랜스베스타이트(의상도착자) 클럽. 그곳은 항상 열려 있었다.

그냥 알약 몇 알이면 쉴 수 있었다. 미아는 어떻게든 참으려고 애썼다, 분명히. 그 후 어떻게 되었는지 모르지만. 침대 옆 테이블에 놓인 휴대폰의 시계가 이제 막 7시 30분이 되었음을 알려주었다.

"네?"

"일어났어요?" 아네트 골리였다.

유능한 경찰변호사는 미아가 만나본 사람 중에 가장 의욕이 넘쳤다. 생존하는 데, 음식도 잠도 필요 없는 사람처럼 보였다.

"지금 막." 미아가 하품을 했다. "무슨 일이에요?"

"또 터졌어요."

"어딘데요?" 침대에서 일어나던 미아는 자신이 이미 옷을 입고 있음을 알았다.

내가 옷을 입은 채 잠들었나?

그럼 퇴옌의 샤를리에네 가게에 갈 수도 있었는데?

"마리달렌이에요." 아네트가 설명했다. "자동차트렁크에서. 역시

221

도난당한 차 같아요."

"여자예요?" 미아가 욕실로 가면서 물었다.

"아니요. 10대 소년."

내가 그 정도로 맛이 갔었나? 침대로 갈 때까진 멀쩡했는데.

"가슴에 바늘자국이 있어요."

미아는 얼른 얼굴에 찬물을 끼얹었다. 서서히 현실로 돌아왔다.

"열네 살짜리예요. 루벤 이베르센."

"신원 확인은 어떻게 했어요?"

"자동차 앞좌석 가방에서 옷이 발견됐어요. 휴대폰과 은행카드도. 그애는 수영복만 입은 채로 트렁크에 누워 있었어요."

"다시 말해줄래요?" 미아는 옷걸이에서 재킷을 내렸다.

"수영복만 입은 채 자동차트렁크에 누워 있었어요. 차 안에서는 뭔가 타고 있었고."

"뭐가 타고 있었는데요?" 미아가 신발을 신으며 물었다.

"인형의 집 장난감. 바로 올 거죠?"

"지금 어디에 있어요?"

"마리달렌. 스카 캠프 밖 주차장이에요."

"가족에게는 알렸어요?"

"그 아이 어머니가 지난밤 늦게 실종신고를 했더라고요. 이제 그녀한테 연락을 취하려고요."

"지금 가요." 미아는 말하고 나서 전화를 끊었다.

32장

에리크 뢰닝 기자는 스카 캠프의 경찰 저지선 뒤에 멀찌감치 선 채 카멜외투 속에 두꺼운 점퍼를 입지 않고 온 것을 후회했다. 봄 이라고? 봄이어야 하는데? 한데, 그렇지 않았다. 그는 보통 이런 식으로 기사를 쓰지 않았다. 기사 작성 전담기자인 그는 대개 실 내, 더 좋게는 프롱네르에 있는 자신의 아파트 난로 앞에서, 더 이 상적으로는 키보드 옆에 브랜디 한 잔과 담배를 두고 기사를 썼다. 뢰닝은 몇 년 전 오슬로의 노숙자 실태에 관한 연재기사로 SKUP 상을 수상했다. 그 기사를 쓰기 위해 그가 밖에 나간 적은 별로 없 었지만. 그리고 바로 그 문제 때문에 지금 이곳에 그가 서 있는 거 였다. 몇 달 전, 그의 상사인 〈아프텐포스텐〉 지 편집장 가이어 그 룽은 뢰닝을 자기 방으로 호출했다. 그가 실제로는 사진기자를 동 원해 빈곤한 사람들의 사진을 찍게 하고, 기사를 허위로 작성했다 는 루머가 회사 주변에 돌고 있었다. 그룽은 루머가 사실인지 물었 다. 그 인터뷰가 가짜냐? 주말판에 연재해서 눈물을 자아냈던 그

기사들이 순전히 허구였냐?

에리크 뢰닝은 시인도 부인도 하지 않았다. 그건 그의 특기였다. 만약 그가 다른 사람들에게 관심이 있었다면, 정치가가 될 수도 있었다. 하지만 그는 그렇지 않았다. 27세의 이 기자는 자신이 기사를 허위 작성한 점이 밝혀질 경우, 신문사의 신뢰도에 막대한 위험을 끼친다는 점을 잘 알았다. 그러므로 크게 걱정하지 않았다. 뢰닝은 그들 모두 무사히 지나가기를 원한다고 확신했다. 그의 판단은 옳았다. 그럼에도 불구하고 일종의 징계로 그는 이 사건을 취재하도록 파견되었다. 산정호수에서 발레복을 입은 채 떠오른 시신과 싸구려 호텔방에서 발견된 시신. 거기에 연결고리가 있을까? 경찰은 아니라고 했다. 하지만 그는 경찰의 발표를 믿지 않았다. 그러던 와중에 오슬로의 가장 인기 있는 관광지 주차장에서 제3의 시신이 발견되었다. 피해자가 누구인지는 아직 듣지 못했다. 아마도 마약중독자겠지. 어쩌면 질투심에 불탄 남자친구에게 살해된 여자? 에리크 뢰닝은 사실 관심도 없었다.

그는 외투 깃을 단단히 여몄다. 털모자도 쓰고 왔어야 했다. 집에서 거울을 보며 잠시 고민했지만, 결국 이렇게 왔다. 모자를 쓰기만 하면 헤어스타일이 엉망이 됐다. 그는 카멜코트와 잘 어울리는 긴 터틀넥의 얇은 회색 캐시미어스웨터에, 최근 구입한 브라이틀링 손목시계가 잘 보이도록 목이 짧은 갈색 시어링장갑을 골랐다. 레오나르도 디카프리오가 광고하는 그 시계였다. 에리크 뢰닝은 그 시계에 자부심을 가졌다. 다행히 슈트 바지 안에 얇은 울 내복을 입은 것은 현명했다. 어쨌든 그가 사는 곳은 노르웨이였다.

지금은. 언젠가는 모나코에? 몇 달 전 주식을 샀을 때는 내심 그런 생각을 품었다. 거리를 건너던 그는 차에서 내리는 몸집이 작은 여자를 발견했다.

미아 크뤼거?

그렇다면 뭉크도 여기에 함께 있음을 의미했다. 혹시 거물? 어쩌면 주차장에서 발견된 시신은 술에 취해 얼어죽은 술주정뱅이나 스스로 목숨을 끊은 학생이 아닐 수도 있었다. 뭉크와 미아? 처음에는 발레리나, 그 다음에는 재즈뮤지션, 그리고 이번에는? 세 명의 죽음이 결국 관련이 있는 걸까? 피식 웃던 뢰닝은 살짝 구미가 당기기 시작했다. 정말로? 전국을 활개치고 다니는 연쇄살인범이 있나? 그렇다면 기사를 쓸 가치가 있다. 관록 있는 기자에게 적절한 기삿거리가 아닐 수 없었다. 행운은 자신을 버리지 않았다. 뢰닝은 사람들을 헤치고 나아가다 〈VG〉 지의 기자 올레 룬드를 발견했다.

"무슨 일이야?" 뢰닝이 물었다.

"우리도 아직은 잘 몰라." 룬드가 말했다. "10대 소년이라는 말이 있더라고."

뢰닝은 주머니에서 담뱃갑을 꺼냈다. "학생?"

"잘은 몰라." 룬드가 말꼬리를 흐렸다. "아마 그럴 거야."

"어떻게 된 거예요?" 새로 도착한 다른 기자가 끼어들었다.

그녀는 〈다그블라뎃〉 지의 기자였다. 비비케라던가 뭐라던가. 뢰닝이 정확히 기억하지 못하지만 그녀는 신참이었다. 그랜드 호텔의 바에서 한 번인가 그녀에게 작업을 건 적이 있었다. 드레스를 입은 그녀의 뒤태가 마음에 들었던 것이다.

"학생이래." 뢰닝이 거짓말을 했다. "아마 자살이겠지."

"정말요?" 신참 비비케가 물었다. "경찰무전기로는 그렇게 말하지 않던데요."

"그럼 뭐래?" 룬드가 열렬히 물었다.

"소년이 열네 살이래요." 비비케가 뢰닝을 쳐다봤다. "당신이 갖고 있는 정보는 그렇지 않아요?"

"몰라요. 난 방금 도착해서." 뢰닝은 웃으며 담배에 불을 붙였다.

"운 없는 녀석." 비비케가 고개를 절레절레 흔들었다.

"아직 이름은 모르지?"

"루벤 이베르센이라는 말이 있어요. 아직 확인된 건 아니지만. 나이는 열네 살이고." 안경을 쓴 젊은 남자기자가 새로 도착해서 대화에 합류했다. 그는 〈다그사비센〉의 기자였다.

"그런 얘기는 누가 해줬어?" 룬드가 물었다.

"저만의 소스가 있죠." 젊은 기자가 싱긋 웃었다.

뢰닝이 휴대폰을 꺼내 재빨리 문자메시지를 보냈다.

피해자는 열네 살의 루벤 이베르센으로 추정. 학교를 알아내요. 그리로 기자를 보내요. 가족이든, 친구든, 교사든 취재를 해요.

갑자기 기자들이 웅성거렸다.

"골리다!"

"아네트야!"

검정색 차가 차단선을 뚫고 다가왔다. 플래시라이트와 열띤 손들. 헐떡이는 혓바닥들. TV카메라를 멘 어깨들.

"골리!"

"아네트!"

"이게 다른 피해자들과 관련이 있나요?"

빙고. *연결 가능성을 생각하는 사람은 그만이 아니었다.*

옳거니. 도전하는 것이다. 그들에게 자신의 진가를 보여줄 기회였다. 그는 여느 하수 글쟁이들처럼 자신을 팔기 위해 여기에 죽치고 있을 마음이 없었다.

에리크 뢰닝은 더 잘 볼 수 있는 장소로 물러났다. 그는 게으를지언정 멍청하지는 않았다. 그가 편집장 그룽의 측근으로서 총애를 받는 데는 이유가 있었다. 뢰닝은 그 점을 즐겼다. 그런데 수상한 스타 제자가 모두를 속였다는 사실을 알고 난 베테랑 언론인 그룽이 뢰닝에게 보내던 시선은 약간의 상처가 되었다.

그만 잊어버려. 지금은 의기소침할 때가 아니었다. 새로운 사고를 해야 할 때였다. 그는 주차장으로 가는 다른 길이 있는지 알아보려고 조금 더 걸어갔다. 뭉크와 미아, 그렇다. 그들은 프로지만, 나머지 인원들은? 현장을 조사하는 경찰관들? 그들은 거드름 피우는 쇼핑센터 경비원들과 닮았다. 아주 많이. 뢰닝은 그들이 사건현장을 보호하기 위해 조치를 취했을지 의문이었다. 순한 양들은 여전히 차단선 앞에 옹기종기 모여서 길만 바라다보고 있었다.

아마추어들.

그들은 절대 어디에도 도달하지 못할 것이다.

에리크 뢰닝은 빙긋 웃으며 담배를 내던지고 걷기 시작했다.

33장

스카 캠프 밖 주차장에 도착한 미아는 걱정스러운 표정의 뭉크와 마주쳤다.

"잠을 못 잤군?"

"무슨 말씀이세요?"

"꼴이 말이 아니야."

"아이고, 감사해요." 미아가 웃었다.

"미안, 그런 뜻은 아니었어. 아무 일도 없는 거지?"

"네, 괜찮아요. 뭐 알아낸 거 있어요?"

"이번에도 차야." 뭉크가 주차장 끝을 향해 고갯짓을 했다. "도난당한 차. 외케른에 거주하는 어느 가족 소유의 차. 그들이 휴가에서 돌아와 보니 차가 없어졌더래."

"우린 왜 여기에 서 있는 거죠?"

"법의학자가 먼저 조사하겠다고 해서."

"새로 온 법의학자 말예요?"

미아가 열린 트렁크 옆에 서 있는 검은 머리의 여자를 가리켰다. 그녀는 팀원들에게 열심히 지시를 내리고 있었다.

"릴리안 룬드야."

"엄격한 감독인가요?"

"괜찮은 사람 같아."

"아네트 말이 이번에도 바늘자국이 있다면서요?"

"응."

미아는 자동차 뒤를 향하고 있는 삼각대 위의 또 다른 카메라를 발견했다. "카메라는 확인해보셨어요?"

"13." 뭉크가 조용히 말했다.

미아가 욕설을 내뱉다가 물었다. "어떻게 생각하세요?"

뭉크가 미아를 돌아다보며 담배에 불을 붙였다. "4, 7, 13?"

"반장님은 수학자잖아요." 미아가 졸음을 쫓으려 눈을 비비며 말했다.

"로또 번호?" 뭉크가 말했다.

"무슨 뜻이에요?"

"아무것도 아니야. 그냥 신경 쓰여."

"뭐가요?"

"글쎄. 솔직히 말하면, 이 모든 게. 이런 숫자들이. 그놈이 우리를 상대로 게임을 하는 것 같아 불쾌해."

"누가 그를 발견했죠?" 미아가 물었다.

"올센이라는 경비원. 충격이 상당한 듯해. 그를 경찰본부로 데려갔어. 아네트가 그를 조사할 거야."

"오래됐어요?"

"두어 시간 전에. 왜?"

미아가 길 쪽으로 고갯짓을 했다. "기자들이 참 빨리도 몰려들었네요."

뭉크는 말없이 어깨만 으쓱했다.

"상어들이 피 냄새는 잘 맡죠." 미아가 투덜거렸다.

사건현장 감식반원들이 주차장을 지나갔다. 법의학자가 얼굴 마스크를 내리고 뭉크를 보며 한숨을 쉬었다.

"반장님도 승낙한 거예요?" 미아가 물었다.

"무슨 말이야?"

"법의학자가 끝마칠 때까지는 우리가 접근하지 못하는 거요."

"오래 걸리지 않을 거야."

"알아요, 하지만…."

"저쪽 숲은 조사해보셨어요?" 미아가 물었다.

"지금 하고 있어. 그리고 차도 시작할 거야."

"미아는 이 주변 좀 돌아보고 있어." 뭉크가 말했다. "저들이 끝내면 우리도 가볼 거니까."

법의학자가 고개를 절레절레 흔들더니 이쪽에서는 알아들을 수 없는 말을 중얼거렸다. 그녀는 다시 마스크를 쓰고 다른 감식반원들에게 합류했다.

"인형의 집은요?" 미아가 열렬히 물었다.

"경비원에 따르면, 뒷좌석에서 불타고 있었대."

"반장님도 보셨어요?"

"응. 내가 보기에 추적하기는 쉬울 것 같아."

"왜요?"

"핸드메이드로 보이거든. 공장에서 대량으로 만든 장난감이 아니야. 내가 그런 걸 몇 개 본 적이 있거든."

그가 살짝 미소를 지었다. 물론 그랬다. 손녀 마리온이 그로 하여금 억지로 자신의 새끼손가락을 걸게 했다.

"지금 그걸 조사하고 있어요?"

"그뢴리에가 하고 있어."

뭉크가 담배를 한 모금 빨 때 다른 감식반원이 그들에게 다가왔다. 그가 입을 열려고 하자 뭉크가 선수를 쳤다.

"우린 기다리겠소. 오래 걸리지 않겠지."

"여기 전체를 출입 통제했나요?" 미아가 물었다.

"그랬으면 좋겠는데. 그나저나 루드비가 아무것도 알아내지 못했대. 나한테 미아를 보면 그렇게 전해달라고 했어."

"뭘요?"

"미아가 불타는 집과 관련된 사건을 알아봐달라고 부탁했다던데? 숫자 47, 74와 관련된 것도?"

"그래요?"

"지금까지 그가 알아본 바로는 없대."

"시도해볼 가치는 있었네요."

"좋은 아이디어였어." 뭉크가 말했다.

"추적할 수 있는 확실한 단서였죠. 《사자왕 형제의 모험》? 거기에서 그들의 집이 불탔거든요."

"미아가 뭔가 알아낼 것처럼 보여." 뭉크가 차를 향해 고갯짓을 했다.

"경비원이 도착했을 때 인형의 집이 타고 있었대요?"

"그런 것 같아. 말했듯이 그는 지금 몹시 충격을 받았어."

"그럼 범행 시각은 어떻게 추정해요?"

"경비원이 여기 도착했을 때가 6시 15분쯤이라고 알고 있어."

"그게 얼마 동안이나 불타고 있었던 걸까요?"

"그건 확정하기 불가능해. 만약 범인이 촉매를 사용했다면 아마 두 시간쯤?"

"그럼 오전 3~4시쯤 되겠네요?"

"그 후일 수도 있지."

"등잔 밑이 어둡네요."

"그러게." 뭉크가 담배를 비벼 끄며 대꾸했다.

"피해자는 여기까지 어떻게 왔을까요?"

"모르겠어."

"그렇게 일찍 버스가 다니나요?"

"아니. 첫 차가 조금 전에 지나갔어."

"그럼 자기 차가 있었나?"

"그럴 가능성도 있지." 즉시 새 담배에 불을 붙일 태세이던 뭉크가 멈칫거리며 말했다. "하지만 누가 그걸 몰았겠어?"

"아님 자전거를 타고 왔을까요?"

뭉크가 어깨를 으쓱했다. "저기 도로 아래쪽에 CCTV 카메라가 몇 대 있을 거야. 멀지 않은 곳에 공동주택이 있거든. 우리가 알아보고 있어."

"옷을 벗었다고 했죠?"

"수영복 팬티만 입고 있었어. 옷은 차 앞좌석 가방에 들어 있고."

"범인이 여기에서 그의 옷을 벗겼단 말인가요? 하지만 반장님, 그건…."

"알아." 뭉크는 결국 새 담배에 불을 붙였다. "방금 미아가 틀렸을 수도 있다는 생각이 들기 시작했어."

"뭐가요?"

"피해자가 마구잡이로 선택되었다는 것. 내 생각에 범인은 자신이 누구를 원하는지 정확히 알고 있어. 게다가 그들을 어떻게 하고 싶은지도."

잔뜩 찌푸린 뭉크의 낯빛이 점점 어두워졌다. 그때 뭉크의 휴대폰 벨이 울렸다. 뭉크는 고개를 저으며 전화를 받기 위해 저쪽으로 몇 걸음 걸어갔다.

"미아 크뤼거?"

"네, 누구신지요?"

뭉크와 비슷한 나이로 보이는 검은머리 여인이 미아에게 다가왔다. 그녀가 마스크를 벗고 악수를 청했다.

"릴리안 룬드라고 해요, 법의학자. 이제 시신을 옮기려고 준비하고 있어요."

"비비안 베르그도 부검하신 분이죠?"

"그래요." 룬드가 고개를 끄덕였다.

"쿠르트 방도?"

"그래요."

"동일범의 소행이라고 확신하시죠?"

"네, 수법이 같아요. 범인이 남자인지는 잘 모르겠지만요. 심장에 난 바늘자국이 증거예요. 다른 데는 뚜렷한 상처가 없어요. 그점이 매우 이상해요."

"왜죠?"

룬드가 혼란스러운 표정을 보였다. "싸운 흔적이 없어요. 저항도안 했고. 왜일까요? 이상하지 않아요?"

"손톱으로 할퀸 흔적도 없어요?"

법의학자가 어깨를 으쓱했다. "100퍼센트 확신하려면 연구실에서 확인해봐야 하지만 육안으로는 보이지 않아요. 다른 시신들도같아요."

"입에도 아무 상처가 없나요?"

"그걸 처음 발견한 사람이 당신이죠?"

"네."

"잘 봤어요. 우리는 여기에서도 같은 상처를 확인했어요. 테이프안쪽에서."

"테이프요?"

"그래요, 입 위쪽에 테이프가 붙어 있어요. 시신을 옮기기 전에당신이 한 번 볼래요?"

"그러죠." 미아는 마지못해 대답했다.

그때 뭉크가 헐레벌떡 돌아왔다.

"홀거 반장님." 릴리안 룬드가 미소를 지었다.

"아, 릴리안."

"어떻게 되어간대요?" 미아가 서둘러 물었다.

"그 자를 찾았대." 뭉크가 상기된 표정으로 속삭였다.

"누구요?"

"레이몬드 그레거. 라르비크에서 오는 중이야."

"제가 그를 면담할까요?"

"함께 보자고. 서두르지 않아도 돼. 그가 변호사를 요청한 모양이야."

"그럼 우리 가볼까요?" 릴리안 룬드가 마스크를 쓰며 미아에게 다시 물었다.

"네, 좋아요." 미아는 신임 법의학자를 따라 열려 있는 자동차트렁크로 갔다.

34장

뭉크는 아네트 골리와 함께 거울 뒤에 서 있었다. 그는 결국 미아 혼자 조사를 하는 쪽으로 결정했다. 가끔은 그게 더 효과적이었다. 덜 윽박지르면서. 그들에게는 레이몬드 그레거를 압박할 증거가 부족했다. 그들은 보되에서의 옛 사건과 관련한 풍문만 알고 있었다. 포렌식 증거도 없었다. 범행과 관련해서 그를 근처라도 데려갈 만한 목격자조차 없었다. 휴대폰 통화목록도, 여느 기지국에서의 모바일 신호 추적도 없었다. 지인들이 있지만, 만약 그들이 입을 다물어버리면 별 도움이 되지 않을 것이었다.

뭉크가 아네트 쪽으로 고개를 돌릴 때 미아가 조사를 시작했다.

"볼륨 좀 높여주실래요?"

아네트가 고개를 끄덕이고는 문 옆 패널의 버튼을 조정했다.

"지금 시각은 2시 14분." 미아가 마이크 가까이 고개를 숙이고 말했다. "레이몬드 그레거의 첫 번째 조사입니다. 지금 이 방에는 레이몬드 그레거와 그의 변호사 알베르트 H. 비크, 그리고 강력반 형사 미아 크뤼거가 착석하고 있습니다."

미아의 음성은 부드러웠다. 미아는 두 남자가 들어올 때 다정하게 미소를 지어 보였다. 뭉크는 이런 자리에서 미아가 감정을 앞세우고 자제력을 잃는 것을 여러 번 보았지만 오늘은 달랐다.

"먼저 경찰이 자신을 억류한 이유에 대해 제 의뢰인이 당혹스러워 하고 있다는 사실을 기록해주기 바랍니다." 변호사가 넥타이 매듭을 매만지며 말했다. "만약 경찰이 제 의뢰인을 기소하지 않을 거라면 당장 석방할 것을 요구합니다. 또한 본인은 제 의뢰인의 이름을 언론에 누설한 경찰을 고발할 것을 고려하고 있다는 점을 말씀드리고자 합니다."

아무튼 변호사들이란! 뭉크가 고개를 절레절레 흔들며 외투단추를 풀었다.

"우리는 당신의 의뢰인을 임의로 기소하지 않습니다." 미아가 여전히 입가에 웃음을 띤 채 말했다. "그리고 이런 일이 일어난 것은 유감입니다. 아시다시피 당신의 의뢰인에게 질문할 시간은 지금부터 48시간입니다. 하지만 가능한 빠르게 처리되기를 바라고 있습니다. 만약 당신이 우리에게 협조하고 우리가 알고자 하는 것을 진술해준다면 금방 여기를 나갈 수 있을 겁니다. 그것이 우리의 방침입니다. 그레거 씨, 별장에 있었죠, 그렇죠? 병가 중이었나요?"

그레거는 자신의 변호사를 흘끗 본 뒤 고개를 끄덕였다. "최근 들어 제가 좀 힘들었습니다. 과로로요. 저는 가르치는 일을 계속하고 싶었습니다, 정말로요. 그런데 주치의가 몇 주간 조용한 곳에서 편안히 쉬라고 하더군요."

"이해합니다." 미아가 말했다. "그래서 어떤 일이 일어났는지 모르셨군요. 조카가 살해된 것도요?"

"네, 슬프게도 몰랐습니다." 그레거는 정말로 슬퍼하는 것처럼 보였다. "그곳은 제 별장이 아닙니다. 친구 별장인데, 저에게 쓰라고 빌려줬죠. 심플한 삶을 추구하는 친구죠. 인터넷도 안 되고 텔레비전도 없고, 작은 태양열 패널로 전기를 만들어 쓰는…."

"그럼 경찰이 들이닥쳤을 때 많이 놀라셨겠네요?"

섬에 사는 이웃이 TV2에 방송된 그레거의 이름을 보고 경찰에 신고를 했다.

"네, 전 아무것도 몰랐어요. 불쌍한 조카. 어쩌다 이런 비극이."

"당신은 카롤리네 베르그의 오빠죠, 맞죠?" 미아가 앞에 놓인 수첩을 넘기면서 말했다.

그것은 요식행위에 불과했다. 미아는 그 안에 적힌 내용을 정확히 알고 있었다.

"이복형제죠. 제 어머니가 재혼을 했어요, 그녀의 아버지와. 그러니까 엄밀히 말해서 저는 그 거래의 일부였죠."

"2007년에 두 소녀를 어떻게 하셨죠?" 미아가 느닷없이 물었다.

그레거는 의자에서 몸을 벌떡 일으켰다. 그의 변호사 역시 놀라는 듯했다. 뭉크는 그 광경을 즐기며 외투를 벗었다.

"무슨 말씀인지?" 그레거가 물었다.

멍청하기는. 뭉크가 고개를 절레절레 흔들었다.

그레거는 경찰이 그 사실을 알아냈을 거라고 짐작했으리라. 비록 그 사실이 공식기록에는 없지만.

"제 의뢰인에게 진술을 거부하도록 조언하고…," 변호사가 입을 열었지만 중년의 교사는 그를 만류했다.

그가 안경을 벗고 손으로 얼굴을 비볐다. "저는 안 했습니다." 그 레거가 마침내 고개를 저으며 입을 열었다.

"안 했다고요?" 미아가 다시 수첩을 넘겼다. "카밀라는 일곱 살. 헤게는 아홉 살. 당신은 그 아이들을 각각 학교에서 집으로 돌아가는 길에 차에 태웠죠. 당신은 아이들이 당신의 차에 타도록 회유했어요. 그리고 일곱 시간이나 인질로 붙잡고 있었어요. 당신은 여자 아이들을 좋아하죠, 그렇죠? 아이들과 노는 것을 좋아하죠?"

"제 생각에…." 변호사가 붉어진 얼굴로 나서자 그레거가 다시 그를 가로막았다.

"나는 아닙니다." 그가 퉁명스럽게 말했다.

"당신이 그러지 않았다는 의미인가요?"

"아니요. 하지만 아닙니다."

"그 일에 대해 설명할 말이 있으신 듯하군요." 미아가 다시 친근하게 미소를 지었다. "두 어린 소녀에 대해, 그 아이들의 의견을 묵살한 채 데리고 간 것에 대해서요?"

"제 말 좀 들어주십시오." 그레거가 말했다. "전…, 그때 힘든 시기를 겪고 있었습니다. 아내가 저를 버렸죠. 거짓말을 하면서요. 아시겠어요? 판사는 아내의 편을 들었어요. 아내는 제 딸에 대한 양육권을 모두 가져갔고, 저는 그 후로 딸을 한 번도 못 봤습니다."

미아가 어깨 너머로 거울 쪽을 힐끗 보았다.

"그에게 딸이 있나?" 뭉크가 아네트에게 물었다.

"죄송해요. 알아보지 못했어요. 제 실수예요." 아네트가 우물거렸다. "조사해볼게요."

그녀는 재빨리 주머니에서 휴대폰을 꺼내면서 방을 나갔다.

"딸이라고요?" 미아가 물었다. "그레거 씨, 혹시 나이가 어떻게 되죠?"

"57세입니다."

"그럼 따님은 몇 살이죠?"

"이름은 니나예요. 올여름 열세 살이 됩니다."

"그럼 2007년에는 일곱 살이었겠군요?"

뭉크는 미아의 목소리에 짜증이 섞여 있음을 알아챘다. 그는 미아를 충분히 이해했다. 그녀는 사건 내용을 숙지하지 못한 채 조사에 들어간 셈이다. 그의 머리에서 나온 계획이었다. 아마추어 같은 짓이었다.

"그런데 어떻게…." 미아가 다시 말했지만 그레거가 가로챘다.

"제가 한 행동을 변명하는 게 아닙니다. 제가 잘못했어요. 저도 압니다, 그럼요. 하지만 말씀드렸듯 그때 힘든 시기였습니다. 내가 일구었던 모든 것이 갑자기 무너져버렸습니다. 니나, 그애는, 그애는…, 그래요." 그레거가 안경을 벗더니 눈물로 여겨지는 것을 손으로 비볐다.

역할놀이?

뭉크는 자신이 어떤 입장을 취해야 하는지 갈피를 잡지 못했다.

"그러니까 딸이 보고 싶어서 다른 누군가를 놀이 상대로 찾았다는 건가요?" 미아가 이제는 온기 없는 목소리로 물었다.

"그렇습니다." 그레거가 테이블을 뚫어지게 응시했다.

변호사는 입을 벌린 채 옆에 앉아 한 마디도 하지 않았다. 그도 미아처럼 당혹감을 느낀 것 같았다.

"지금 그 말이 어떻게 들리는지 알아요? 어린 여자아이들을, 유괴하고도?"

"알아요, 압니다. 다만 그 무렵 저는 제정신이 아니었어요. 저는 그들을 해치지 않았습니다. 우리는 그저⋯." 그레거가 두 손으로 머리를 감싸쥐었다.

"놀이였다고요?" 미아가 어이없다는 듯 말했다.

"저는 실제로 벌을 받겠다고 했습니다." 그레거가 재빨리 말했다. "저는 아무도 해치고 싶지 않았어요. 나를 감옥에 보내달라고, 제가 그들에게 한 말입니다."

문이 다시 열렸다. 아네트가 홀거의 옆으로 다가왔다.

"딸이 있어요. 나이는 13세. 아내와는 2007년에 이혼했고, 양육권은 전적으로 아내가 가졌어요. 면접권도 갖지 못했고요. 모녀에 대한 육체적·정신적 학대가 이유였대요. 그 당시 사건을 판결한 판사를 찾으려고 했는데 연락이 안 되었고, 당시 조사기록에 언급되어 있는 사람에게 물어봤어요."

미아가 다시 거울을 흘긋 보았다.

누구 나 좀 지원해줘요, 네?

"그런데 무슨 이유로 따님을 못 만나게 된 거죠?"

"제 아내가 거짓말을 했어요." 그레거는 그렇게만 대답했다.

"무슨 거짓말이죠?"

변호사는 이제 포기했다. 그는 그저 의자에 기대어앉아 손 놓고 구경만 했다.

"내가 그 둘을 학대했다고요."

"당신이 그랬나요?"

"저는 완벽한 사람이 아닙니다. 네, 그러나 그때는…."

뭉크의 휴대폰에서 '핑' 소리가 났다. 그는 얼른 코트에서 전화를 꺼내 확인했다. 루드비 그뢴리에가 보낸 문자였다.

인형의 집을 어디에서 났는지 알아냈네! 쿠리를 보낼까?

"이제 어떻게 하죠?" 아네트가 물었다. "저 남자, 우리가 찾는 사람일까요?"

"별다른 혐의점을 찾을 수 없어, 그렇지 않아?"

"지금 당장은 그럴 만한 게 없어요."

"비비안과 접촉한 흔적도 없지?"

"가브리엘의 말에 따르면 없어요."

"미아한테 나오라고 해." 뭉크가 말하고 나서 고개를 절레절레 저었다.

미아가 거울 뒤편 방으로 들어오며 두 손을 들어보였다.

"반장님, 도대체 뭐예요?"

"알아." 뭉크가 사과했다. "내 잘못이야."

"반장님이 알고 싶은 건 카롤리네 베르그와 저 남자와의 관계 아닌가요?"

"미아는 저 자라고 생각해?"

"우린 그에 대해 아무 혐의점도 갖고 있지 않아요, 그렇죠?"

미아가 아네트를 보며 묻자 그녀는 고개를 저었다.

"설령 그렇더라도, 어린 여자애들을 데리고 논 건요?" 미아가 거울을 통해 그레거를 쏘아보면서 말했다.

"우린 계속 그를 심문할 거야." 뭉크가 나섰다. "혹시 그의 입에서 다른 게 나오는지 보자고. 하지만 당장은 리스트에서 제외해도 된다고 생각해."

"그럼 제가 해볼까요?" 아네트가 제안했다.

"저는 그만 하고요?" 미아가 물었다.

"그 인형의 집 장난감을 파는 가게를 알아냈어." 뭉크가 말했다.

"그렇게 빨리요?"

"응. 루드비가 알아냈어. 쿠리를 보낼 거야. 미아가 그와 함께 갈수 있겠어?"

"쿠리는 사무실에 있어요?"

"아마 그럴 거야"

"음흉한 작자 같으니." 미아가 다시 심문실을 보며 말했다.

"나머지는 아네트가 처리할 거야." 뭉크가 말한 뒤 아네트 골리에게 고갯짓을 했고, 골리는 고개를 끄덕였다.

"나중에 나한테 알려줘."

"그러죠." 미아는 중얼거리며 마지막으로 거울 쪽을 돌아본 뒤 가죽재킷 지퍼를 잠그고 방을 떠났다.

35장

에리크 뢰닝은 김치와 타라곤을 곁들인 대하튀김과 쁘띠 샤블리 한 잔을 주문했지만 사실 그가 원하는 것은 콜라였다. 어젯밤 과음을 한 탓에 숙취에 시달렸으나 이곳 전설의 그랜드 카페에선 분명 콜라를 팔지 않을 것이다. 웨이터가 주문받은 메뉴판을 가지고 사라졌다. 뢰닝은 뱃속이 요동치는 것을 느꼈다. 이제 그는 보스의 후한 평가 덕분에 돌아왔다. 별로 오래 걸리지 않았다.

그릉은 테이블 맞은편에 앉아 흥분을 참지 못했다. "그래, 그게 어디 있나?" 나이든 편집장이 주위를 둘러보며 속삭여 물었다.

에리크 뢰닝은 웃으면서 자신의 휴대폰을 톡톡 쳤다.

"거기에 범행 전체가 나온다는 건가?" 그릉이 휘둥그레진 눈으로 묻자 뢰닝은 고개를 끄덕였다.

아, 엄청난 행운은 그의 편이었다. 그는 범행 장면에서 번득이는 영감을 얻었다, 그렇지 않은가?

"내가 좀 봐도 되나?" 그릉이 손을 뻗으며 초조하게 물었다.

"여기서는 안 됩니다." 뢰닝이 말했다. 그는 눈을 찡긋하고는 휴대폰을 재빨리 슈트 재킷주머니에 넣었다.

다행스럽게도 그에게는 옷부터 갈아입을 수 있는 집이 있었다. 마리달렌까지 갔던 것은 수지맞는 일이었지만 그의 옷은 혹독한 대가를 치렀다. 어떻게 흙탕물 묻은 바지에 흙 묻은 신발을 신고 그랜드 카페에 갈 수 있겠는가? 말도 안 됐다. 그는 짙푸른 에르메네질도 제냐 수트에 검정색 아르마니 타이, 그리고 갈색 만텔라시 구두를 선택했다.

"다시 한 번 말해보게." 그룽이 말할 때 웨이터가 음식을 가져왔다.

그룽은 당장 한 장면이라도 보고 싶어했다. 당연했다.

무슨 말이야? 사무실로 오게, 당장!!

하지만 뢰닝에게는 다른 계획이 있었다. 사무실로 오라고? 말도 안 되는 소리. 그룽이 그것을 보기도 전에 다른 사람들도 보여달라고 졸라댈 것이다. 실리에 올센. 혹은 멍청한 엘링 스루드. 천만에! 그는 그룽과 직접 상대하고 싶었다. 게다가 이 기회를 이용하면 왜 안 된단 말인가? 함께 축하하라고? 어쨌든 그는 오전 내내 외딴 곳에서 멍청이들과 시간을 보내야 했다. 뢰닝은 와인잔을 입가로 가져가며 이미 취한 기분이었다. 그룽이 이렇게 오랫동안 그를 쳐다본 적이 없었다. 상사는 거의 경이로워하고 있었다.

"좋습니다, 저는 경찰 차단선 옆에 서 있었습니다."

그룽은 전화로 사연을 들은 터였지만 인내심을 갖고 앉아 있었다. 주머니에서 휴대폰이 진동했지만 받으려는 기색조차 없었다.

"모두들 거기에 있었죠. 편집장님도 알겠지만, 유력한 라이벌인 룬드와 비크하메르도요."

"물론 그랬겠지." 그룽이 고개를 끄덕였다.

"그런데 그때 한 가지 아이디어가 떠올랐죠." 뢰닝이 자랑스레 말을 이어나갔다. "왜 여기에서 기다려야 하지? 여기에서는 아무것도 볼 수가 없는데? 게다가 그들이 설마 벌써 전 구역에 차단선을 설치했을까? 안 그래요?"

"현명한 생각이야." 그룽이 미소 지었다.

"그렇죠? 그런데 한 시간쯤 전에 정보가 돌았더군요. 놀라울 정도로 많은 기자들이 왔던데, 이 사실은 꼭 짚고 넘어가야겠습니다. NRK, TV2 같은 데는 이미 중계차까지 왔더군요."

"그 발레리나 사건 때문이지." 그룽이 포크로 스테이크 타르타르를 찔렀다. "방송사들이 치열하게 경쟁 중이거든."

"그들이 캠프 전체에 차단선을 설치했더라고요." 뢰닝이 어깨를 으쓱하며 말했다. "그래도 거기까지 간 건, 시간낭비는 아니었습니다. 그것은 마치…." 뢰닝은 와인을 한 모금 마시고 코를 툭툭 쳤다. "그런데 언제 이렇게 될 것 같은 감이 왔는지 아세요?"

그룽은 이제 뢰닝의 잔을 향해 손을 뻗었다. "헌데 정말 이해가 안 가네." 편집장은 더 이상 참을성을 붙들어들 수가 없었다. "여기에서 뭐가 매춘부와 관련이 있다는 건가?"

"아무래도 처음부터 설명해드려야 할 것 같네요." 뢰닝이 와인을 한 잔 주문하는 신호를 보내며 계속했다. "전 거기에서 어떤 얼굴을 하나 알아봤어요. 사람들 속에서."

"구경꾼들 사이에서?"

"전 그의 얼굴을 즉시 알아볼 수 있었죠." 뢰닝이 의기양양하게 계속했다. "그는 구경하려고 거기에 와 있는 게 아니었어요. 카메라들을 치우려고 거기에 있었죠."

그룽이 고개를 저었다. "카메라라니? 자세히 좀 말해보게, 응? 그의 이름이 뭐라고 했지?"

"폴 아문젠요."

"그게 누군데?"

"예전 우리 기사 기억나세요?" 뢰닝이 테이블 앞으로 몸을 숙인 채 나지막이 말했다. "몇 달 전 우린 매춘부를 구하는 남자들에 대한 제보를 받았죠. 음, 돈벌이에 나선 여자들을 시내에서 차에 태워서 거기로 데려가는 사람들."

"자네가 카메라를 설치한 건가?" 그룽이 근엄하게 물었다.

"아니요. 아니요. 공식적으로는 아니지만, 실은 그랬습니다. 저는 그 일로 저를 도울 만한 사내를 소개받았죠. 야생동물 영화를 찍을 때 사용하는, 움직임에 민감한 카메라에 관해 들어보셨죠?"

"잘 알겠지만, 우린 그런 짓은 용인할 수 없네. 에리크, 도대체 자네 무슨 생각을 했던 건가?" 그룽이 짜증스럽게 고개를 저었다.

"우리가 한 게 아니라니까요. 아문젠이라는 사내와 절 연결시킬 수 있는 요소는 아무것도 없어요. 진정하세요."

그의 상관은 뭐라고 말할 듯 입을 씰룩거리다가 참았다.

"우린 그 기사를 내지 않았어요." 뢰닝이 계속했다. "기억하시겠지만 우리는 아무 결과도 얻지 못했어요. 하지만, 네, 그렇습니다. 전 그의 얼굴을 보는 순간 딱 알아챘죠."

"그가 진작 카메라를 치우지 않았던가 보군?"

"더러운 영감탱이." 뢰닝이 차갑게 웃었다. "그 자는 아마도 은밀히 즐길 뭔가를 얻고 싶었던 모양입니다. 전 단번에 눈치를 챘습니다. 그 영감이 양심의 가책을 느끼는 낌새를 풍기더군요. 그래서 전 단 10초 만에 그로 하여금 인정하게 했죠." 웨이터가 와인을 가져오자 뢰닝은 잔을 채운 다음 이야기를 계속했다. "20분 후에 우리는 그의 집 컴퓨터 앞에 앉아 있었습니다. 그리고 거기에서 이걸 발견한 겁니다."

뢰닝이 싱긋 웃으며 휴대폰을 테이블에 올려놓았다.

"믿을 수 없군." 그룽이 고개를 흔들며 물었다. "자넨 그걸 봤나?"

"물론이죠. 완전히 드라마더군요."

"그 장면이 거기에 있던가? 게다가 자네도 봤다고?"

"전부요."

"나도 좀 볼 수 없겠나?"

뢰닝이 웃으면서 흰색 테이블보를 가로질러 자신의 휴대폰을 내밀었다. "얼마든지요."

"고맙네." 그룽이 휴대폰을 받아 자신의 재킷주머니에 넣었다.

"천만에요."

그룽은 초조하게 방 안을 둘러보았다. 마치 보안기관에서 자신들을 뒤쫓거나 무장대응 부대가 카페를 급습할까 봐 두려워하는 듯. 그러고 나서 조심스레 일어나 남자화장실로 걸어갔다.

36장

미아가 도착했을 때 쿠리는 엘리베이터 옆에서 기다리고 있었다. 다부진 불독은 버튼을 누르고 나서 자신의 머리를 움켜쥐었다.

"오늘 완전 엉망진창이야." 그가 중얼거렸다.

"그래, 우리 모두에게." 미아가 그를 보며 말했다. "지금까지 어디 있었어? 술 마신 거야?"

"딱 한 잔. 그뿐이야. 걱정 마."

쿠리는 미아를 쳐다보았다. 미아는 그가 더 이상 캐묻는 것을 원치 않는다는 뜻으로 받아들였다. 그의 어깨는 구부정했다. 눈 주위에는 짙은 그늘이 드리워져 있었다. 그의 눈에는 미아가 헤아릴 수 없는 뭔가가 있었다. 미아는 어쩔 수 없이 로리 술집에서 볼드가 했던 말을 떠올렸다. 하지만 지금은 그 문제까지 처리할 여력이 없었다. 세 건의 살인사건. 그 문제는 좀 기다려야 하리라.

"우리 어디 가는 거야?" 그들이 지하주차장에 다다랐을 때 미아가 물었다.

"토르쇼브에 있는 칼레 인형가게."

"내가 운전할게." 미아가 쿠리에게서 열쇠를 빼앗으며 말했다.

"정말이야?" 불독이 왕왕거렸다.

"응." 미아가 운전석에 앉으며 대꾸했다.

쿠리는 한숨을 내쉬며 안전벨트를 맸다. 고개를 꼿꼿이 드는 일이 일종의 도전처럼 느껴졌다.

"어떻게 그렇게 빨리 거길 찾아냈지?" 미아가 주차장을 나서면서 물었다.

"그륀리에가 관련된 모든 곳에 이메일을 보냈어. 장난감가게. 수입업자. 도매상. 진짜, 모두한테. 칼레라는 남자로부터 자신이 우리가 찾는 사람 같다는 답변이 즉시 왔어."

"그 남자한테 미리 말해놨어?"

"간단히. 자다가 받았다고 하더군. 하지만 가능한 빨리 가게로 오겠다고 했어."

"아직 가게를 열지 않았나?"

쿠리가 다시 한숨을 쉬며 손으로 머리를 쥐어뜯을 듯 감쌌다. "아, 아니. 그곳은 일종의 공정무역 상점 같아. 친환경 장난감이라든지 핸드메이드 제품만 파는 데. 개발도상국의 불쌍한 아이들에게 해를 끼치지 않은 재료를 가지고 만드는, 뭐 그런 데 말이야. 개점 시간이 따로 없나 봐. 하지만 지금쯤 그리로 오고 있을 거야."

쿠리가 안주머니에서 씹는 담배 케이스를 꺼냈다. 그는 몇 번의 시도 끝에 입술 아래로 담배 뭉치를 밀어넣었다.

"미아, 물 좀 없어?"

미아는 웃지 않을 수 없었다. "무슨 뜻이야? 내가 주머니에 수도 꼭지라고 갖고 다니는 것처럼 보여?"

"내가 알게 뭐야?" 쿠리가 다시 머리를 움켜쥐었다. "요즘은 다들 물병을 가지고 다니잖아, 맙소사. 괴로워."

"미안해." 미아가 토르쇼브 방향으로 접어들며 말했다.

"그럼 파라세타몰(해열진통제)은?"

"없는데." 그녀가 측은한 듯 미소를 지었다. "근처에서 잠깐 쉬었다 갈까?"

"그래도 되겠어?" 쿠리가 미안한 듯 반문했다.

미아는 말없이 도로가에 차를 세웠다.

"고마워." 마트로 달려갔다 돌아온 불독이 물 한 병으로 알약 4개를 삼키고는 말했다.

미아는 운전하는 동안 잠자코 있는 편이 낫겠다고 생각했다. 이윽고 그들은 홈메이드 상점 간판을 발견했다. 긴 머리에 수염을 무성하게 기른 중년남자가 어슬렁어슬렁 그들 쪽으로 걸어왔다.

"당신이 전화를 건 사람입니까?" 남자가 방한코트에서 쩔렁거리는 열쇠뭉치를 꺼내며 물었다.

"욘 라르센입니다." 쿠리가 악수를 나누며 인사했다.

"토마스 랑게요." 수염을 기른 남자도 자신을 소개했다. "모두들 빅 톰이라고 부르죠."

"칼레라고 불리지 않으시네요?"

미아가 문 위 간판을 보며 묻자 남자는 웃으며 되물었다.

"칼레의 클라이밍 트리, 들어본 적 없어요? 어린이용 프로그램?"

"하루 종일 나무에 앉아 구름을 쳐다보는 사내죠?" 쿠리가 아는 체를 했다.

"그게 납니다." 랑게가 웃으면서 문을 열었다.

쿠리는 매번 한 음을 빼먹으면서 테마송을 반복해서 흥얼거렸다. "기억나지? 칼레가 나무에 앉아 인생을 고찰하면 할아버지는 풀밭에 앉아 신문을 읽지."

"맞아." 미아가 고개를 끄덕였다.

"대단한 프로그램이지. 왜 좋은 작품은 죄다 스웨덴에서 만들까? 에밀. 티오르벤, 빌 베르그송, 마스터 디텍티브, 화이트스톤. 노르웨이에서 만든 어린이용 프로그램 중 괜찮은 거 생각나? 없어. 몽땅 스웨덴 작품이야."

"들어갈까?" 미아가 열린 문을 가리키며 말했다.

"그리고 도둑의 딸 로니아, 또 알피 앳킨스…."

"앞장서." 미아가 말하면서 쿠리를 따라 문지방을 넘었다.

"실례하지만 우리 어디에선가 만나지 않았던가요?" 그들이 가게 안으로 들어서자 랑게가 미아를 보며 물었다.

"미아 크뤼거라고 합니다." 미아가 손을 내밀며 인사했다.

"아하." 랑게는 화려한 컬러의 긴 스카프를 풀어 카운터에 내려놓았다. "어쩐지 낯이 익다 생각했어요. 마실 거라도 줄까요?"

"아니요, 됐습니다."

"우리는 여기에서 이걸 팔았는지 알고 싶습니다." 쿠리가 안주머니에서 사진을 꺼내며 말했다.

랑게가 사진을 보며 코를 찡그렸다. "이건 제 작품이에요. 맞습니다. 그런데 누가 제가 만든 집을 이렇게 불태웠죠?"

"그게 저희들이 알아내려고 하는 겁니다." 미아가 나섰다. "혹시 이걸 많이 파셨나요?"

"아니요, 딱 한 개 팔았죠. 그게 이겁니다. 요즘은 품질 좋은 장난감에 대한 수요가 많지 않죠, 유감스럽게도. 저는 꽤 많이 만들었죠. 그게 좋다고 생각했어요."

랑게는 사진을 쿠리에게 돌려주고는 뒷방으로 사라졌다.

잠시 후 그는 스카 캠프에서 발견한 것과 똑같이 생긴 흰색 인형의 집을 가지고 나타났다. "대나무죠." 랑게가 인형의 집을 카운터에 올려놓으며 말했다. "세상에서 가장 친환경적인 재료예요. 게다가 대나무는 빨리 자라요. 자원을 많이 사용하지 않죠. 우리는 무엇이든 대나무로 만들어야 합니다. 나는 어딘가에….."

"이걸 최근에 파셨나요?" 미아가 물었다.

"그러고 보니, 네. 아주 아름다운 아가씨에게 팔았어요. 당신과 좀 비슷해 보였어요, 생각해보니까, 금발인 것만 빼고."

"아가씨요?" 미아가 물었다.

"아가씨, 처녀, 여인. 당신이 어떤 표현을 좋아하는지 모르지만, 젊은 여자였어요. 20대쯤? 아주 예뻤어요. 우리는 대화를 했죠. 그녀는 고야로 여행을 가고 싶다고 했어요. 거기 가봤어요?"

"앙골라?" 쿠리가 물었다.

"아니요. 인도의 고야 혹은 파라다이스. 나는 그렇게 부르죠. 나는 보통 거기에서 겨울을 보내죠. 안타깝게도 올해는 그러지 못했지만. 사업이 예전만 못해서요. 요즘은 누구나 번쩍거리는 플라스틱을 좋아하니까, 그렇지 않아요? 지구가 급속히 파괴되어 우리 아이들이 쓰레기를 물려받게 될 텐데, 사람들은 신경 쓰지 않죠. 그런데다 얼마 전 수천 만 크로네를 들여 도입했다는 전투기들은 또 어떻고? 댁들에게 묻고 싶군요. 사람들은 굶고, 아이들은 교과서가 없고, 노인들은 양로원에서 돌봐주는 사람도 없이 젖은 기저귀를 차고 앉아 있어요. 그런데도 우리 정부에게는 미국산 전투기를 구입할 여유가 있죠. 하루 빨리 머리가 제대로 돌아가는 누군가가 이 나라의 키를 쥐지 않으면 이 나라는 개판이 되고 말 겁니다."

"젊은 여자라고요?" 미아가 놀란 목소리로 쿠리를 힐끗 보며 되묻자 쿠리는 어깨만 으쓱했다.

"그렇소." 랑게가 미소를 지었다. "사람들이 수공예품의 진가를 알아보는 때가 좋은 시절 아닌가요? 아주 작은 부분까지 손으로 만드는."

"혹시 여기 카메라가 설치되어 있지는 않죠?" 미아가 물었다.

"빅브라더가 당신들을 감시할까 봐요? 아뇨, 그런 건 없어요."

"혹시 고객의 메일링 리스트라든지 뭐 그런 건요? 그녀의 이름을 기록해두지는 않으셨습니까?" 쿠리가 물었다.

"메일링 리스트요?" 랑게가 경멸하듯 씩씩거렸다. "다른 사람의 프라이버시를 침범하는 거요? 요즘 세계 자본이 당신에 대해 얼마나 많이 알고 있는지 압니까? 빅데이터? 그들이 당신의 전화번호와 이메일 주소를 수집하는 게 당신에게 도움을 주기 위해서라고 생각하십니까? 노동시간은 줄이고, 임금은 더 주고? 맙소사! 그러면서 더 사라, 더 사라고 부추기죠. 당연히 난 메일 주소 따위는 갖고 있지 않습니다. 대신 르완다에 위치한 학교에 기부금을 내기 원하는 사람들을 위해 작은 항아리를 가지고 있죠. 댁들도 도움이 절실한 사람들을 위해 동전을 기부하시겠소?"

쿠리는 랑게가 내민 거의 빈 항아리를 보고는 마지못해 바지주머니에서 50크로네 지폐를 꺼냈다.

"그 아가씨에 대해 더 말씀해주실 게 있나요?" 미아가 물었다.

"음, 말씀드렸듯이 아주 예뻤어요. 20대로 보이고 날씬한 몸에 머리는 길고, 초록색 야구모자를 썼는데 차브chav(맹목적 유행추종자. 주로 저급한 취향과 패션을 즐기는 일탈 청소년을 이르는 말―옮긴이) 같아 보였죠. 왜 서구식으로 사는 사람들을 그렇게 말하지 않던가요." 랑게가 냉소적인 미소를 지으며 서쪽을 가리켰다.

"이름도 모르고 주소도 모르신다는 거죠?"

"빅브라더," 랑게가 다시 말하며 고개를 절레절레 흔들었다. "나는 그런 세상을 꿈꾸지 않습니다."

"혹시 그녀를 다시 보게 되면 우리에게 연락주시겠어요?" 미아가 안주머니에서 명함을 꺼냈다.

"물론이죠. 정말 뭐 필요하신 거 없어요? 진짜 좋은 다즐링 차와 트론하임 스바르트틀라몬에서 직접 가져온 꿀도 있는데. 진짜배기죠. 몸을 따뜻하게 해줍니다. 봄이 우리를 계속 기다리게 하는데, 이걸 마시면 우리 몸에 적당히 열이 오르죠." 수염을 기른 남자는 안개 낀 도시 바깥을 향해 고갯짓을 했다. "자연이 반격해오는 중이에요. 이제 곧 우리는 단단한 얼음처럼 얼 거예요. 우리가 당연히 치러야 할 대가겠죠."

"혹시 우리가 이리로 초상화가를 보내도 될까요?"

"화가요? 나를 그리려고요?" 랑게가 윙크를 했다.

"그 인형 집을 사간 아가씨의 몽타주를 만들려고요"

"그럴 줄 알았어요." 그가 말했다. "다시 말하면 20대에 긴 금발 머리, 초록색 야구모자. 하지만 얼마든지 보내시오. 난 항상 여기에 있으니까요. 아니면 근처에, 어쨌든."

"좋습니다. 도와주셔서 감사합니다. 혹시 달리 기억나는 게 있으면 연락주세요." 미아가 말한 뒤 쿠리를 따라 가게를 나섰다.

그녀는 축축한 포장도로에서 잠깐 걸음을 멈췄다.

"저기, 저기. 저기 좀 봐." 그녀가 말하며 가리켰다.

"뭔데?"

"카메라야. 저 화면 기록 좀 확보해주겠어?"

"내가?"

"응."

"급한 일이라도 생겼어?"

"응. 뭣 좀 확인해봐야 해서. 해줄 거지?"

"그럼, 그럼. 걱정하지 마." 다부진 불독은 기침을 한 다음 씹는 담배를 새로 꺼냈다. "난 택시 타고 갈게. 사무실에서 보자고."

"좋아." 미아는 대답과 함께 운전석에 올라탔다.

37장

가브리엘 뫼르크는 지금 자신의 방에 앉아 노트북에 받아놓은 엄청난 양의 정보를 어떻게 해야 할지 고민하고 있었다.

그때 일바가 문틈으로 고개를 빼꼼 들이밀었다. "비상, 비상."

"뭔데요?"

"지금 모두 오고 있는 중이에요. 〈아프텐포스텐〉지 기자가 살해 장면이 찍힌 영상을 갖고 있대요."

"뭐라고? 누구?"

"루벤 이베르센."

"장난하는 거야? 그게 가능해요?"

"나한테 묻지 말아요." 일바는 이렇게 말하고 복도로 사라졌다.

"오케이. 시작하기 전에," 모두가 비상상황실에 모였을 때 뭉크가 입을 열었다. "방금 청소업체에서 일했고 룬드그렌 호텔에 나타났던 젊은 남자의 몽타주를 입수했다."

"칼 오벨린드요?" 쿠리가 물었다.

뭉크가 고개를 끄덕였다. "영상을 보기 전에," 그가 등 뒤편 스크린까지 걸어가면서 말했다. "그것부터 보는 게 좋겠다."

초상화가의 두 몽타주. 그걸 본 사람들이 웅성거렸다.

"저건 동일인물이 아닌데요." 일바가 대뜸 말했다. 가브리엘도 같은 생각이었다. 두 그림은 완전히 달랐다. 왼쪽 남자는 짧은 머리. 오른쪽 남자는 앞머리를 자른 비틀즈 스타일에 안경을 썼다.

"지금 우리가 다른 사람을 보고 있는 거죠?" 쿠리가 큰 소리로 물었다. "설마 저 두 사람이 동일인이라고 말하려는 건 아니죠?"

"놈이 우리를 혼란스럽게 만들려는 것 같아요." 미아가 벽에 등을 기대고 선 채 말했다.

"왜죠?" 일바가 물었다.

"그냥 이걸 봐요." 미아가 스크린을 가리켰다. "눈 크기가 같아요. 코도 똑같고. 턱을 보면 사실상 동일인이에요. 이런 부위들은 위장하기 어려운 게 특징이죠. 그렇게 생각하지 않아요?"

"그럼 그가 변장을 했다는 건가요?" 아네트 골리가 물었다.

"난 그렇게 생각해요."

"정말?" 쿠리가 소리를 질렀다.

"나도 미아 생각과 같아." 뭉크가 나섰다. "그래서 우리가 CCTV 화면으로 그를 찾는 데 어려움을 겪었던 거지."

"그가 외모를 바꿨다고요?"

"만약 동일인이라면," 뭉크가 스크린을 향해 고개를 끄덕이며 계속했다. "그렇다면, 좋아. 우린 그렇게 생각할 만한 이유가 있어. 그리고 만약 그가 저렇게 얼굴을 바꿨다면, 또 어떻게 바꿀지 아무도 모른다. 지금까지….”

“모든 게 주의를 분산시키려는 전략이었어요.” 미아가 중간에 끼어들었다. “범행현장을 오염시킨 것도 그렇고, 엉터리 주소도 그렇고. 우리가 헛발질을 하고, 인력을 낭비하게 하려는 것 같아요.”

“그러는 사이에 자신의 계획 중 다음 단계를 수행하는 건가?” 골리가 중얼거렸다.

“분명 그렇게 보여요.” 미아가 대답하자 방 안이 다시 술렁거렸다.

“그럼 더 일어나겠네요?” 일바가 걱정스럽게 말했다.

“자, 자.” 뭉크가 나섰다. “우린 어느 것도 확신할 수 없어. 그저 추정일 뿐이야. 하지만 알고 있어서 나쁠 건 없겠지.”

“혹시 그들이 가족 간이라면 어떨까요?” 가브리엘이 조심스럽게 말을 꺼냈다.

그는 이런 미팅 때 좀처럼 의견을 말하지 않았지만 이번에는 참을 수가 없었다.

“제 말은,” 가브리엘이 계속했다. “두 몽타주가 정확할 수도 있지만 그들이 두 명이라면요? 여러분이 방금 말했듯 그런 특징은 변장하는 게 쉽지 않아요, 눈이라든가 코라든가. 하지만 그들 두 사람이 가족이라면 실제로도 비슷하게 보일 수 있지 않을까요?”

뭉크가 미아를 쳐다볼 때 가브리엘은 얼굴이 화끈거렸다.

“그럴 가능성도 있어요.” 미아가 한참 만에 말했다. “틀린 생각이 아니에요. 좋은 발상이에요, 가브리엘.”

“형제?” 뭉크가 중얼거리듯 말했다.

하지만 그의 상관들은 몽타주 자체만 보았을 뿐 더 의논할 생각은 없어 보였다.

"그럼 이제 영상 얘기로 돌아가서," 쿠리가 물었다. "그게 사실인가요?"

"뭐가?" 뭉크가 물었다.

"살해 장면이 담겼다는 거요. 스카 캠프? 그나저나 그걸 어떻게 입수했을까요? 제 말은, 그들이 거기에서 살인이 일어나리라는 것을 어떻게 알았느냐, 이거예요. 제보를 받거나, 뭐 그랬을까요?"

"신문사에서는 취재원을 보호해야 한다고 주장하고 있어요." 골리가 짜증스럽게 말했다. "하지만 그에 대비해서 우리 변호사 두세 명을 투입했어요. 그들의 협조 거부가 판사를 이해시킬 거라고는 상상할 수 없지만 해결하는 데는 시간이 걸릴 거예요."

"우리가 신문사의 관계자를 고발할 수는 없을까?" 그뢴리에가 물었다.

"그건 언제든지 할 수 있어요." 아네트가 뭉크를 힐끗 보았다. "다만 여전히 따라야 할 절차가 있어요."

"그들이 미리 살인을 알았을 거라고 암시할 만한 대목은 없어." 뭉크가 선을 그었다. "나는 구릉을 잘 알아. 신뢰해도 좋을 사람이지. 그런 짓에 찬성했을 리 없어. 만약 범죄가 저질러질 것을 알았다면 그가 우리에게 알려줬을 거야."

"하지만 그 기자는요?" 쿠리가 물었다. "에리크 뢰닝이라던가? 그 자는 쓰레기예요. 과시욕이 심하지 않아요? 그가 그걸 발견했을까요? 아니면 날조의 희생자일까요?"

"말했듯이 영상을 어디에서 났는지 밝히는 일은 힘든 싸움이 될 거야." 뭉크가 계속했다. "단지 그 사이에 우리가 이 영상을 입수하게 된 걸 고마워해야 해. 매정하게 들려도 어쩔 수 없지. 그렇게 상세한 범죄 증거를 얻는 건, 매일 있는 일이 아니거든. 우린 벽에 붙은 파리처럼 그냥 지켜보기만 하면 돼."

"그러면 우린 지금 뭘 기다리는 거죠?" 쿠리가 두 팔을 뻗으며 물었다. 그는 뭔가에 억눌린 듯 발음이 다소 불분명했다.

"이번에도 외모가 완전히 달라." 뭉크가 다시 한 번 스크린을 향해 고갯짓을 했다. "자네들이 그 점을 염두에 두기를 바라는 이유는, 지금 우리가 보는 게 범인이기 때문이야."

"그가 영상에 나오나요?" 일바가 물었다.

"응." 뭉크가 끄덕였다. "그런데 이번에도…."

"그놈이 또다시 외모를 바꿨다고 말씀하지는 마세요." 쿠리는 자신이 정곡을 찔렀다는 사실을 알아차리지 못한 채 조급하게 한숨을 내쉬었다.

뭉크가 미아와 아네트를 차례로 보았다.

"설마 놈이 또 그런 거예요?" 쿠리가 놀라서 외쳤다. "아님 제3의 인물이라도 나타난 거예요?"

"영상의 화질이 최상이 아니야. 따라서 보여주기 전에 그 점을 설명하려고 하네." 뭉크가 말했다. "카메라가 멀리 떨어져 설치되어서 좀 지저분하지만 유용하다고 생각되는 것들은 볼 수 있어. 차가 도착하고, 루벤 이베르센은 뒷좌석에 앉아 있어. 운전수의 얼굴은 볼 수 없고. 이베르센이 차에서 내리자마자 옷을 벗기 시작해. 그 옷을 가방에 넣고 주차장에서 잠깐 나체로 있다가 수영복을 입고 차 뒤로 가. 그리고 바로 그때…."

"살인범이 나타나서 가방을 가지고 차 앞좌석 바닥에 내려놓아요. 그 순간에 범인의 얼굴을 볼 수 있어요." 골리가 말했다.

"그런데요?" 쿠리가 물었다.

"세 번째로 변장한 모습이야." 뭉크가 심각하게 대답했다. "이번에는 수염을 길렀어."

"우리가 세 형제를 상대하고 있는 건 분명 아니죠?" 쿠리가 불분명한 발음으로 말했다. "그는 틀림없이, 그러니까, 닮은꼴인 건가요? 얼른 그 영상을 우리한테 보여줄 수 없어요?"

"빌어먹을." 미아는 지금 여기에 온전히 존재하지 않았다.

"왜 그래?" 뭉크가 물었다.

"저한테 캡쳐해서 보내주실래요?" 미아가 루드비 그뢴리에에게 급히 부탁했다.

"어떤 거?"

"영상에 나온 얼굴 말예요."

"그럼, 물론이지. 지금 당장?"

"네." 미아가 대답하며 재킷을 입었다.

"그러지." 그뢴리에가 흔쾌히 대답했다.

"뭣 좀 확인할 게 있어서요." 미아가 중얼거리더니 흰머리의 수사관을 따라 방을 나갔다.

38장

수산네 발은 국립극장 계단 아래 뵈른스체르네 뵈른손Bjørnstjerne Bjørnson(1832~1910. 노르웨이의 소설가이자 극작가 — 옮긴이)과 헨리크 입센 동상 사이에서 기다리고 있었다. 광장을 가로질러 미아가 종종걸음으로 달려오고 있었다. 그녀는 이 만남에 대해 복잡한 심경이었다. 친구를 다시 보는 것은 좋았다. 당연히 그랬다. 오스고르드스트란드 시절의 옛 친구. 하지만 수산네는 자신들의 우정이 늘 미아의 여건에 따라 좌우되는 것처럼 느껴졌다. 그녀는 지난 몇 달간 미아에게 연락을 시도했지만 성공하지 못했다. 미아 크뤼거. 강력반 형사. 친구는 언제나 그녀보다 다른 사람을 우선하는 듯했다.

그러던 미아가 느닷없이 전화를 걸어왔다.

나 부탁이 있어.

바보처럼, 그녀는 늘 이런 일에, 모두에게, 항상 '예스'라고 말했다. 설령 그로 인해 보답을 받는 게 아닐지라도. 하지만, 지금은 너무 늦었다. 중요한 용건이 있는 것처럼 들렸다.

"오랜만이야, 수산네." 미아가 그녀와 길게 포옹했다. "전화하지 못해서 미안해. 하지만 너도 어떤 상황인지 알 거야."

"괜찮아." 수산네가 말했다. "별일 없이 잘 지내지?"

미아는 아주 좋아 보였다. 그들이 마지막으로 만났을 때 미아는 흡사 유령 같았다. 비쩍 마르고 지쳐 보였다. 마치 무너지기 직전의 해골 같았다. 지금은 완전히 달라졌다. 원래의 모습을 찾았다. 예전과 거의 비슷했다.

"응, 잘 지내." 미아가 서둘러 대답했다. "어떻게 됐어. 그 사람에게 연락해봤어?"

"응, 여러 차례." 수산네가 웃었다. "그러다 어렵게 연락이 됐어. 급한 일이야?"

"지금 진행하고 있는 수사야." 미아가 계단을 힐끗 보며 말했다. "확인해야 할 게 있어. 아니면 반증을 하거나. 저 안에 있어?"

"우리 먼저 커피 한 잔 할까?" 수산네가 제안했다. "아님 점심 먹을까? 나 오늘 제작회의 중에 나온 거야. 우린 프란츠 카프카의 〈변신〉을 준비하고 있어. 기슬리 외르든 가다르손Gísli Örn Garðarsson(1973~, 아이슬란드의 배우 겸 연극 연출가. 극단 Vesturpor 창설자—옮긴이) 알지? 아이슬란드 연출가 말야. 작년에 매진됐고, 올 가을에 메인스테이지에서 재공연할 거야."

"난 배 안 고파." 미아가 대꾸했다. 그녀는 뭔가에 홀린 표정이었다. "그가 알고 있다고 했지?" 미아가 자신의 얼굴을 가리켰다. "마스크. 얼굴을 바꾸는 방법이라든지 기타 등등에 대해?"

"그럼." 수산네는 웃으면서 실망을 삼켰다. "여기에 있는 사람들은 다 할 줄 알아."

수산네는 친구를 계단으로 안내했다.

"이게 경찰 업무라는 것도 그가 알고 있지?" 미아가 무대의상실로 걸어가는 길에 물었다.

"글쎄, 간단히 설명하기는 했는데." 수산네가 손잡이를 돌리며 말했다. "네가 나한테 조금만 더 자세히 알려줬더라면…."

"내가 그에게 보여주려는 것을 아무한테도 말하면 안 돼." 미아가 친구의 말을 가로막았다. "알았어?"

"알아." 수산네가 고개를 끄덕이며 문을 열었다.

이스마엘은 자신의 작업테이블에 앉아 있다가 그들이 들어서자 벌떡 일어났다.

"미아 크뤼거." 수산네가 소개했다. "이쪽은…."

"이스마엘 말리크라고 합니다." 젊은 분장사는 상대가 누구인지 안다는 사실을 감추지 못하며 말했다.

미아 크뤼거에게는 늘 있는 일이었다. 강력반 형사이자 유명인. 수산네는 언제나 조금 질투를 드러냈지만 아니, 그건 질투라기보다 자부심에 가까웠지만, 그랬다, 약간 질투가 났다, 그럼에도 그녀는 인정해야 했다.

"반가워요, 이스마엘." 미아가 목례를 한 다음 가방에서 뭔가를 꺼냈다. "이렇게 불쑥 찾아와서 미안해요. 뭣 좀 확인이 필요해서요. 괜찮을까요?"

"물론이죠." 젊은 아프가니스탄인은 웃으면서 테이블을 치웠다. "도와드릴 수 있어서 영광인걸요. 뭔데요?"

"이 세 장이요," 미아가 테이블에 종이 세 장을 내려놓았다.

두 장의 그림과 한 장의 사진.

수산네는 바보가 아니었다. 그녀는 그 사진이 전국을 들끓게 하고 있는 살인자와 관련 있음을 즉시 알아차렸다. 어떤 TV채널을 보든 그 뉴스가 나왔다. 그녀는 기자회견도 보았다. 금발의 경찰변호사는 기자들의 질문 공세를 무시하면서 차분함을 잃지 않았다. 걱정할 필요는 없었다. 그럼에도 극장 사람들, 그리고 그녀가 만난 사람들 모두는 어깨 너머를 살피기 시작했다. 오슬로에 잡히지 않은 연쇄살인범이? 심지어 오늘 아침 어머니도 전화를 걸어왔다.

수산네, 정말 오스코르드스트란드 집에 오고 싶지 않니?

"제가 보고 있는 게 뭐죠?"

"우리끼리만 아는 거예요, 알았죠?" 미아가 잠깐 그의 어깨에 손을 얹었다.

이스마엘은 미아가 눈앞에 서 있다는 사실이 믿기지 않는 듯 멍하니 그녀를 보며 고개를 끄덕였다.

"이게 동일인물인가요?" 미아는 알고 싶었다.

"글쎄요." 이스마엘은 앞에 놓인 세 장의 이미지를 찬찬히 살펴보았다. "두 장은 스케치네요. 네, 그런데….'' 그가 사진을 높이 들어 불빛에 비춰보았다.

"앞머리를 내렸어요." 미아가 지적했다. "그리고 보다시피 여기에는 수염이 있고, 저기에서는 안경을 쓰고 있어요. 이게 간단한 일인가요? 외모를 바꾸는 거 말이에요?"

"제가 말했듯이," 이스마엘이 사진을 내려놓으며 중얼거렸다.

"이 두 개는 스케치일 뿐이지만, 아니요, 제 생각에는, 그렇게 어렵지 않을 거예요."

"그래요?"

"결코 어렵지 않아요. 만약 당신이 나한테 묻는 게 그거라면, 동일인일 가능성이 매우 높아요."

"우린 지금까지 줄곧, 우리가 여러 명을 상대하고 있는 게 아닐까 궁금했어요."

"이해해요." 이스마엘이 여전히 뺨을 붉히며 말했다. "물론 그럴 가능성도 있어요. 하지만 저는 아닐 거라고 말하고 싶어요."

"진심이에요?"

"그 반대일 가능성을 배제할 수는 없어요. 다시 말하면 이 두 장은 스케치일 뿐이지만 해부학적으로 유사점이 있어요."

"그래요? 코를 말하는 거예요?"

"아니요, 아니요." 젊은 남자는 이제 열의를 가지고 자신의 전공을 발휘하기 시작했다. "얼굴에는 몇 군데 바꾸기 쉬운 곳이 있어요. 코나 이마, 귀, 턱…. 나에게 몇 시간만 주면 당신을 늙고 뚱뚱한 남자로 바꿀 수 있어요. 지금 주시해서 봐야 할 곳은 눈이에요."

"계속해봐요."

"눈을 보세요. 눈은 바꿀 수 없어요."

"그런 맥락에서 이게 동일인물이라는 뜻인가요?"

"이 두 그림이 아무렇게나 그린 스케치가 아니라면, 네, 그래요."

수산네는 슬며시 실망감이 솟았다. 그녀는 오랫동안 미아와 연락을 하려고 애썼다. 특별한 이유가 아니고 그저 함께 시간을 보내기 위해서. 수산네는 서운한 감정을 지우고 억지로 미소를 지으려고 노력했다. 하지만 그럴 필요는 없었다. 미아나 이스마엘이나, 그녀가 곁에 있다는 사실조차 의식하지 못했기 때문이다.

"그러니까 당신이 아는 바로는," 미아가 말했다. "동일인이라는 거죠?"

이스마엘이 그림들을 다시 살폈다. "저는 그렇다고 봐요. 보세요, 이 라인들. 여기. 여기. 만약 초상화가에게 그의 생김새를 말해준 사람들이 제대로 설명했다면 이목구비에서 이 부분들은 가장 감추기 힘들죠."

수산네는 뭔가 해야 할 일을 만들기 위해 의도적으로 주머니를 뒤적여 휴대전화를 찾았다.

"정말 고마워요, 이스마엘." 미아가 말했다.

"천만에요." 젊은 남자가 수줍게 웃으며 고개를 끄덕였다.

"수산네, 넌 정말 든든한 친구야."

그것으로 끝이었다. 미아는 서둘러 가죽재킷 지퍼를 잠갔다.

"별 말을 다한다. 점심 어때? 아니면 저녁에 한 잔 할까?"

"좋지. 내가 나중에 전화할게." 미아는 이렇게 말한 뒤 친구의 뺨에 입을 맞추고 계단을 달려 내려갔다. 그리고 스피케르수파 아이스링크 앞에 서 있는 인파 사이로 사라졌다.

39장

이제 막 메이크업을 끝낸 에리크 뢰닝은 자신이 다소 오렌지색으로 보인다고 생각했다. 하지만 전에도 TV에 출연한 적이 있는 터라, 그게 필요하다는 걸 알았다. 이런 분장이야말로 스튜디오 조명 아래 자신을 더 멋져 보이게 해줄 것이다. 그는 30분도 더 일찍 TV2 스튜디오에 도착해서, 이른바 영웅처럼 환대를 받았다. 스카캠프에서 찍은 영상에 대한 뉴스가 나간 후 그의 전화벨은 쉬지 않고 울렸다. 그는 〈아프텐포스텐〉하고만 독점적으로 인터뷰를 할것인지를 두고 그룽과 의논을 했다. 그 결과 그가 다른 매체들과 인터뷰를 할 경우, 그들의 신문사가 더 많이 노출될 거라는 데 의견의 일치를 보았다. 그리하여 에리크 뢰닝은 신문사 말고도 NRK TV와 NRK Dagsnytt 18 같은 TV 방송사들도 돌았고, 지금은 TV2의 뉴스채널에 전문해설자로 초청받은 터였다. 활짝 열린 문들. 복도에서 마주한 미소들. 그의 손을 열렬히 잡는 손들.

환영해요. 에리크.

멋졌어, 굉장한 특종이었어요.

당신이 와줘서 고마워요!

오늘 끝나고 한잔 어때요?

"여기 준비 됐죠?" 우아하게 차려입은 젊은 여자가 헤드폰 세트를 목에 건 채 따뜻하고 호기심 어린 눈으로 그를 보며 물었다.

"잘 돼가요." 에리크가 고개를 끄덕이며 대답했다.

"좋아요. 곧 광고 하나 나간 다음 당신 차례예요."

"네, 화장실 좀 갔다가…." 뢰닝이 윙크를 하고 분장실 의자에서 일어났다.

헤드셋을 낀 여자 프로듀서가 킥킥댔다. "길은 잃지 말고요."

"노력하죠." 뢰닝이 웃으면서 화장실로 향했다.

미―미―미―미. 모―모―모―모.

카―카―코―카―키―코. 브르―부르―브르―브르―부르.

그는 배우의 꿈을 꾸던 시절 로메리케 평생교육원에서 배웠던 발성연습을 하며 거울에 자신을 비춰보았다. 그는 결정적인 증거를 내놓았다. 지금 그는 맨해튼의 브룩스 브라더스에서 특별히 맞춘 짙은 남색 슈트를 차려입었다. 약간 몸에 끼지만. 운동을 자주 해야 하는데 그러지 않았다. 그래도 봐줄 만했다. 심플한 붉은색 아르마니 타이와 살바토레 페라가모 구두. 마지막으로 치아에 뭐가 끼지 않았는지 확인하고 손을 씻은 뒤 분장실로 돌아왔다. 그리고 큰 거울 앞에 섰다. 유력한 정치인. 그는 그렇게 보였다. 어쩌면 그에게는 그게 어울릴지도 모른다. 에리크 뢰닝 하원의원? 뢰닝 외무부 장관? 그는 혼자 웃으며 앞머리를 왼쪽으로 가지런히 넘겼다.

강하면서도 부드러운. 그는 그런 이미지를 좋아했다. 스스로를 예술가라 여기며 긴 머리에 크록스를 신고 일터에 나타나는, 가망 없는 동료들이 떠올랐다. 에리크 뢰닝 총리? 그는 붉은색 넥타이의 매듭을 단단히 조였다. 붉은색 타이. 심장의 색이니만큼 흔히 보수 정치인들이 따뜻하고 믿음직스럽게 보이고 싶을 때 매는 넥타이였다. 뢰닝은 PR회사에 다니던 여자와 잠깐 데이트를 즐긴 적이 있었다. 바보도 사람처럼 보이도록 만들기. TV에서 호감도 높이기. 그런 게 그녀의 업무였다.

"광고 다음에 곧바로 당신 차례예요, 준비됐죠?"

"태어날 때부터 준비되어 있어요." 뢰닝이 다시 윙크를 하고는 프로듀서를 따라 스튜디오로 들어갔다.

뉴스앵커들에게 목례를 하고 지정된 의자에 앉았다. 스튜디오는 협소했다. 그의 집 거실만했다. 그를 놀라게 한 것은 거기서 끝이 아니었다. 보통 사람들의 기대에 반해 텔레비전의 현실이란.

"마이크 체크하세요." 젊은 남자가 말했다. 그 역시 헤드셋을 착용하고 있었다.

"하나, 둘." 뢰닝은 이렇게 말하며 엄지를 들어 보였다.

"20초." 프로듀서가 카운트를 했다.

뢰닝은 여성 뉴스앵커를 돌아보았다. 그녀가 미소로 화답했다.

저 여자 이름이 뭐더라? 모스피오르? 모스베르그?

베로니카 모스베르그. 그랬다.

그는 여러 행사에서 그녀를 본 적이 있었다. 그의 눈길을 거부한 적 없는 그녀였지만 오늘은 또 달랐다.

"10초." 프로듀서가 허공으로 한 손을 들어올렸다. "5."

쭉 뻗은 손가락들. 광고가 끝나갈 때 그녀는 말없이 손가락을 하나씩 꼽았다. 비네트(화면 중앙부에서 가장자리로 원형이나 타원형 모양으로 물결처럼 부드럽게 퍼져나가는 효과. 과거 회상이나 꿈꾸는 장면으로의 전환 등에서 쓰인다 — 옮긴이), 당당하고 과장된 액션. 프로듀서가 주먹을 쥐고 모스베르그를 향해 팔을 허공에서 휘둘렀다.

"다시 만나서 반갑습니다." 예쁘장한 뉴스앵커가 인사말을 했다. "오늘밤 우리 스튜디오에 손님이 찾아주셨습니다. 바로 〈아프텐포스텐〉지의 에리크 뢰닝 씨입니다. 기자인 뢰닝 씨는 오늘 아침 발생한 끔찍한 살인사건이 담긴 영상을 입수했습니다. 로게르, 먼저 방금 소식을 접한 시청자들을 위해 경위를 요약해주겠어요?"

뢰닝은 목청을 가다듬고 물을 한 모금 마셨다. 로게르. 혈색이 좋고 주근깨 많은 얼굴에 땅딸막한 남자. 뢰닝은 몇 달 전 그와 포커게임을 한 적이 있었다. 별로 마음에 들지 않았다.

"오슬로에 아직 체포되지 않은 연쇄살인범이 있을까요?" 로게르가 진지하고 짐짓 꾸민 듯한 목소리로 시작했다. "며칠 전 두 건의 살인사건이 일어나고, 오늘 아침 제3의 피해자까지 마리달렌의 자동차트렁크에서 발견되면서 노르웨이의 전 국민들이 궁금해하는 질문입니다. 라르스 엘링센이 사건을 설명하겠습니다."

프로듀서가 나타나 그들이 방송되지 않음을 암시했다. 미리 녹화된 리포트가 음소거된 채로 그들 뒤 작은 스크린에 나타났다. 뢰닝이 오늘 일찍이 본 내용이었다.

비비안 베르그, 발레리나, 어쩌고저쩌고. 쿠르트 방, 재즈뮤지션, 호텔에서 발견됨. 루벤 이베르센, 10대 소년. 살인자가 동일인일까? 어쩌고저쩌고. 이게 정말 필요한 리포트일까? 이 자들은 대체 언제 나를 화면에 내보내줄까? 그는 앞에 놓인 물컵의 물을 한 모금 더 마신 다음 혀로 치아를 문질렀다.

리포트가 끝나갈 무렵 프로듀서가 카메라 옆으로 한 걸음 물러나 다시 카운트다운을 했다.

셋, 둘….

"방금 말씀드렸듯이 〈아프텐포스텐〉 지의 에리크 뢰닝 씨를 이 자리에 모셨습니다. 어서 오십시오." 로게르가 말하며 그를 향해 목례했다. 다시 생방송이 시작되었다.

"고맙습니다." 뢰닝이 정중하게 인사했다.

"실제 루벤 이베르센의 살해 장면이 담긴 화면을 입수하셨죠, 맞습니까?"

"그렇습니다." 뢰닝이 고개를 끄덕이며 두 손을 앞으로 포갰다.

"어떻게 된 건지 말씀해주시겠습니까? 우연이었나요? 아니면 돌고 있는 다소 불쾌한 소문처럼 범인이 미리 알려준 건가요?"

"그런 질문은 당장 거부하고 싶군요, 로게르 씨." 뢰닝이 목청을 가다듬었다. "이 영상은 우리가 다른 사건을 취재하던 중 얻게 된 것입니다. 그렇습니다, 우리가 노련했는지 아니면 그저 운이 좋았는지, 그건 시청자들의 판단에 맡기겠습니다만, 다행히, 아주 다행스럽게…." 뢰닝은 시청자와 시선을 맞추기 위해 카메라를 정면으로 응시했다. "우리는 이 사건을 담당하는 경찰 측에 절대적으로 중요한 증거를 내놓을 수 있게 되었습니다. 그들이 고마워해야죠."

"그 사건이…?" 베로니카 모스베르그는 이제 완전히 다른 톤의 목소리였다. 그녀는 깊은 인상을 받은 반면 로게르는 단순히 시기를 했다. 이 업계에서 늘 있는 일이 아니던가? 뢰닝은 여성 뉴스앵커가 사실상 눈빛으로 그를 사로잡으려고 할 때 낄낄 웃음이 나오는 것을 참을 수가 없었다. "그 영상을 시청자들에게 공개하지 않으실 건가요? 우리 모두 알 권리가 있다고 생각하지 않으세요?"

"네, 베로니카." 에리크 뢰닝이 말하고는 목청을 가다듬었다. "아시다시피 이런 사건과 같은 경우, 피해자와 그 가족들뿐만 아니라 음, 국가 전체를 보호하는 것이 매우 중요하다고 생각합니다."

"하지만…." 로게르가 반격을 시작했다.

"이것은…." 뢰닝이 웃으면서 회유의 제스처를 보냈다 "명백한 점은, 저 혼자 또는 〈아프텐포스텐〉 신문사 편집국이 단독으로 결정할 문제가 아니라는 겁니다. 아시겠지만, 우리는 경찰 그리고 관계당국과 긴밀히 협조하고 있습니다. 로게르 씨, 그 점을 생각하면 해답은 명확하지 않습니까? 당신 아들의 살인사건이 텔레비전을 통해 전국적으로 방송되면 좋겠습니까? 저는 단연코 그렇게 생각하지 않습니다." 뢰닝은 모스베르그에게 윙크를 보낸 뒤 물을 한 모금 마셨다.

"그런데," 모스베르그가 말을 이어나갔다. "노르웨이처럼 작은 나라에 사는 우리가 일년도 안 되어 또다시 연쇄살인범을 보게 될지도 모른다는 우려에 대해서는 어떻게 생각하시나요? 우리나라에 무슨 일이 일어나고 있는 걸까요?"

"네, 베로니카." 뢰닝이 말을 하려는데 로게르가 그의 귀마개를 손가락으로 누르는 바람에 말소리가 끊겼다.

"뢰닝 씨, 여기에서 잠깐 중단해야 할 것 같군요. 방금 이 분야의 최고전문가로 알려진 스웨덴 스톡홀름의 범죄소설가 겸 범죄학 전문가 요하킴 페르송 교수님과 연결되었습니다. 페르송 교수님, 반갑습니다. 인터뷰에 응해주셔서 감사합니다."

수염을 기른 중년의 스웨덴인이 앞쪽 스크린에 나타났다.

"뭘요. 제가 고맙습니다."

뢰닝은 고개를 저으며 물을 더 마셨다.

이게 뭐지? 이게 지금 필요한가?

TV2에서 망신을 당하는 것보다 그에게는 더 중요한 일이 많았다. 황송하게도 그가 여기까지 발걸음을 해준 것에 대해, 그들은 감지덕지해야 했다. 그런데 스웨덴 놈을 위해 내 말을 중단시켜?

"여기 노르웨이에서는," 로게르가 계속했다. "살인자가 스릴을 느끼자고 마구잡이로 살인을 저지르는, 이런 현상에 익숙하지 않습니다. 혹시 전문가로서 이런 현상이 무엇을 의미하는지 말씀해주시겠습니까?"

스릴을 위한 살인이라고? 쾌감을 위해 누군가를 죽인다고?

도대체 저런 표현을 어디에서 배웠지?

제법 전문적으로 들렸다, 젠장.

"글쎄요. 아직은 수사 초기라서," 페르송이 대답했다. "그리고 경찰이 무엇을 알고 있는지 저는 알지 못해요. 단지 언론에서 보도한 정보만 갖고 있을 뿐입니다. 하지만 현재 아무 때라도 다시 살인을 저지를 수 있는 범인을 상대하고 있다는 사실에는 의심의 여지가 없다, 이렇게 말씀드릴 수 있습니다."

"무슨 근거로 그렇게 생각하시죠?" 로게르가 물었다.

"모든 게 계획적인 것으로 보입니다." 페르송이 계속했다. "수법은 동일하고, 범행현장은 연출된 것으로 보입니다. 이런 경우 전형적으로…."

뢰닝은 딴데 정신이 팔려 있었다. 자신도 그 용어를 사용해서 기사를 써야 하나….

스릴을 위한 살인?

그는 몇 시간 내에 온라인에 새로운 기사를 포스팅할 것이다. 그들은 지금 지속적으로 기사를 업데이트하고 있었다. 신문은 그 외에 다른 기사는 거의 쓰지 않았다. 소년의 학교와 이웃, 친구들을 취재하려고 현장에 기자들을 파견했다. 피해자 루벤 이베르센은 친구네 집에서 하룻밤 자려고 가던 중, 주유소에서 모페드(모터달린 자전거)에 주유를 하다 실종되었다.

앞서 두 피해자와 10대 소년 간에 어떤 연결고리가 있을까? 지금까지 아무것도 밝혀내지 못했다. 그리고 경찰은 계속해서 부인하고 있지만 모든 살인사건이 계획된 것처럼 보였다.

스웨덴 전문가는 역대 연쇄살인범에 대해, 그리고 그들의 범행 동기에 관해 의견을 말했다.

테드 번디(미국의 연쇄살인범이자 유괴범, 강간범, 주거침입범으로 1970년대에 젊은 여성들을 폭행하고 살인했다).

데이비드 베르코비츠(1976~1977년에 뉴욕시에서 여섯 명의 여성을 살해한 연쇄살인범).

프리 다머(1978~1991년에 밀워키와 위스콘신 주에서 10대를 포함한 17명을 살해한 뒤 시간 및 사체 절단을 하고 인육을 먹기도 했다).

에드먼드 켐퍼(1970년대 초 캘리포니아 산타크루즈 지역에서 활동하며 6명의 젊은 여성들을 살해 후 시간했다. 친할아버지와 친할머니, 그리고 친어머니 또한 그에게 살해당했다).

어쩌고저쩌고. 뢰닝이 예전에 들어본 적이 있는 이름들이었다.

로게르가 혹시 뭔가를 우연히 알게 된 게 아닐까? 살인자가 정말 아무렇게나 피해자를 골랐다고? 그저 쾌락을 느끼고 싶어서 사람들을 죽인 거라고?

이제는 그게 중요했다. 그 점을 이용해야 했다. 연결고리가 없기 때문이다, 그렇지 않은가? 단지 잔인한 우연이었다.

성적인 동기?

묻지마 살인?

쾌락 킬러?

그룽에게 전화를 해야 한다. 뢰닝은 칼라 안쪽이 가려워지는 것을 느꼈다. 그때 스웨덴 전문가가 방송을 마쳤다. 헤드셋을 낀 프로듀서는 다음 TV광고를 위해 카운트다운을 하려고 손을 높이 들었다.

40장

뭉크가 흡연을 위해 발코니로 막 나왔을 때 휴대폰 벨이 울렸다. 그는 화면을 확인하고는 전화를 받기로 했다.

"아, 마리안네, 잘 지내지?"

"내가 묻고 싶은 질문이야." 전에도 수없이 들었던 음성이었다. 그의 전처는 걱정하지 않는 척 위장하려 했지만 실패했다.

"좀 바빠." 뭉크가 말했다. "미리암은?"

"점점 좋아지고 있어. 심리치료사가 어제 그러는데 아주 잘하고 있대."

"잘됐군." 뭉크는 담배에 불을 붙이며 상대의 말을 기다렸다.

"당신 들었어?" 전처가 물었다.

"뭘?"

"결혼에 대해?"

"미리암이 내게 전화했었어." 뭉크는 전화받은 것을 살짝 후회했다. 그때 하루 종일 시내를 뒤덮었던 구름이 걷히며 잠깐 태양이 고개를 내밀었다.

지금 뭉크에겐 딸의 결혼을 생각할 여유가 없었다.

"당신 생각은 어때?" 마리안네가 근심 어린 음성으로 물었다.

"난 나쁠 거 없다고 생각하는데."

"그 남자 만나봤어?"

"아니. 당신은?"

"잠깐 봤어."

"그런데?"

뭉크는 창문 너머로 자신을 기다리고 있는 그뢴리에를 보았다. 뭉크는 고개를 까딱한 다음 손으로 휴대폰을 가리켰다.

"글쎄, 아주 괜찮아 보였어. 미리암이 지기라고 부르는 것 같더라. 집에는 들어오지 않고, 현관 밖에 서 있는 걸 봤어. 미리암은 아직 마리온을 만나게 해주고 싶어하지 않는 것 같아. 미리암의 뜻은 알겠는데, 그래도 결혼을 하겠다니? 이렇게나 빨리. 좀 이른 것 같지 않아, 당신은 안 그래?"

"나도 그래." 뭉크가 대꾸했다.

하지만 뭉크는 제대로 듣고 있지 않았다. 그는 팀원들에게 지시를 하고 수사방향을 재정립해야 했다. 그들은 이베르센의 가족을 우선순위에 둬야 했다. 그리고 쿠르트 방을 아는 사람들에 대한 조사도 해야 하고. 재즈밴드도, 포르투갈인 남자의 전과기록 여부도 살펴야 하고.

"…않아도 될까?"

"미안해, 제대로 못 들었어."

"우리가 걱정하지 않아도 되냐고?"

"미리암은 성인이야." 그륀리에가 다시 창문에 나타났다. "우리가 상관할 수 없는 일이라고 생각해."

"하지만 우리 손녀는 어떡하고?" 전처의 어조가 이제 좀 달라졌다. "우리가 조언을 해야 하는 거 아니야?"

"미리암의 고집을 누가 말려. 무엇보다 중요한 것은 미리암의 행복이야. 당신도 동의하지? 그애는 많은 일을 겪었잖아?"

그륀리에가 사라지고, 태양도 사라졌다. 도무지 올 생각이 없는 이 봄. 뭉크는 더플코트를 단단히 여몄다. 그때 뚜, 소리가 나며 다른 전화가 대기하고 있음을 알렸다.

"내 말이 그 말이야. 그 일이 얼마나 됐어? 6개월도 안 지났잖아? 미리암은 아직 말도 제대로 하지 못해. 게다가 이건 중대한 결정이야. 몸이 좀 더 좋아질 때까지 기다려야 한다고 생각하지 않아? 원상태로 돌아갈 때까지."

"나 가봐야 해." 뭉크가 말할 때 뚜, 소리가 멈췄다. "나 일하던 중이었거든. 내가 결혼식장에 데리고 들어가겠다고 약속했어. 미리암은 그럴 자격이 돼."

잠깐 침묵이 흘렀다. 전처는 더 할 말이 있지만 참는 것 같았다.

"우리도 걱정해야 하는 거 아니야?"

"말했듯이 그건 미리암의 선택이야. 난 그애를 지지해."

"아니, 그것 말고. 우리도 TV로 보고 있어. 당신이 지금 얼마나 바쁜지도 알고 있고. 그 끔찍한 살인자들?"

"알다시피 난 내 일에 대해 말할 수 없어, 마리안네."

"알지. 하지만 그렇더라도?"

"걱정할 거 없어." 뭉크는 자신의 말이 마리안네에게 확신을 주기를 바라면서 이렇게 대답했다. 전화기에서 다시 삐 소리가 나기 시작했다.

"나한테 귀띔해줄 순 있잖아, 안 그래? 우리 조심해야 하는 거지? 마리온을 학교에서 데리고 올까?"

"아니야, 그럴 필요 없어." 뭉크가 대답했다. 그뢴리에가 다시 발코니로 고개를 내밀었다.

"부탁인데 미아 전화 좀 받게. 자네가 다른 전화를 받고 있다고 미아한테 말하기는 했네만." 그뢴리에가 알렸다.

"잠깐만." 뭉크가 속삭였다.

"홀거, 듣고 있어?" 마리안네가 저편에서 그를 불렀다.

"잘 들어, 마리안네." 뭉크가 담배를 한 모금 빨고 나서 말했다. "우리, 미리암이 스스로 결정하게 내버려두는 게 어떨까. 응? 그리고 다른 문제에 관해서는 당신이 평소 생활하던 대로 하면 돼. 걱정할 필요 없어, 알았어? 나 지금 가봐야 해. 나중에 전화할게. 둘에게 안부 전해줘." 그는 전처가 다른 말을 하기 전에 서둘러 전화를 끊고 미아와 통화하기 위해 버튼을 눌렀다.

"제 전화 받지 않기로 하신 거예요?" 미아가 투덜거렸다.

"지금 받았잖아."

"제가 보기에 동일인물이 맞아요."

"무슨 근거로?"

"제가 극장에서 일하는 분장사에게 물어봤어요. 그의 말이, 눈이 똑같대요."

"초상화가가 그린 몽타주를 봤어?"

"네, 동영상에서 캡처한 사진도요. 그들은 형제일 수도 있어요."
미아가 서둘러 말을 이었다. "《사자왕 형제의 모험》처럼요. 하지만,
네, 일단은 동일인이라는 가정 하에 수사를 계속해야 할 듯해요."

"오케이, 사무실로 들어올 거야?"

"아니요. 생각할 시간이 좀 필요해요. 전화 끊어야겠어요. 짜증
나네요. 다른 전화가 와서요."

"계속해서 분발해줘, 알았지?"

하지만 미아는 벌써 전화를 끊은 후였다. 뭉크는 수북한 재떨이
에 담배를 비벼 껐다. 그때 다시 휴대폰이 울렸다. 이번에는 모르
는 번호였다.

"네, 홀거 뭉크입니다."

"여보세요, 홀거." 다정한 목소리였다. "릴리안 룬드예요, 감식반
법의학자. 이렇게 직접 전화를 걸어도 되죠?"

"그럼요, 물론이죠. 무슨 일이죠?"

"사실, 두 가지예요. 우선, 피해자 세 명의 사망원인이 모두 같
다는 점을 알려드리려고요. 에틸렌 글리콜. 이번에는 조금 더 독하
지만, 틀림없어요. 시신에서 다른 점은 발견하지 못했어요. 저항한
흔적도 없고, 손톱 밑에서 아무것도 발견하지 못했어요. 이미 알고
있으시겠지만, 비비안 베르그와 호텔에서 발견된 젊은 남자처럼 루
벤 이베르센도 그래요."

"오케이." 뭉크가 새 담배에 불을 붙였다. "입 안의 상처에 관한

것도 알아냈나요?"

"네." 룬드가 머뭇거렸다. "단지 테스트 결과이지만요."

"그리고요?"

"그게 두 번째예요. 이제 알 것 같아요." 룬드가 조용히 말했다.

"뭘요?"

"왜 그들이 저항하지 않았는지."

"정말입니까?"

"저," 룬드가 목청을 가다듬었다. "규정대로라면 이래서는 안 된다는 거 알지만, 직접 만나서 말씀드리면 어떨까요? 전화로 하는 것보다 그러고 싶어요."

"좋습니다."

"간단히 뭐 좀 먹는 거 어떠세요? 실은 친구와 약속이 있었는데 그 친구가 막판에 취소했어요. 제가 식당을 예약해놨는데 혼자 먹기 싫어서요. 함께 밥 먹을래요?"

"좋습니다. 어디에서요?"

"스시 먹을 줄 아세요?"

"사실 먹지 않지만 예외는 있는 법이니까요."

"좋아요." 룬드가 다정하게 말했다. "알렉스 스시집이에요. 슈브홀멘에 있는. 한 시간 내에 오실 수 있어요?"

"거기서 뵙죠." 뭉크가 말하고 전화를 끊었다.

41장

미리 와서 창가 테이블에 앉아 있던 릴리안 룬드는 뭉크가 도착하자 자리에서 일어났다. 뭉크는 평상복을 입은 그녀를 첫눈에 알아보지 못했다. 수술용 캡과 마스크는 온데간데없었다. 그녀는 머리를 어깨까지 자연스럽게 늘어뜨리고, 흰색 수술복 대신 노란색 원피스에 짧은 회색 울재킷을 입고 있었다.

"어서 오세요. 이렇게 불러내서 미안해요."

"오, 아닙니다." 뭉크가 더플코트의 단추를 풀며 말했다.

"그냥, 혼자 먹게 되어서요. 전 혼자서는 못 먹겠더라고요. 뭔가 잘못된 기분이 들어요. 혹시 저처럼 느끼세요?"

"그렇다고는 못하겠군요." 뭉크가 웃으면서 자리에 앉았다. "음식에 관한 한 '너무 문제가 없다'고들 제게 말하죠."

그때 일본인 여종업원이 조심스럽게 그들의 테이블로 다가와서 메뉴판 두 개를 내려놓았다.

"전 마키를 권하고 싶어요." 룬드가 웃었다. "여기에서 식사를 해보신 적이 없다면, 마키도 드셔보지 않았을 거예요. 제 말은, 모두들 한 목소리로 이곳 마키를 말하지만, 저도 직접 먹어보기 전까지는 그 이유를 몰랐죠. 혹시 알레르기 있으세요?"

"네? 없어요." 뭉크는 기침을 하면서 먼저 집에 들를 걸 그랬다는 생각을 했다. 그는 어제, 아니 그저께 갈아입은 옷을 지금까지 입고 있었다. 혹시 냄새가 나서 다른 손님들에게 폐를 끼칠까 싶어 팔을 들기가 두려웠다. 음, 어쩔 도리가 없었다.

그나저나 뭉크는 상대가 전화로 말하지 못할 정도로 민감한 일이 무엇일지 얼른 알고 싶었다.

"제가 우리 둘을 위해 주문을 해도 될까요?" 룬드가 여종업원을 부르면서 말했다.

"그럼요."

"좋아요." 룬드는 메뉴판을 보지 않고 젊은 여자에게 뭐라고 말했다.

"그래서요?" 테이블에 다시 둘만 남았을 때 뭉크가 말을 꺼냈다.

룬드가 냅킨을 입에 갖다댔다. "다시 한 번 죄송해요. 하지만 직접 만나서 말하는 게 최선이라고 생각했어요."

"말씀드렸듯이 괜찮습니다." 뭉크는 너무 안달하는 것처럼 보이지 않으려고 애썼다.

"테스트 결과는," 룬드가 앞에 놓인 물을 한 모금 마시고 나서 말했다. "솔직히 말해서 제가 두려워했던 대로였어요."

"계속하십시오."

"아니, '두려웠다'는 말은 다소 극단적인 표현이고요. 하지만,

그….” 그녀가 창밖을 힐끗 보았다. “스코폴라민, 히오시아민, 아트로핀이에요.” 매력적인 법의학자가 말하며 다시 그와 시선을 맞추었다.

“그게 무슨 의미인가요?”

“혹시 스코폴라민에 대해 들어본 적 없으세요?”

“글쎄요. 전혀 감이 오지 않는데요.”

“악마의 혀.”

“악마의…?”

“혀요.” 룬드가 고개를 끄덕였다. “사람들이 스코폴라민을 그렇게 부르죠. 이 약물에 대해선 불확실한 게 많아요. 많은 사람들이 미신으로 여기기도 하고요.” 그녀가 헛기침을 하고 나서 말을 이어갔다. “주로 라틴아메리카에서 범죄자들이 피해자를 완벽하게 조종하기 위해 사용하는 것으로 보고되었어요. 노르웨이에는 금지약물 리스트에 올라 있지 않지만, 즉시 효과가 나타날 정도로 강력하다고 알려져 있죠. 극소량으로도 충분해요. 예컨대 짧게 악수할 때 피부 접촉만으로도.”

“우리가 수사하는 사건들에서도…?”

“네, 틀림없어요. 불행하게도.”

“스콜로…?”

“스코폴라민. 노르웨이에서는 산사나무라고 부르는 식물에서 발견되죠. 궁금하면 당연히 식물원에 가면 찾을 수 있어요. 극도의 최면 중독을 일으키죠. 이상하게도 그 이상은 알려져 있지 않아요. 어쩌면 경찰들은 다행이라고 할 테지만요.” 그녀는 다시 한 번 뭉크를 보며 미소를 지었다.

"여기 노르웨이에서도 그것을 구할 수 있나요?"

"그럼요, 쉽게. 어떤 사람들은 아마 기르기도 할걸요."

"그럼 당신 생각에는…?"

"피해자들의 입가에 생긴 수포 말예요." 룬드가 그에게로 몸을 숙이며 말했다. "그래서 제가 샘플을 더블체크했어요. 제 생각에는 그 약물이 그런 반응을 유발해요."

"정말입니까?"

"네, 그것은 독소예요. 잊지 마세요. 과다사용하면 치명적일 수 있죠. 제 생각에 이번에는 직접 노출된 것 같아요. 누군가 틀림없이, 입 속으로 짜넣거나 뭐 그랬을 거예요. 잘은 모르지만."

"그런데 왜 저는 그 약물에 관해 금시초문일까요?"

"제가 말했듯이 너무하다 싶을 정도로 알려져 있지 않아요." 룬드가 머리칼을 쓸어넘겼다. "효과는 뇌의 마비라는 형태로 나타난다고 하더군요. 과학적인 연구도 별로 없고요. 하지만 거리에서 낯선 사람들을 만난 뒤 뭔가에 홀린 것처럼 행동하는 사례들이 보고되었어요. 공격자는 희생자를 집까지 따라가요. 그리고 그의 집을 몽땅 털죠. 또 피해자를 현금인출기까지 걸어가게 한 다음 그의 계좌를 몽땅 갈취하기도 해요. 며칠 후 그 사람들은 재산을 털린 줄도 모르고, 혹은 자신에게 무슨 일이 일어났는지도 모르는 상태에서 깨어나죠. 이해하시겠어요? 의식은 있지만 전혀 존재하지 않는 것 같다고 할까요? 정말로 기이하죠."

"그럼 당신은 피해자들이 중독됐다고 확신하는 건가요?"

"그래요."

"왜죠?"

"스코폴라민, 히오시아민, 그리고 아트로핀이 한꺼번에 함유된 식물이 있어요. 흰독말풀이라고 해요. 노르웨이에서는 쏜애플이라고도 하고."

"맙소사." 뭉크가 중얼거렸다. "도대체 왜 그런 식물을 기르고 싶어하죠?"

"마약에 취하려고요." 룬드가 말하며 눈을 치켜떴다. "LSD와 환각성분이 거의 비슷해요. 아니 오히려 더 강하죠."

"그런데 왜⋯."

"왜 제가 전화로 말씀드리지 않았느냐고요?"

"제가 말하려던 건 그게 아니지만 계속하십시오."

룬드는 헛기침을 하고 창밖을 응시하다 다시 앞에 놓인 물을 한 모금 마셨다.

"자녀가 있으세요?"

"딸이 있습니다. 왜요?"

"제겐 아들이 있어요. 벤야민이라고 하죠, 스물여섯 살. 그 아이는, 뭐라고 말해야 할까? 좀 특이해요. 세상에서 자신의 위치를 찾으려고 고군분투하고 있죠. 제 말이 무슨 뜻인지 아실 거예요."

"당연히 알죠."

"벤야민은," 룬드가 헛기침을 하고 나서 말을 이었다. "음, 제가 말했듯이, 현실에 적응하는 데 좀 문제를 갖고 있어요. 이렇게 말해도 된다면, 천성이 늘 창의적인 아이죠. 너무 개인사를 늘어놨다면 죄송해요."

"아, 아닙니다. 천만에요."

"고마워요." 룬드가 웃으면서 계속했다. "아들은 트론하임으로 갔어요. NTNU에서 인류학을 공부하겠다고요. 제가 보기에는 내키는 대로 선택한 것 같은데, 그걸 누가 알겠어요? 어쨌든 그곳에서 뭐랄까, 제 추측이긴 한데 다소 '대안적인' 사람들과 아파트를 함께 쓰며 살았던 것 같아요. 밴드에서 연주하는 사람들, 뭐 그런 사람들 있죠? 그들이 어디에선가 소문을 듣고 그 지역 식물원에 가서 이 식물을 발견했어요. 그리고 어리석게도 그런 짓을 했어요. 남자아이들은 며칠이 지나서야 의식이 돌아왔는데, 그 사이에 자신들이 무엇을 했는지 전혀 모르는 데다 엉뚱한 장소에서 깨어났어요. 아들이 자기는 하지 않았다고 말했지만, 아실 거예요. 전 아들이 엄마에게 알리기 싫어서 그랬다고 생각해요."

뭉크는 웃음을 감출 수가 없었다.

"왜 그러시죠?" 룬드가 얼굴을 찡그리며 물었다.

"죄송해요. 당신이 전화로 말하고 싶지 않았다고 했을 때 이런 걸 예상하지 못했어요."

"바보 같죠?" 룬드가 엷게 웃으며 말했다. "그냥 제 직업상…, 이해하실 거예요."

"민감한 정보죠, 자기 자식에 관련된 건. 이해합니다."

종업원이 주문한 음식을 가지고 왔다.

"그러니까 우리가 조사하고 있는 게 그거예요." 룬드가 젓가락 포장지를 벗기며 말했다. "악마의 혀."

"당신 말이 맞다면 우리가 의문을 품은 많은 부분에 대한 해답이 될 수 있겠군요. 그나저나 내가 들어본 적조차 없다는 사실이 믿어지지가 않는군요."

"말했듯이 연구결과는 거의 없지만 라틴아메리카에는 광범위하게 퍼져 있어요. 인터넷 보고서가 믿을 만하다면요."

"그럼 거기선 불법이 아닌가요?"

"현재까지는요. 하지만 불법이 되는 것은 시간문제예요. 그런데 당신은 젓가락으로 먹을 필요 없어요."

"정말입니까?"

룬드가 키득거렸다. "원하지 않으면요. 일본에서도 많은 사람들이 손으로 먹어요. 실수를 두려워하는 것, 그게 전형적인 노르웨이인이죠. 초록색 나는 건 와사비예요. 그걸 간장과 섞어서 먹어요."

"오케이."

"이런, 죄송해요. 맥주라든지 뭐 마실 것에 대해 묻는다는 걸 깜빡했네요."

"술은 마시지 않습니다."

"전혀요?"

"음, 한때는 마셨죠. 하지만 나 자신을 위해 끊었어요."

"이런 어쩌나. 제 이상형에요." 검은 머리의 법의학자는 윙크를 한 뒤 물컵을 들어 건배를 했다.

42장

미아는 술집 로리의 창문을 힐끗 보고 마음을 바꿨다. 그녀가 평소에 앉는 칸막이 테이블은 다른 손님이 차지했고, 바에는 사람들이 너무 많았다. 오슬로의 거리에는 어둠이 내려앉았지만 미아는 여전히 잠을 이룰 수가 없었다. 다시 시도해보려고 집으로 갔으나, 계단에서의 서커스는 중단될 기미가 보이지 않았다. 노부인이 고함을 지르고 있었다. 이번에는 잃어버린 애완동물에 대한 것이었다. 혹시 우리 고양이 못 봤어요? 아파트를 나오던 이웃집 남자는 아직 희망을 버리지 않은 듯했다. *휴가 어떻게 됐어요?* 미아는 그의 입술에서 같은 질문이 나오기 전에 자신의 집으로 쏙 들어가 버렸다. 옷을 입은 채로 몇 초 안에 베개에 머리를 뉘었다. 위층의 쿵쿵거림. 남자의 투덜거리는 목소리. 그것과 똑같은 톤으로 응답하는 여자의 목소리. 따분한 일상. 미아는 눈을 감았다. 하지만 머리는 휴식을 거부했다. 세상으로부터 문을 닫을 수 없었다. 그 모든 사람들. 그들의 안전을 지켜주는 것은 언제나 그녀의 몫이었다. 그래야 사람들이 자신의 고양이를 돌볼 수 있었다. 그래야 동생을 도와줄 수 있고, 남편과 다툴 수 있었다. 모든 것은 그녀에게 달렸다. 발레복을 입은 채 산속 호수에서 죽지 않을 거라는 믿음. 수상한 호텔 방 침대나 한밤중 주차장에서 옷을 벗은 채 홀로 죽지 않을 거라는 믿음.

당신의 직업 때문에 아픈 거예요.

당신도 알고 있죠?

당신은 완전히 다른 쪽 일을 해야 해요.

또 다른 정신과의사도 좋은 의도로 말했다. 미아는 그 말들을 무시했다. 하지만 지금 다시, 어둠이 그녀를 덮치려 하고 있었다. 미아는 길을 건너서 또 다른 숨을 곳을 찾아냈다. 술집 쿤스트네르네스. 은신처. 술잔과 스케치북을 앞에 두고 바에 앉아 있는 수염을 기른 남자. 체스판 주변의 세 사람은 말없이 거친 손으로 뜨뜻한 맥주잔을 쥐고 있었다. 미아가 구석자리를 찾아냈을 때 전화벨이 울렸다. 가브리엘이었다. 그녀는 의자에 가방을 내려놓고 전화를 받기 위해 거리로 다시 나왔다.

"2분쯤 시간 되나요?"

"그럼요, 가브리엘. 어떻게 됐어요?"

"임무 완수했어요." 젊은 동료가 말했다. "이걸로 뭘 할 거죠?"

"얼마나 돼요?"

"엄청나게 많아요. 들여다보기 무서울 정도로. 그런데 다소 사적인 거예요. 무슨 뜻인지 알죠?"

"그걸 검색할 방법 방법이 있을까요?"

"무슨 뜻이에요?"

"파일 말예요. 검색어라든지 그런 걸 이용해서?"

가브리엘이 웃었다. "아니요. 이건 데이터베이스가 아니에요. 그냥 수많은 문서예요. 그가 메모한 것을 스캔한 PDF 파일. 검색은 불가능해요."

"하지만 리테르 나름의 시스템을 갖고 있지 않을까요?"

"글쎄요. 환자 모두의 이름을 알고 있다, 그러면 어렵지 않아요. 만약 당신이 나에게 이름을 알려주면 10초 안에 알아낼 수 있어요. 그렇지 않으면 생년월일이라든지 주소, 뭐 그런 것들."

"걱정 말아요." 미아가 말했다. "내가 말했듯이 그저 그 자리에서 떠오른 아이디어일 뿐이니까."

"이름이라든가 아님 다른 거 갖고 있지 않아요?"

"아니요. '칼 오벨린드'라는 이름이 거기 어딘가에 올라 있으면 모를까."

"내가 해봤는데 없었어요. 그건 별명 아닐까요?"

"당분간은 그냥 둬요. 우리가 결국 그것과 관련지을 수 있는 뭔가를 찾아낼 거예요."

"알았어요. 반장님한테 들었죠? 감식반에서 알아낸 마약 있잖아요? 스코폴라민? 비비안 베르그가 호수까지 제 발로 걸어가고, 다른 피해자들이 저항하지 않은 이유가 그것 때문이겠죠?"

"그런 것 같아요." 미아가 뭔가 조급해져서 건성으로 대꾸했다.

그녀는 머릿속에 떠오르는 단서들을 조합하던 순간으로 돌아가고 싶었다.

"정말 무시무시한 물질이에요." 가브리엘이 말했다. "그 살인마가 아무 때나 우리 중 누구에게라도 그럴 수 있다는 거잖아요. 우리 스스로 방어할 수 없게 만들고. 그렇지 않아요?"

"가브리엘, 내가 지금 좀 바빠요. 뭐든 생각이 나면 내가 다시 전화할게요. 괜찮죠?"

"아, 그래요." 가브리엘이 대답하고 전화를 끊었다.

잠을 잘 수만 있다면 무엇이든 했을 것이다. 하지만 미아는 더이상 초조해하지 않기로 했다. 커피 한 잔과 패리스 미네랄워터를 주문하고 가방에서 종이를 꺼냈다. 바 뒤편에서 꼭지를 틀어 마시는 술의 유혹을 외면했다. 술을 마셨으면 훨씬 간단했을 터이다, 그렇지 않은가? 맥주와 야거로 세상의 문을 걸어잠그기. 물론 비겁하지만, 지금은 환영받을 것이다, 인정할 수밖에 없었다.

희멀건 커피지만 참고 마셨다. 미아는 앞에 놓인 종이에 펜을 올려놓았다.

불타는 인형의 집?

단서가 비슷해, 그렇지 않아?

《사자왕 형제의 모험》?

불길에 휩싸인 집?

대나무와 핸드메이드?

이건 관련이 없어.

숫자들?

4? 7? 13?

혹시 생년월일?

아니야.

일곱 중에 네 번째, 13번째.

모르겠어.

아니면 그걸까?

미아는 종이를 거꾸로 돌렸지만 아무것도 떠오르지 않았다. 4월 7일, 7월 4일, 13은 뭐지? 74?

내가 뭔가 알아내려는 걸까?

13번째, 새로운 희생자, 1974?

미아는 맛없는 커피를 한 모금 더 마셨다.

빌어먹을.

맥주 한 잔은 해롭지 않아, 그렇지?

그저 생각을 유연하게 하기 위해?

미아는 욕구를 억누르며 다시 미네랄워터를 마셨다.

수영복.

또 같은 테마야, 그렇지 않아?

물.

얼음.

내가 어떻게 하는지 잘 봐.

만약 내가 틀렸으면 어쩌지? 만약 그게 밤비와 관련이 없다면? 왜 그거여야 하는데? 다른 것일 이유는 얼마든지 있었다.

나 보여?

네 얼굴 바로 앞에서 웃고 있잖아.

내가 하는 걸 볼 수 있지?

아무리 해도 너는 나를 멈추게 할 수 없어.

내가 어떻게 하는지 잘 봐.

미아의 펜이 이제 종이 위를 더 빠르게 움직였다.

피해자 1.

비비안 베르그.

발레복.

의상?

이게 중요해, 그렇지 않을까?

피해자 2.

쿠르트 방.

휴대폰에서 나오던 노래?

'마이 페이보릿 씽즈.'

그의 의상이…, 뭐였더라?

색소폰? 방 전체 장면?

이게 중요해. 미아는 슬슬 오는 것을 느꼈다.

뭔가 감이 잡힐 듯했다.

피해자 3.

루벤 이베르센.

나이? 나이가 중요할까?

수영복은 아무 상징이 없을까?

없어?

물도, 없을까?

더 구체적으로?

봐, 그가 무엇을 입고 있었지?

새 의상?

마인드게임?

미아의 손가락이 이제 종이를 가로질러 더 열심히 날아다녔다.

볼프강 리테르?

정신과의사?

죽음의 댄스….

빌어먹을. 그걸 잊고 있었다.

볼프강 리테르. 다시 그를 만나봐야 할 것이다.

거기에 더 많은 것이 있었다.

미아는 그 이름에 밑줄을 긋고는 이빨로 펜을 씹었다.

클라우스 헤밍?

그가 아직 살아 있을까?

아니, 그것은 불가능해.

미아는 문이 열리는 것도 몰랐다. 그가 테이블 옆에 서 있을 때도 알아채지 못했다. 멀리 안개 속에 있는 그의 얼굴.

"전화기 고장 났어요?" 굵은 목소리가 말했다. 남자는 미아의 맞은편 의자에 털썩 앉았다.

43장

에리크 뢰닝은 밤새 술을 한 잔도 사지 않았다. 다만 한결같은 표정의 새로운 얼굴들이 그 앞에 나타났고, 테이블에는 새로운 술잔이 놓였다. 질투 반, 호기심 반이었다. 또 다른 꾀죄죄한 동료는 그에게서 최신뉴스를 알아내리라는 희망을 품고 단호하게 그의 옆자리로 밀고 들어왔다. 〈네타비센〉 신문사 소속의 누구였다. 이름이 뭐였더라? 뢰닝은 잘 기억나지 않았다. 뭐, 중요하지 않았다. 뢰닝은 살짝 웃으며 진토닉을 들고 베로니카 모스베르그에게 관심을 돌렸다. 그게 여섯 잔째 마셨을 때던가? 그는 세다가 잊어버렸다. 아무튼 그 후로 그녀는 더욱 매력적으로 보였다.

그들은 스토프 프레센에 있었다. 그가 자주 가는 바는 아니었다. 그의 취향에는 너무 서민적이었다. 평범한 시민들을 위한 곳. 편집장은 거의 드나들지 않는 술집이기에 그는 여기에서 시간을 낭비할 이유가 없었다. 하지만 모스베르그가 이곳을 제안했다.

"진짜 그 영상 어떻게 입수했어요?" 모스베르그가 알코올에 빠진 눈으로 물었다.

그녀의 블라우스 단추가 하나 더 풀렸나? 그런가? 그는 인사를 하느라 다른 손을 들어올리며 잠깐 고개를 돌렸다. 그는 눈을 껌벅 거리며 그녀에게 더 가까이 다가갔다. 그가 술잔 위로 불가해한 미소를 지었다.

"알다시피," 그가 한 팔을 소파 등받이 위에 얹으며 말했다. "내 코는 그런 냄새 하나는 기막히게 잘 맡죠. 힘든 일이었어요."

모스베르그가 깔깔 웃으면서 고개를 절레절레 저었다. "아니, 진지하게요. 에리크, 궁금해요. 나한테 말해봐요."

"내 입술이 꽉 붙었어요." 그가 싱긋 웃으면서 손가락으로 입술을 따라 그렸다.

"어서요. 여긴 우리 둘뿐이잖아요." 모스베르그가 윙크를 했다.

"그렇군요." 에리크가 이를 드러내며 활짝 웃었다.

그는 며칠 전에야 치아 미백을 했다. 로드후스플라센에 있는 치과에서. 라미네이트를 할까도 생각했다. 치아를 희고 반짝거리게 유지하는 것은 여간 성가신 일이 아니었다. 그러니 더 영구적인 방법을 선택하는 게 낫지 않겠는가? 만약 그가 TV에 자주 나가게 된다면. 지금 그건 거의 확실한 미래였다. 아찔한 미소를 짓는 게 중요했다. 하지만 당분간 보류하기로 마음먹었다. 일주일 전에 그는 두바이 호텔에 투자하는 몇몇 투자자들과 그들 중 한 명의 아내(아니 정부였던가?)와 만찬장에 있었다. 어쨌든 그녀가 새 이빨을 했는데, 꼭 말처럼 보였다. 그러므로 자신이 갖고 있는 이빨을 당분간 고수하는 게 낫다는 쪽으로 그는 결론내렸다.

뢰닝은 그녀의 부드러운 뺨에 입술이 스칠 정도로 다가갔다. 이제 그녀의 향수 냄새를 맡을 수 있었다.

"내가 조용하고 아늑한 곳을 알고 있죠." 그가 속삭였다.

"정말로요?" 모스베르그가 다시 깔깔대며 빨대를 입에 넣었다.

그때 등 뒤로, 아마도 그에게 술을 더 주려는 듯 누군가가 나타났다. 호기심 가득한 지지자들. 하루 종일 그랬다. 멍청한 녀석들. 그들은 그가 동영상에 담긴 살해 장면을 보여줄 거라고 기대하는 걸까? 어림도 없었다.

"아, 여기예요." 모스베르그가 말하면서 일어났다.

그녀가 새로운 등장인물에게 키스했다.

"에리크, 여기 내 남편 콘라드예요. 만난 적 없죠?"

남편? 뢰닝은 술을 꿀꺽 삼키며 트림이 나오는 것을 참았다. 사내와 악수를 나누기 위해 마지못해 일어섰다.

"콘라드 라르센입니다." 남자가 자기소개를 했다.

슈트재킷, 오픈칼라 셔츠. 빽빽한 수염과 안경.

"만나서 반갑습니다." 뢰닝이 투덜거린 후 자리에 앉았다.

제기랄! 퍼뜩 정신이 들었다.

여섯 잔, 아니 일곱 잔이었나? 그는 겨우 의자를 찾아 다시 앉았다.

"이게 내가 말하는 특종이야." 라르센이 모스베르그의 어깨를 쓰다듬으며 말했다. "댁은 운이 좋았나봐요, 아니면 어떻게 그런?"

이 자는 어디 소속이지, 지금 왜?

아이 귀찮아.

뢰닝은 얼굴에 억지 미소를 흘리며 대충 대답하고 나서 양해를 구했다. 그리고 화장실로 가서 오랫동안 거울에 비친 자신을 바라보았다. 이게 무슨 시간낭비람. 술집에서 노닥거리며 앉아 있기. 그는 자신의 술까지 내주었다. 저 멍청한 년을 위해. 수도꼭지를 틀어서 얼굴에 찬물을 끼얹었다.

그랜드 카페의 바로 가서 샴페인 한 잔?

뢰닝은 비틀비틀 돌아서며 그만 떠날까 생각했다. 그때 바에서 자신을 바라다보는 눈을 발견했다. 칵테일 잔 위의 빨간 입술. 금발. 몸을 별로 가리지 않은 드레스. 그의 나이 또래거나 더 어려 보였다. 몸에 착 달라붙는 드레스에, 초록색 야구모자는 왜 쓰고 있는지. 젠장, 도대체 왜? 스포티하게 보이려는 걸까?

그는 넥타이를 매만진 다음 곧장 바를 향해 걸어갔다.

"무슨 독을 마시죠?" 그가 그녀의 술잔을 가리키며 빙긋 웃었다.

"거의 죽어가고 있죠." 젊은 여자가 농담을 받아쳤다.

"오." 뢰닝이 윙크를 했다. "그럼 우리 함께 할 수가 없겠군요." 그는 바텐더의 주의를 끌려고 했지만 실패했다. 바텐더는 내가 누군지 모르는 걸까?

"여기는 좀 붐비네요, 안 그래요?"

"미안하지만, 뭐라고 했죠?" 뢰닝이 그녀를 돌아다보며 물었다.

"사람이 너무 많다고요."

"그렇군요." 뢰닝이 웃으면서 그녀에게 다가갔다. "그럼 혹시 추천하실 데라도?"

"제가 멀리 살아서요. 당신은 어때요?"

성공.

"저는 저 모퉁이 돌아서 살고 있죠." 그는 웃으면서 의도적으로 그녀의 벗은 팔을 타고 내려가며 손가락을 움직였다.

"뭘 줄 건데요?" 젊은 여자가 킥킥거렸다.

"아, 당신 마음에 드는 거, 아무 거나." 뢰닝이 추파를 던졌다.

"2분만 기다려줘요."

초록색 야구모자를 쓴 여자는 그의 팔목을 가볍게 만지면서 윙크를 하고는 여자화장실을 향해 우아하게 플로어를 걸어갔다.

44장

"미안해요." 욘 볼드가 말했다. "업무 중인 건 알지만, 몇 번이고 당신에게 전화를 했어요. 우리의 대화에 대해 생각해봤어요?"

그가 코트단추를 풀고 가죽장갑을 벗어 테이블에 내려놓았다.

"이봐요…." 미아는 좌절했다.

제대로 가고 있었다. 뭔가 실마리가 잡힐 듯했다. 거의 잡으려는 찰나였다.

"이해해요." 볼드가 달래려는 듯 손을 들고 말했다. "바쁜 거 알아요. 하지만 이건 중요해요."

"신문 못 봤어요?" 미아가 발끈하며 그를 노려보았다.

"물론 봤죠. 하지만 이 문제가 절실하지 않았으면 여기에 오지도 않았을 거예요. 뭣 좀 마실래요? 커피 한 잔 더? 아니면 맥주?"

"됐어요." 미아가 쏘아붙였다. "그런데 이것 봐요."

"알아요, 알아. 5분이면 돼요. 그 다음엔 귀찮게 하지 않을게요. 난 당신이 협조할 것인지 말 것인지 알기만 하면 돼요. 이게 당신의 원칙에 맞지 않는다는 거 알아요, 미아. 당신의 팀이에요, 친구이기도 하고, 내가 아는 바로는. 알아요. 하지만 우리가 지금 말하는 사람은 중요한 수입업자예요. 결국 사람을 거리에 나앉게 만드는 헤로인 수입업자. 그리고 나 또한 여기에 내 명성을 걸고 있어요. 이해해요, 미아 크뤼거? 우리가 그녀를 믿을 수 있을까? 그 여자가 혹시…?" 그가 희미하게 웃었다.

"계속해요." 미아가 말했다. "그 여자가 어떻다구요?"

"당신도 알 거예요." 볼드가 말했다. "당신의 파일. 엄밀하게 따져서 당신이 모범시민은 아니잖아요?"

"무슨 뜻이에요?" 미아가 냉랭하게 물었다.

"난 읽은 내용을 말할 뿐이에요." 볼드가 달래는 어조로 계속했다. "다른 사람들의 생각을요. 내 말은, 용의자를 총으로 쐈죠? 여러 번 정직을 당했고? 그가 당신에 대해 뭐라고 썼더라?"

"누구요?"

"미켈손? 그 사람이 당신의 열혈 팬은 아니잖아요?"

"이봐요."

"미아." 볼드는 미아를 진정시키기 위해 짐짓 목소리를 꾸몄다. "내가 한 말은 아니에요, 알잖아요? 나는 당신을 추천한 사람이에요, 잊지 말아요. 나한테 화풀이하지 말아요. 이 일은 내부에서도 쉬쉬하고 있어요. 미아 크뤼거한테 우리가 하는 일을 말한다고? 모험을 걸어본다고? 그녀한테, 가장 친한 동료가 마약을 한다고 말할 거란 말이야? 나는 지금 적잖은 위험을 무릅쓰고 있어요. 당신이 이 점을 알았으면 좋겠어요."

미아는 갑자기 맥주가 당겼다.

"좋아요." 그녀가 한숨을 쉬며 미네랄워터를 한 모금 마셨다. "나한테 뭘 원하는 거죠?"

"쿠리." 그가 여종업원을 불러 커피 한 잔을 주문했다.

"나는 당신이 틀렸다고 확신해요. 당신이 알고 싶은 게 그거죠?"

"아니요. 난 당신이 기꺼이 우리와 함께 할 것인지 알고 싶어요. 적어도 우리가 틀렸다는 것을 증명하기 위해서라도."

"지난번에 내 말 못 들었어요?" 미아가 다시 한숨을 내쉬었다. "쿠리는 아니에요. 그는 뼛속까지 경찰이에요. 자기 영혼을 함부로 팔 사람이 절대 아니라고요."

"아마 예전의 쿠리라면 그랬겠죠." 볼드가 말했다. "하지만 요즘 쿠리라면 어떨까요? 그가 최근에 어땠죠? 멀쩡한 정신으로 정시에 출근하던가요?" 볼드는 커피잔을 들어 커피를 맛보면서 얼굴을 찡그렸다. "그의 새 여자친구 만나본 적 있어요?"

미아가 고개를 저었다.

"루나 뉘비크? 스물한 살. 레게 머리스타일? 바텐더?"

"말했잖아요, 아니라고."

볼드가 코트 안으로 손을 넣어 사진을 꺼내더니 테이블을 가로질러 사진을 내밀었다.

"지난 여름 오슬로 공항이에요. 방콕에서 막 도착했죠. 우리는 그녀를 통해 먹이사슬의 꼭대기를 밝혀내려고 무사통과시켰어요. 그런데 안타깝게도 그녀를 놓치고 말았죠."

"그런데 쿠리가 그녀의 남자친구라는 거죠? 그게 어때서요?" 미아가 사진을 도로 물리며 말했다. "우연의 일치예요. 당신은 그 사건에 대해 잘 아는 것 같지도 않네요."

"만약 우리한테 확신이 없었으면 내가 당신을 찾아오지도 않았을 겁니다, 그렇지 않겠어요? 우린 거의 다 왔어요, 실제로. 변호사인 로렌트센. 그 자도 관련이 있죠. 그에 대해선 의심의 여지가 없습니다. 그 자는 돈세탁을 해요. 케이만 군도에 회사를 가지고 있죠. 그 자는 적절할 때 체포를 할 거예요. 그런데 수뇌부에서 우리 내부에 있는 끄나풀을 원해요. 헤로인이 넘쳐나는 거리를 책임지는 경찰관이라? 누구에게도 좋아 보이지 않죠, 안 그래요?"

"난 보다시피 바빠요. 그리고 쿠리라고도 생각하지 않고요. 됐어요? 다른 데 가서 찾아보세요. 그러니까, 아니라고요. 이제 그만 좀 할 순 없나요?"

잘생긴 요원은 한동안 말이 없었다. 그가 자신의 어휘를 신중히 고르는 듯하더니 마침내 결심한 듯 다시 입을 열었다. "그래요. 물론 다른 사람을 접촉할 수도 있어요. 하지만 당신을 선택한 이유는 또 있어요. 내 말이 무슨 뜻인지 알겠어요?"

"아니요."

"헤로인?" 볼드가 다시 미아에게 몸을 가까이 기울이고 말했다.

그의 체취가 미아에게 전해졌다. 뭔가를 떠오르게 하는 냄새였다. 여름. 바위. 옛 남자친구.

"무슨 말이에요?"

"진짜 모르겠어요?"

"그래요, 진짜. 당신이 무슨 말을 하는지 모르겠어요."

볼드는 자신의 턱을 매만졌다. 그리고 미아를 곁눈질했다. 그 눈빛이 닮아 있었다. 일종의 따뜻한 호기심. 그때 미아는 수영복을 입고 있었다. 타월을 뒤집어쓴 채 섬에서 뜨거운 햇살을 받으며 키득거렸다. 그의 이름이 뭐였더라?

"들어봐요. 다른 사람들은 반대했어요. 그들은 다른 사람들 중 하나를 접촉하는 게 낫다고 생각했어요. 그뢴리에라든가 골리. 하지만 나는 당신을 선택했고, 직접 부탁해보겠다고 했어요."

"와, 감동이네요. 엄청나게 고맙군요." 미아가 빈정거렸다.

"그런 뜻으로 말한 게 아니에요. 난 그저, 당신이 적임자일 거라고 생각했어요. 왜냐하면 당신은 이미 연루됐으니까."

"뭐라구요?"

"몰랐어요? 당신 여동생에 대해?" 볼드가 진심으로 놀란 듯 물었다.

그녀의 배 속에서 스멀스멀 기어 올라오는 짐승 한 마리.

"아니요."

미아의 입 안이 바짝바짝 탔다. 주변의 방이 갑자기 쪼그라들었다. 체스 선수들은 일어나서 자리를 떠났다. 바에 있던 예술가는 그녀를 돌아다보았다.

어서 와, 미아, 어서 와.

"미아? 괜찮아요?"

"네." 미아가 중얼거리며 생수를 한꺼번에 마셨다.

"뭐 좀 마실래요? 괜찮아요?"

"괜찮아요."

"당신은 몰랐군요?"

"뭘요?"

"우리는 그녀가 최일선에 있었다고 생각할 만한 근거를 갖고 있어요." 볼드가 테이블 위로 두 손을 맞잡으며 말했다.

"최일선이라니, 무슨?"

"마약운반책요. 그게 이유예요. 이제 알겠어요?"

"그래서 나를 선택했단 말이에요?"

"그래요."

"그 말을 믿으라구요?"

"물론 믿고 안 믿고는 당신 마음이에요." 볼드가 희미하게 웃었다. "하지만 생각해봐요. 왜 죽었을까요, 시그리가? 그녀가 정말로 스스로 과량을 주사했을까요?"

미아는 맥주통의 꼭지를 힐끗 보았다.

"마르쿠스 스코그? 그녀는 그를 위해 마약을 들여왔어요. 우리는 모든 게 관련이 있다고 생각해요. 난 당신도 아는 줄 알았어요. 그래서 내가 당신한테 온 거예요."

맥주.

"아니요." 미아가 잘라 말했다. "난 몰랐어요."

그가 미아의 팔찌를 힐끗 보았다. "전혀? 아무것도? 내 말은…?"

야거.

미아에겐 지금 뭔가가 필요했다.

"왜 그러죠?" 미아가 물었다.

"당신 팔찌 말이에요?"

"네?" 미아가 테이블에서 손을 들며 조용히 물었다.

미아는 팔찌가 피부를 간질이는 것을 느꼈다.

하트 모양 앵커와 이니셜.

너는 내 것 가지고 나는 네 것을 가질까?

"이거요?"

"그래요."

"이게 어쨌다는 거죠?"

"그런 소문이 있었죠." 볼드가 진지하게 이야기했다. "또 다른 운반책인 중년 여인이 있었어요. 이름은 세실리에인데, 소문에 의하면 그녀가 그 자리에 있었다더군요."

"어디요?"

"당신 여동생이 죽었을 때. 사람들 말이 그 여자가 당신 것과 비슷한 팔찌를 가지고 시내를 돌아다녔다고 해요." 볼드가 미아의 손목을 향해 고갯짓을 했다. "뭔가를 구하려고. 아마 그걸 돈과 바꾸려 했겠죠. 확실하지는 않지만."

"다시 말해봐요, 그녀의 이름이 뭐라고요?" 미아가 물었다. 미아는 주변의 사물들이 사라지는 느낌이 들었다.

"세실리에. 사람들은 시세라고 부르죠. 그녀의 성까지는 몰라요. 마약중독자죠. 나이는 마흔 살쯤 됐고, 금발에 빨간색 푸파재킷 차림. 유감스럽게도 우리가 아는 건 거기까지예요. 난 아직도 믿을 수가 없는 게, 그들이…."

알약. 마취약. 아무 거든.

종류는 문제되지 않았다.

잠깐이라도 무감각해질 필요가 있었다. 미아는 한 손을 들고 상대를 안심시키기 위해 미소를 지어 보였다.

"알겠어요, 고마워요. 그리고 지금 당장 가줬으면 고맙겠어요."

"물론이죠." 볼드가 고개를 끄덕이고 자리에서 일어났다. "하지만 협조해줄 거죠?"

"알았어요."

그를 떠나게만 할 수 있다면 무엇이든.

"내 전화번호 알고 있죠?"

"그래요."

"연락해줄 거죠?"

"뭐라도 알게 되면 즉시 연락할게요."

"고마워요. 협조해줘서 정말 기뻐요. 진심이에요."

"대단해요." 미아는 눈앞 허공을 가로질러 손을 내리며 말했다.

볼드는 코트를 입고 두 손가락을 이마에 갖다 댄 다음 문을 향해 걸어갔다.

미아는 그가 완전히 사라질 때까지 기다렸다. 떨리는 손으로 재킷 안에서 휴대폰을 꺼낸 후 샤를리에 브룬의 전화번호를 찾았다.

PART 4

45장

파울 말리 신부는 아침 미사를 마치고 고해실에 갈 때 조급증이
났다. 어제도 두 시간 동안 혼자 앉아 있다가 돌아왔다. 청년은 오
지 않았다. 말리 신부는 쉽게 포기하지 않을 태세였다. 솔직히 그
는 약간 실망했다. 며칠 전만 해도 전혀 달랐다. 그는 고해성사 시
간을 늘렸고, 그 덕에 누군가는 고해실에 올 기회를 잡았다. 게다
가 신부는 자신을 정말로 필요로 하는 사람이 나타났다고 생각했
다. 한 번도 고해를 한 적 없는 새로운 신도.

제 형에 관한 겁니다.

말리 신부는 만반의 준비를 했다. 전날 밤 늦게까지 성경을 다시
읽으며 형제에 대한 인용문을 찾았다. 형제를 사랑하는 것에 대하
여. 이웃을 사랑하는 것에 대하여. 남을 위해 나 자신을 희생하는
것에 대하여. 꿈속에서도 간절한 청년의 목소리가 그를 따라왔다.
얼굴에 햇살이 비쳐 잠에서 깨어났을 때, 누군가 그에게 말을 거는
듯 이상한 느낌이 들었다. 주님이었을까? 분명치는 않지만 그럴 수

도 있었다. 주님은, 주님의 인도가 필요한 이 불쌍한 양에게 용기를 준 신부의 행동을 칭찬했다. 성모님은 얼굴에 환한 미소를 머금은 채 하프를 쥐고 구름 위에 앉아 있었다. 그래서 그는 한동안 정신을 차릴 수가 없었다. 왜냐하면 알람이 꺼진 후에도 하얀 베개에 머리를 누이고 있을 때, 스스로 다시 태어난 듯 느껴졌기 때문이다. 아침식사도 뜨는 둥 마는 둥 했다. 그 정도로 고무되었다.

하지만 아무도 오지 않았다.

나는 너를 위해 여기에 있다. 매일 아침.

네가 그걸 알았으면 좋겠다. 준비가 되면 나에게 오라.

내일 오려나? 왜 그는 오지 않을까?

실망감이 밀려왔다. 인정할 수밖에 없었다. 정신은 딴데 가 있었지만, 그럼에도 오늘 아침 미사를 무사히 집전했다.

그 청년이 오늘은 나타날까? 문득 그리스도교 사제답지 못한 생각이 들었다. 만약 그가 오늘도 나타나지 않으면 도대체 얼마나 기다려야 할까? 신부는 사제복 소매를 올려 시간을 확인했다. 어쩌면 이렇게 거창한 약속을 한 게 어리석었는지 모른다.

말리 신부는 한숨을 내쉬며 손가락으로 허벅지를 가볍게 톡톡 쳤다. 딱딱한 나무의자가 불편했다. 은근히 화도 났다. 그는 지금 거의 한 시간째 앉아 있었다. 마흔넷의 성직자가 이제 포기하자고 마음먹었을 때였다. 교회 바닥을 걸어오는 발소리가 들렸다. 이윽고 격자 칸막이 맞은편으로 어떤 형체가 비쳤다.

"신부님." 청년이 웅얼거리고는 조심스럽게 문을 닫았다.

환호하는 트럼펫과 바순들. 그가 왔다.

"형제여." 말리 신부가 나직하게 성직자다운 음성으로 말했다. "돌아오는 길을 찾았습니까?"

격자 칸막이 뒤편에서 잠깐 침묵이 흘렀다. "솔직히 확신이 없었습니다. 하지만 제가 옳은 일을 하고 있다고 믿습니다. 제가 여기 올 거라고 믿어주신 신부님께 감사드립니다."

나에게 감사한다고? 말리 신부의 가슴이 훈훈해졌다.

"주님과 성모님께 감사드리십시오." 신부가 온화하게 말했다. "우리 모두 하느님의 한낱 종입니다. 나는 아무것도 아닙니다. 나는 단지 형제님을 위해 여기에 있을 뿐입니다."

"어쨌든 고맙습니다." 청년이 말했다. "제가 생각을 많이 했습니다. 그리고 결심이 섰습니다."

"그래요?" 말리 신부가 호기심을 보이며 물었다.

"신부님에게 모두 말씀드리겠습니다."

"나를 믿으세요." 말리 신부는 차분하게 대응했다. "이 방에서는 오직 주님의 눈으로만 심판하십니다."

"심판이라고요?"

신부가 헛기침을 했다. "'심판'이 아니라 '보신다'는 뜻입니다. 이 방에서는 주님만이 우리를 보고 계십니다."

"만약 주님이 보시고 마음에 들어하지 않으시면 어쩌죠?"

"자," 말리 신부가 격자 가림막 가까이로 몸을 숙이고 말했다. "아무도 그대를 심판하지 않습니다. 그 말은 잘못 나왔습니다. 이곳에는 형제님과 나만 있습니다. 다른 사람은 없어요."

신부는 몸을 뒤로 젖힌 채 기대감으로 부풀어서 기다렸다.

"네. 좋습니다, 신부님." 익명의 목소리가 마침내 말했다. "저는 누군가에게 말해야 한다고 생각합니다. 이것이 실수가 아니기를 빕니다. 그리고 누구도 다치지 않기를."

"주님이 그대의 이야기를 듣고 기뻐하실 겁니다." 말리 신부는 너무 안달하는 것처럼 들리지 않기를 바라며 덧붙였다. "또한 그대가 어떤 고통을 받고 있든, 연민과 이해로 받아들이십니다."

건너편에서 다시 침묵이 흘렀다. 그러다 마침내 이야기가 시작되었다. "용서해주십시오, 신부님. 저는 죄를 지었습니다. 저는 아무한테도 말하지 않았습니다. 그런데 더 이상 견딜 수가 없습니다. 가슴이 너무도 무거워서 누군가에게 말해야 할 것 같습니다."

말리 신부는 확신할 수 없지만, 가림막 뒤에서 조그맣게 흐느끼는 소리를 들었다고 생각했다.

"형제님, 와주어서 기쁩니다." 신부가 차분하게 말했다. "무슨 말을 하든, 주님은 기꺼이 들어주십니다. 어두운 짐은 가벼운 심장이 감당하기에는 너무 무겁습니다." 이 마지막 구절을 성경에서 인용했는지 아닌지 기억나지 않았지만, 제대로 말한 것 같았다.

"네, 신부님. 저희 집은 모든 게 어둡습니다." 낯선 이가 속삭이듯 말했다. "하지만 그게 제 잘못은 아니잖습니까?"

그가 떨리는 입술 뒤로 흐느끼고 있었다.

"그럼요, 절대로 아닙니다." 신부는 가림막에 다가가 앉았다.

칸막이를 치우고 용감한 청년을 와락 안으면서 그가 혼자가 아님을 알려주고 싶은 충동이 일었다. 다만 가까이 들리는 자신의 따뜻한 목소리가 같은 효과를 내기를 빌었다. 불쌍한 청년.

"저에게 얼마나 시간이 있나요?" 울먹이는 그 음성이 물었다.

"필요한 만큼 하십시오. 나는 세상의 시간을 모두 가졌습니다."

"고맙습니다." 젊은이가 코를 훌쩍이더니 다시금 조용해졌다. "무슨 말부터 시작해야 할지 정말 모르겠습니다." 그리고 덧붙였다. "정말 끔찍합니다."

"뭐가 끔찍하지요?"

"그 얘기를 하는게요. 제 형에 대해. 아직도 제가 형을 실망시키는 것처럼 느껴집니다. 하지만 계속 이대로 살 수는 없습니다. 이해하시죠?"

"그럼요."

"제가 무슨 이야기부터 할까요?"

"무슨 이야기부터 해야 한다고 생각합니까?"

"불인 것 같네요." 주저하던 그 목소리가 말했다.

"계속하세요." 말리 신부가 다독였다. 검은 사제복 안에서 심박동이 조금씩 빨리지는 것이 느껴졌다.

"아니, 어쩌면 사슴요." 젊은이가 웅얼거렸다. "잘 모르겠어요."

"필요하면 천천히 하십시오. 방금 말한 불이 무엇이지요?"

"우리 모두, 그날 죽었습니다. 하지만 우리의 어떤 것은 여전히 살아 있죠. 제가 신부님을 믿어도 되겠죠? 모든 걸 털어놓아도요."

"물론입니다." 신부는 격자 가로막으로 좀 더 다가갔다.

46장

처음에 그는 집에 있었다. 그리고 언제부턴가 그는 집에 있지 않았다. 처음에는 초록색 야구모자를 쓴 여자도 거기 있었다. 그 후 그녀는, 원숭이로 변했던가? 에리크 뢰닝은 TV를 껐다. 그런데 그는 리모컨을 들고 있지 않았다. …그게 바나나였나? 원숭이로 변한, 초록색 야구모자를 쓴 여자는 그에게 바나나를 주었다. 사방 벽의 색이 갑자기 바뀌었다. 그의 아파트는 반짝이 미러볼이 되었다. 아니, 그건 틀렸다. 그는 집에 있지 않았다. 다른 어딘가에 있었다. 그랬다. 집에 있는 줄 알았는데 이제 보니 집이 아니었다. 오래 전 그의 집이었다. 1999년. 그가 겨우 열네 살이었을 때였다.

벽에는 백스트리트 보이즈의 포스터가 붙어 있었다. 닉, 케빈, 에이제이, 하위 그리고 브라이언. 그는 폐가 아팠다. 아픈 게 틀림없었다. 초록색 야구모자 여자는 어디론가 가버렸다. 그녀는 마법 지팡이를 휘두르며 그의 아파트를 떠났다. '해리포터'에 나오는 헤르미온 그레인저. 아브라카다브라. 엄마는 어디에 있을까? 부엌에서 소리를 내고 있는 게 엄마인가? 그의 침대 끝에 앉아 머리에 발라클라바(눈만 내놓고 귀까지 덮는 모자) 두건을 쓰고 있는 게 엄마인가? 스카우트 칼을 들고? 토레 삼촌이 준 칼? 나를 가지고 노는 짓은 그만해. 이번 금요일 아스케르의 청소년센터에서 댄스파티가 열렸다. 댄스. 그는 왜 그렇게 긴장했을까? 왜 사방의 모든 게 흐릿해졌지? 영화가 미친 속도로 재생되다가 모든 게 엉망이 되어버린 것처럼? 엄마가 나를 꽁꽁 묶은 게 그것 때문이었을까? 내가 떨어지지 말라고? 침대가 천장에 붙어 있어서 그랬을까? 그는 말을 하려고 했지만 옛날 다이빙을 하던 집 아래 선착장에 정박해 있던 커다란 요트가 입에 테이프로 붙어 있었다.

에리크 뢰닝은 눈을 떴다.

두건 쓴 사내가 침대 발치에 앉아 있었다. "깨어났군?"

"뭐야?" 뢰닝이 말했지만 입에서 소리가 나지 않았다.

그의 입에는 테이프가 붙어 있었다.

처음에는 그 사실을 인식하지 못했다.

어떻게 된 거지?

그래서 두렵지 않았던 것이다.

하지만 그 순간…. *그게 왔다, 두려움.*

"깨어났어?" 두건 쓴 사내가 말하고 나서 그의 발바닥을 뭔가로 찔렀다.

오, 하느님.

그는 통증을 가까스로 참았다.

공포에 질려 까무러치지 않으려고 안간힘을 썼다.

빌어먹을!

오, 제발, 하느님. 안 돼요.

누군가 그를 침대에 묶었다. 손과 발도 묶었다. 그는 트렁크팬티 말고는 나체였다. 입에는 테이프가 붙어 있었다. 발바닥은 두건 쓴 사내를 향하고 있었다. 사내의 한 손에 커다란 칼이 들려 있었다.

"내 말 들리나?" 검은 눈의 사내가 다시 발을 찌르며 물었다.

고통스러웠다. 어찌나 크게 울부짖었던지 머리가 터질 듯했다. 그러나 여전히 소리는 입 밖으로 나오지 않았다.

"이제 깨어났어?" 세 번째로 물었다.

뢰닝이 고개를 끄덕였다.

"좋아." 그의 눈이 말했다. 목소리는 차분했다. "말하는 거 좋아하지, 그렇지? 주목받는 거 좋아하지?" 사내는 손으로 작은 인형을 만들어서 그것을 가지고 노닥거렸다. "나 봐, 나 TV에 나온다, 나는 비밀을 알고 있어, 나는 특별한 존재야."

그는 지금 어마어마한 곤경에 빠져 있었다.

"우리가 아프가니스탄에서 어떻게 했는지 알아? 말하기 좋아하는 놈들한테?"

뢰닝은 칼끝이 다시 발바닥에 닿는 것을 느꼈다. 그의 몸이 움찔했다. 방이 빙빙 돌기 시작했다.

아으윽!

그는 잠깐 블랙아웃됐던 게 틀림없었다. 왜냐하면 눈을 떴을 때 두건 쓴 사내가 그를 굽어보고 있었기 때문이다.

그는 그 냄새를 알아차렸다.

그를 깨우려고 세게 때렸던 가죽장갑 냄새.

그리고 뭔가 시큼한.

"이제 나한테서 사라지지 마, 알았어?" 두건 쓴 사내가 침대 발치로 돌아왔다. 구멍을 통해 보이는 검은 눈동자. "내 말 알아들었으면 고개를 끄덕거려."

뢰닝이 고개를 끄덕였다. 마치 자기 목숨이 거기에 달린 듯.

"좋아. 다시 정신 나가지 마, 알았지?"

뢰닝이 열렬하게 고개를 끄덕였다.

"좋아. 넌 개새끼야, 맞지? 멋지게 차려입고 여기저기 TV에 나오면서 모든 관심을 훔치지?"

뢰닝은 진심을 다해 고개를 끄덕였다. 그는 자신에게서 나는 악취를 느꼈다. 그는 겨드랑이에서 나는 냄새가 두려워지기 시작했다.

오, 하느님. 제발.

젠장, 젠장.

"좋아." 두건을 쓴 사내가 고개를 끄덕였다. "하지만 넌 이제 나의 개새끼야. 난 임기응변에 능해. 물론 계획 세우는 것을 좋아하고. 그게 나의 강점이지. 하지만 내가 원하면 즉흥적으로 할 수 있다고. 알겠어?"

뢰닝은 마지막 질문에 대답을 해야 할지 말아야 할지 판단이 서지 않았지만 그저 고개를 끄덕였다. 천장의 불빛이 눈을 찔렀다. 그의 육체는 난생 처음 극도로 예민해져 있었다. 사내가 허공에서 칼을 들고 있는 걸 분명히 눈으로 보고 있는데도, 발바닥에 차가운 칼날이 닿는 듯한 느낌이 계속 들었다.

"너 개새끼지?"

뢰닝이 필사적으로 고개를 끄덕였다. 자신의 체취가 점점 더 강해져서 구역질이 났다.

"좋아." 그의 눈이 말했다. "다른 때 같았으면 널 죽였을 거야. 하지만 이 개새끼를 뭔가에 이용할 수 있을 거라고 생각했지. 즉석에서 생각해낸 거야. 똑똑하지 않아?"

두건 아래쪽 구멍으로 미소 비슷한 모양이 만들어졌다.

뢰닝은 죽어라 고개를 끄덕였다.

"알아." 사내가 말했다. "난 똑똑해. 그들은 자기들이 비난받지 않고 잘 처리했다고 생각했을 거야, 안 그래? 음, 지금은 그렇게 보이지 않는데, 안 그래?"

뢰닝의 뇌는 초과 작동 중이었지만 끈끈한 당밀 속을 걷는 것처럼 느렸다.

아프가니스탄?

잘 처리해?

뭘?

뢰닝은 만약을 위해 안전한 쪽에 있으려고 고개를 끄덕였다.

"라슈카르가Lashkar Gah(행정구역상 아프가니스탄 헬만드 주에 속한 도시이자 주도—옮긴이)." 그 목소리가 나지막이 물었다. "그게 어디에 있는지 알아?"

뢰닝이 격렬하게 고개를 저었다.

"모르는군. 모를 거야, 그렇지?" 두건 쓴 사내가 가볍게 으쓱했다. "누군가 조국을 위해 목숨을 바치면, 어떤 대가를 받을까? 내가 가슴에 훈장을 달고 뉴스에 나왔을까? 너 퍼레이드 본 적이 있어? 아이들이 깃발을 흔들고 브라스밴드가 연주하고? 천만에. 내가 추측하기에 그들은 모두가 잊기를 바랐어. 그들은 나를 지하실에 가두고 감췄어. 아무 일도 일어나지 않았던 척 했지."

사내가 다시 눈을 가늘게 뜨고 바닥에 노골적으로 침을 뱉었다.

"아니, 이제는 내 시간이야." 그는 장갑 낀 손을 군복주머니에 넣어 종이 한 장을 꺼냈다. "이거 보여?"

뭐라고 적혔는지 볼 수 없었지만 뢰닝은 고개를 끄덕였다.

"넌 이걸 받아서 그들에게 주는 거야, 오케이? 네가 일하는 곳에 있는 사람들 말고 윗대가리들. 곧장 꼭대기로 가라고. 알았어?"

뢰닝은 다시 고개를 끄덕였다. 어제 마신 알코올이 이제 위에서 올라오고 있었다.

"좋아." 구멍으로 웃는 입이 보였다. 사내가 일어섰다.

그가 벽으로 돌아서서 칼로 벽지를 찢었다.

에리크 뢰닝은 칼날이 벽지를 마구 갈기는 것을 보았다. 두건 쓴 사내는 그에게 다가와 침대에 묶은 한 팔을 풀어주었다. 얼마 후 뢰닝의 귀에는 멀리 어딘가에서 현관문이 쾅하고 닫히는 소리가 들려왔다. 그는 떨리는 손가락으로 입에 붙은 테이프를 떼어낸 다음 침대 너머로 쓰러졌다.

그러고 나서 온 바닥에 구토를 했다.

47장

일바, 루드비와 비상상황실로 들어온 가브리엘은 나이든 수사관이 그토록 짧은 시간에 벽에 붙여놓은 수많은 정보를 보며 감탄하고 있었다. 수많은 사진들 아래 각각의 이름이 표기되고 인물 간 관련성을 강조해놓았다. 그리고 그 안에 문제가, 그들이 멀리 나아가지 못한 채 엊저녁부터 풀기 위해 노력해왔던 문제들이 있었다.

연관성. 어떤 연관성도 없어 보였다.

"연결고리를 찾아야 해요." 일바가 한숨을 내쉬며 안경을 벗었다. 그녀는 눈을 비비며 하품을 참았다.

"나도 일바 의견에 동의해." 그륀리에가 말하고 나서 알록달록한 벽을 다시 바라보았다. "그리고 우리가 지금까지 찾은 연관성은 하나뿐이야, 그렇지 않아?" 그는 비비안 베르그와 레이몬드 그레거를 연결한 붉은 선을 가리켰다.

"쿠르트 방의 주변 인물들은 누구예요?" 일바가 물었다.

"그의 밴드. 보컬리스트인 니나 빌킨스. 그리고 포르투갈 출신의 다닐로 코스타."

"죄송해요." 일바가 다시 눈을 비볐다. "너무 오래 들여다봤더니 뇌에 모래가 잔뜩 낀 느낌이에요."

누구도 집에 다녀오지 않았다. 일바는 컴퓨터 앞 의자에서 쪽잠을 잤다. 가브리엘은 휴게실 소파에서 잠깐씩 졸았다. 그는 그것을 잠이라고 부르지 않을 테지만 말이다. 단지 비몽사몽, 끊임없이 떠오르는 생각들과 사진들, 이해하기 힘든 사건들일 뿐이었다.

뭉크가 커피잔을 들고 들어왔다. 그의 머리카락은 헝클어져 있었다. 그 역시 잠을 푹 자지 못한 듯했다.

"어떻게 되어가고 있어요?" 그가 말하고 나서 사무실 의자 한 곳에 앉았다. "무슨 연결고리라도 있어요? 아무 데도? 아무것도?"

"지금 보고 있는 중이네." 그뢴리에가 입술을 깨물었다. "헌데 아무것도 떠오르지 않아."

"좋습니다" 뭉크가 수염을 긁적이며 말했다. "우리가 지금까지 수사해온 내용들을 말해주세요."

"피해자들, 범행현장, 피해자의 관련 인물들," 그뢴리에가 가리켰다. "그리고 저기에는 타임라인을 정리해봤네. 여기, 이쪽 벽에는 모두의 전자기기 사용 흔적, 휴대전화라든지 컴퓨터, 그들이 있었음이 확인된 장소들."

"그런데, 누구 미아 본 사람 있어요?" 뭉크가 하품을 했다. "아니면 쿠리는?"

"어제 이후로 못 봤네." 그뢴리에가 대답했다.

"말 끊어서 죄송해요. 계속하세요." 뭉크가 커피를 한 모금 마시며 말했다.

"그들의 휴대전화나 소셜미디어에는 흔적이 없었어요." 일바가 가리켰다. "비비안 베르그의 기기들은 그녀의 집에서 발견됐는데, 그녀가 아파트를 떠난 후로는 아무런 시그널도 없었어요. 쿠르트 방의 핸드폰은 그루네르뢰카에서 기지국과의 신호가 끊긴 뒤 감레비엔까지 죽 그랬어요. 각각의 시간은 그가 사라졌다가 다시 발견된 시점과 일치해요."

"그가 리허설 도중에 사라졌던가?"

뭉크가 다시 하품을 참으며 말하자 일바가 고개를 끄덕였다.

"하지만 우리한테는 별 소용없지?"

"네, 그가 마지막으로 목격된 시점부터는 아무것도 없어요."

"이베르센에 관한 건?"

"소토로 쇼핑센터 CCTV를 확인해봤는데 그는 거기에 가지 않았어요. 아니, 적어도 우리가 지금까지 본 화면에는 없었어요. 그의 문자메시지를 보니 친구네 집에서 자려고 했던 것은 분명해요. 그곳으로 가는 도중에 실종된 것 같아요."

"그곳이 어디인지 알아?" 뭉크가 물었다.

그륀리에가 문 근처 커다란 지도 앞으로 걸어갔다. "소년이 마지막으로 전화를 받은 곳은 여기네, 그레프센."

"집에서 그리 멀지 않은 곳이죠?"

"그의 집은 여기고, 친구네 집은 저기. 그 친구의 이름은 기억나지 않는군."

"마르틴이에요." 가브리엘이 도와주었다.

"좋습니다. 그럼, 우리의 추리가 유효한 건가요?"

"우리가 아는 한 그렇네." 루드비가 고개를 끄덕였다. "그는 진짜로 잠을 자러 갔던 게 맞아 보여. 여기 스타토일 주유소에서 모페드를 타고 있는 모습이 찍힌 화면도 있고. 그 이후 저쪽 친구네로 가던 중에 누군가 그를 불러세운 게 아닐까 싶어."

"CCTV는 전혀 없나요?"

"그곳은 주거지역이라," 그륀리에가 고개를 저으며 말했다. "무엇이라도 발견할 수 있을지 의문이야."

"그렇다면 베르그는 집에서 사라졌고. 방은 리허설 중 쉬는 시간에 사라졌고. 이베르센은 거리에서 납치당했고. 유사점도 없고, 연결고리도 없군요."

"없네." 루드비가 한숨을 내쉬었다.

이것은 그들이 얼마 전에 도달한 결론이었지만 뭉크는 아직도 받아들이기 싫어했다. 가브리엘은 특별수사반에 오래 있지 않았지만 그럼에도 이해했다. 묻지마 살인? 그것은 모든 수사관들이 가장 두려워하는 악몽이었다.

"소셜미디어는? 거기도 없어?"

"비비안 베르그는 거의 활동을 안 했어요." 가브리엘이 설명했다. "친구도 몇 명 안 되고, 포스팅도 별로 없어요. 쿠르트 방은 그보다는 활발했어요. 밴드 홍보를 위해 페이스북도 했고요. 팔로워가 꽤 많았어요."

"그 소년은?"

"대부분의 10대처럼 매우 적극적이었어요. 특히 스냅챗에서. 페이스북과 인스타그램은 별로 하지 않았어요. 거기는 더 나이 많은 유저들이 많죠." 가브리엘이 설명했다.

"스냅 뭐?" 뭉크가 물었다.

"사진을 찍어서 보여주는 거예요. 그럼 사람들이 잠깐만 볼 수 있고, 그 다음에는 사라져요." 일바가 나섰다.

"사라져?" 뭉크가 되물었다.

"네."

"그러는 이유가 뭐야? 그럴 거면 왜 하는데? 사진을 보내는 이유가 뭐야?"

가브리엘이 웃음기를 거뒀다. 일바가 설명하려고 하자 뭉크는 손을 내저었다.

"오케이, 좋아. 그러니까 스냅…?"

"소년은 매우 적극적이었어요. 사람들과 스트리크도 많고요."

"그런데 이들 중 누구도 서로 알고 있을 거라고 추측할 만한 고리가 없다는 건가? 그들이 어디에서도 만난 적이 없어? 온라인이든 현실에서든."

"지금까지는 없네." 그뢴리에가 대답했다.

"스포츠는? 취미는? 정치적 활동은? 하다못해 같은 웹사이트에서 쇼핑한 적도? 그들의 인터넷 검색 히스토리도 확인해봤어?"

"세 명의 브라우저 히스토리를 꼼꼼하게 확인해봤어요." 가브리엘이 말했다. "뿐만 아니라 지난 3주일 동안 구글 검색한 것도요. 하지만 공통분모라고는 NRK TV뿐이에요."

"그래?" 뭉크가 낙관적인 어투로 재촉했다.

"베르그와 방은 뉴스를 봤고, 이베르센은 청소년용 프로그램을 시청했어요. 그게 다예요, 유감스럽게도."

"참," 갑자기 생각난 듯이 루드비가 말했다. "루벤 이베르센의 삼촌이 오늘 아침 전화했네."

"삼촌이요? 왜요?"

"우리가 자기들을 도와줄 수 있는지 궁금하다고. 기자들한테 집을 포위당했대. 게다가 아무 때나 가족들한테 전화를 건다고. 소년의 학교도 마찬가지라면서 기자들이 학생들을 가만 내버려두지 않을 것 같다고 말야."

뭉크가 한숨을 쉬었다. "안타깝게도 그건 우리도 어쩔 수 없는 부분인데."

"그래." 그륀리에가 고개를 끄덕였다. "나도 그렇게 말했줬네."

"불쌍한 사람들." 뭉크가 말하며 고개를 절레절레 저었다.

그때 문이 벌컥 열리고 아네트 골리가 헉헉거리며 들어왔다.

"왜 전화 안 받으세요?" 평소 차분하던 경찰변호사가 눈을 부릅뜨고 물었다. 그녀의 얼굴은 거의 잿빛이었다.

"폰이 재킷 안에 있어서." 뭉크가 물었다. "무슨 일 있어?"

골리가 다른 세 명을 힐끗 보았다. "반장님 방에 가 있을 게요. 얼른 오세요."

"우리 지금 이야기를 하던 중인데…."

"안 돼요. 지금 당장 말씀드려야 해요." 골리가 명령하듯 말하며 앞장서서 복도로 걸어갔다.

48장

"무슨 일이 있었어?" 아네트가 방문을 닫았을 때 뭉크가 물었다.

"상부에서 전화를 받았어요." 골리가 숨을 고른 후 대답했다.

"미켈손?"

경찰변호사가 고개를 저었다. "그 위요. 법무부 장관실. 제가 추측하기론 실제로는 FST였어요. 하지만 그렇게 소개했어요."

"FST?"

"육군정보부요. 그 기자 아시죠?" 골리가 물었다. "뢰닝요."

"응."

"어젯밤에 누가 그를 찾아왔대요. 그들은 그가 우리 편이라고 생각해요."

"뭐라고?" 뭉크가 벽에 걸린 시계를 흘끗 보며 물었다. 시계는 벌써 12시 30분을 가리키고 있었다. "어젯밤이라고? 그런 얘기는 여태 못 들었는데?"

"반장님, 그건 우리가 걱정할 일이 아니에요." 골리가 말했다.

"우리 편이라고? 도대체 그들이 그걸 어떻게 알 수 있지?"

"반장님." 골리가 불렀다.

"멍청한 놈들." 뭉크는 혼자 중얼거렸다.

"반장님," 골리가 뭉크를 향해 한 손을 들어올린 채 다시 말했다. "리스트가 있어요."

"무슨 말이야?"

아네트는 한동안 조용했다. 마치 자신이 하려는 말을 참기라도 하는 듯. "이름이 적힌 리스트예요."

"무슨 이름."

"살해 리스트."

"뭐라고…?"

"50명의 이름이에요." 골리가 속삭였다. "비비안 베르그, 쿠르트 방, 루벤 이베르센. 아시다시피 우리는 피해자들과 관련된 숫자 따위는 발표한 적 없잖아요. 그런데 그 번호가 모두 리스트에 있대요. 조금 전에 장관실에서 전화를 받았어요."

"날조임에 틀림없어, 그건…."

아네트가 다시 뭉크의 말을 가로막았다. 그녀의 눈에는 전에 보지 못한 긴박함이 가득했다. "총리가 테러위험도를 5단계로 격상시켰어요. 그들은 왕실을 대피시키는 문제까지 논의 중이에요."

"맙소사." 뭉크가 목소리를 낮춰 탄식했다.

"임의로 50명이에요." 골리가 말하며 고개를 절레절레 저었다.

"그 리스트, 우리에게도 줬나?"

"아니요. 그건 기밀이라고 해요."

"뭐라고? 그럼 우리보고 어떻게 하라고…?"

그녀를 쳐다보던 뭉크는 그제야 알았다. 골리가 그에게 말하지 않은 뭔가가 있었다.

"뭐야?" 그가 다시 물었을 때 골리는 시선을 피했다. "그럼 우리보고 빠지라는 거야? 자기들이 우리 대신 수사하겠다는 건가?"

"아니, 그건 아니에요." 골리가 입술을 깨물기 시작했다. "우리도 참여해요. 다만…."

"다만 뭐?"

"반장님과 저만요." 아네트가 마지못해 말했다. "기밀정보취급허가security clearance(국가기밀 등을 취급할 수 있는 인물 증명) 등급이 최고인 사람들만. 그들은 지금 필요한 인력으로 대책단을 꾸리고 있어요. 한 시간 내에 반장님과 저한테도 연락이 올 거예요."

"어이가 없군. 그나저나 미아는 안 되는 건가?"

"반장님이라면 어떻게 하시겠어요? 반장님이 그들 입장이라면?" 아네트가 어깨를 으쓱하며 말했다. "미아의 사연 아시잖아요? 그녀의 많은 문제점들, 그들은 미아를 신뢰하지 않아요. 게다가 허가등급조차 받지 못했어요. 자그마치 50명이에요, 마구잡이로 선택된 피해자가. 행여 그게 밖으로 알려진다고 상상해보세요."

"그럼 우리 팀에서는 둘뿐인가?"

"반장님과 저, 둘뿐이에요. 다른 사람들은 하던 일을 계속하고, 대책단에는 반장님과 저만 들어가요."

"알았어. 그럼 그 대책단 멤버들은 누구야?"

"제가 말했듯이 FST, 그리고 제가 추측하기에 보안기관인 PST뿐만 아니라 법무부 공무원들도요."

"미켈손은?"

"잘 몰라요." 골리가 말했다. "제가 아는 한 아니에요."

"분명 아니지? 미아는?"

"분명히 아니에요." 그 순간 아네트의 전화벨이 울렸다. "미아한테 알려주시겠어요? 아니면 제가 할까요?"

"아니, 아니야. 내가 할게." 뭉크가 한숨을 내쉬었다.

골리의 전화벨이 계속 울렸다.

"네, 골리예요." 금발의 변호사가 말하며 사무실을 나섰다.

49장

마흔두 살인 욘 이바르 살렘의 직업은 배관공이었다. 하지만 그 점이 그를 울레르스모 감옥에서 유명인으로 만든 건 분명 아니었다. 그는 21년형을 언도받고 복역 중이었다. 그는 이 교도소에서 최장기 복역수 중 한 명이었다. 그 사실만으로도 다른 재소자들이 감히 건드리지 못할 정도로 그는 충분한 존경을 받았다. 코소보 알바니아인 무리가 들어오기 전까지는 그랬다. 그 지독한 멍청이들은 자신들이 이곳 시스템을 망칠 수 있다고 믿었다. 왕 노릇하기. 주방과 전화를 접수하고, 누가 무엇을 할 것이지 결정하기. 욘 이바르 살렘은 이제 그들을 교육시켜야 할 때가 되었다고 판단했다.

보통 때라면 그는 신경도 쓰지 않았다. 다른 재소자들이 감히 그를 위해 손가락 하나 까딱하지 않는다든지 그를 거부한다는 단순한 이유로 교도소 내부의 훈련에 관여할 마음이 없었다. 바깥사람들은 온몸이 문신으로 뒤덮인 다 큰 어른들이 소시지 묶음이나 샤워기 따위를 차지하겠다고 싸우는 게 이해되지 않을 것이다. 하지만 그것이 이 안의 삶이었다. 그는 7년을 복역했고, 이제 14년이 남았다. 그는 일단 3분의 2를 복역하면 가석방 신청서를 낼 수 있었다. 따라서 굳이 모범수가 될 이유는 없었다. 아직은 아니었다.

그것은 곧 불타게 될 것이다.

그는 다시 또 하고 싶어서 안달이 났다.

그는 여기에 있는 대부분의 남자들보다 나이가 많았고, 스스로 그들에게 아버지와 같은 존재라고 생각했다. 교도소 음식은 당신이 예상할 수 있을 만큼 나빴다. 스튜라든가 비린내가 희미하게라도 나는 음식이면 그나마 운이 좋은 편이었다. 보통은 낙타 똥구멍에서 나온 것 같은 맛이 나는 음식이었다. 다행히 그들은 돈을 내고 자기만의 음식을 주문할 수 있었다. 게다가 그는 주도권을 쥐고 있었다. 그와 친한 재소자들끼리 무리를 지어 주방을 접수한 덕에 지금은 거의 자기 식당을 소유한 주방장처럼 느꼈다. 만찬이라 부를 정도는 아니었지만, 적어도 매일 먹을 만한 음식을 제공받았다. 나아가 그들은 거의 자발적으로 현금을 냈다.

아, 불길들.

사막에서 길 잃은 사람처럼, 물도 없는 수많은 세월.

그러나 곧 다시 갈증을 해소하리라.

코소보 알바니아인들. 이 교도소에는 코카인과 헤로인을 밀수하다 유죄선고를 받은 녀석들이 세 명이 있었다. 교도소를 운영하는 멍청이들은 그들을 이 동에 한꺼번에 배치했다. 그들은 사실상 덩치만 큰 아이들이었다. 문신이 필수인 거친 폭력배 스타일의 20대 녀석들. 그들은 팔뚝에 여자친구의 이름을 새겨넣는 것만으로 성이 차지 않은 듯했다. 해골, 특히 얼굴 가운데나 목 위에 눈물방울을 새겨넣고, 손가락 관절에 LOVE-HATE, KILL-FUCK 따위 글자까지 박아넣었다. 처음에 살렘은 그들을 무시했다. 여기 머무는 다른 신참들에게 그랬던 것처럼. 하지만 그들이 지하실에 있는 젊은 재소자 커플을 공격하는 일이 일어났다. 주먹과 양말에 숨겨두었던 참치 통조림으로 그들을 무차별 폭행하고, 샤워기와 주방을 접수했다. 이제 그가 그들에게 분수를 깨우쳐줄 때가 되었다.

불길들.

온몸이 가렵고 발가락이 따끔거렸다.

가려움이 사타구니까지 올라왔다.

그는 며칠 동안 통 잠을 못 잤다. 코소보 알바니아인들이 TV만 보았더라도, 많은 폐를 끼치지 않을 수 있었다. 그랬으면 그가 누구인지 알았을 텐데. 적어도 그들은 서른 살까지는 살 텐데. 하지만 그들은 그러지 않았다. 아마도 노르웨이어를 이해하지 못했기 때문이리라. 하지만 더 중요한 것은 2006년, 이 나라의 상황이 최악이었을 때, 그들의 나이가 열서너 살밖에 안 되었기 때문이다. 그는 지금 자신의 얼굴에 미소가 번지는 것을 느낄 수 있었다. 차분함을 잃지 않기 위해 자제해야 했다.

아, 얼마나 황홀할까.

불길. 드디어.

망상이 거기에 미치자 숨을 쉴 수 없을 지경이었다.

그는 우편물 배달 카트의 삐걱 소리에 잠을 깼다. 이 안에서 가장 친한 친구 무핀스가 웃으면서 복도를 걸어왔다. 트뢴델라그 출신의 문신한 사내는 이곳에 있는 대다수 젊은 남자들과 비슷한 이유로 복역 중이었다. 마약, 폭력, 대체로 그 두 가지 모두.

"나한테 온 거야?" 소포를 본 살렘이 놀라서 물었다.

"응." 무핀스가 웃으며 더러운 손가락으로 이빨을 쑤셨다. "여자친구 있었어?"

"내가 알기로는 없는데." 살렘이 씩 웃었다.

그가 기억하는 한 외부에서 무엇이든 받아본 적이 없었다. 소포꾸러미는 개봉된 흔적이 있었지만 그는 안에 무엇이 들었는지 곧바로 볼 수 없었다. 교도관들은 그것을 다시 포장한 다음 갈색 포장지에 번쩍거리는 파란색 글씨로 '확인했음'이라고 휘갈겨놓았다.

"내가 미리 말해두는데, 그들이 우편물 담당부서에서 머리를 긁적이고 있더군." 무핀스가 복도를 분주히 살피며 말했다.

"그들이?"

"하하, 기가 막혀서…. 이걸 당신에게 줄지 말지 의논하는 것 같았어, 내 생각에는."

"그래? 이게 뭔데?"

"낸들 아나? 그들이 나에게 보여줬을 거라고 생각해? 난 그저 배달부일 뿐이야. 그나저나 우리 한 편이지?"

마지막 말이 얇은 입술 사이로 조그맣게 흘러나왔다. 그는 얼른 어깨 너머를 살폈다. 사실 그럴 필요는 없었다. 주변에는 교도관이 없었다. 건물 끝에는, 죄수들을 방에서 나오게 하거나 다시 들어가게 할 때 혹은 소등한 후 누가 화장실에 가야 할 때를 제외하면, 좀처럼 교도관이 오가지 않았다. 노르웨이의 인력은 다른 곳에서 쓰이고 있었다. 이곳은 무풍지대였다. 그에게는 이보다 더 좋을 수가 없었다. 녀석들을 혼구멍을 내야 할 때가 왔다.

때가 왔다. 피부에 붙은 불길.

"그럼, 당연하지." 살렘이 소포꾸러미에서 눈길을 떼지 못한 채 고개를 끄덕였다.

"점심식사 후? 지하실에서?"

"응. 코소보 알바니아인들은 1시까지 야구를 하고 있을 거야. 우리는 그 직후 그들을 족칠 거야."

"와우! 신나겠는걸! 우리 어디까지 갈까? 독방으로 보내질까?"

살렘이 젊은 사내를 근엄하게 노려보았다. "물론이지, 내내."

"이봐, 욘. 난 16개월밖에 남지 않았어. 아무나 죽일 수가 없다고. 당신도 알 거야, 그렇지?"

"누가 너보고 하라고 했어?"

젊은 마약상의 눈이 휘둥그레졌다. "그럼 혼자 할 거야?"

"넌 망만 봐. 내가 해치울 테니까."

"와우! 멋지군." 무핀스는 싱글거리며 손을 들어올렸다. 아마도 하이파이브이거나 요즘 애들 사이에 유행하는 유치한 인사인 듯했지만, 살렘은 맞장구쳐 줄 기미조차 보이지 않았다.

"넌 길어야 며칠 독방에 가게 될 거야."

"걱정 마. 그 정도는 감당할 수 있어."

"어이, 무핀스. 둘이 연애하는 거야 뭐야? 서둘러!" 복도 아래쪽에서 성급한 외침이 들렸다. 이 건물에서 덜컹거리는 우편물 카트는 크리스마스 선물만큼이나 흥분되는 일이었다.

"진정해. 지금 갑니다, 가요." 무핀스가 웃으면서 윙크를 한 뒤 기다리는 재소자들에게로 카트를 끌고 달려갔다.

소포? 살렘은 감방 문을 닫고 들뜬 마음으로 작은 책상 옆 의자에 앉았다. 그는 소포를 조심스럽게 열었지만 내용물을 보고도 도통 이해할 수가 없었다. 금반지와 짧은 메모였다.

친애하는 욘 이바르 살렘.

당신은 나를 모를 겁니다. 그래도 당신에게 부탁하려 합니다.

이 반지를 잘 간직하세요. 누군가 곧 그것을 가지러 갈 겁니다.

당신은 보답을 받을 것입니다.

도와줘서 감사합니다.

서명조차 없었다.

도대체 뭐지? 메모에 그의 이름이 없었다면 상대방이 잘못 보냈다고 확신했을 것이다. 살렘은 작은 상자에서 반지를 집어들었다. 책상 램프 불빛에 반지가 희미하게 반짝거렸다. 반지를 쌌던 종이를 살펴보았지만 아무것도 없었다. 이상했다. 어쨌거나, 반지는 잘 보관할 수 있다. 게다가 보답이 주어진다니? 노 프라블럼.

곧 불 탈 것이다.

내일 아침.

욘 이바르 살렘은 싱긋 웃으며 금반지를 베개 밑에 넣고 침상에 벌렁 누웠다.

50장

익숙한 노랫소리에 잠이 깬 미아는 낯선 침대에서 비슬비슬 걸어나와 하품을 하며 주방으로 향했다.

"문빔." 샤를리에 브룬이 웃으면서 그녀를 한껏 안아주었다. "누구는 참 많이도 자더군. 아침은?"

"도대체 나한테 뭘 준 거예요?" 미아가 다시 하품하면서 몽롱한 채로 의자에 앉았다.

샤를리에는 자신만의 영역에 들어와 있었다. '셰프에게 키스를'이라고 쓰인 앞치마 안에, 오늘은 풍성한 초록원피스 차림이었다.

"계란? 베이컨?" 이 매력적인 남자는 환하게 웃으며 프라이팬을 흔들었다.

"아니. 됐어요." 미아가 웅얼거렸다. "지금 몇 시예요?"

"아무것도 안 먹을 거야? 그러지 말고 먹어야 해. 뼈에 가죽 씌워놓은 것 같아." 샤를리에가 춤추듯 마루를 가로질러 걸어와 미아의 접시에 음식을 내려놓았다. "소시지도 있어. 좀 먹겠어?"

"아침에요?" 미아가 하품을 했다.

"왜 싫어? 영국인은 소시지를 좋아하지. 내가 몇 주일 전에 영국에 갔던 거 말했었나? 뮤지컬 보러. 〈라이언 킹〉. 기대한 대로 정말 굉장했어. 얼마나 울었는지 몰라. 이런 게 우리를 감동시킬 수 있다니 웃기지 않아?"

"뭐가요?" 미아가 베이컨 조각을 입에 쑤셔넣으며 물었다.

"다 큰 남자들이 아동용 이야기에 훌쩍거리다니 말이야."

"저에겐 놀랄 일도 아니에요, 샤를리에." 피식 웃는 미아는 서서히 현실로 돌아오기 시작했다.

한숨 자고 생각하자. 망각이 절실했던 미아는 뭐라도 마시려고 클럽 문을 열고 휘적휘적 들어갔고, 샤를리에는 차분한 말로 미아를 위로해주었다.

하느님 고맙습니다.

술은 한 방울도 마시지 않았다. 그저 수면제 한 알.

미아는 팔을 뻗으며 작고 아늑한 아파트를 둘러보았다.

"집 다시 꾸몄어요?"

"응." 샤를리에가 환히 웃으며 대답했다. "죄다 새 거야. 풍수지리에 맞춰서 카펫, 가구, 벽지까지 바꿨어. 미아도 가끔 주변에 변화를 줄 필요가 있어. 그렇지 않으면 죽어, 알아?" 샤를리에가 냉장고 문을 연 다음 손가락으로 관자놀이를 찔렀다. "뭐 마실래? 가만 보자. 주스, 스무디?"

"물이면 돼요, 고마워요. 커피가 없다면요."

"커피? 나한테 커피 있냐고? 그렇지 않아도 최첨단 커피머신을 들여놨지. 나와 조지 클루니, 알지? 자, 나를 위한 남자가 있다. 그도 나처럼 차려입기 좋아한다는 거 알았어? 오우, 실제로 그는 그래." 샤를리에는 윙크를 하고는 미아에게 캡슐 판을 내밀었다. "아라비카? 리니지오? 카자르?"

"진한 걸로 줘요."

"리스트레토. 조금 더 진하게 하려고 최고급 남아메리카 아라비카에 로부스타를 약간 추가한 콤비네이션이지." 그는 과장된 몸짓으로 캡슐을 내밀며 입술까지 뾰족하게 내밀었다.

"거기 영업사원이에요?" 미아가 웃으면서 계란프라이 밑에 빵한 조각을 밀어넣었다.

"나? 네스프레스 사의 뉴페이스야." 샤를리에가 고개를 갸우뚱 기울였다. "어떻게 생각해?"

"내가 보기에 당신은 완벽해요." 미아가 키득거렸다.

"조지와 나." 샤를리에가 유혹하듯 눈썹을 치켜뜨며 말했다.

"당신이 그냥 꾸며낸 이야기죠, 그렇지 않아요?"

"뭘 꾸며내?"

"진짜 그가 여자 옷 차려입는 거 좋아해요?"

"내 꿈에서 그랬어, 미아." 샤를리에가 윙크를 하고는 커피메이커의 버튼을 눌렀다. "비록 나는 개의치 않지만. 나는 그 사람의 모습 그대로를 사랑하지. 물 한 잔 마시겠어?"

"네 좋아요." 미아는 목이 말랐다. 눈 뒤편에 있던 베일이 점차 걷히기 시작했다.

그는 미아에게 약을 먹지 말라고 설득했다.

미아는 단지 잠을 자는 게 필요해.

고마워요, 샤를리에 브룬.

그는 진정 살아 있는 성자였다.

"당신이 가족사진 올려놓은 거 봤어요." 그가 커피를 가져왔을 때 미아가 말했다.

"응." 샤를리에는 꿈을 꾸듯 말하면서 미아 등 뒤 벽을 응시했다. "가족들에게는 이 모든 게 쉽지 않았어. 어린 샤를리에는 아주 전도유망한 소년이었거든. 내가 아이스하키 선수였던 거 알아?"

"그랬어요?"

"정말이야. 스토르하마르 팀에서 뛰었어. 포워드. 정말 쌩쌩 날아다녔지."

정갈한 액자 속의 사진 네 장. 웃고 있는 어른의 얼굴들과 그들 사이 작고 통통한 소년. 더 이상 존재하지 않은 그 시절.

"아름다운 추억이야." 샤를리에가 약간 우울한 어투로 말했다.

"지금도 아버지와 연락하지 않아요?"

"얼마 전에 아버지에게 편지를 보냈어. 이젠 노인이 되셨지. 그래서 우편으로 받는 것을 좋아하셔. 적어도 내 생각은 그래. 하지만 어디까지나 추측일 뿐이야. 벌써 몇 년 전이니까."

"그런데요?"

"답장이 없었어, 슬프게도." 샤를리에가 한숨을 쉬었다. "음, 그래도 해볼 만한 가치는 있었다고 생각해. 커피 어때?"

"완벽해요." 감탄하던 미아가 오븐 위에 걸린 시계를 보았다. "어머, 이런."

"왜?"

"벌써 오후 1시 반이잖아요."

"왜?"

"완전 지각이에요." 미아가 벌떡 일어나 바지주머니를 더듬었지만 그게 거기에 없었다. "내 휴대폰 어딨어요?"

"내가 챙겨뒀어." 샤를리에가 대답한 뒤 사라졌다.

이런! 정말 그렇게 오래 잤단 말인가?

미아는 일어선 채로 커피를 마저 마셨다.

샤를리에가 돌아왔다. "요즘 바빠?"

"좀 그래요."

받지 못한 전화가 수십 통이었다. 대부분은 뭉크의 전화였다. 미아는 서둘러 전화를 걸었다.

"미아?" 저편에서 뭉크의 수염 사이로 퉁명스러운 소리가 흘러나왔다. "어디 있는 거야?"

"죄송해요. 늦잠을 잤어요. 지금 사무실로 가려고요."

"아니, 그럴 필요 없어. 내가 갈게."

"왜요?"

"내가 미아를 만나러 갈게." 뭉크의 말투가 이상했다. "지금 어디에 있어?"

"여기 주소가 어떻게 되죠?" 미아가 전화기를 손으로 가린 채 샤를리에에게 물었다.

"퇴옌베켄 9번가."

"퇴옌베켄 9번가요." 미아가 말했다.

"그뢴란슬레이레에서 가깝나?"

"네. 제가 나가 있을게요. 근데 무슨 일 있어요?"

뭉크는 대답하지 않았다.

"반장님?"

"지금 출발할게, 오케이?" 뭉크는 서둘러 전화를 끊었다.

"이렇게 빨리 가는 거야? 음식에 손도 대지 않았는데."

"가야 해요." 미아가 대답하면서 주머니에 휴대폰을 넣었다.

"다음번에는 이렇게 금방 가지 않겠다고 약속해." 샤를리에가 미아의 어깨를 가볍게 잡고 뺨에 키스했다. "진짜 괜찮은 거지, 문빔? 나 항상 여기에 있으니까 필요할 때 언제든지 와. 알았지?" 그는 다소 걱정스러운 표정을 지으며 미아를 쉽게 놔주지 않았다.

"전 괜찮아요. 모든 것이 정말 고마워요, 샤를리에. 당신은 정말 좋은 사람이에요, 그거 알아요?"

"오우, 노력해볼게."

"내 재킷 어디에 있어요?"

"복도에. 나한테 연락할 거지? 항상 몸조심하고."

"예스, 맘. 정말 고마워요." 미아는 웃으며 그와 포옹하고는 빠르게 계단을 내려갔다.

51장

뭉크는 스스로가 바보처럼 여겨졌다. 하지만 그저 상황이 나빴을 뿐이다. 그는 고개를 절레절레 저으면서 아우디를 연석 가까이 세웠다. 영리하고 경쾌한 미아는 차에 올라탄 후 안전벨트를 맸다.

"우리 어디 가는 거예요?"

뭉크는 한숨을 내쉬었다. 단도직입적으로 말하는 게 나으리라.

"뭐예요?" 미아가 콧잔등을 찡그리며 물었다.

그를 본 미아는 단번에 눈치챘다. 그들은 오랫동안 함께 일했다.

"아직 휴가 생각 있어?"

"무슨 말씀이에요?"

"미안해." 뭉크가 중얼거리며 한 손으로 얼굴을 문질렀다. "상부에서 명령이 내려왔어."

"무슨 명령인데요?"

"지금 FST가 수사에 참여했고, 앞으로 그들이 떠맡을 것 같아."

"떠맡다니요? 그게 무슨 말이에요?"

"더 이상 우리가 수사를 맡지 않는다는…."

그의 말을 미아가 가로챘다. "뭐라구요? 도대체 왜요?"

"알아. 아는데…."

"말도 안 돼요!" 미아가 벌컥 화를 냈다. "지금 농담하시는 거예요? 육군정보부가요? 도대체 왜 그들이 끼어든대요?"

"설명하자면 길어." 뭉크가 한숨을 내쉬며 수염을 긁적였다. "어젯밤에 무슨 일이 일어났어. 난 최선을 다했지만 말했듯이…."

뭉크는 자신이 무슨 말을 하려는지 미아도 이해할 거라고 생각했다. 호기심으로 반짝이던 미아의 눈빛은 1초도 안 되어 어두운 분노로 바뀌었다.

"전, 빠지는 건가요?"

"당분간만." 뭉크가 미아를 달래려고 애쓰며 말했다. "그냥 우리가 다시 맡을 때까지 말이야."

"뭣 때문에요?" 미아가 투덜거렸다. "도대체 '우리'는 뭐죠?"

"그들이 지금 FST, PST와 함께 대책단을 꾸리고 있어."

"우리 팀에서는 누가 들어가요? 어떻게 되는 거예요, 반장님?"

"아네트와 내가 참여해." 뭉크가 재빨리 대답했다. "말했듯이 당분간이야. 우리가…."

"젠장!" 미아가 분을 이기지 못하고 고개를 절레절레 저었다. "유스티센으로 저를 끌어낸 지 며칠이나 됐다구요? 저한테 이 사건을 검토해보라고 하셨잖아요? 전 비행기 표까지 끊어놨었어요, 맙소사! 요트가 저를 기다리고 있었다고요."

"아직 유효하지 않을까?" 말을 내뱉자마자 뭉크는 후회했다.

미아가 몸을 홱 돌렸다. 실제로 미아는 입에 거품을 물었다.

"미안해." 뭉크가 웅얼거렸다. "난 그저…."

"저는 왜 빠지는데요?" 미아의 날카로운 눈빛이 그를 찔렀다.

미아도 이미 답을 알고 있는 질문이었다. 하지만 그의 입으로 직접 말하게 하려고 했다.

"기밀정보허가등급 때문에." 뭉크가 다시 웅얼거렸다.

"제가 불안정한 정신병자라서요?" 미아가 물었다.

"미아…."

"반장님한테 저는 필요할 때만 유능한 인재이고, 진짜 중요한 곳에서는 아니다, 지금 그런 말씀이죠?"

"들어봐, 미아. 내가 결정할 수 있었다면…, 미아도 알 거야."

"멍청한 책상물림들." 미아가 씩씩대며 안전벨트를 풀고는 차문 손잡이를 찾았다.

"그들이 리스트를 입수했어." 미아가 문을 열고 나가기 직전에 뭉크가 불쑥 말했다.

"무슨 리스트요?"

뭉크는 상부에서 받은 기밀유지 명령 따위는 개의치 않겠다고 결심했다. 그에게는 부하직원이 먼저였다. 그까짓, 총리 따위는 엿먹으라지. 뭉크는 지긋지긋했다. 솔직히 예전부터 그랬다. 최근 몇 년간 미아를 취급하는 그들의 방식에 신물이 났다. 경고와 정직. 자기들한테 필요할 때만 미아를 복귀시키는 그들의 행태에. 안 된다, 더 이상은 안 된다.

"뢰닝한테 누가 찾아왔대." 그가 재빨리 말했다.

"그 기자요?"

"응. 전직 군인이라는데, 그들 말로는 아프가니스탄 참전용사 같다더군."

"어디로요?"

"그의 집으로. 자세한 이야기는 나도 듣지 못했어. 내 생각에는 뢰닝이 습격을 당한 것 같아. 어쨌든 그는 리스트를 받았어. 상부에서는 이것을 일종의 보복행위로 간주하고 조사를 진행하는 모양이야."

"무슨 보복이요?"

"글쎄. 아프가니스탄에서 무슨 일이 있었던 게 분명해. 그리고 그 사건으로 인해 누군가가 정부에 불만을 품은 것 같아. 난 아직 잘 모르지만, 전해듣기에….."

"리스트라고 하셨죠?"

"살해 리스트. 마구잡이로 희생자를 정해서."

"몇 명이나요?" 미아가 놀라서 물었다.

"50명."

"맙소사."

"그들은 이 내용을 기밀로 하고 있어. 이해하겠어?"

"혹시 그 자의 신상이 일치해요?"

미아는 뭉크를 돌아다보았다. 이제는 적어도 화가 누그러진 것처럼 보였다. 다시 내면을 들여다보기 시작하는 눈빛으로, 한결 부드러워진 표정이었다.

"나이는 비슷해."

"그 숫자들은요?"

"비비안 베르그는 리스트에서 4번이었어." 뭉크가 대답했다. "지금 내가 아는 것은 그뿐이야. 다들 저마다 속셈을 숨기고 있어."

"그 희생자들은 정말 마구잡이로 정한 거예요?" 미아는 차창 앞 유리창을 응시했다.

"50명의 리스트 중에서 내키는 대로 선택한 것으로 보여."

"빌어먹을." 미아가 욕을 했다.

그녀는 머릿속으로 산수를 하고 있었다. 뭉크도 똑같이 그랬었다. 프로필. 숫자들. 마구잡이로 정한 피해자.

"반장님도 보셨어요? 리스트?"

뭉크는 고개를 저었다. "우리는 전화를 기다리는 중이야. 아네트가 상부와 연락하고 있어. 경계경보 등급도 상향조정되었어. 그들은 지금 정부, 심지어 왕실까지 안전한 곳으로 옮기는 논의를 하고 있다고."

"정말이에요?"

"말했듯이 그들도 자세한 내용은 말하지 않고 있어. 그저 아네트의 말이 그래."

"그들이 그래선 안 되죠! 일반 국민에게 그것을 어떻게 정당화시키려고요? 왕은 지하실로 도망갔지만, 너희들은 걱정할 필요가 없다, 너희들은 그냥 평상시처럼 생활해라? 멍청한 사람들."

"그렇게까지는 안 할 거라고 생각해. 하지만 설령 그렇더라도 군대, 예비군, 지역방위군, 내가 추측하기로 지금쯤 그들 모두에게 경계경보를 발령했을 거야, 되도록 조심스럽게. 그 이유는…"

"미친 사람들은 모두 배제시키고 싶어서겠죠." 미아가 폭발했다. 그녀는 바닥에 침이라도 뱉고 싶은 것처럼 보였다.

"내 말 들어봐, 미아…." 뭉크가 말을 하려는데 미아가 손을 들어 그를 제지했다. "내가 태워다 줄까?"

미아는 고개를 저으며 문 손잡이를 단단히 잡았다.

"내가 진행상황을 계속 알려줄게. 오케이?" 미아가 차 밖으로 나갔을 때 그가 등 뒤에 대고 말했다.

미아는 체념한 표정으로 돌아다본 뒤 차문을 쾅 닫고는 인도를 따라 서둘러 사라졌다.

개소리.

뭉크는 사실 미아를 따라가고 싶었다. 하지만 그때 주머니 속 휴대폰 벨이 울렸다.

"네?"

"이제 시작하려고 해요." 아네트가 말했다.

"어디에서?"

"20분 안에 반크플라센에서요."

"금방 갈게." 말을 끝내자마자 뭉크는 점화장치에 꽂아둔 열쇠를 돌렸다.

52장

미아는 분하고 짜증스럽고 충격에 벗어나지 못한 상태로 거리를 쏘다녔다. 충돌하는 감정을 어떻게 다스려야 할지 그녀는 몰랐다. 그저 혼란스러웠다.

전날 밤 술집에서 만난 욘 볼드. *혹시 그가 나를 함정에 빠뜨린 거라면 어떻게 하지? 혹시 그가 완전한 쓰레기라면?* 이런저런 생각을 하며 하루를 시작했었다. 그는 미아의 눈에서 불신을 보았을 것이다. 빌어먹을, 미아는 그의 생각을 바로잡아 주려 했다. *쿠리는 아니다, 나는 무엇으로든 당신을 도울 생각이 없다.* 하지만 그는 영리했다, 그렇지 않은가? 자신이 아는 엉터리 이야기를 꾸며내 미아를 옭아매려고 했다. 미아로 하여금 의문을 갖게 했다. 선로를 바꾸게 만들었다. *그 자리에 마약중독자가 있었다, 네 여동생 시그리도 이 일에 얽혀 있다,* 나쁜 자식. 그의 거짓말이 효과를 발휘했다. 당연히 그랬다. 동생을 잃은 미아의 슬픔. 미아의 그리움. 그는 미아의 가장 사적인 감정을 가지고 놀았다, 그렇지 않은가? 단지 미아로 하여금 '예스'라는 대답을 들으려고.

미아는 욕설을 내뱉으며 거리를 쏘다녔다. 다리가 움직이는 한 어디로 가든 상관하지 않았다. 무슨 일인가 했더니, 겨우 그거라고? 그 자는 나를 속였다. 시세? 빨간색 푸파재킷? 그런 설명에 해당되는 사람은 수없이 많았다. 미아는 즉시 그를 꿰뚫어보았어야 했다. 하지만 방심하던 차에 그에게 허를 찔리고 말았다. 손목의 팔찌를 만지작거리던 미아는 경적을 울리며 달려온 택시가 허벅지에 닿을 듯 스쳐갈 때 화들짝 놀랐다.

그녀는 도로에서 펄쩍 뛰어 물러났다.

빌어먹을.

사실 그날은 기분 좋게 시작했다. 샤를리에 브룬의 아름다운 손님방에서 머릿속이 맑아진 느낌으로 잠을 깼다. 그리고 쿠리? 당연히 쿠리는 뇌물을 받지 않았을 것이다. 그와 알고 지낸 지 10년이 넘었다. 흉악범처럼 보이지만 거친 외모 뒤의 영혼은 파리 한 마리 못 죽일 사람이었다.

천만에, 아니다. 다른 사람임이 틀림없었다.

경찰관? 경찰관은 그 말고도 많았다.

그리고 지금 이 사건은?

교차로를 막 건너려는데 어떤 손이 뒤에서 그녀의 가죽재킷을 잡아당겼다. 신호등이 빨간 불인 것을 알아차렸을 때, 또 다른 차가 경적을 울리며 그녀 곁으로 질주했다. 미아는 친절을 베풀어준 얼굴에게 재빨리 감사의 인사를 하고 주머니에 손을 넣어 목캔디를 찾았다.

50명?

그들 중 한 명이?

노란색 코트를 입고 개를 산책시키는 저 여자일 수도 있다고?

스케이트보드를 타는 저 소년일 수도 있다고?

미쳤군.

미아는 마음을 진정시켰다. 신호등 불빛이 초록색으로 바뀌고 사람들이 차분하게 도로를 건너기 시작했다. 귀가하는 사람들. 출근하는 사람들. 학교에서 집으로 가는 사람들. 피곤하지만 행복하게 웃는 사람들. 유모차에 부딪히는 장바구니들. 길모퉁이에 막 도착한 봄날의 작고 평온한, 지극히 평범한 하루였다.

빌어먹을.

미아는 참을 수가 없었다.

그 자의 말이 꾸며낸 이야기에 불과하다고 생각했지만, 확인해볼 필요는 있었다. 당연히 그래야 했다. 미아는 거리 모퉁이에 서서 주머니 속 휴대전화를 꺼냈다.

좋아.

네 생각을 정리해.

시세? 세실리에?

빨간 푸파재킷을 입은 마약중독자?

이런 문제는 단도직입적으로 접근해야 한다. 조사해보고 그 모든 게 볼드의 계략이었음을 확인하면 그만이었다. 오슬로는 정말로 작은 도시였다. 미아는 누구에게 전화해야 하는지 정확히 알았다.

"프린드센 센터입니다."

"네, 안녕하세요? 저는 미아 크뤼거라고 합니다. 밀드리드 린드 씨와 통화할 수 있을까요?"

"잠깐만 기다리세요."

미아는 기다렸다.

옆 건물에서 문신한 젊은 남자가 나왔다. 그는 바지주머니에서 쩔렁거리는 커다란 열쇠꾸러미를 꺼내 문을 잠갔다. 점심을 먹으러 가는 길이리라. 그저 또 다른 평범한 하루였다.

"지금 통화중이에요. 오래 걸리지 않을 것 같은데. 통화 끝나면 그 쪽으로 전화하라고 말씀드릴까요?"

"네, 부탁해요. 고마워요."

미아는 휴대폰을 가죽재킷에 넣었다. 그리고 다시 움직이려는 순간, 바로 앞 창문에서 뭔가를 보았다.

그런데 저게 뭐지?

문신하는 곳. 지저분한 유리창 뒤로 사진들이 죽 걸려 있었다.

대체 저게 뭐지…?

홍보용 사진들. 모터헤드Motörhead(영국 출신 록밴드)의 로고를 문신한 이두근. 커다란 독수리 문신을 한 가슴. 홀쭉한 정강이에 새긴 붉고 노란 불꽃 문신.

그리고 거기에, 그 사진들 중에….

설마 아니겠지?

입을 떡 벌리고 바라보던 미아는 비척거리며 진열장 가까이로 걸어갔다.

뭐지?

설마 나?

벌거벗은 창백한 등. 어깻죽지 사이로 드리워진 길고 검은 머리카락. 푸른 눈.

아냐. 그럴 리가 없어…

오, 맙소사! 맞았다.

거기에 있었다. 심장, 평화의 비둘기들, 그리고 불타는 해골 문신들 사이에.

미아의 얼굴 문신.

도대체 왜?

먼 곳에서 소리가 들렸다. 그녀의 주머니에서 나는 휴대폰 진동음이었다.

"밀드리드 린드입니다. 나한테 전화했죠?"

53장

이 새로운 1급비밀상황실에 대한 소문이 돈 지는 오래되었다. 세상이 바뀌고 있었다. 더 이상 동서 대결은 없었다. 장군들은 고가의 붉은색 버튼에 손가락만 올려놓으면 됐다. 적은 이제 수제폭탄과 납치한 비행기, 훔친 트럭을 이용해 테러공격을 했다. 몇 주 전만 해도 상상조차 할 수 없었던, 자기 방어가 거의 불가능한 민간인을 타깃으로 한 공격이 발생했다. 지금까지 노르웨이에 종교가 동기가 된 테러 행위는 없었다. 순진한 노르웨이 정부와 정치인들로 하여금 지금처럼 위협의 심각성을 깨닫게 해주는 공격은 없었다. 뭉크는 정부가 그에 대해 모종의 조치를 취하고 있다는 소문을 절대 믿지 않았다. 그저 일상적인 토의나 하고, 정당의 위원회가 마련한 액션플랜이나 검토할 거라고 추측했다. 하지만 아네트와 함께 엘리베이터에서 내려 초현대적 분위기를 풍기는 작전실로 들어서는 순간, 자신의 추측이 틀렸음을 인정할 수밖에 없었다.

그는 지금 뮌트가타 1번가 국방부장관 집무실 아래의 깊은 지하벙커에 있었다. 그곳에는 그가 결코 본 적 없는 보안장치가 구비되어 있었다. 만약 그가 태생적으로 고위직에 대한 의심이 없는 사람이었더라면, 깊은 인상을 받았노라고 기꺼이 인정했을 것이다. 여러 개의 비밀번호를 눌러야 하는 엘리베이터. 몸수색을 하는 검색대. 더 많은 암호가 달린 문들. 제복 차림의 젊은 군인들이 휘두르는 금속탐지기. 그들은 마침내 커다란 금속제 문 앞에 도착했고, 그곳에서 휴대폰을 제출하라는 지시를 받았다. 뭉크는 짜증스러웠지만 명령에 복종하는 것 외에 별 도리가 없었다. 말쑥하게 차려입은 젊은 남자가 패널에 새로운 비밀번호를 입력하자 초록색 불이 들어왔다. 드디어 그들은 목적지에 도착했다.

타원형의 커다란 테이블. 심각한 표정의 남자들. 몇 명은 제복 차림이고, 대부분은 정장슈트에 흰색 혹은 하늘색 셔츠를 받쳐입고 튀지 않는 넥타이를 맸다. 뭉크는 아는 얼굴이 있는지 둘러보았지만 찾을 수 없었다.

"에드바르센 장군입니다." 큰 키에 머리가 희끗희끗한 남자가 그들에게 다가오더니 자신을 소개했다. 큼지막한 손이 허공을 가르며 뻗어와 굳게 악수를 나눴다. "당신은 홀거 뭉크죠? 그리고 이쪽은 아네트 골리?"

뭉크가 고개를 끄덕였다. 골리도 마찬가지로 했다. 이 방에서 유일한 여자라는 사실에 마음이 불편했지만, 골리는 전혀 내색하지 않았다. 노르웨이의 고위직 사이에서 여성들은 잘 대변되는 경향이 있었다. 하지만 성평등이 이 지하실까지는 미치지 않은 게 확실했다. 장군은 테이블을 둘러보며 재빨리 목례를 하고 다른 사람들을 소개한 다음, 벽 전체를 뒤덮은 등 뒤의 거대한 스크린으로 시선을 돌렸다. FST와 PST 요원들. 총리실 대표로 온 인사. 각 군의 고위급 장교들. 뭉크는 거기에 서 있는 자신이 초라하게 느껴졌다. 그의 코듀로이 바지는 후줄근했고 더플코트는 낡아도 한참 낡았다.

"여러분," 커다란 방의 불빛이 어두워지자 에드바르센이 입을 열었다. "여러분은 모두 왜 이곳에 와 있는지 알고 계실 겁니다. 또 이 중 몇몇 분은 다른 사람보다 더 많이 알고 있을 것입니다. 그리고 여러분이 아는 사실 대부분이 여기에서 다루어질 것입니다. 이 수사에 있어서 모든 정보는 철저하게 NTKneed to know(너무 민감하기 때문에 데이터의 접근을 제한해야 한다는 의미로 군대나 첩보와 관련해서 정부 및 다른 조직에서 통용되는 말—옮긴이)입니다. 혹시 질문할 내용이 있다면 끝날 때쯤 대답을 들을 수 있을 것입니다. 나는 오늘 소개할 이 사건을 우리가 제대로 검토하고, 우리가 지닌 다양한 주도권을 마음껏 사용하기를 바랍니다."

테이블 주위의 사람들이 고개를 끄덕거렸다.

스크린에 사진 한 장이 떴다.

"오늘 새벽, 우리는 에리크 뢰닝이라는, 〈아프텐포스텐〉 기자로부터 전화 한 통을 받았습니다. 우리에게는 다행스럽게도 뢰닝은 냉철함을 유지했고, 장관에게 직접 연락했습니다. 그리고 이어진 면담에서 신문사 상관과도 공유하지 않은 정보를 우리에게 제공했습니다. 결과적으로 우리는 지금까지 잘 통제해왔다고 믿습니다. 이 점은 새삼 강조할 필요도 없습니다. 앞서 말했듯이 이 내용은 NTK입니다. 그리고 우리는 시민들에게 알려지지 않게 공권력을 총동원할 것입니다. 시민들이 모른다고 해서 피해를 입는 일은 없을 것입니다. 지금 우리가 가장 신경 써야 할 것은 거리에서 패닉을 일으키지 않게 단속하는 일입니다."

"NTK?" 뭉크가 골리에게 몸을 기울이며 속삭였다.

"Need to know." 골리가 그를 쳐다보지 않고 대답했다.

"우리 편이라고 믿을 만한 이유가 있는 뢰닝 기자는 누군가, 다시 말해 어떤 군인을 만났고, 그로부터 50명의 이름이 적힌 명단을 받았습니다."

스크린에 또 다른 사진이 떴다. 이와 동시에 프린트물이 배포되자 테이블 주위가 웅성거렸다. 뭉크는 스크린을 잠시 보고 나서 앞에 놓인 프린트물을 살펴보며 이름들을 재빨리 확인했다. 다행히 보이지 않았다. 미리암 뭉크, 마리온 뭉크. 이기적이고 어쩌면 비전문가 같은 행동일지 모르지만, 그건 본능이었다.

"여러분 모두 알다시피 지난주에 일어난 일련의 사건들은 이 리스트의 신빙성을 뒷받침합니다. 마리뵈스가테의 특별수사반에서 온 두 분은 누구보다 잘 알고 있을 겁니다. 이 자리에 계신 분들 중 왜 오슬로 경찰이 이 자리에 참석했는지 의아해하는 분도 있을지 모릅니다만, 바로 이 점 때문에 두 분이 여기 와 있는 겁니다."

사람들의 시선이 일제히 두 사람 쪽으로 향했다. 뭉크는 정중하게 목례를 했다.

"이번 살인사건들의 자세한 내용을 모르는 분들을 위해 간단히 개요를 설명해줄 수 있을까요?" 에드바르센이 그들을 지목했다.

"그러죠." 뭉크가 대답한 다음 목청을 가다듬었다.

그는 순간 자리에서 일어날까 망설였지만 그대로 앉아 있기로 했다. 스크린 앞에 서 있는 장군은 지금도 충분히 조급해 보였다.

"이번 사건의 피해자는 세 명입니다. 비비안 베르그, 22세, 직업은 발레리나. 오슬로에서 차로 두세 시간 걸리는 산속 호수에서 발견되었습니다."

"숫자와 함께, 맞죠?"

"그렇습니다." 뭉크가 대답했다. "4입니다, 저렇게 긁어서."

"보시면 알겠지만," 에드바르센이 불쑥 끼어들었다. "비비안 베르그는 리스트에 나와 있는 4번입니다."

"아, 네. 맞습니다." 뭉크가 말했다. "두 번째 피해자는 쿠르트 방입니다."

"리스트의 7번입니다." 에드바르센이 고개를 끄덕였다. "그리고 마지막은?"

"루벤 이베르센이라는 열네 살 소년입니다. 스카 캠프 주차장 차 트렁크에서 발견되었죠."

"번호는?"

"13번입니다." 뭉크가 고개를 끄덕였다.

"역시 뢰닝이 준 리스트와 일치합니다." 에드바르센이 스크린을 가리켰다. "피해자들 간에 어떤 관련이 있었나요?"

"아니요." 아네트 골리가 대답했다. "그게 가장 큰 골칫거리예요. 조사해보았으나 아무 관련이 없습니다. 지금까지는…." 그녀가 앞에 놓인 명단을 보며 고개를 끄덕였다.

"50명의 명단은," 에드바르센이 단호하게 말했다. "마구잡이로 선택된 노르웨이 국민입니다. 그들 중 세 명은 이미 살해되었습니다. 따라서 이 위협이 현실이 아닌 무엇이라고 생각할 이유가 없습니다. 그리고 우리는 총리실로부터 그에 따른 대응을 할 것을 지시받았습니다." 장군이 테이블에 놓인 물잔의 물을 한 모금 마시고 나서 계속했다. "뢰닝 기자의 말에 따르면 킬러는 일부 군복 차림이었고, 아프가니스탄의 라슈카르가를 언급했다고 합니다. 동기는 분명해 보입니다. 보복행위일 가능성이 높습니다. 머지않은 시일 내에 원인을 확인할 테지만, 기쁘게도 우리가 이미 용의자를 파악했다는 점을 말씀드리고자 합니다."

스크린에 다른 사진이 나타났다.

용의자? 이렇게 빨리?

뭉크는 골리를 돌아다보았다. 그녀가 눈썹을 치켜떴다. 그는 여기 참석한 다른 사람에게 별 관심이 없었지만, 이런 상황에서는 그들에게 경의를 표하지 않을 수 없었다. 뢰닝이 살인자와 조우한 것은 불과 몇 시간 전의 일이었다.

"다시 한 번 여러분께 우리가 지금 매우 민감한 정보를 다루고 있음을 상기시켜드립니다. 우리가 범인을 어떻게 찾았는지 말씀드릴 재량권이 저에게는 없지만, 그에 대해 알고 있는 정보는 얘기할 수 있습니다. 일반 시민에게는 접근 불가한 고위층만의 1급기밀이죠. 어떤 상황에서도, 반복해 말하지만, 지금 여러분이 듣게 될 내용이 이 방을 새어나가게 해서는 안 됩니다." 에드바르센은 그들을 똑바로 바라보지 않았다. 하지만 그가 누구를 염두에 두고 말하는지는 의심의 여지가 없었다. "우리가 아프가니스탄에 파병을 했을까요? 공식적으로, 아닙니다. 우리 군인들은 단지 인도적인 UN 지원 작전에만 참여하고 있습니다. 그렇다면 비공식적으로는? 그렇습니다, 우리는 참여하고 있습니다. 동맹이 전쟁 중일 때 펜스에만 앉아 있지는 않습니다. 다시 말씀드리는데, 여러분이 듣게 될 내용이 이 방 밖으로 나가서는 안 됩니다. 아셨습니까?"

에드바르센은 이제야 사람들이 진지하게 받아들이는지 확인하기 위해 고개를 들었다. 골리는 고개를 끄덕였고, 뭉크도 마지못해 따라했다.

"좋습니다." 장군이 낮고 걸걸한 목소리로 말했다.

스크린에 다른 사진이 떴다. 제복 차림의 젊은 남자가 곁눈질로 사진기자를 보고 있었다. 완전군장을 한 모습 뒤로 황량한 풍경이 펼쳐져 있었다.

"이 자가 그 병사라고 생각됩니다." 에드바르센이 말했다.

또 다른 사진. 같은 병사로, 이번에는 자료 사진이었다.

"그의 이름은 이반 호로비츠." 에드바르센이 다시 참석한 사람들을 응시했다. "1988년 예비크에서 출생. 텔레마크 대대에서 군생활을 시작했고, 훗날 알파Alfa 부대원으로 뽑혔죠. 알파를 모르는 분들을 위해 설명하자면 한마디로 최정예 부대입니다. 미국에 그린베레, 러시아에 스페츠나스가 있다면 우리에게는 알파 부대가 있습니다." 장군의 음성에서 감추지 못한 자부심이 드러났다. 그가 클릭을 하자 스크린에 다른 사진이 나타났다. "아프가니스탄 북부지역. 미국은 인듀어런스라는 이름의 대규모 작전을 수행했고, 우리는 알파 부대원으로 구성된 여섯 명의 병사를 파견했습니다. 그들 중 한 명이 우리가 말하고 있는 이반 호로비츠입니다. 자세한 설명은 못 하지만, 앞서 말했듯이 이것은 NTK입니다, 그 후 일어난 어떤 사건이 우리가 지금 다루고 있는 일을 촉발시켰다고 믿을 만한 근거가 있습니다. 노르웨이 정부에 대한 일종의 증오 혹은 뭐라고 불러도 좋습니다만, 보복행위죠. 어쨌든 우리가 왜 용의자를 확인했다고 믿는지 그 이유를 짐작했을 겁니다."

에드바르센은 다시 물을 한 모금 마셨다.

다시 더 황량한 사막. 초토화된 산정상들.

"2010년 봄. 알파 부대는 통상적인 업무를 하던 중 기습을 당했습니다. 그 일로 우리 병사 다섯 명을 잃었죠. 이반 호로비츠는 유일한 생존자였습니다. 어떤 일이 있었는지 아직도 정확히 규명되지 않았습니다. 다만 호로비츠에 따르면 폭발 후 의식을 잃었다가 되찾았는데, 가슴과 배에 날카로운 부상을 당했으며 다리는 골절됐다고 합니다. 호로비츠는 그 후 산속 동굴에서 열흘을 버텼습니다, 자기 오줌을 받아 먹으면서. 물론 다른 것도 먹었겠지만 그게 뭔지 우리는 잘 모릅니다. 어쨌든 그는 인근 도로로 겨우 기어나왔고, 거기에서 경찰에게 발견되었습니다." 에드바르센은 거기 모인 사람들을 진지하게 둘러본 뒤 말을 이어나갔다. "호로비츠는 야전병원에서 치료하고 관련 내용을 보고한 뒤 노르웨이로 귀환했습니다. 그의 현역 육군 경력은 그걸로 끝났습니다. 우리는 그에게 훈장을 수여했고 민간인의 삶으로 전환하도록 도움을 주기 위해 사무직을 제안했습니다. 호로비츠는 더 이상 예전의 그가 아니었습니다. 그는 폭로를 원하죠. 거기에서 일어난 어떤 일이 옳지 않다, 자기는 친한 전우들을 잃었고, 사람들은 어떤 일이 일어나고 있는지 알아야 한다는 거죠. 여러분도 이제 이해했을 겁니다. 결국 우리는 그를 놓아주는 것 외에 달리 선택할 게 없었습니다. 이후 우리는 그를 밀착추적했습니다. 그를 돕기 위함이지만, 다른 한편으로는 감시하기 위해서였죠." 에드바르센이 다시 노트북을 클릭했다. "2011년 호로비츠는 블라크스타드 정신병원에 입원합니다. 2012년 초에 퇴원했고요. 그 직후 자취를 감췄습니다. 은행계좌에서 돈도 인출하지 않았습니다. 전기를 사용한 흔적도 없고. 마치 이반 호로비츠라는 사람이 이 세상에 존재하지 않는 것처럼. 우리는 그가 자살했을 거라고 추정하지만 시신은 발견되지 않았습니다. 그 후 추적을 종결했습니다. 그런데 지금 이런 사태가 벌어진 겁니다."

"다른 사람 행세를 하는 게 아닐까요?" 푸른색 넥타이 차림의 남자가 건조한 목소리로 물었다.

"그럴 가능성이 있습니다." 에드바르센이 고개를 끄덕였다.

"그의 증오가 사실입니까?" 이번에는 회색 넥타이가 차분한 어조로 물었다.

"유감스럽지만 그런 것 같습니다." 에드바르센이 말했다. "우리 군의 정신과 전문의가 남긴 보고서에 의하면, 귀국 직후 호로비츠는 우리가 염려할 만한 부정적인 행동 징후를 보였습니다."

"시간이 흐르고 있습니다." 테이블 끝에 앉은 나이 많은 남자가 불쑥 말하더니 뭉크와 골리를 향해 알 듯 말 듯 고개를 끄덕였다.

"네." 에드바르센이 그의 의중을 읽은 듯했다. "뭉크 반장님, 골리. 괜찮죠?"

뭉크는 그저 고개를 끄덕였다.

"우리는 이반 호로비츠를 찾기 위한 주요 수색작전을 개시했습니다. 이제 여러분도 다음 내용에 따라주시기 바랍니다." 그의 어조가 바뀌었다. 이제부터는 명령이었다.

뭉크는 언짢았지만 아무 말도 하지 않았다.

"우리는 언론에 호로비츠에 대해 알리려고 합니다. 여러분에게도 필요한 사진이나 자료를 제공할 것입니다. 지금으로선 그가 유력한 용의자입니다. 다만 여러분은 그의 군 경력에 관해서는 함구해야 합니다."

"잠깐만요…." 뭉크가 나섰지만 묵살당했다.

"좋습니다." 또 다른 넥타이가 말했다. "설령 그가 은신했다고 해도 누군가는 틀림없이 그를 알 겁니다. 완벽하게 숨을 수는 없죠. 새로운 직장, 친구, 이웃도 있을 겁니다."

"그렇습니다." 에드바르센이 받았다. "우리가 지금 기대하는 것도 그 지점입니다. 누군가는 그를 알아볼 수 있으리라는 점 말입니다. 운이 좋으면 아주 빠르게 일이 진척되겠죠. 호로비츠가, 음, 리스트에서 또 다른 피해자를 선택하기 전에."

"정부에서 지금 이 사람들을 보호하고 있나요?" 안경 쓴 남자가 리스트를 손에 들고 질문했다.

"물론 논의는 했습니다. 하지만 여러분이 보시듯 이 이름들은 아주 평범합니다. 닐스 올센, 얀느 안데르센…. 이름으로만 본다면, 잠재적인 희생들이 얼마나 많겠습니까? 안타깝게도 우리는 그들까지 보호할 여력이 안 됩니다. 아니, 불가능하죠." 마지막 말은 처음으로 인간적으로 들렸다. "따라서," 장군이 뭉크와 골리를 주시하며 계속했다. "이반 호로비츠는 이제 공식적으로 용의자입니다. 그것이 불필요한 우려를 불러일으키지 않으면서 우리가 추구할 수 있는 최선의 방향입니다. 세 건의 살인사건 용의자. 우리가 그를 서둘러 찾는 이유는 그겁니다. 그리고 희망사항이지만, 그것으로 우리가 그를 찾는 이유가 충분하길 바랍니다. 우리는 지금까지도 이 사건에 많은 우리 인력을 할당해왔지만, 이 순간부터 범인 검거를 위해 총력을 기울일 것입니다."

"하지만…." 뭉크의 말은 다시 가로막혔다.

"미안합니다. 골리, 알았죠?"

에르바르센의 말에 아네트 골리가 고개를 끄덕였다.

"우리는 경찰이 요구하는 자원을 제공할 것입니다. 그와 별도로 특별수사반은 평소 하던 대로 하십시오, 오케이?"

"우리 직원들에게 이 일을 어떻게 설명할까요?" 뭉크가 물었다.

"그저 호로비츠가 용의자라는 사실만."

"하지만 어떻게…?"

"방법을 찾아내세요." 에드바르센은 이제 다른 단계의 의제로 넘어가고 싶은 마음이 역력했다.

그때 그들을 안내했던 젊은 남자가 조심스럽게 다가왔다.

"제가 밖으로 안내하죠." 그가 정중하게 미소 지으면서 열려 있는 큰 문을 고갯짓으로 가리켰다.

54장

미아는 선뜻 안으로 들어서지 못한 채 크림색 벽돌 건물 밖에서 서성였다. 전에도 여기 와본 적이 있었다. 오래 전의 일이었다. 예전에, 다른 삶을 살던 때. 건물을 보자 잊고 지내던 기억이 되살아났다. 프린드센 센터. 오슬로 시립 마약중독자 서비스센터. 밤이면 제공되는 잠자리. 실내 사격장. 의사들이 제공하는 정신과 치료. 심리치료사들. 간호사들. 가정으로 돌아가도록 경제적·심리적 지원을 해주는 곳. 그녀가 처음 여기에 왔던 이유도 그 때문이었다. 시그리를 데리러. 미아의 기분이 점점 가라앉았다. 구석에 웅크리고 앉아 있던 동생은 아주 작아 보였다.

미안해, 미아.

그런 말 마, 시그리. 괜찮아. 당연히 나한테 연락해야지.

너를 귀찮게 할 생각은 아니었어.

아니야, 나 전혀 귀찮지 않아. 당연히 내가 널 도와야지. 무슨 일이 있었어?

다정하지만 경계하는 얼굴들. 냉랭한 방을 차례차례 거쳤다. 서명해야 할 서류들.

미아, 나 별로 느낌이 좋지 않아.

집으로 갈래? 나와 같이 살 수 있어.

그래도 괜찮을까, 그렇게 생각해?

물론이지, 시그리.

네 앞길을 막고 싶지 않아, 약속할게.

그런 일은 결코 없을 거야, 시그리.

낯선 사람들. 낯선 서식들. 쌍둥이 동생은 너무 야위어서 뼈가 다 튀어나와 보이는 몸을 담요로 감싼 채 조수석에 앉아 있었다.

그 순간 등 뒤편 가까운 곳에서 트램이 덜컹거리며 지나는 바람에 미아는 추억에서 빠져나왔다. 정신을 다잡았다. 그리고 시커먼 주철 정문을 지나 리셉션으로 걸어갔다.

"어서 오세요. 무슨 일로 오셨어요?" 안경 너머 부드럽지만 피곤한 얼굴이 물었다.

"미아 크뤼거라고 합니다. 밀드리드 린드 씨를 만나러 왔어요."

"네, 저기 의자에 앉아 기다리세요. 곧 나오실 거예요."

"고마워요."

미아가 의자에 막 앉을 때 문이 열리며 중년의 사회사업가가 나타났다. "안녕, 미아. 오래만이에요. 다시 만나서 반가워요."

"저도요, 고마워요."

"내 방으로 갈까요? 거기에서 말하는 게 좋을 것 같아요."

미아는 그녀를 따라 복도를 지나고 자갈 깔린 마당을 가로질러 걸어갔다. 책상 하나, 벽에 여러 개의 포스터가 걸린 방이 나왔다. 온갖 도움을 제의하는 문구들.

린드는 안경을 콧잔등 위로 밀어올리며 의자에 앉았다. "알다시피 여기 온 사람들은 경찰을 경계하는 편이에요. 그들 중 몇몇에게 물어보려고 애쓰기는 했는데, 당신이 준 정보가 좀 막연해요."

"알아요." 미아가 미안해했다. "하지만 제가 아는 건 그게 전부예요. 세실리에. 시세. 빨간색 푸파재킷. 나이는 마흔 살 정도."

"다행히 당신을 도와줄 만한 사람을 찾았어요."

"정말이에요?" 미아가 반색을 했다. "그녀가 살아 있대요?"

"무슨 뜻이에요?"

"아무것도 아니에요. 전 그냥…."

"말했듯이 환자들은 경찰을 신뢰하지 않아요. 이유는 뻔하죠."

"이것은 제 개인적인 문제예요." 미아가 재빨리 말을 가로막았다. "전 경찰 업무로 온 게 아니에요. 수사가 목적이 아니에요. 무엇으로도 고발당할 사람은 없어요. 그저 그녀를 찾으려는 거예요."

"알겠어요." 린드가 고개를 끄덕였다. "그렇지 않아도 통화할 때 그런 인상을 받았어요. 나도 솔직히 말해 경찰 자체는 좋아하지 않아요. 하지만 당신은 잘 알죠."

"고마워요, 그렇게 말씀해주셔서."

린드가 전화 수화기를 들었다. "아, 밀드리드예요. 거기 쉰네 있어요? 잘됐군요. 잠깐 내 방으로 와달라고 전해주겠어요? 지난번에 말한 문제로. 좋아요, 고마워요."

그들이 방에서 말없이 기다릴 때 문 두드리는 소리가 났다.

"아, 쉰네. 어서 들어와요. 괜찮죠?"

"아, 네." 젊은 여자가 미아를 흘끗 보더니 대답했다.

"이쪽은 미아 크뤼거예요." 린드가 소개했다.

"아, 네." 마른 몸의 여인이 말했다. 하지만 그녀는 어떻게 해야 할지 확신이 서지 않은 듯 문가에서 주춤거렸다.

"여기 잠깐 앉지 않을래요?" 린드가 일어서며 말했다. "난 할 일이 있어서요. 괜찮죠? 나 없이 두 사람만 있어도?"

"괜찮아요." 미아가 웃었다. "아, 전 괜찮은데. 당신은 어때요?"

"그녀가 문제를 일으킨 건 아니죠?" 젊은 여인이 물었다.

"누구요?" 미아가 되물었다.

"시세."

"아, 아니에요. 이건 경찰과 전혀 관련 없는 거예요. 그녀가, 음, 나한테 좀 중요해서요. 이해가 되나요?"

밀드리드 린드가 웃으면서 문 밖으로 사라졌다.

"글쎄요. 그런데 시세가 왜 당신에게 중요한가요?"

"그녀가 나와 관련 있는 뭔가를 갖고 있는 것 같아서예요."

마른 몸의 여인은 의자에 앉으면서도 여전히 자신이 뭔가 이용당하는 게 아닌지 의심스러워했다. "그게 뭔데요?"

"이것." 미아가 자신의 팔을 내밀며 말했다. "아니, 이것과 아주 비슷하게 생긴 것."

쉰네가 은팔찌를 보고 희미하게 웃었다. "한때 나도 그런 걸 갖고 있었어요."

"당신이요?"

"그래요, 그것과 꼭 같지는 않았어요. 배가 세 개 달려 있었죠. 오빠가 전쟁터에 나가기 전에 내게 줬어요."

"오빠가 군인이에요?"

마른 몸의 여자는 꾀죄죄한 털재킷을 단단히 여미고 조심스럽게 고개를 끄덕였다. 그녀는 창문 밖을 초조하게 바라보며 의자에서 몸을 이리저리 꼼지락거렸다. "오래 전에요."

"어느 부대 소속인데요?"

"잘 몰라요. 오빠는…, 뭐더라?, 외인부대? 거기로 입대했어요."

미아는 조용히 고개를 끄덕였다.

"내 생각에 오빠는 강한 남자가 되고 싶었던 것 같아요. 하지만 우린 오빠로부터 다시 소식을 듣지 못했어요. 어머니는 우리를 도와줄 누군가를 찾으려고 했죠. 하지만 자원입대했을 경우에는 가족이 할 수 있는 게 많지 않더군요. 혹시 로포텐(노르웨이 북부연안의 섬들 ─ 옮긴이)에 가본 적 있으세요?"

"아니요, 아쉽게도."

"집 뒤편으로 깎아지른 듯 하늘에서 곧장 바다로 떨어지는 산들이 있어요." 젊은 여자는 그 말을 하며 살짝 미소 지었다.

"아름다운 곳 같네요."

"맞아요."

"그녀를 알아요? 시세?"

"네." 그녀가 한참 만에 대답했다. "하지만 죽은 것 같아요."

"죽어요? 왜요?"

"죽었어요. 사람들이 그렇게 말했어요. 하지만 난 몰라요. 사람들은 아무렇게나 말하죠, 그렇지 않나요? 이 동네에서 누구를 믿어야 하는지 당신은 절대로 몰라요."

"그럼 그녀를 한동안 못 봤나요?"

"네. 아마 크리스마스 전부터 못 본 것 같아요."

"그녀를 잘 알아요?"

"꽤 알아요. 아니, 함께 많이 돌아다녔다고 해두죠. 그녀는 괜찮은 사람이었어요. 언제나 함께 주사를 맞았어요. 그녀는 절대로 인색하지 않았어요. 돈이 있으면 빌려주기도 했고."

"그녀가 시세라는 것만 알아요? 성이나 뭐 다른 건 몰라요?"

"몰라요." 쉰네가 말했다. "성도 모르고 고향도 모르고요. 혹시 케빈한테 물어봤어요?"

"누구요?"

"케빈요. 둘이 늘 붙어 다녔어요. 한때는 그녀가 엄마 노릇을 하는 줄 알았죠. 근데 지금 생각해보면 그냥 아주 친한 친구 사이였던 것 같아요. 어쨌든 케빈을 만나보세요. 나보다 더 잘 알 거예요." 쉰네는 가볍게 기침을 하고 털재킷을 더 꽁꽁 여몄다.

"케빈은 어떻게 찾아야 되죠?"

"나도 몰라요. 그는 어디로든 떠돌아다니거든요. 우리들처럼."

"어디에서 시간을 보내는지도요? 혹시 휴대폰은 갖고 있나요?"

"아니요. 몰라요." 젊은 여자가 말했다.

"나이는 몇 살이에요? 생김새는 어떤가요?"

"그렇게 늙지 않았어요. 나보다 약간 더 많을까. 마지막으로 봤을 때 노란색 비니를 쓰고 있었어요. 하지만 그건 별 도움이 안 되겠죠. 그 사이 잃어버렸을지 알게 뭐예요."

"네. 그래도 혹시 모르니 노란색 비니를 찾아볼게요." 미아가 말했다. 그때 문이 열리며 밀드리드 린드가 고개를 들이밀었다.

"쉰네, 의사 선생님이 보자고 하시는데요. 그럴 수 있겠어요?"

"네, 그럴게요." 여자가 고개를 끄덕이며 자리에서 일어섰다.

린드가 미아를 쳐다보자 미아는 고개를 까딱했다.

"참, 그런데," 쉰네가 문가에서 말했다. "그의 눈썹이 이상하게 생겼어요."

"누구요? 케빈?"

"네, 눈썹이 좀… 음, 거의 없는 것처럼 보여요. 내 생각에 눈썹에 무슨 문제가 있는 것 같아요."

"눈썹이 없어요?"

"네, 눈썹이 거의 없는 것처럼 보여요."

"우리 이제 가봐야 할 것 같아요. 오늘 그 의사를 보고 싶어하는 사람들이 많아서요." 밀드리드 린드가 친근하게 미소 지었다.

"물론이에요." 미아가 말하며 자리에서 일어났다.

"당신이 찾으려는 것을 찾게 되면 좋겠어요." 쉰네가 말했다.

"도와줘서 고마워요, 쉰네."

젊은 여자는 살짝 웃어 보인 뒤 조심스럽게 손을 들어 작별인사를 했다. 그런 다음 팔짱을 낀 채 린드를 따라 복도로 걸어나갔다.

55장

케빈은 헤그데하우그바이엔에 있는 세븐 일레븐의 뒷방에 앉아 머리에 난 혹을 매만지고 있었다. 맞아서 생긴 게 아니었다. 단지 배가 고팠기 때문이다. 보통 때는 먹지 않아도 며칠이든 버틸 수 있었다. 이를테면 헤로인에 취했을 때, 그는 아무것도 필요 없었다. 약간의 물만 있으면 됐다.

하지만 그는 지난 며칠 동안 한 번도 맞지 않았다. 그래서인지 스니커스 바가 너무도 먹고 싶었다.

"이, 쓰레기 같은 마약쟁이. 툭하면 여기에 있다니까." 멀리서 여자의 목소리가 들렸다.

케빈은 말하는 사람과 눈을 맞추려고 애썼지만 잘 되지 않았다.

놀랄 일도 아니었다.

애초에 이렇게 될줄 알지 않았던가? 그는 제대로 한 방 맞을 돈도 없었다. 더 이상 기대볼 돈구멍이 없었다. 그는 매우 피곤했다. 아니, 병이 들었다. 아무것도 할 힘이 없었다. 그래서 사람들이 대신 다른 무엇을 놓아주었다. 그와 지미에게. 리탈린과 로힙놀. 각성제와 진정제인 알약을 가루로 만들어 액화한 것이었다. 지미는 그들이 좋은 헤로인 대체제를 만들었다고 했다. 하지만 케빈은 바늘이 피부를 뚫고 들어갈 때 의심이 들었다.

놀랄 일이 아니었다.

그때부터 죽, 기억이 별로 안 났다.

"이봐, 좀비?" 누군가 그의 어깨를 잡고 흔들며 말했다.

"어?" 케빈은 대답하며 눈을 떴지만 여전히 몽롱한 상태였다.

"자냐?" 남자 경비원이 그를 보며 말했다.

케빈은 정신이 번쩍 들었다. 뇌 속의 스위치가 딸깍 켜지고, 그가 의자에서 몸을 벌떡 일으켰다. 하지만 그의 의식은 또다시 가물가물 사라져갔다.

놀랄 일도 아니었다.

머리가 이상해져서 빈민굴의 노숙자로 전락한 지미는 전직 대학교수였다는 소문이 돌았다. 세상 돌아가는 일에 대해 빠삭한 그였지만, 이것은 큰 실수였다.

그때부터 얼마가 지났을까?

구토를 많이 했지만 공복이라 담즙만 올라왔다. 게다가 더하기, 빼기는 영이라는 이론, 또는 각성제와 진정제를 혼합했을 때 나타날 거라고 지미가 기대한 효과는 이론대로 되지 않았다. 잠깐 정신이 번쩍 드는 순간 케빈은 원하면 달나라까지 한달음에 달려갈 수 있을 거라고 생각했다. 하지만, 곧바로 정신을 잃고 말았다.

그는 추락하고 있었다.

또다시 진정제 효과가 나타났다. 그래도 이번에는 덜 끔찍했다. 이제 그 약효마저 거의 끝나갔다. 그저 이 상태가 조금 더 길게 지속됐으면…. 배가 고프던 기억이 났다. 그때 세븐 일레븐을 발견했다. 스니커즈 바가 눈에 들어왔다. 좋은 소식이었다. 하지만 곧장 문기둥으로 달려가다 의식이 나가버렸다. 그리고 지금 이 방에서 깨어났다. 상황이 나쁘지만 뭐, 절도쯤이야 대단한 죄도 아니었다. 겨우 초콜릿 바였다. 그보다 중요한 점은 이 모든 게 곧 끝나리라는 사실이었다.

허무하기 짝이 없는 여행 같으니.

"여기예요." 여자가 테이블을 가리키며 말했다.

케빈은 그녀가 무슨 말을 하는지 여전히 알아듣지 못했다.

"이 자가 돈을 훔쳤어요?" 경비가 물었다.

"돈 통에서요. 저기 최소 2만 크로네가 있었는데 지금은 반밖에 없어요."

"이봐, 돈 훔쳤어?" 경비가 케빈의 어깨를 다시 흔들며 물었다.

"스니커즈." 입 안이 말라서 목소리만 겨우 나왔다.

"네가 훔친 게 초콜릿 바가 다야?"

케빈은 고개를 끄덕이고 싶었지만 머리가 툭 떨어질까봐 겁이 나서 가만히 있었다.

"거짓말이에요." 여자가 다시 돈 통을 가리켰다. "이 남자가 훔치는 걸 제가 봤어요. 이 남자는 그 전부터 여기에 있었어요. 보세요, 돈이 거의 다 없어졌어요."

케빈은 이제 기분이 좀 나아졌다. 어떻게 되어가는지 보고 들을 수 있었다. 안심이 됐다. 아까는 죽을까봐 겁이 났었다, 아니 오늘 이른 아침이던가?

"돈 어쨌어?" 이번에는 경비가 그의 어깨를 세게 움켜쥐었다. "돈 내놓지 않으면 경찰에 연락할 거야."

"무슨 돈이요?" 케빈이 의아한 눈으로 중얼거렸다.

"저 돈 통에서 돈 빼갔잖아요." 여자가 세 번째로 그곳을 가리키며 말했다. 마치 앞의 두 번으로 충분하지 않다는 듯. "저기 적어도 2만 크로네가 있었는데 지금은 절반밖에 없어요."

이제 끝났다. 하느님, 감사합니다. 아니, 그것이 다시 오고 있었다. 케빈은 앞으로 일어날 일이 무서워서 의자모서리에 매달렸지만 그것은 잘못된 경고였다. 그는 아직 여기에 있었다. 더 이상 오르내림은 없었다.

그는 혼자 웃었다. 멍청한 지미. 그는 두 번 다시 그런 짓을 하지 않을 것이다. 로테한테도 말해줘야지. 둘이 진지하게 대화를 나눠야 하리라. 로테와 케빈은 커플이었다. 뭐든 함께 했다. 서로 비밀을 가지면 안 됐다.

일주일 안에 돌아올게.

어디 가는데?

너한테 말 못해.

왜?

제발 묻지 마, 케빈. 너는 그냥 나를 믿으면 돼, 알았지?

물론이지. 하지만, 힌트라도?

뭣 좀 가지러 가.

뭔데?

제발 더 이상 묻지 마. 약속할게. 내가 돌아오면 우리 여기를 떠나자. 우리 둘이. 오케이?

여기서 떠나자고? 어디로?

여기, 이 시궁창에서 멀리. 너랑 나랑. 멋지지 않아?

당연히 멋졌다. 케빈은 이제야 정신이 돌아온 것을 느꼈다. 슬슬 움직일 때였다. 그는 휴대폰을 잃어버렸다. 로테한테 아무 소식도 듣지 못한 게 당연했다.

휴대폰을 새로 사야지.

"어쨌어?" 경비가 다시 물었다. 그는 이제 화가 난 듯했다.

"뭐요?"

"돈 말이야. 돈 통에서?"

"난 스니커즈만 훔쳤어요." 케빈이 조심스럽게 대답했다.

경비가 돌아다보자 여자는 고개를 절레절레 저었다. 몇 초쯤 지났을까. 케빈은 어떻게 된 일인지 깨닫기 시작했다. 세븐 일레븐 제복을 입은 여자의 눈빛에 뭔가 있었다. 교활한 년. 그녀가 서랍에 손을 댄 것이다. 그가 거기에 앉아 있을 때, 그녀가 그러는 것을 포착했었다. 이제야 생각이 났다. 인사불성의 마약쟁이라…. 완전 범죄가 가능했다. 돈을 훔치자. 그에게 누명을 씌우자.

"경찰이 올 때까지 우린 여기서 기다려야 해." 경비가 말했다.

경찰관 두 명이 도착했다. 엄밀하게 말하면 경찰 업무보조원들이었다. 경찰학교에는 못 들어갔지만 권력을 휘두르고 싶어하는 녀석들. 오슬로 거리에서 6년을 보낸 케빈은 그들을 대부분 만나보았다. 쇼핑센터, 빌딩식 주차장, 계단통에서. 약간의 온기와 눈비를 막아줄 지붕을 찾아간 곳에는 어김없이 그들이 있었다.

"시내 중심가는 완전 무법천지야. 분명 무슨 일이 일어난 거야. 우리가 아니면 누가 가겠어." 첫 번째 경찰 보조원이 두 번째 경찰 보조원에게 말했다.

"하지만 이건 꼭 보고해야 해요." 돈 통에 손을 댔던 깜찍한 여자애가 티셔츠 앞으로 팔짱을 낀 채 말했다.

이봐요, 내 말 좀 들어봐, 응? 당신들이 경찰학교에 들어가지 못한 것도 놀랄 일이 아니군. 현금? 마약쟁이 하나 추가? 만약 내가 도둑이라면 왜 절반을 남겨두겠어? 만 크로네? 왜 내가 만 크로네를 남겨두었겠느냐고? 케빈은 자신의 영리함에 절로 미소가 나왔다. 그래서 그 말을 하려고 입을 벌리는 찰나, 편의점 밖 거리에서 날카로운 소리가 들려왔다. 귀를 찢을 듯한 인간의 비명에 이어 끼익익, 금속 바퀴소리.

"뭐지?" 경찰 보조원 2호가 문 밖으로 고개를 내밀었다. 그의 눈이 휘둥그레졌다. "이런, 맙소사."

"왜 그래?"

"누가 트램에 치였어."

대혼란이 일어났다. 케빈은 경찰 보조원 1호와 2호 사이에 끼여 창문에 얼굴이 짓눌린 채로 밖을 내다보았다. 거리에 노인이 쓰러져 있었다. 그 다음에 무슨 일이 벌어질지 아는 사람은 아무도 없었다. 그것은 각본에 없었다. 당신이 거리를 걸어가고 있다, 온통 자기 생각에만 빠져 있다, 그런데 갑자기 쿵하더니 바로 앞의 사람이 죽어서 누워 있다. 누구는 기절하고, 누구는 서로 부둥켜안는다, 울음소리도 들린다, 앰뷸런스를 부르는 사람도 있다, 누구는 휴대전화를 꺼내 모든 광경을 찍는다, 누군가는 도와달라고 외친다. 부상당한 노인의 가슴을 확인하는 손이 있고, 입으로 인공호흡을 시도하는 이도 있다, 출혈을 멎게 하려고 애쓰는 사람도 있다.

케빈은 그것들 중 아무것도 하지 않았다. 그는 차분히 안쪽으로 걸어가서 남은 만 크로네를 주머니에 쑤셔넣었다. 그리고 시내 쪽으로 달아났다.

56장

헤게 아니타는 겨우 일곱 살이지만 어른들이 생각하는 것보다 세상살이에 대해 밝았다. 사회복지사. 그들은 위험한 사람들이었다. 엄마한테서 어린 딸을 빼앗아가는 사람들. 그들이 나타나면 쥐처럼 잠자코 숨어서 절대 문을 열어주지 않는 게 중요했다. 그들이 아무리 초인종을 눌러대도. 그러다 너무 무서우면 손가락으로 귀를 틀어막고 아파트 건물 밖 놀이터에 종종 앉아 있는 하얀 고양이 따위를 떠올리거나 혼자 노래를 불렀다. 크리스마스는 아직 멀었지만 '반짝 반짝 작은 별'이라든지 '루돌프 사슴코' 같은 노래를. 크리스마스가 되면 할머니와 시간을 보낼 것이다. 엄마는 지난 크리스마스에도 그렇게 약속했지만 지키지 않았다.

오늘 선생님은 방과 후에 잠깐 남으라고 했다. 선생님은 아니타에게 질문을 했지만 다행히도 어떻게 대답해야 하는지 배운 터라, 이번에도 잘 넘겼다. 선생님의 이름은 토레였다. 그는 머리카락이 귀 너머에만 자라고 정수리에는 자라지 않는 일종의 병을 앓고 있었지만 매우 친절했다. 헤게 아니타는 거짓말을 하는 것은 옳지 않다고 생각했다. 하지만 세상을 늘 정직하게만 살 수 없다는 사실을, 아주 어릴 적 엄마한테 배웠다. 따라서 이것은 그냥 해치우고 잊어버려야 하는 문제였다.

엄마에게 만나서 드릴 말씀이 있다고 전해주겠니?

웃으면서 고개를 끄덕이고 정중하게 '네.'라고 말하기.

엄마가 학부모의 날 행사에도 안 오시고, 전화도 안 받네.

고개를 몇 번 더 끄덕이고는 교실 창밖으로 집에 돌아가는 다른 아이들을 보면서 다리 긁적이기. 언제나 멀리 떨어져 있지도 않고 낮잠을 자지도 않는 엄마와 아빠가 있는 집으로 돌아가는 아이들.

엄마한테 선생님이 주는 편지를 갖다 드리렴.

화장실이 급한 척 몸을 꼼지락거리기. 이건 언제나 통했다.

아니타는 목에 건 열쇠로 문을 열고 아파트로 들어갔다.

"엄마?"

아무 소리도 나지 않았다. 하지만 엄마 신발은 거기에 있고, 엄마가 늘 입고 다니는 재킷은 바닥에 있었다. 아니타는 기뻤다.

엄마가 집에 있다.

야호! 소리를 지르고 싶었다. 하지만 참았다. 엄마는 일을 나가지 않을 때 주로 잠을 자는데, 그럴 때 깨면 싫어했다. 엄마는 직업이 없지만 이런저런 일을 해서 집으로 돈을 가져오니까, 그것도 일종의 직업이었다. 최근에 학교에서 참관학습 행사가 있었다. 다른 엄마들 몇 명은 자기 직업을 말했다. 어떤 엄마는 아픈 아이들을 구해주는 의사였다. 어떤 엄마는 충치가 생겼을 때 치료해주는 의사였다. 어떤 엄마는 컴퓨터를 가지고 일을 했다. 또 어떤 엄마는 가족을 돌봤다. 아니타는 그 여자도 엄마랑 비슷하다고 생각했다. 엄마도 그 자리에 있었다. 비록 엄마는 아무 말도 하지 않았고, 헤게 아니타가 물었을 때도 그저 웃었지만.

"엄마?" 아니타는 속삭이듯 부르며 신발을 벗었다. 종종걸음으로 복도를 달려가 곧장 거실로 갔다. 거기에 아무도 없었다.

침실 문이 닫혀 있었다.

방해하지 마시오.

방해하면 안 된다는 것은 알았다. 그래도 오늘은? 어쩌면 오늘은 괜찮을지 모른다. 좋은 일만 일어났으니까.

토레 선생님한테 칭찬을 받았다. 선생님은 아이들이 모두 볼 수 있게 아니타의 그림을 들고 좋은 말을 해주었다. 아니타는 얼굴이 빨개졌다. 아니타가 할아버지의 차에 타고, 옆자리에는 할머니가 앉은 그림을 그렸다. 물론 개도 타고 있었다. 배경에는 낚싯배와 갈매기도 그렸다. 사실 선생님이 책상으로 올 때까지는 별 생각 없이 그림을 그렸다.

금색 별 한 개.

믿을 수가 없었다. 다른 아이들도 칭찬을 했다.

"와, 정말 대단하다."

"와, 너 정말 잘 그렸다."

"와, 나한테도 그림 그리기를 가르쳐줄래?"

쉬는 시간이 되자 모두 아니타와 놀고 싶어했다. 평소와 아주 달랐다. 그녀는 '시몬 가라사대' 게임을 할 때 먼저 하도록 허락받았고, 공놀이 팀을 나눌 때 주장으로 뽑혔다.

정말 신나는 날이었다!

그 그림은 책가방 안에 들어 있었다. 헤게 아니타는 조심스럽게 그림을 꺼내들고 다시 엄마의 침실 문 앞에 섰다.

엄마, 선물이에요.

하지만 아니타는 그러지 않았다. 그랬으면 참 좋았을 텐데.

아니타는 그림을 도로 가방에 넣고 부엌으로 갔다. 선반에 있는 것을 본 아니타의 얼굴이 환해졌다. 허니 치리오스. 냉장고에는 우유도 있었다. 집에는 절대 들어오지 않고 문가에 서 있기만 하는, 군복 상의를 입은 그 아저씨한테서 엄마가 돈을 받은 게 틀림없었다. 엄마는 피곤하니 이상한 일도 아니었다. 헤게 아니타는 우유와 시리얼을 가지고 거실로 와서 TV를 켰다. NRK의 〈슈퍼〉는 아니타가 가장 좋아하는 프로그램이었다. 그런데 평소와 달랐다.

'속보'라는 글자가 화면 꼭대기에 떴다. 헤게 아니타는 그릇에 우유를 따르고 나서 볼륨을 높였다.

"경찰이 오늘 세 건의 살인사건에 대한 주요 용의자의 사진을 배포했습니다…" 화면에 어떤 남자의 사진이 나왔다.

아니타는 〈오드 스쿼드Odd Squad〉(캐나다와 미국의 어린이용 교육 프로그램 —옮긴이)도 좋아했다. 그리고 각자 자기 말을 가진 소녀들에 관한 만화영화도.

그런데 지금은 머리에 헬멧을 쓰고 총을 든 남자 사진만 나왔다. 아니타는 시리얼 상자를 열고 우유에 치리오스를 쏟았다. 아이는 이런 식으로 먹는 것을 좋아했다. 고리 모양의 시리얼을 들이마시면서, 알갱이들은 사람들을 태운 작은 배이고 자신이 입으로 그들을 구한다고 상상했다. 아니타가 그릇에 숟가락을 넣었을 때 화면에 또 다른 사진이 떴다. 아니타의 눈이 휘둥그레졌다.

"한편 경찰은 이 여성도 찾고 있습니다…."

뭐라고?

TV에 나온 사진은….

엄마? 아니야….

첫 번째 사진. 그리고 또 다른 사진.

그랬다. 그것은 엄마였다.

초록색 야구모자를 쓰고 상점을 나서는 모습.

TV 속 여자는 계속 말을 했지만, 헤게 아니타에게는 더 이상 들리지 않았다.

이제는 그림이었다. 그런 다음 또 사진.

엄마? 그런데 왜?

헤게 아니타는 일어서서 작은 다리로 미끄러운 마루를 가로질러 힘껏 달렸다. 그리고 엄마의 침실 문 앞에서 잠깐 기다렸다. 점퍼 안에서 심장이 콩닥콩닥 뛰었다. 이윽고 아니타는 마음을 먹고 주먹으로 닫힌 침실 문을 두드리기 시작했다.

PART 5

57장

홀거 뭉크는 하우스만스가테에 있는 프레디 푸에고 부리토 식당에 앉아 늦은 아침을 먹고 있었다. 잠을 제대로 못 잔 탓에 기분이 저조했다. 이 식당은 의자가 좁은 데다 돌처럼 딱딱해서 조금도 편하지 않았지만, 적어도 무언가를 먹을 수는 있을 것 같았다. 더 가까운 스타벅스에 갈까 했지만 그곳에 있는 사람들을 대할 자신이 없었다. 어제 그는 기분이 엉망이 되어 비상상황실 회의장을 떠났고, 저녁 내내 기분은 더욱 나빠지기만 했다. 거만하고 뭐든 아는 체 하는 사람들. 어떻게 자신들만 옳다고 확신할 수 있을까? 그 문제가 밤새 그를 괴롭혔다. 그는 여러 번 잠에서 깨어 창밖에 대고 낡은 굴뚝처럼 줄담배를 피워댔다. 그러고 나서 완전히 더러운 기분으로 아침을 맞았다.

뭉크는 포장지를 구긴 다음 남은 콜라를 마셔버렸다. 그때 아네트 골리가 식당으로 들어왔다. 뭉크는 어제 오후 이후로 그녀에게 말을 하지 않았다. 그는 골리가 자신의 생각을 바로잡아 주기를 바

랐다. 평소 같으면 미아가 그의 이야기를 들어주었겠지만 그녀는
전화를 해도 받지 않았다. 이유는 명백했다.

"뭐하세요?" 아네트가 다소 혼란스러운 표정으로 물었다.

"나도 알아." 뭉크가 냅킨으로 입가를 닦으며 말했다. "난 회의
실을 그냥 나올 수밖에 없었어. 지금까지는 그래도 그들이 우리의
일을 들어주고 알아준다고 나 자신을 설득했어."

"누구요?" 골리가 앉으면서 물었다.

"알잖아." 뭉크가 중얼거렸다. "장군들."

아네트는 희미하게 웃었다. 뭉크는 그녀가 어제 회의 이후로 쉬
지 않고 일한 사실을 알고 있었다. 만약 그녀가 피곤하다면, 감쪽
같이 잘 숨긴다고밖에 생각할 수 없었다.

"커피 마시겠어?" 뭉크가 물었다. "부리토는?"

"아니요, 전 됐어요. 빨리 가봐야 해요."

그들은 그뢴란드의 경찰본부에 임시 콜센터를 설치했다. 스무
개의 유선전화. 그들이 유력한 용의자를 공개한 후 반응은 예상했
던 대로 뜨거웠다.

"거기는 어떻게 돼가?"

"아시다시피요." 아네트가 한숨을 내쉬었다. "전화통에 불이 났
어요. 모든 통화내용을 다 확인하기는 쉽지 않아요. 하지만 최선을
다해서 교대를 시키고 있어요."

"아직 그럴 듯한 단서는 없지?"

"글쎄요. 내용들 중에 절반도 확인할 능력이 안 돼요. 누구는 그
를 옆집에서 봤대요. 누구는 그랜 카나리에서 봤다고 하고요. 지하

철에서 봤다, 송스반 호수에서 롤러스케이트를 타는 것을 봤다, 심지어 자기 딸 축구코치라고 주장하는 사람도 있었는데, 확인해보니 아니었어요. 군장을 한 사진 속 남자와 전혀 닮지 않았어요."

"알 만하군."

"그런데 저한테 할 말이 있으시다고요?" 아네트가 자신의 전화벨소리를 무시하고 물었다.

"이거야." 뭉크가 앞에 놓인 서류철을 열었다

그는 초상화가가 그린 칼 오벨린드의 몽타주를 꺼내 이반 호로비츠의 사진 옆에 나란히 놓았다.

"요점이 뭔데요?"

"이게 정말 동일인물이라고 생각해?"

골리가 그림을 힐끗 보았다. "반장님…."

"그냥 보기만 해."

"반장님이 기분 나빠하는 거 알아요. 그들이 맡는 것, 저도 썩 내키지 않아요. 하지만 우리 힘으로 무엇을 할 수 있겠어요?"

"아니, 솔직히 비슷한 점이 있다는 데 동의해. 하지만 그것만 가지고 돼? 우리가 이미 조사한 모든 것을 버리는데, 그것만으로 충분하냐고? 그들이 '점프'라고 말하면 점프해야 해?"

"사실대로 말하면 이 두 개는 전혀 닮지 않았어요, 그렇지 않아요?" 그녀가 손가락으로 두 그림을 짚었다.

"하지만 우리는 이미 그가 변장을 했을 수도 있다는 것을 밝혀냈어요." 그녀의 휴대폰이 다시 울렸다. 그녀는 재빨리 화면을 보았다. "미켈손이에요. 이 전화는 받아야 해요."

"좀 기다리라고 해." 뭉크가 퉁명스럽게 말했다. "그럼 아네트는 이 두 개가 우리가 그들에게 수사통제권을 맡길 정도로 비슷하다고 생각하는 거야?"

"이건 그저 초상화일 뿐이에요…."

"나도 알아." 뭉크가 고개를 끄덕였다. "하지만 난 벌써 쿠리를 보냈어."

"어디로요?"

"그를 실제로 본 사람들을 만나서 물어보라고 했어. 실물을 본 사람들."

"감레뷔엔에 있는 호텔요?"

"그리고 사게네 청소업체에도."

"그 아이디어는 좋았어요." 아네트가 대꾸했다. "비록 경찰본부에서 제가 그를 비난하기는 했지만."

"만약 확실하다는 걸 증명할 방도가 없으면…."

"동일인이라는 거요?"

"응."

아네트가 웃기 시작했다. "반장님. 그건 반장님에게 달렸어요. 비록 저는…."

"아네트는 그들을 믿어?"

"제가 보기에는 못 믿을 이유가 없어요. 그들이 왜 우리에게 엉뚱한 사람을 주목하라고 하겠어요? 그들이 이유 없이 극비정보를 우리와 공유할까요? 반장님도 그들이 가진 것을 직접 보셨잖아요. 우리는 그들이 가진 인력을 전혀 갖고 있지 않고요. 저는 우리가 거기에 내려갔을 때 CIA가 우리를 감시하고 있다는 느낌이 들었어요. 그들이 호로비츠를 찾는 데 얼마나 시간이 걸렸을까요? 20분?"

"그래, 알아."

"이건 어디까지나 반장님에게 달려 있어요. 하지만 제 의견을 원하시면, 우리는 제대로 가고 있다는 거예요. 호로비츠의 사진들은 찍은 지 3년이나 됐다는 사실 잊지 마세요. 그리고…."

"그래. 이것들은 그저 스케치일 뿐이지." 뭉크가 중얼거렸다. "난 그래도 확실히 하고 싶어."

"물론이에요." 아네트가 말하고 나서 일어섰다.

"한 가지 더 있어." 뭉크가 그녀에게 다시 앉으라고 손짓했다. "그들이 우리에게 리스트를 주지 않은 사실을 주목해."

"그건 극비예요." 아네트가 고개를 끄덕였다. "NTK라고 그들이 말했잖아요?"

"극비는 무슨…." 뭉크가 서류철에서 또 다른 종이를 꺼냈다.

"이걸 갖고 오셨어요?" 아네트가 놀랐다. "어떻게?"

뭉크가 어깨를 으쓱했다. "물론, 내가 가져왔어. 그런데 이것 좀 봐." 그가 리스트에 적힌 이름 몇 개를 가리켰다.

"요점이 뭔데요?"

"안 헬렌 운데르고르."

"네?"

"톰 에리크 방세테르."

"무슨 말인지 모르겠어요."

"그들은 리스트에 오른 이름들이 너무 평범하다, 따라서 우리에게는 그들을 일일이 보호할 여력이 없다고 말했어, 그렇지? 이 불쌍한 사람들을 모두 보호하는 게 안 되면 최소한 그들에게 경고라도 해야 하지 않아?"

"반장님." 아네트가 머리를 가볍게 저었다.

"난 심각해. 이렇게 불리는 사람들이 얼마나 될까? 안톤 비르게르 룬다모. 물론 동일한 이름을 쓰는 사람이 많을 수 있다는 점은 인정해. 하지만 리스트 중에는 희귀한 이름도 있어. 많아봤자 몇 명이나 될까? 적어도 그들에 대해서는 뭔가 할 수 있잖아?"

"반장님." 아네트가 다시 불렀다.

"나는 그들에게 우리 팀원을 붙일까 생각 중이야."

"그들과 접촉을 해요?"

"응."

"안 돼요." 골리가 만류했다,

"왜 안 되는데?"

아네트가 테이블을 가로질러 그에게 허리를 굽힌 채 어깨 너머로 뒤를 살핀 다음 속삭였다. "뭐라고 그럴 건데요? 전국에 사람들을 마구잡이로 죽이는 미친놈이 있다, 당신 이름이 그의 명단에 올랐다고요? 그게 뉴스에 나오지 않고 얼마나 갈 거라고 생각하세요? 그건 대혼란만 야기해요. 게다가 이것은 극비예요. 만약 누설한 장본인이 우리라는 게 그들 귀에 들어가면, 어떻게 될까요?"

"알아. 하지만 불쌍해서 그래, 아네트. 만약 우리가 사랑하는 사람이 이 명단에 있다면 어떻게 할까?"

"그 일을 누구한테 맡길 건데요? 가브리엘? 일바? 크리포스는 이미 바빠요. 경찰본부 사람들도 마찬가지고. 교통경찰들까지 단서를 추적하느라 나가 있어요. 이제 이 사건은 판이 커졌어요. 국가 차원에서 무엇이 최선의 이익인가를 판단하는 문제라고요. 시민을 안심시키고, 혼란을 초래하지 않는 것들 말예요. 말할 것도 없이 그들은 즉각 반장님을 해고할 거예요. 아니, 반장님이 그 사실을 알기도 전에 스발바드에서 북극곰 숫자나 세게 만들 거예요."

"난 그런 거 신경 쓰지 않아."

"그러세요? 그럼 미리암과 마리온은요? 그들도 그렇게 될 수 있어요. 어쨌든 최선이라고 판단되는 것을 하셔야 해요." 아네트가 말하고 있을 때 잔뜩 짜증난 그녀의 핸드폰이 다시 진동했다. "저는 그들이 옳은 결정을 내렸다고 믿어요. 총리실. 법무부. 그들이 그럴 만한 이유가 있어요. 이반 호로비츠에 관해서라면, 누군가 뭔가를 안다고 확신해요. 이건 나라를 어지럽히는 미치광이들을 어떻게 걸러내느냐의 문제예요. 우리는 거의 다 왔어요. 곧 어떻게 될 거예요. 저는 느낄 수 있어요. 저, 지금 가봐야 해요, 아셨죠?" 아네트가 일어서서 가방을 집어들었다.

"아네트 말이 맞기를 빌겠어." 뭉크가 종이를 서류철에 도로 넣었다. "무슨 일 생기면 나한테 곧장 알려줄 거지?"

"반장님은 제 명단에서 맨 위에 있어요." 골리가 웃으면서 출입문을 향해 뛰어갔다. 그녀의 휴대폰이 다시 진동했다.

58장

사게네 세탁&청소 서비스의 문을 열던 쿠리는, 자신의 도착을 알리는 작은 종소리에 살짝 멈칫했다. 그의 신경은 아직 진정되지 않았다. 어젯밤에는 맥주 세 병에 위스키를 조금 마신 게 전부였다. 그는 자신에게 거의 자부심마저 느꼈으나 몸은 달랐다.

"어서 오세요." 중년의 베트남 여인이 카운터 뒤편에서 뜨개질을 하며 고개 들어 그를 보았다.

"경찰입니다." 쿠리가 신분증을 내보였다. "특별수사반입니다. 매니저와 얘기 좀 할 수 있을까요?"

"벌써 다녀갔어요." 여자는 일어날 기미도 없이 대꾸했다.

"네?"

"벌써 여기 다녀갔다고요." 중년 여인이 말하고 있을 때 젊은 베트남 남자가 뒷방에서 나타났다.

"경찰이 벌써 여기 다녀갔다는 말을 하시는 겁니다." 말쑥한 차림의 젊은 남자가 웃으면서 카운터에 손을 올려놓았다. "그건 그렇고, 제가 뭘 도와드릴까요?"

"특별수사반의 욘 라르센입니다." 쿠리가 다시 신분증을 들어 보이며 말했다. "칼 오벨린드라는 사람을 고용했던 걸로 알고 있는데, 맞습니까?"

베트남 여인이 눈을 희번덕거리며 뭐라고 중얼거렸다.

"그는 여기 고용인이 아니었습니다." 젊은 남자가 정정했다. "임시직원이었죠. 이번에는 무슨 일이죠?"

"이게…." 쿠리가 말하며 재킷 안에 손을 넣었다.

셋, 아니 그 이상이었다, 네 병이었나?

아니, 세 병이었다. 나는 꽤 말짱하지 않았던가?

맥주 세 병과 위스키 한 잔이었다. 아니 두 잔이었나?

루나와 함께 담요 안으로 들어간 기억은 나지 않았지만 깨어났을 때 적어도 그녀가 베개에 누워 그에게 미소를 보냈다.

그는 정신이 말짱했었다.

"이게 당신이 초상화가와 함께 만든 그림이죠?"

쿠리는 카운터에 꾸깃꾸깃한 종이 한 장을 내려놓은 다음 손바닥으로 반듯하게 폈다.

"네, 맞는데요. 왜요? 뭐 다른 일이 있었나요?"

"이건 어떻습니까?" 쿠리가 주머니를 뒤져 호로비츠의 사진을 꺼냈다.

"이게 누구죠?" 젊은 베트남인이 사진을 들여다보며 물었다.

"이 남자가 당신 밑에서 일했던 그 사람인가요?"

"음. 전…." 그는 얼굴을 찌푸리며 사진을 자세히 들여다보았다.

뜨개질을 하고 있던 여인이 다가와 사진을 보더니 쿠리가 알아들을 수 없는 말을 중얼거렸다.

"이 분이 뭐라고 하는 거죠?"

젊은 남자는 사과하듯 웃어 보였다. "그가 살이 쪘다고 하네요."

"그럼 이 사진 속 남자가 같은 사람인가요? 그 고용인과? 그러니까 여기에서 일했던 그 사람과?"

"임시직이었습니다." 베트남 남자가 재차 강조했다. 그가 다시 사진을 들여다보았다. "이 사진에서는 더 젊어 보이네요. 하지만 맞습니다. 칼 오벨린드예요. 맞다고, 말씀드릴 수 있어요."

"정말입니까?"

뜨개질하던 여인이 고개를 저으며 다른 말을 중얼거렸다.

"같은 사람이에요, 맞아요. 제가 아는 한."

"그렇군요, 고맙습니다." 쿠리는 사진을 재킷주머니에 넣었다.

세계나 술집. 모퉁이를 돌면 있지, 아마?

딱 맥주 한 잔? 생각도 정리할 겸?

"우리가 할 수 있는 일이 더 있으면 알려주십시오. 무엇이든 도움이 되면 기쁘겠습니다."

"지금까지 충분히 도움이 됐습니다. 다시 한 번 고맙습니다." 쿠리가 이번에는 종이 울리지 않도록 조심스럽게 문을 열었다.

이반 호로비츠.

칼 오벨린드

동일인이었다.

뭉크는 아침부터 기분이 영 엉망이었다. 쿠리가 그렇게 신경이 날카로운 뭉크의 모습을 보는 것도 오랜만이었다. 하지만 적어도 이 문제는 해결이 되었다.

군인. 아프가니스탄전 참전 용사.

그는 이 용의자의 신분이 어떻게 밝혀졌는지 몰랐다. 하지만 어찌됐든, 그는 그 점을 확인했다. 동일인물이었다. 쿠리는 최근 들어 방관자가 된 느낌이었다. 이 일을 계기로 다시 뭉크의 오른팔로 복귀할 수 있으리라. 그에게는 뭉크의 신임이 필요했다. 그렇지 않아도 자신의 이마에 난 상처와 근무를 빠진 것을 설명하려고 갖은 노력을 했다.

세게나 술집에서, 딱 한 잔?

먼저 뭉크에게 전화를 해.

그에게 기쁜 소식을 알려.

쿠리가 주머니에서 휴대전화를 꺼내 전화를 걸려고 하는데 전화벨이 울렸다. 화면에 뜬 이름을 본 쿠리는 순간 멍해져서 전화를 받는 것도 잊을 뻔했다.

"아, 미아?" 쿠리는 겨우 손가락을 움직여 전화를 받았다. "어떻게 지내? 모두들 미아를 찾던데."

"오른쪽, 50미터, 교회 바로 옆. 회색 자동차, 보이지?"

"어?"

"푸른색 재킷. 보여?"

"응, 그래."

"거리 건너편. 세븐 일레븐 밖에서, 전화하는 여자 보이지? 회색 코트에 갈색 앵클부츠. 그 여자 보이지?"

"무슨 말을 하는 거야?" 쿠리가 주위를 둘러보며 말했다.

"평소처럼 행동해. 걷기 시작해."

"무슨 일이야?"

"지금 출발해. 당신이 그들을 알아챈 걸 그들이 모르게 해. 공원 쪽으로 걸어가."

그들을 알아채?

무슨 일이 일어나고 있는지 몰랐지만, 쿠리는 미아가 시키는 대로 행동했다. 그의 발이 인도를 따라 걷기 시작했다.

"무슨 일이야?"

"빨간색 전화부스 두 개, 보이지?"

"어, 그래."

"그 옆 벤치, 보여?"

쿠리는 점점 더 혼란스러웠다. 그는 다시 세븐 일레븐 밖에 있는 회색 코트의 여인을 힐끗 보다 자신을 보고 있던 그녀와 눈이 마주쳤다. 그렇게 오래는 아니었다. 몇 초쯤 지나 그녀는 다시 창문으로 주의를 돌렸다.

"미아? 무슨 일이야?"

"그냥 내 말 들어, 욘. 내가 말하는 대로 해."

"오케이, 그런데?" 쿠리가 중얼거렸다. 그리고 다리가 움직이는 대로 도로를 따라 이동했다.

"벤치에, 교회가 마주보이도록 앉아."

쿠리는 세 번째로 회색 코트의 여인을 힐끗 보았다. 그녀는 어느새 그를 향해 시선을 돌려 계속 지켜보고 있었다.

"이제 거기에 있어. 앉아."

연석 옆의 회색 자동차. 푸른색 재킷을 입은 남자가 차에서 내리고 있었다.

"아래쪽을 만져봐."

그는 지금 자동조종 장치에 의해 통제되고 있었다. 의자 아래쪽에 손을 갖다대자 뭔가 붙어있는 게 느껴졌다. 메모지 한 장이었다.

"한 시간 내로, 오케이?"

"도대체 무슨 말인지…." 쿠리가 말하려는데 회색 코트의 여인이 침착하게 거리를 건너더니 쿠리와 아주 가까운 다른 상점 앞에서 걸음을 멈췄다.

"세븐 일레븐 안으로 들어가. 그들에게 경찰 신분증을 보여줘. 그들에겐 뒷문이 있어. 메모 찾았지?"

푸른색 재킷을 입은 남자가 이제 공원으로 가고 있었다.

"응."

"휴대폰을 꺼. 한 시간 내로 다시 만나."

그 순간 여자가 사라졌다.

59장

돌로레스 디 산티는 자신이 악마에 사로잡혔었다고 확신했다. 그녀는 포르토스쿠소의 작은 해변마을인 사르디니아에서 동네 이발사와 경건하게 살아가는 부인의 딸로 태어났다. 그녀의 어머니는 매일 아침 성호를 그으며 '노노지네디Non oggi né Di'를 중얼거리는 것으로 하루 일과를 시작했다. '주여, 오늘도 죄를 짓지 않게 하소서.'라는 뜻이었다. 돌로레스가 아주 어린 아이였을 때는, 천국과 지옥을 과도하게 믿는 어머니의 이 말을 들을 때마다 따분하다는 듯 눈알을 굴렸다. 하지만 그녀 역시 지금 세인트 올라프 성당의 차가운 의자에 앉아서 이 말을 중얼거리고 있었다. "Non oggi né Di." 비록 그녀는 이미 늦었다고 생각했지만.

그녀는 건축가가 되기를 꿈꿨지만 이루어지지 않았다. 요트를 타고 나타난 한 남자가 그만 그녀의 마음을 사로잡았다. 살바토레 디 산티. 밀란의 부잣집 아들. 그리고 나서 세월이 흘러가버렸다. 그녀는 세월이 어디로 가버렸는지 알 수가 없었다. 첫째 아이는 딸, 그 다음에는 아들이었다. 돌로레스는 전업주부이던 어머니처럼 살지 않겠다고 맹세했지만 결국은 똑같은 인생을 살았다.

하지만 편안한 삶이었다. 불평해서는 안 되었다. 딸과 아들은 좋은 교육을 받았다. 딸은 현재 의사이고, 아들은 엔지니어가 되었다. 남편인 살바토레 디 산티는 정치적인 야심이 컸고 그것을 성취했다. 그는 이탈리아 대사로, 그녀는 대사의 부인으로, 남아프리카에서 5년을 살았다. 그곳에서 그 일이 일어났고, 그 에피소드로 인해 그녀는 지금 자신이 악마에게 영혼을 빼앗겼다고 믿고 있었다. 그야말로 순진한 연애사건이었다. 그는 젊었다. 그녀보다도 훨씬. 대사관의 직원이었다.

L'introduzione del diavolo(린트로두지오네 델 디아블로).

악마가 들어온다.

신도들이 자리에서 일어날 때, 돌로레스는 혼자서 성호를 그었다. 오전 미사가 끝났다. 그녀는 말리 신부를 찾아 두리번거렸지만 어디에서도 보이지 않았다. 오늘 미사는 다른 신부가 집전했다. 그점이 약간 실망스러웠다. 그녀는 말리 신부에게 할 말이 있어서 찾아왔다. 자신의 죄를 고해야 했다. 그것이 유일한 방법이었다. 자신의 비참함을 끝내리라. 이대로 계속되어선 안 됐다.

남아프리카는 더웠다. 다채로웠다. 활기가 넘쳤다. 하지만 지금 파견되어 온 이 북쪽 국가는 정반대였다. 노르웨이로 온 이탈리아 대사. 그녀에게는 이 겨울이 참을 수 없을 만큼 추웠다. 빛은 결코 오지 않았다. 끝이 안 보이는 어둠. 달력은 봄이라고 말했지만 봄은 오지 않았다. 그녀에게 절실하게 필요한 온기를 주지 않았다.

일 디아블로Il diavolo, 그 악마. 그는 그녀가 가는 곳마다 있었다. 궁극적으로 자신의 죄를 고백해야만 했다. 그런 다음 고향 이탈리아로 갈 것이다. 추운 이 나라를 더 이상 견디기 힘들었다.

그녀는 망설이다 성물실로 가서 사제에게 말을 걸었다.

"말리 신부님은요?"

"우리도 어제부터 신부님을 못 봤습니다." 젊은 사제는 그녀가 알아듣기 힘든 엉터리 언어로 말했다. "어디 편찮으신 모양입니다. 우리도 신부님과 연락이 안 되고 있습니다."

"말리 신부님은요?" 그녀가 다시 말하려고 했지만 상대방은 이해하지 못하는 눈치였다.

"틀림없이 금방 오실 겁니다." 사제가 미소 지었다. 하지만 그녀는 그가 하는 말을 한 마디도 이해하지 못했다.

그녀는 말리 신부에게 말을 해야 했다. 말리 신부는 이탈리어를 조금 할 줄 알았다. 그는 로마에서 공부했다. 그녀는 영어를 조금 할 줄 알았다. 그들은 서로 의사소통이 됐다. 말리 신부가 그녀에게 고해 시간을 몇 시간 더 연장했다고 설명한 적이 있었다. 그녀는 아침이나 점심, 사실상 아무 때나 고해성사를 볼 수 있었다. 단지 성당에 오기만 하면 됐다.

그녀는 천천히 걸어 성당 끝에 있는 고해실로 (그것도 아마 새로 부임한 신부의 의도였을 것이다) 갔다. 그리고 의자에 앉아서 기다렸다. 20분쯤 지나자 충분히 기다렸다는 생각이 들었다. 신부는 나타날 것 같지 않았다. 마침내 그녀는 가방을 집어들고 차가운 의자에서 일어났다. 그 순간, 살짝 열린 문의 틈새를 발견했다.

저기 계신 걸까?

사제가 한 말이 그 뜻이었나?

그냥 안으로 들어가라고?

돌로레스는 문양이 화려한 고해소 가림막을 향해 천천히 걸어갔다. "스쿠사Scusa, 실례합니다. 말리 신부님?"

60장

쿠리는 마요르스투아에 있는 카페 미스트랄로 들어갔다. 멀리 구석 테이블에 앉아 있는 미아가 보였다.

"무슨 스파이 영화 찍는 거야?" 불독이 투덜거리며 미아의 맞은 편 의자에 털썩 앉았다.

"그들 따돌렸어?" 미아는 다짜고짜 물었다. 미아의 푸른 눈은 쿠리가 도무지 헤아릴 수 없는 표정으로 그를 바라보았다.

미아는 안절부절 못하는 것처럼 보였다. 손가락으로 커피잔을 톡톡 치고, 눈으로 끊임없이 실내를 살폈다. 만약 잘 모르는 처지 라면 마약했느냐고 물어봤을 것이다.

"그런 것 같아." 쿠리가 얼버무렸다. "도대체 무슨 일이야? 플롯 이 완전히 꼬여버린 거야?"

"전화기 껐지?"

"응."

"잘했어. 그들이 우리를 GPS로 추적했어. 우리의 일거수일투족을 감시해. 모두 다 그것 때문일 거야. 당신을 감시하고 있어."

"나를 감시한다고? 무슨 말을 하는 거야?"

"미안해." 미아가 그의 손을 가볍게 쳤다. "내가 더 빨리 말했어야 하는데. 하지만 지금 말하잖아, 그럼 됐지?"

바에서 어떤 노인이 맥주를 마시고 있었다. 쿠리는 맥주로 목구멍을 씻어내리고 싶은 충동에 사로잡혔다.

"그 빌어먹을 놈들이 대체 누군데?"

"내사팀. 설명하려면 길어." 미아가 난처한 표정으로 말했다. "아무튼 진작 말했어야 했는데, 미안해. 오케이?"

"내사팀? 경찰? 그들이 왜 나를 미행해? 내가 뭘 잘못했다고?"

"들어봐." 미아가 다가앉으며 설명했다. "며칠 전 볼드라는 이름의 요원이 연락을 해왔어. 그 변호사 기억나? 로렌트센?"

"아니."

"도난당한 차의 소유주자야. 비비안 베르그를 산으로 옮기는 데 사용됐던 메르세데츠 말이야. 하지만 볼드가 알고 싶어한 것은 우리가 로렌트센에게 관심이 있느냐였어."

"왜?"

"헤로인 때문에." 미아는 커피를 한 모금 마셨다. "자기들이 중요한 마약수입상을 알아냈는데, 로렌트센이 거기에 연루돼 있대."

"마약?" 쿠리가 격앙된 목소리로 고개를 저었다. "그게 나를 미행하는 것과 무슨 관계인데?"

"그들은 경찰 내부에 마약상의 끄나풀이 있다고 생각해."

"뭐?"

"경찰관. 그걸 입증하는 데 내가 도와주기를 원했어."

쿠리는 서서히 미아의 말뜻을 이해했다. 분노가 치밀었다.

"그게 나라는 거야?" 목소리를 낮춘다고 애썼지만 워낙 큰 소리라 바에 앉아 있던 노인이 고개를 돌려 두 사람을 쳐다봤다.

"쉿."

"나라고?" 미아가 고개를 끄덕이자 쿠리는 한층 낮게 소리쳤다. "정말이야?"

"내가 알기로는."

"도대체 왜 그런 생각을 했대?"

"설명하자면 길어." 미아가 쿠리를 진정시키려고 애썼지만 그는 더 이상 참지 못하고 분노를 터뜨렸다.

"도대체 내가 어떻게 했어야 하는데?"

쿠리가 손바닥으로 테이블을 쾅 치는 바람에 미아의 컵이 덜컹거렸다. 카운터의 바텐더가 신경질적으로 그들을 노려보았다.

"진정해." 미아가 타일렀다. "그게 중요한 게 아니야. 나는 그들에게 당신은 아니라고 말했어. 다시 말하지만 당신은 아니야. 그렇지, 욘?" 미아는 고개를 갸우뚱하고 그를 쳐다보았다.

쿠리는 미아가 얼마나 피곤한지 그제야 알았다.

"당연히 아니지. 도대체 내가 왜 그런 짓을 하겠어?"

"그러게 말이야. 그럼 거기에 대해선 걱정할 필요 없어."

"하지만, 빌어먹을!" 쿠리가 중얼거리다 말고 말꼬리를 흐렸다.

헤로인이라고? 내가?

"쿠리, 당신의 도움이 필요해." 미아가 몸을 기울이며 말했다.

"뭔데…?" 쿠리는 여전히 그 모든 것을 이해하려고 애쓰면서 숨을 죽여 물었다.

내부의 뭐? 마약을 거래해?

어떻게 그런 생각을 할 수 있지?

"정신 차려, 쿠리." 미아가 그의 주의를 끌려고 안간힘을 썼다.

쿠리는 이제 확실히 알 것 같았다. 빌어먹을. 그는 자신을 기민한 사람이라고 착각했었다. 그는 더 나빠지지 않을 수도 있었다. 하지만 현실은 정반대였다. 게다가 심약한 동료는 너무 피곤해서 의자에 바로 앉는 것조차 힘들어했다.

"괜찮아, 미아?" 쿠리가 걱정스레 물었다.

미아는 숨을 참고 눈을 감은 채, 정신을 잃지 않으려고 애썼다.

"미아?"

"괜찮아. 그냥 좀…."

"잠 못 잤어?"

그녀가 고개를 끄덕였다.

"얼마나?"

"거의 24시간. 걱정하지 마." 그녀는 이렇게 말하고는 손을 흔들어 무언가를 물리치는 제스처를 했다.

"도대체 무슨 일이 있는 거야?" 쿠리는 이제 테이블을 가로질러 몸을 숙였다. "내사팀이 나를 의심한다잖아? 그런데 왜 미아가 유령을 본 것 같은 표정이야. 잠을 못 잤어? 도대체 뭐하느라고?"

"거리를 샅샅이 훑었어." 미아가 웅얼거리며 눈을 비볐다.

"왜?"

"있잖아." 미아가 가까스로 정신을 수습하며 말했다. "도움이 필요해. 달리 물어볼 곳이 없어서."

"물론이야, 뭐든지."

탈진한 미아가 고마움을 담은 눈길로 쿠리를 바라보았다.

맙소사, 미아는 전혀 괜찮지 않았다.

"시그리에 관한 거야." 미아가 힘겹게 입을 열었다.

"여동생?"

"응, 난⋯."

"시그리가 왜⋯?"

미아가 다시 눈을 감았다. 쿠리는 미아가 완전히 의식을 잃어 눈 앞에서 테이블로 고꾸라질까 봐 두려워지기 시작했다.

"누군가를 찾는데, 당신의 도움이 필요해."

"물론이지, 누군데?"

"그 동네 잘 알지, 그렇지? 오랫동안 마약전담반에 있었잖아?"

"물론이지. 누구를 찾는데?"

"이름이 케빈이야." 미아가 조용히 말했다. "어젯밤 그를 찾아 시내를 누볐어. 하지만 난⋯."

"마약중독자야?"

미아가 고개를 끄덕였다.

"여기, 오슬로?"

그녀가 고개를 떨궜다. 그리고 이번에는 가슴께로 떨어진 고개를 들어올리지 못했다.

"걱정 마, 내가 도와줄게." 쿠리는 다정하게 미아의 손에 자신의 손을 올렸다. "그 자에 대해 다른 건 몰라? 이름만 알아?"

"시세." 미아가 중얼거렸다.

"시세?"

"케빈과 시세. 둘 다 찾으면 더 좋아. 나 도와줄 수 있어?"

"물론이지." 쿠리가 흔쾌히 대답했다. "그런데 내가 이유를 물어봐도 돼? 아니면…?"

미아가 눈을 깜빡이고는 피곤한 얼굴을 손으로 비볐다. "그 여자가 내 물건을 갖고 있어."

"그 마약중독자가? 시세가?"

"응."

"나한테 맡겨. 빌어먹을. 미아, 한 가지만 약속해줘."

"뭔데?"

"일단 집에 가서 눈 좀 붙여. 알았어?"

미아가 그를 향해 지친 미소를 보냈다. "안 돼, 그건…."

"진심이야. 케빈과 시세라고 했지? 그들은 나한테 맡겨. 걱정마. 그러니까 지금 당장 잠을 좀 자, 알았지?"

"알았어." 한참 만에 미아가 중얼거렸다.

"좋아." 쿠리는 주머니에서 휴대전화를 꺼냈다.

61장

뭉크는 차단선을 지나 세인트 올라프 성당 계단을 올라갔다. 안면이 있는 경찰 대응팀의 수장 토르게이르 베크가 그를 맞았다. 그와는 예전에 체스 게임을 몇 번 같이 한 적이 있었다. 그 후 뭉크는 자신이 아직 배워야 할 게 한참 많다는 사실을 인정해야만 했다.

"법의학자는 벌써 와 있네." 베크가 말했다.

"현장 감식반원들은?"

"오는 중이야. 대체 무슨 일이 일어나고 있는지, 좀 알아?"

"무슨 뜻이야?" 뭉크가 담배꽁초를 발로 비벼 껐다

"곳곳이 총체적인 혼란이야. 아무도 연락이 안 돼." 베크가 머리를 긁적이며 말했다.

"지금은 온통 이반 호로비츠를 찾느라 난리지."

"아무리 그래도 그렇지, 경찰 병력을 총동원해서?"

뭉크는 이 말을 무시하고 커다란 문으로 들어갔다. 성당 안은 빛이 희미했다. 동굴 같은 공간에 두 사람의 발소리가 울려퍼졌다.

고해실 옆에서 룬드와 그녀의 팀원들이 일하는 모습이 보였다.

"누가 그를 발견했어?"

"이탈리아 여인이. 지금 사제실에 있네. 충격을 많이 받았어. 울음을 그치지 않아. 이탈리아 대사관 소속 직원이 함께 있는데, 내 생각에 이탈리아 대사 부인임에 틀림없어." 베크가 말했다.

"알겠네."

"그녀를 붙들어둘 필요가 있을까?" 베크가 물었다.

"그녀와 면담해봤나?"

"어느 정도는. 그녀는 고해를 하러 여기에 왔다고 하더군. 신부가 그 안에 있는 줄 알았대. 어떻게 보면 있기는 했지."

"자세한 연락처를 받아둔 뒤 보내주지." 뭉크가 말한 뒤 릴리안 룬드에게 다가갔다.

"아, 홀거." 룬드가 웃으면서 마스크를 벗었다.

"뭣 좀 알아냈어요?"

사실은 불필요한 질문이었다. 그의 눈에 고해실이 적나라하게 보였다. 그곳 칸막이 안에 신부가 잔뜩 겁에 질린 눈으로 털썩 주저앉아 있었다.

"저기 카메라가 있어요." 룬드가 가리켰다.

"칸막이 맞은편에요?"

그녀가 고개를 끄덕였다. "범인은 고해를 하려 했던 것으로 보여요. 격자무늬 가로막을 통해 신부에게 약을 줬을 가능성이 있어요. 그런 다음 신부 쪽으로 이동해서 해야 할 일을 했겠죠."

"카메라가 있는 맞은편을 살펴봤습니까?"

"네, 어쩔 수 없었어요."

"그런데요?"

"29. 정말이지 지옥이 따로 없어요." 룬드의 말투에는 조금의 빈정거림도 없었다.

"입에 상처는 있습니까?"

"육안으로 보기에는 없어요. 그렇다고 해서 아무 일도 없었다는 뜻은 아니에요. 모두가 동일한 반응을 보이지는 않으니까요."

"그럼 바늘자국은요?"

"같은 위치에 있어요." 룬드가 고개를 끄덕이며 다시 마스크로 얼굴을 가렸다.

그때 아네트 골리가 울림이 있는 마루를 급하게 가로질러 걸어왔다. "뭣 좀 알아내셨어요?" 그녀가 호흡을 고르자마자 물었다.

"숫자 29." 뭉크가 조용히 말했다.

뭉크가 더플코트 주머니에서 리스트를 꺼냈다.

"파울 말리, 신부."

"이런, 맙소사." 아네트가 종이를 건네받으며 중얼거렸다.

"아직도 동의하지 않아?" 뭉크가 그녀를 쳐다보았다.

"뭐가요?"

"파울 말리? 더 늦기 전에 시민들에게 경고해야 해."

아네트 골리는 입술을 깨물며 대꾸하지 않았다. 뭉크는 짜증스럽게 고개를 저으며 제단 주위에 모여 있는 사람들 쪽으로 걸어갔다.

62장

루나는 아까부터 여러 번 이상한 눈으로 그를 보았지만 쿠리는 완강했다.

"그래서, 맥주 안 마신다고요?"

"응, 그냥 커피나 줘."

쿠리는 그녀의 미소에서, 그녀가 전혀 개의치 않는다는 걸 알 수 있었다. 몇몇 나이든 단골들만 주크박스 옆에 앉아 있을 뿐, 실내는 조용했다. 그래도 쿠리는 피해망상에 사로잡혔다.

저들이 나를 지켜보고 있는 건가? 위장을 하고?

물론 그들은 경찰이 아니었다. 여기에서 여러 번 본 사람들로, 일어설 수 없을 정도로 만취하곤 했다. 빌어먹을. 어쩔 도리가 없었다. 그는 자부심에 약간의 상처를 입었다. 아니, 많이 입었다. *어떻게 내가 뇌물을 받았다고 생각할 수 있지? 도대체 내가 뭘 했다고? 내가 아는 사람들이 이런 사실을 알고 있을까? 알았다면 언제부터 알고 있었을까?* 이제야 거기에 생각이 미쳤다. 이제 슬슬 이해되기 시작했다. 그가 술을 너무 많이 마시는 바람에 밥 먹는 것도 잊었던 그날 오후, 바에 앉아 있던 스포츠재킷 차림의 사내들. 어쩐지 그들은 여기 분위기에 어울리지 않아 보였다. 그때도 그런 생각을 하지 않았던가 말이다. 완전히 엉망진창이 되었다.

앞에 놓인 휴대폰에 모르는 전화번호가 떴다.

받지 마. 몇 분쯤 기다렸다가 다른 번호로 전화를 걸어.

짐보.

이유를 몰랐지만 어쨌든, 그것이 짐보가 연락을 원하는 방법이었다. 미아가 무엇을 원하는지 알았을 때, 쿠리는 누구에게 전화해야 하는지 명확하게 떠올렸다.

짐보 몬센.

경찰학교 시절을 함께 보낸 쿠리와 짐보는 마약전담반에서 일했다. 하지만 짐보는 첩보수사대로 옮긴 뒤 죽 그 길로 갔다. 동기인 다른 동료들은 진급을 했지만 짐보는 거리에 머무는 편을 택했다. 쿠리는 몇 년 전 맥주잔을 앞에 두고 이유를 물었다. 그러나 그는 명확한 대답을 하지 않았다. 짐보는 어깨를 으쓱하며 그저 '좋아서'라고만 말했다. 그들은 더 이상 그에 대해 말하지 않았다.

짐보 몬센.

소신 있는 선택.

그리고 지금 그가 연락을 해왔다. 쿠리는 충분한 시간이 흘렀다고 생각될 때까지 기다렸다가 오전에 받은 번호로 전화를 걸었다.

"쿠리?" 저음의 목소리가 말했다.

"어떻게 됐나?" 쿠리의 목소리에는 긴장감이 역력했다.

"빙고. 케빈이라고 했지? 젊은 친구? 눈썹이 웃기게 생긴?"

"그래. 그리고 시세."

"그 여자는 못 찾았네. 자네가 누굴 말하는지 아는데, 그들이 말하길, 여자는 죽었대. 헤로인 과다로."

몇 년간의 첩보 수사관 생활은 그의 외모뿐 아니라 말투까지 바꿔놓았다. 그들이 마지막으로 만났을 때 쿠리는 그를 잘 알아볼 수 없었다. 부랑자인 줄 알고 저리 가라고 손짓을 할 뻔했다.

"그 여자가 죽었다고?"

"100퍼센트 장담할 순 없지만, 그들 말이 그랬어."

"그럼 케빈은? 어디에 있는지 알아?"

"내가 안다고 말하지 않았나? 그 친구 만나고 싶어?"

"응, 부탁해. 가능하지?"

"뭐든지 가능하지." 짐보가 기침을 했다. "현찰 좀 있어?"

"현찰?"

"내가 자리는 마련할 수 있는데, 그 친구가 몇 푼이라도 받지 않으면 나타날지 의문이야. 내 말이 무슨 뜻인지 알지? 경찰과 얘기하는 건 그런 녀석들한테는 스스로 오명을 얻는 지름길이거든."

"아, 당연히 그렇겠지. 우리가 만나는 데 얼마나 들까?"

"엄청나게 줘야 할 거야."

"1,000크로네?"

"그 두 배. 그게 그 친구가 며칠 동안 마약에 취할 수 있는 길이지. 우리가 할 수 있는 방법으로 도와야지, 안 그래?"

"좋을 대로 해. 그럼 어떻게 해야 하지?"

"내가 연락 줄게." 짐보가 말하고 전화를 끊었다.

"커피 더 줘요?"

루나가 웃으면서 한 손에 커피주전자를 들고 왔다. 쿠리는 고개를 끄덕이며 미아한테 곧장 전화할까 생각했다. 아니. 기다리는 편이 좋았다. 미아는 잠을 좀 자야 했다. 그렇게 피곤하고 지친 미아를 보는 것도 오랫만이었다.

빌어먹을, 완전 엉망진창이었다.

진짜 무슨 일이 일어나고 있는 걸까?

왜 이렇게 될 때까지 몰랐을까?

모든 게 술 때문이었다.

그는 술을 탓했다.

화가 치밀었다.

내가, 뇌물을 받아? 말도 안 돼.

이래봬도 자신은 괜찮은 경찰이었다, 정말로 그랬다.

꽤 영민한, 정말이다.

다시 새롭게 출발하자. 이번에는 정말로 그러리라.

쿠리는 목소리를 낮춰 욕설을 중얼거린 뒤 지저분한 창문으로 밖을 내다보며 커피잔을 입으로 가져갔다.

63장

가브리엘 뫼르그는 노트북을 가지고 비상상황실에 앉아 있었다. 그는 논리적으로 생각할 수가 없었다. 마주보이는 벽은 이제 완전히 루드비 그륀리에의 콜라주 작품으로 뒤덮였다. 사진들, 다양한 색깔의 종이와 메모들. 그리고 문 옆쪽 벽은 온통 그에 관한 것들로 채워져 있었다.

이반 호로비츠.

뭉크는 모호했다. 골리는 둘러대기 바빴다. 아침 브리핑은 이상한 경험이었지만 가브리엘은 하루 종일 시키는 대로 했다. 새로운 용의자. 이반 호로비츠. 2012년에 흔적 없이 사라졌지만 인터넷에는 흔적이 남을 수 있다고?

그는 별로 알아내지 못했다. 실제로 아무것도 없었다. 최근에는. 그저 오래 전에 만든 페이스북 페이지뿐이었다. 햇빛에 눈을 가늘게 뜬 채 자동소총을 들고 있는 제복 차림의 사진 몇 장. 마지막 포스팅은 2011년 봄이었다. *곧 휴가차 귀국한다,* 웃는 얼굴 이모티

콘. 그리고 잘 지내, 이반! 카롤리네라는 이름의 누군가가 달아놓은 코멘트만 달랑 한 개 있었다. 가브리엘은 그녀에게 연락을 해봤다. 하지만 그녀는 세상의 다른 사람들처럼 모르는 것 같았다. *그를 만난 적이 있나요? 죄송해요. 모르겠어요.* 신나게 자랑하고 흥분하고 친구들에게 떠벌릴 권리를 주장하는 것 외에는 관심이 없어 보였다. *나 이반이라는 사람 알아. 우리는 친구사이였어. 너희들, 경찰이 쫓고 있는 그 연쇄살인범 알지? 경찰이 나한테 전화했었어. 난 중요한 사람이야.*

가브리엘은 절반쯤 대화를 했을 때부터 씁쓸함을 느꼈다.

이반 호로비츠. 1988년 11월 21일 예비크 출생.

그 나이 또래 남자. 가브리엘은 고개를 저으며 메모를 읽었다.

어머니: 에바 호로비츠, 2007년 사망(교통사고).

아버지: 아나톨 호로비츠, 2007년 사망(동일).

가족: 없음.

학력: 예비크 대학, 2006~2008년.

2008~2010년, 육군 텔레마크 대대 입대.

2010년 의병제대.

2011년~? 블라크스타드 정신병원 입원.

그 점이 그의 주의를 끌었다. 블라크스타드 정신과병원. 호로비츠가 거기 환자였다고? 가브리엘은 올레발 스타디움 근처의 병원 건물을 방문했을 때 얼마나 긴장되고 불안했던지 지금도 기억이 생생했다. 그런데 이제 와서 그가 수집한 정보를 무시하라고?

그는 좀 실망했지만 인정해야 했다. 모든 노력이 헛수고가 됐다.

사실, 그는 파일을 검색할 방도를 찾을 수가 없었다. 아무리 그렇더라도 그는 미아에게 자신들이 어떻게든 파헤쳐보면 안 되겠느냐고 묻고 싶었다. 함께 앉아서 어쨌든 거기에 뭔가 있는지 보자고. 하지만 한동안 미아를 보지 못했다. 그녀는 회의에 나타나지 않았다. 어디에서도 보이지 않았다. 미아가 갑자기 안 보이는데, 뭉크나 다른 누구도 신경 쓰지 않는 것 같았다. 그 점이 이상했다. 그러고 나서 정말 느닷없이 어디에선지 모르게 유력한 용의자가 새로 나타났다. 그 후로 사무실의 분위기가 요상해졌다. 뭉크나 아네트나, 팀원들에게 어떤 설명도 하지 않았다. 다만 알려진 것은 자신들이 찾고 있던 범인이 이 자라는 사실뿐이었다. 그에게 100퍼센트 초점이 맞춰졌다. 육군정보부가 그 출처라는 얘기를 들었다. 따라서 어떤 질문도 하지 말 것.

언론도 호로비츠를 쫓고 있다는 언급 외에는 아무 말도 없었다.

군인. 연쇄살인범.

여전히 오슬로 거리를 활개치고 다니는 자.

가브리엘은 그날 오전에 잠깐 집에 다녀왔다. 시민들의 얼굴에서도 읽을 수 있었다. 팔로 아이들을 감싸서 보호하며 A에서 B로 급하게 달려가는 부모들. 평소 걸음을 멈추고 수다를 떨곤 했던 이웃들은 그를 피했다. 실제로 현관문 뒤로 몸을 숨기기도 했다.

그들을 탓할 수 없었다. 그는 토브와 에밀리에를 하델란드에 사는 토브의 어머니 집으로 보냈다.

"정말이야, 가브리엘?"

"정말이야, 아무 일도 없을 거야. 하지만 나를 위해서, 제발?"

"알았어, 물론이야. 엄마도 우리를 보면 기뻐하실 거야."

가브리엘은 떠나는 모녀에게 짧게 키스했다. 그리고 볼보의 빨간색 미등이 보이지 않게 되자 안도감을 느꼈다.

"음, 이거 흥미진진한데." 비꼬기 좋아하는 일바가 노트북을 들고 방으로 들어와서는 가브리엘의 옆자리에 털썩 앉았다. "뭐 새로운 소식 없어요?"

"지난번 이후로 아무것도."

"그냥 여기 앉아서 기다리느니 뭐라도 해야 하는 거 아니에요?" 젊은 아이슬란드 여성은 한숨을 쉬며 눈을 비볐다.

가브리엘은 그녀가 무슨 말을 하는지 이해했다. 평소 같으면 쉬지 않고 전화벨이 울리고 복도를 오르내리는 사람들로 활기가 넘치던 사무실이 달나라 풍경으로 바뀌어, 이제 단 두 명만 남았다. 루드비는 그뢴란드 경찰본부에 가 있었다. 뭉크와 아네트는 성당에 갔다. 또 한 명의 희생자가 발생했다. 이번에는 신부였다. 가브리엘은 그들이 잠시 들러 브리핑을 하고 새로운 정보를 업데이트해주기를 바랐지만 그런 일은 일어나지 않았다. 그들에게는 더 급하게 처리해야 할 일이 있는 듯했다. 게다가 미아는 벌써 며칠째 나타나지도 않았다.

"나한테 언제 말해줄 거예요?" 일바가 그의 어깨를 슬쩍 밀었다.

"무슨 말이죠?"

"내가 바본 줄 아나?" 일바가 웃었다.

"뭘요?"

"선배도 미션이 있잖아요." 일바가 치근댔다. "자! 난 훤히 꿰뚫어볼 수 있어요. 미아 선배가 부탁한 일이 뭐죠?"

"무슨 말이야?" 가브리엘은 얼굴이 화끈거렸다.

"좋아요. 뭐, 이게 우리가 일하는 방식이니까." 일바가 기분이 상해서 말했다. "비밀 미션이라? 그러면 나한테 아무것도 말해주지 않을 건가요? 자, 어서요! 선배는 뭘 했죠?"

가브리엘 뫼르크는 한숨이 나왔다. 자신이 해킹한 정보가 더 이상 중요하지 않다는 것을 알았다. 뭉크도 신경 쓰지 않는 것 같았다. 어쨌든 그들은 그 정보를 이용하지 않을 것이다.

"볼프강 리테르의 데이터베이스를 해킹했어요."

"농담하는 거죠? 영장도 없이?"

"그건 일바가 어떻게 보느냐에 달려 있지." 가브리엘이 중얼거렸다. "미아의 요청이었어요."

"맙소사." 일바가 키득거렸다. "그걸 어떻게 했어요? 그의 사무실로 갔어요? 그의 컴퓨터에 접속했어요?"

"난 대기실로 가서 앉아 있었어요." 가브리엘이 다소 움츠러든 몸으로 말했다. "내가 그러지 말았어야 한다고 생각해요?"

"바보같이…. 물론 했어야죠. 그래서 뭘 찾아냈는데요? 그게 거기에 있어요?" 일바는 의자를 끌어당기며 그의 노트북을 향해 고개를 열렬히 끄덕였다. "우리한테는 소용없지만 그래도, 재밌잖아요. 내가 생각해봤는데, 선배, 호로비츠 알죠?"

가브리엘은 루드비의 메모를 고갯짓으로 가리켰다. "그도 블랙스타드 정신병원에 입원을 했더군."

"그런데 왜 이걸 이용하지 않는데요?" 일바가 눈을 치켜떴다.

"혹시 이반 호로비츠가 리테르의 환자였으면 어쩌려고요? 거기에서 연결고리를 찾을 수도 있잖아요?"

"내가 벌써 체크해봤죠." 가브리엘이 고개를 저으며 말했다. "그는 거기에 없어요."

"그걸 어떻게 알아요?"

"내가 벌써 확인해봤다니까요." 가브리엘이 다시 중얼거렸다.

"선배는 그게 쓸모없었다고 말한 줄로 아는데…."

"우리가 갖고 있는 건 리테르가 손으로 쓴 기록을 PDF 파일로 만들어놓은 거예요, 알죠? 그러니까 일바는 검색할 수 없어. 문서 파일이 아니니라고요."

"무슨 말이에요?"

"손으로 쓴 것을 스캔한 파일이라고. 뭐가 문제인지 알겠어요?"

일바는 여전히 이해하지 못하는 표정이었다.

"가령 내가 'fire'라는 단어를 검색하고 싶다고 쳐요. 아니면 '사자왕 형제의 모험'으로 할까? 컴퓨터로는 그것들을 검색할 방법이 없어요. 그 기호들을 인식할 방법이 필요하다고. 만약 내가 그의 메모를 검색하고 싶으면 나는 컴퓨터에게 그의 필체를 가르쳐줘야 해요 A는 이렇게 생겼고, B는 저렇게 생겼고, 등등. 하지만 그래도 여전히 까다로워. 가령 손글씨에서 L,K나 M,N을 딱 붙여 쓰게 되면 하나의 글자로 인식하게 되니까. 무슨 말인지 이해해요?"

"아하." 일바는 마침내 알아들은 듯 대꾸했다.

"다른 방법이 분명 있을 텐데…." 가브리엘이 중얼거렸다. "하지만 몇 주일쯤 걸려…."

"그럼 어떻게…?" 일바가 말하며 안경을 콧잔등 위로 올렸다.

"뭘 어떻게 해…?"

"그럼 어떻게, 호로비츠가 거기에 없다는 걸 확신할 수 있죠?"

"타이틀, 파일 이름. 이것만 보면 돼요…." 가브리엘이 말하면서 파일 하나를 열었다. "리테르는 이름과 생년월일로 환자를 구분하는 방법을 썼어요. 그건 검색할 수 있으니 문제가 안 되죠. 내가 갖고 있는 다른 파일은 모두 검색할 수 있으니까."

"그럼 만약…." 일바가 머릿속으로 생각을 정리하며 중얼거렸다.

"만약에 뭐요?"

"음, 우리는 그의 나이를 알아요, 그렇죠?"

"무슨 뜻이에요?"

"그의 생년월일을 검색할 수 있잖아요? 그건 거기에 있으니까."

"맞아요. 하지만 아까 말했듯이 그는 환자가 아니야, 환자 명단에 없어요."

"그럼 칼 오벨린드는요?"

"그 이름도 없어요. 내가 확인해봤어요."

"오케이. 그럼 저기 봐요." 일바가 그들 앞의 벽을 가리켰다.

"저 초상화가의 그림. 저 그림들이 다른 거 보이죠?"

"무슨 말을 하는 거예요?"

"범인은 틀림없이, 매우 계산적인 것 같아요, 그렇지 않아요? 내키는 대로 한 것은 아무것도 없어요. 그는 저기에서는 안경을 쓰고 있고, 저 사진에서는 헤어스타일이 달라요. 만약 호로비츠가 다른 이름으로 파일에 올라 있다면 어떨까요?"

"그건 말도 안 돼." 가브리엘이 반박했다. "그가 왜 거짓 이름으로 정신과 치료를 받겠어요? 게다가 그게 가능하겠어요? 병원에서 확인을 할 텐데…. 아니야, 애초에 가능성이 없어."

"맞아, 선배 말이 맞아요." 일바가 안경을 벗으며 계속했다. "그렇다면 왜 그는?"

"내가 방금 말한 게 그거야."

"아니, 도대체 왜 그런 짓을 하고 싶을까요?" 그녀는 다시 눈을 비비며 안경을 썼다.

"아, 음."

그들은 다채로운 벽을 쳐다보며 말없이 앉아 있었다.

"…만 아니면…." 일바가 밑도 끝도 없이 중얼거렸다.

"뭐라고 했어요?"

"아니요, 여전히 이해가 안 돼요." 일바는 두 손으로 머리를 감쌌다. "빌어먹을. 고참들에게 뭔가 보여줄 수 있으면 정말 근사할 텐데. 그들은 우리를 예비부품처럼 여기면서 여기에 그냥 처박아뒀어요. 아무것도 기여할 수 없는 현실이 정말 싫다고."

"무슨 말인지 알아." 가브리엘이 고개를 끄덕였다.

"하지만 블라크스타드는요? 그 정신병원은요? 선배도 똑같은 생각을 했잖아요, 그렇죠? 그는 틀림없이 어딘가에서 자기 희생자들을 선택했을 거예요. 정말 그가 마구잡이로 정했을까요? 틀림없이 뭔가 계기가 있었을 거예요. 그렇다면 비비안 베르그는? 그녀가 첫 타자였잖아요, 그렇죠?"

"그렇죠?"

"비비안 베르그도 리테르의 환자였잖아요? 그리고 알다시피 미아 선배도 비슷하고." 일바는 이제 흥분해서 벌떡 일어났다. "뭔가 짚이는 데가 있지 않은 이상, 미아 선배가 리테르의 파일을 해킹하라고 시켰을까요? 일전에, 윗선에서 무슨 말을 했다고 미아 선배가 말하지 않았어요?"

"언제?"

"두 사람이 리테르를 면담했을 때?"

"아니."

"자, 선배. 틀림없이 뭔가 있어요, 그렇죠?"

"그렇겠죠. 하지만 그게 뭔데?"

"참 나, 내가 알면 이러고 있겠어요. 이건 어때요, 우린 호로비츠의 나이를 알아요, 그렇죠?"

"스물다섯이죠."

"맞아요. 양쪽으로 두 살씩 더해봐요."

"대체 무슨 말을 하는 거예요?"

"음, 저 사진들을 봐요. 몽타주도. 실제로 그를 본 사람들의 설명으로 만든 그림이에요. 그럼…, 스물셋부터 …스물일곱이 되겠죠?

"도대체 이해할 수가 없군."

"선배가 생년월일을 말했잖아요." 일바가 고개 숙여 그의 노트북 화면을 손가락으로 가리켰다. "그걸 하려면 어떻게 해야 하죠? 1986에서 1990? 어서 해봐요."

가브리엘이 그 숫자들을 입력했다.

"히트 수가 얼마나 돼요?"

"275."

"잘했어요." 일바가 웃으면서 가브리엘의 어깨를 신나게 쳤다.

"275개의 파일을 다 검토해보자는 거야, 지금? 시간이 얼마나 걸리는 줄 알아요?"

"그게 어때서요? 아니면 더 좋은 방법 있어요?"

방 안에 정적이 흘렀다. 지금까지 전혀 의식하지 못했던 도로의 차 소리, 에어컨 소음이 가브리엘의 귀에 이제야 들려왔다.

"좋아. 왜 안 되겠어?"

"좋아요, 그 자세." 일바가 웃으면서 다시 그의 어깨를 쳤다. "내가 A부터, 음, 알파벳의 중간이 뭐더라?"

"N."

"선배는 좀 쉬어요. 나한테 이메일로 파일을 보내줄래요?" 일바는 학생처럼 손뼉을 치며 입이 귀에 걸리도록 웃었다. "다 읽어본 후 여기에서 만나요, 좋죠? 아니 뭔가 의미 있는 걸 찾아내면?"

"여러 날 걸릴 수도 있어요." 가브리엘이 한숨을 내쉬었다.

"음, 그거 유감이네요. 어째든 그 파일 보내줄 거죠?"

"지금 보내고 있어요." 가브리엘이 말하고 나서 그녀의 이메일 주소로 파일을 드래그했다.

64장

미아는 꿈과 현실 사이 어딘가, 진공 속에 존재했다. 어디에도 안착하지 못했다. 몸은 너덜너덜했지만 뇌는 과부하가 걸렸다. 샤를리에의 마법 수면제도 이제 약효가 떨어졌다. 그렇다고 마음놓고 곯아떨어질 수도 없었다. 쿠리가 언제 전화를 걸어올지 몰랐다. 샤를리에의 아파트로 갈 때 뭉크가 여러 번 전화를 걸어왔지만 받지 않았다. 그들이 자신을 이런 식으로 취급해서는 안 됐다. 나쁜 놈들, 모두. 뭉크가 보낸 문자메시지를 힐끗 보았다. *새로운 피해자 발생. 파울 말리 신부. 카메라의 숫자, 29.* 그런 단어들이 그녀를 따라 포근한 베개로 들어와 휴식이 필요한 몸과 뒤섞였다.

숫자들. 4, 7, 13, 29. 살해 리스트? 너무 단순하지 않은가? 그렇다면 카메라의 목적은 뭘까? 렌즈를 긁어서 숫자를 표시한 것은? 범죄 장면마다 새로운 숫자를? 그렇게 하지 않아도 방법은 얼마든지 있을 텐데, 숫자를 표시하려면. 벽에다 쓸 수도 있고, 몸에다 쓸 수도 있다. 더 적당한 방법은 많지 않을까?

왜 하필 카메라일까? 내가 지금 뭔가 중요한 단서를 놓치고 있는 게 아닐까? 숫자들은…, 카메라에 새겨져 있다. 오케이. 아니, 아니, 아니야. 이제 집중해. 숫자는 렌즈에 새겨져 있어. 그건 완전히 달라. 렌즈 안에 새겨져 있어, 바깥이 아니라. 카메라는 잊어. 사진. 거기에 집중해. 미아. 이제 사라지지 마. 이게 중요해.

만약 셔터를 눌렀다 떼면 숫자는…, 사진의 일부가 되겠지?

어쨌든 미아는 잠이 들었던 게 분명했다. 시그리가 그곳 오슬로의 거리, 미아의 눈앞에 있었기 때문이다. 얼굴 없는 그림자, 그게 전부였지만 시그리였다. 시그리의 팔찌가 가냘픈 손목에서 무겁게 쩔렁거렸다. 시그리는 칙칙하게 젖은 아스팔트 너머에서 미아를 불렀다. *어서 와, 미아, 어서 와.* 그때 노란색 비니를 쓴 청년이 나타나 빨간색 푸파재킷을 입은 여인에게 몸을 숙였다. 하지만 그들은 이내 안개 속으로 사라졌다. 그 순간 시그리도 잃어버렸다. 미아는 가슴을 졸이며 서 있었다. 입에서 목소리가 나오지 않았다. 갑자기 어머니의 모습에 이어서 공동묘지, 그들의 무덤 앞에 서 있는 아버지도 보였다. 울면서 애통해하는 그림자들. 시그리가 다시 눈앞에 나타났고, 미아는 자신이 어디에 있는지 깨달았다. 지하실이었다. 매트리스가 놓인 바닥. 그들이 시그리를 발견했던 그 소굴. 여동생은 조용히 누워 야윈 팔에 두른 가죽 팔찌를 매만졌다.

미아는 동생에게 달려가고 싶은 마음이 간절했다. 두 팔로 동생을 안아 보호하려고 했지만 몸이 말을 듣지 않았다. 다리가 꿈쩍도 하지 않았다. 이제 여동생은 바닥에서 주사기를 집어들고는 미아를 올려다보았다. 미아는 고함을 치며 울부짖고 싶었다. 하지만 목소리가 나오지 않았다. 시그리 뒤로 어떤 형체가 보였다. 지하실에 더 많은 사람들이 모였다. 그녀를 붙잡고 제지하는 팔들. 그녀의 눈을 가린 낯선 이의 손. 겁에 질린 여동생은 바늘로 피부를 찌르며 안개 속에서 뭔가 아쉬운 듯 미소 지었다.

죽음은 위험하지 않아, 미아.

너도 올 거지?

미아는 손을 허우적거리다 침대에서 벌떡 일어났다. 땀이 비오듯 쏟아졌다. 그녀는 일어나서 맨발로 마루를 걸어갔다. 비틀거리며 주방으로 갔지만 꿈이 아직도 묵직하게 몸에 배어 있었다. 젠장! 멍한 상태에서 찬장 문을 열어 컵에 물을 가득 따라 마셨다. 다시 물을 채우고 싱크대 옆에 선 채 바들바들 떨고 있는 동안 서서히 현실로 돌아왔다. 미아는 의자에 맥없이 앉아 가까스로 눈을 떴다. 그녀는 샤를리에 브룬의 집 주방에 있었다. *오케이, 굿. 안전한 곳.* 그동안 너무도 피곤했다. 자신의 몸에 잠을 허용하지 말았어야 했다. 숫자들. 카메라. 피해자를 향하고 있는. 렌즈를 긁어서 새긴.

미아, 여기를 봐. 제기랄, 똑바로 보라고!

카메라를 통해 보라고? 뭐가 보이지?

이제 알겠어?

미아는 식탁 위 벽에 걸린 가족사진을 힐끗 보았다. 불쌍한 샤를리에. 결코 녹록치 않았던 삶의 기록들.

아냐…, 설마 그럴 리가?

미아는 하마터면 물컵을 바닥에 떨어뜨릴 뻔했다.

그래, 그거였어, 빌어먹을….

4. 발레리나.

7. 재즈뮤지션.

13. 수영복을 입은 소년

29….

안 돼, 제발, 안 돼, 그건….

급하게 일어나다 식탁에 무릎을 부딪쳤다. 하지만 온몸을 타고 퍼지는 통증을 느낄 새도 없이 침대로 달려가 미친 듯이 옷을 주워입었다. 자신이 샤를리에의 집 열쇠를 어디에다 두었는지도 기억나지 않았다. 그건 그리 중요하지 않았다. 그녀는 재킷을 입고 계단을 뛰어 내려가 밖으로 나간 다음 현관문을 닫았다.

밖으로 나왔다. 사람들.

택시?

거기에 있었다.

그녀는 택시 뒷좌석에 몸을 던졌다. 좌우가 서로 다른 앵글부츠를 신은 채. "소피에스 플라스 3번지로 가주세요."

"그게 비슬레트에 있던가요?"

"네. 얼른 가주세요. 중대한 일이에요."

"급하세요?"

"그냥 가주세요. 빨리요."

"오케이." 운전대 뒤에서 기사가 말했다.

마침내 택시가 연석에서 움직이기 시작했다.

65장

쿠리는 아파트를 흘깃 올려다보았다. 빗방울이 차 앞면 유리창을 두드리기 시작했다. 거지 같은 날씨. 혹독하고 어두운 겨울이 지났지만 봄은 아직 올 기미도 보이지 않았다. 그는 주머니에서 씹는 담배 뭉치를 찾아내어 윗입술 안으로 쑤셔넣고 다시 차창 밖을 내다보았다. *퀴레 그레프스가테. 전에도 여기 온 적이 있지 않았나?* 처음에는 그 사실을 눈치 채지 못했다. 짐보의 문자메시지.

케빈이 퀴레 그레프스가테 15번지로 자네를 만나러 갈 거야. 아파트 C동 2층, 6시에. 현금 잊지 말고 챙겨 가.

그는 마리뵈스가테의 사무실을 도망치다시피 빠져나왔다. 차가 필요하냐는 뭉크의 질문이 쏟아질 것을 예상했지만 운 좋게도 사무실은 황량함 그 자체였다. 일바와 가브리엘만 사무실을 지키고 있었다. 게다가 두 사람 모두 비상상황실에서 컴퓨터에 고개를 처박고 앉아 있었다. 쿠리는 심지어 자신이 거기 왔다 갔다는 것도 그들이 알아차리지 못하게 벽에 걸린 열쇠를 꺼냈다. 다행이었다.

당장은 자신을 설명할 힘도 남아 있지 않았다. 쿠리는 다시 아파트 2층을 올려다보았다.

그와 알란 달은 얼마 전, 뉴스가 나오고 특별수사반이 재가동되던 날 이 주소지 밖 차에 앉아 잠복근무를 한 적이 있었다. 로테? 그게 그녀의 이름이었던가? 이 아파트에 사는 마약중독자? 그때 그는 왜 여기에서 그녀를 감시하느라 시간낭비를 하고 있는지 알지 못했다. 쿠리는 휴대폰을 꺼내 다시 미아에게 전화를 걸었다. 하지만 그녀는 받지 않았다. 대시보드의 시계가 6시에 가까워졌다. 그냥 혼자 아파트를 올려다봐야 하나?

아니, 미아를 기다려야 한다, 그렇지 않은가? 무엇보다 그는 케빈에게 무엇을 물어봐야 하는지 몰랐다. 음, 팔찌. 그래, 그것부터 물어볼 수 있으리라.

쿠리는 다시 미아의 전화번호를 눌렀지만 여전히 반응이 없었다. 제기랄. 음, 어쩐다? 어떻게 하지? 심지어 비가 더 세게 유리창을 두드리고 있었다. 와이퍼가 감당하지 못할 지경이었다. 앞에 보이는 시계는 6시가 지났음을 보여주었다. 절호의 기회인데. 케빈이 시간에 맞춰 와 있을까? 혹시 또 구름 위에서 붕붕 떠 있는 것은 아닐까? 쿠리는 다시 미아에게 전화를 걸었지만 여전히 대답은 없고 같은 음성만 흘러나왔다.

음성사서함으로 연결됩니다.

쿠리는 휴대폰을 주머니에 넣고 결정을 했다. 그는 재빨리 차 문을 열고 재킷을 머리 위로 당겨쓴 다음 거리를 가로질러 달려갔다. 주변 아스팔트에서 물이 마구 튀었다.

거지 같은 날씨.

그는 빗방울을 털고 죽 나열된 초인종들을 보았다.

2층.

한 번 더 미아에게 전화를 해봐야 할까?

아니야, 그녀는 쿠리에게 고마워할 것이다.

그는 희미하게 웃으면서 2C라고 표시된 초인종을 눌렀다.

66장

미아는 택시기사의 놀란 표정을 무시한 채 갖고 있던 현금을 몽땅 주었다. 그녀는 떨리는 손으로 자신의 아파트 출입문을 열고 계단을 뛰어올라갔다. 고맙게도 계단에는 아무도 없었다. 하긴 있어도 열쇠가 허공을 가르며 움직였을 뿐 달라지는 건 없었으리라. 그녀는 아파트 현관문을 열자마자 짐들을 보관한 방으로 달려갔다. 그리고 상자들 중 하나를 보며 호흡을 가라앉히려고 애썼다. 이윽고 미아는 열쇠로 테이프를 갈라 상자를 개봉한 다음 앨범을 바닥으로 쏟았다.

미아의 앨범.

그녀의 손과 몸이 덜덜 떨렸다. 미아는 조심스럽게 앨범을 넘겨가며 숫자를 세기 시작했다.

1페이지.

2페이지.

3페이지.

드디어 그 사진을 보았을 때, 미아는 더 이상 감정을 자제할 수가 없었다.

거기에 있었다.

4페이지.

발레복을 입고 있는 시그리. 갓 다섯 살 된 어린아이. 시그리 옆에는 작고 불안정해 보이는 미아가 실눈을 뜬 채 카메라를 응시하고 있었다.

그 중간에, 그들의 발레 선생님.

20대 초반의 젊은 여성. 온전한 발레의상 차림, 푸앵트슈즈. 귀에는 진주귀고리를 하고 환하게 웃으며 양쪽 두 아이를 안은 채 사진사를 향해 환히 웃고 있었다.

안 돼.

격렬하게 떨리는 손으로, 미아는 다시 페이지를 넘겼다.

7페이지.

그들의 아버지. 그의 무릎 위에 놓인 미아의 손. 야외콘서트. 카메라를 보고 웃으며 엄지를 척 올린 모습. 배경에 무대가 있고, 거기에 누군가가 있었다. *재즈색소포니스였다.*

사진 아래 어머니의 흘림체 글씨가 보였다.

아빠가 좋아하는 노래. '마이 페이보릿 씽즈'.

안 돼, 이럴 수는 없어⋯.

미아는 사력을 다해 페이지를 넘겼다.

13페이지.

오스고르드스트란드의 어느 바위. 여름. 햇살이 눈부셔서 실눈을 뜨고 있는 수영복 차림의 미아. 열네 살. *이웃에 사는 소년이 그들과 함께 있었다. 수영팬티를 입고. 소년의 마른 몸에 맺힌 물방울. 배경에는 타월로 몸을 감싼 시그리가 손을 흔들고 있었다.*

드디어 해가 졌다. 즐겁게 놀고 있는 아이들.

미아는 자동조종 장치의 명령을 받는 것처럼 앨범을 넘겼다.

29페이지.

성당 안. 똑같이 흰색드레스를 입고 있는 쌍둥이. 시그리는 활짝 웃고, 팔찌가 쑥스러운 미아는 입술을 꾹 다문 채 카메라를 보면서도 웃지 않았다. *그 중간에 신부가 있었다.*

자랑스러운 견진성사!

4.

7.

13.

29.

삼각대 위의 카메라. 렌즈에 긁힌 숫자 자국.

여기 봐, 미아, 카메라를 봐.

하지만 도대체 왜?

내면에 차곡차곡 쌓였던 검은 구역질이 이제 올라오기 시작했다. 미아는 비틀거리며 욕실로 가서 변기 앞에 무릎을 꿇었다. 하지만 그녀의 위는 비어 있었다. 미아는 일어나 세면대로 가서 얼굴에 찬물을 끼얹었다.

그녀는,

살해 명단에는 없었다.

미아의 사진앨범.

그것이 그녀와 관련된 전부였다.

미아는 얼굴의 물기를 닦고 상자가 있는 방으로 돌아와 바닥에 쪼그려앉았다. 뇌를 다시 작동시키려고 애썼다. 빌어먹을!

좋아.

사진들. 내 가족앨범 속 사진들.

미아는 천천히 첫 번째 사진이 있는 페이지로 돌아갔다. 그리고 그때 알아차렸다. 누군가 앨범에 손을 댔다. 사진을 떼어갔다가 나중에 제자리에 풀로 붙였다. 사진 가장자리가 살짝 어긋나 있었다. 미아는 제대로 말을 듣지 않는 손가락으로 사진을 떼어냈다. 그리고 조심스럽게 뒤집어보았다.

누군가 뒷면에 글씨를 써놓았다. 파란색 펜으로 삐뚤빼뚤 쓴 글자들.

축하해.

마음을 단단히 먹고 페이지를 더 넘겼다.

다음 사진. 7페이지.

당신은 정말 영리해.

다시 자동조종 장치의 명령에 따라 다음 단계로 전진했다. 바위 위의 10대들. 이번에는 그 사진을 재빨리 떼어냈다.

마지막 힌트 줄까?

이제 미아의 손은 덜덜덜 떨렸다. 페이지를 넘기기도 힘들었다. 카메라를 보며 웃음 짓는 신부. 양 옆으로 흰색 견진성사 드레스를 입은 시그리와 미아.

같은 필체. 우툴두툴한 뒷면의 파란색 펜글씨.

살렘.

당연했다. 그럴 줄 알았다

이런 빌어먹을! 미아는 앨범을 펼쳐놓은 채로 멍하니 일어나서 가죽재킷을 찾기 위해 아파트 안을 이리저리 뛰어다녔다. 그러다 문득 자신이 이미 입고 있음을 깨달았다.

살렘.

욘 이바르 살렘.

《사자왕 형제의 모험》.

불타는 집.

주머니 속 휴대폰이 울렸다. 미아는 허둥대다 겨우 재킷에서 휴대폰을 꺼냈다. 화면에 루드비 그뢴리에의 전화번호가 떠 있었다.

"미아? 어디 있어? 반장이…."

"그 방화범 말예요." 미아가 그의 말을 가로챘다. 방이 좌우로 빙글빙글 도는 느낌이었다.

"누구?"

"욘 이바르 살렘. 그 자 기억나요?"

"그럼, 물론이지." 그뢴리에의 목소리가 아득히 먼 어딘가에서 들려오는 것 같았다.

"그 사람 좀 찾아봐주세요, 루드비. 당장요. 그가 어디, 어느 감옥에 있는지 말예요."

"미아, 괜찮아?"

"전 괜찮아요, 루드비. 그 사람 좀 찾아주세요. 부탁이에요."

"알았어. 기다려봐…."

멀리에서 그의 손가락이 키보드를 두드리는 소리가 들렸다.

"울레르스모 감옥." 그륀리에가 그녀에게 대답했다.

"확실해요?"

"응. 그런데 어떻게 된 거야, 미아?"

그녀는 대답하느라 시간을 지체하지 않았다. 그대로 전화를 끊고 현관으로 달려갔다. 아빠의 낡은 재규어 차 열쇠.

내가 그걸 어디에 뒀더라?

아, 저기 있네.

현관 열쇠고리에서 낚아채듯 열쇠를 꺼낸 미아는 아파트 문도 닫지 못하고 계단을 빠르게 내려갔다.

67장

2층 아파트 밖에서 초인종을 누르던 쿠리는 순간 뭔가 불길하다는 생각이 퍼뜩 들었다. 그 정보는 뇌를 통해 서서히 올라왔지만, 실은 아득히 먼 곳에서부터 결국 수면 위로 올라온 것이었다. 아까 거리 반대편에 차가 한 대 주차되어 있었다. 언제 봤는지 모르지만 눈에 익은 차였다. 게다가 이곳은 같은 아파트였다. 우연이라면 너무도 기가 막힌 우연의 일치였다. 그렇지 않은가? 그와 알란 달? 전혀 불필요했던 그들의 잠복근무? 그런데 내가 그 차를 어디에서 보았더라?

문이 열리고 문 틈으로 비밀스럽게 얼굴이 나타났다.

"네?"

"케빈?"

"그런데요."

"욘 라르센입니다. 우리 만나기로 했죠? 짐보의 주선으로?"

"네, 맞아요." 젊은 남자가 말했다. 스무 살이 겨우 넘어 보였다.

그는 도어체인을 풀고 쿠리를 안으로 들였다.

우스꽝스러운 눈썹. 눈썹이 거의 없는 것처럼 보였다. 그가 틀림없었다. 케빈에게 없는 것은 노란색 비니뿐이었다. 그것만 빼면 미아의 설명과 완벽하게 맞아떨어졌다.

"현금 갖고 왔어요?" 마약중독자가 자신의 여윈 몸을 끌어안으며 중얼거렸다.

"그래요."

쿠리는 집 안을 휘휘 둘러보았다. 그의 예상이 맞았다. 평범한 사람의 집이라고 부를 만한 곳이 아니었다. 복도에는 쓰레기가 넘쳐나고 매트리스는 바닥으로 미끄러져 내려와 있었다. 창가에는 1970년대식 초록색 램프가 놓이고, 창문은 더러운 천을 못으로 고정해 가려놓았다.

"2,000크로네. 우리가 약속한 금액 맞죠?" 쿠리가 주머니에 손을 넣으며 물었다.

"아, 네. 맞아요." 케빈이 자신의 어깨 너머를 흘끔거렸다.

도로의 자동차.

맞아! 이게 왜 그렇게 생각나지 않았지?

루나가 일하는 술집 창밖에서 봤던 그 차와 똑같았다. 그때 그는 상대가 볼까봐 두려워 의자에서 몸을 웅크렸다.

지폐는 허공을 가로질러 마르고 파리한, 쭉 뻗은 손에 건네졌다. 쿠리의 몸은 뇌가 중단하라고 말할 겨를도 없이 움직였다.

알란 달.

당밀 속을 헤치며 걷는 것처럼 아주 천천히 생각이 정리됐다.

경찰관? 뇌물을 받는?

운전대 뒤의 남자. 어디에선가 본 적 있는 얼굴이었다. 그는 변호사 로렌트센이었다.

빌어먹을. 역시 그랬다.

쿠리는 마약중독자의 눈에서 그걸 보았다. 그가 천천히 돈을 받으면서 쿠리 뒤로 나타난 누군가에게로 초초한 시선을 옮겼다.

오, 맙소사.

쿠리는 주먹이 날아오는 것을 눈치 채고 본능적으로 자신을 방어하려 팔을 머리 위로 뻗었지만, 너무 늦었다.

어둠속에서 튀어나온 사내.

금속이 쿠리의 머리통을 내리쳤다.

몸뚱이가 바닥에 닿기도 전에 쿠리는 의식을 잃었다.

68장

얼음처럼 차가운 비가 주차장을 깨끗이 씻어냈다. 하지만 미아는 울레르스모 감옥의 거대한 문을 비틀거리며 나왔을 때까지도 비가 그친 것을 알지 못했다.

욘 이바르 살렘.

그는 미아만큼이나 놀란 듯했다. 교도관들이 그를 독방에서 데리고 나왔다. 동료 수감자들을 폭행했다고 했다. 미아는 자세한 내용을 알아보지도 않았다. 젠장, 도대체 무슨 생각을 했던 것일까? 지금껏 죽 이런 식이지 않았던가? 그저 관심을 딴데로 돌리기 위한 속임수에 지나지 않았다. 레이몬드 그레거나 클라우스 헤밍이나…. 미아는 살렘을 보자마자 소리를 질렀다. 감정적이었고 전문가답지 못했다. 아드레날린이 치솟았다.

당신이 누구한테 돈을 줬어? 사람들을 죽여달라고? 왜? 내가 당신을 체포해서? 그게 이유였어? 내 사진. 내 앨범? 내 아파트에 들어온 놈 대체 누구야?

그는 잔뜩 인상을 쓰며 미아를 노려보았다. 마치 그녀는 환자이고, 그가 의사인 것처럼.

노르웨이 최악의 방화범. 욘 이바르 살렘.

이 혐오스러운 남자는 근 15년간 외스틀란데트를 파괴했다. 이집 저 집, 닥치는 대로. 한밤중에 집에 불을 놓았다. 석유통이나 라이터도 없이. 오, 맙소사! 그는 냉소적이고 교활했다. 직업은 배관공이었지만 전기설비에 더 능숙했다. 재판을 통해 불탄 집들은 이런저런 시기에 그가 공사를 한 곳이었음이 밝혀졌다. 파이프 누수라든지 막힌 변기 뚫기, 새 보일러 놓기. 게다가 인내심 하나는 끝내주었다. 그는 더 이상 용의자 선상에 오르지 않을 때까지 기다렸다. 밤에 기습적으로 침범했다. 엉터리 철사로 작업한 전기회로는, 그가 주택의 지하실에서 발견한 낡은 옷가지나 넝마와 함께 적잖은 도움이 됐다. 그런 다음 그는 자기 차에 느긋하게 앉아 불구경을 했다. 스물네 채의 주택. 스물네 가정. 열세 명의 사망자.

어느 날 젊고 경험도 일천한 미아 크뤼거가 그 사건을 맡기 전까지는, 아무도 그 커넥션을 밝혀내지 못했다.

미아는 법정에 선 그의 얼굴에서 보았다. 증오보다 강한 호기심. 그가 계속해서 그녀를 돌아다보았다.

15년 만에 나를 체포한 사람이 바로 저 여자인가?

욘 이바르 살렘.

불타고 있다.

그렇다고 해도…. 이해가 되지 않았다. 왜냐하면 욘 이바르 살렘은 지금 바깥에서 일어난 일을 알 리 없기 때문이다.

"누군가 나에게 반지를 보냈어." 그가 마침내 툴툴거리며 말했다. "보답하겠다는 약속도 했지." 교도관이 반지를 가지러 그의 감방으로 갈 때, 욘은 테이블 건너편에서 교활한 미소를 지었다.

"그걸 누가 보냈죠?"

"나야 모르지. 난 일방적으로 받았을 뿐이야. 당신이 가지고 왔나? 내 사례금?"

미아는 교도관이 건넨 금반지를 주머니에 넣었다. 그는 소란스럽게 반항했지만 교도관에게 제지당했다. 교도관은 그에게 수갑을 채우고 다시 독방으로 데려갔다.

금반지?

구름 뒤로 나온 오후의 햇살이 주차장의 물웅덩이에 반사되었다. 미아는 주머니에 손을 넣어 목캔디를 찾으며 어떻게든 머리를 맑게 하려고 애썼다.

좋아, 이제 심호흡을 해, 미아.

미아의 앨범 속 사진들. 거기에 모든 살인의 단서가 있었다.

축하해.

당신은 정말 영리해.

마지막으로 힌트를 줄까?

살렘.

미아는 생각에 골몰하느라 뒤에서 누가 오는 것도 몰랐다. 곁눈질로 마침내 그를 돌아보니 제복 차림의 교도관이었다. 특별할 것도 없었다. 울레르스모 교도소는 노르웨이에서 가장 악랄한 범죄자들을 수용했고, 안팎으로 보안이 철저했다.

"도와드릴까요?" 마스크를 쓴 그가 다가와 물었다.

짤랑거리는 열쇠꾸러미. 아직 켜지지 않은 거대한 횃불. 어두워지려면 몇 시간 남았다.

"됐어요. 저는 경찰관이에요." 미아가 신분증을 꺼내 내밀었다.

살렘? 욘 이바르 살렘?

도대체 이 사건에서 그의 역할은 무엇일까?

교도관이 그녀의 신분증을 받아들고 꼼꼼히 살피더니 돌려주면서 속삭였다. *"당신은 정말 영리하군."*

"네…?" 여전히 자신만의 세계에 빠져 있던 미아가 불현듯 그를 돌아다보았다.

"당신은 아주 영리하다고, 미아."

도대체 뭐지…?

미아는 싱글거리는 남자의 눈이 자신을 응시하고 있다는 걸 깨달았다. 그 순간 쭉 뻗은 장갑 낀 손이 허공을 가르며 미아에게 왔다. 횃불이 아니고, 그는 작은 스프레이 캔을 들고 있었다.

달리려는 발, 손바닥 안으로 오므린 손가락. 그녀의 뇌는 무슨 일이 일어나고 있는지 감지했지만, 너무 늦었다.

"우린 당신 차를 탈 거야. 엄청 근사한 차인걸."

점화장치에 열쇠가 꽂혔다. 미아는 자신의 동작을 컨트롤하려는 마지막 시도로 팔을 허우적거렸다. 하지만 그녀가 이해할 수 있는 것은 어느새 다시 비가 내리기 시작했다는 사실뿐이었다. 차가 주차장을 떠날 때 차창에는 부드러운 빗방울이 떨어졌다.

PART 6

69장

뭉크가 마리뵈스가테의 지하주차장에 막 주차를 했을 때 주머니에 넣어둔 휴대폰이 울렸다. 그는 화면에 미아의 이름이 뜨기를 간절히 바라면서 전화기를 꺼냈다. 미아에게 수없이 전화를 걸었지만 아직도 미아는 전화를 받지 않았다.

"아네트예요." 골리가 말했다. "그 자를 찾았어요."

"누구?"

"이반 호로비츠."

"그렇게 빨리?"

"유사한 내용의 개별적인 제보가 세 건 있었어요." 골리가 숨이 차서 말했다. "제가 그 내용을 에드바르센에게 보냈어요. 그들이 지금 가는 중이에요."

"가는 중이라고? 누가? 어디로?"

"그가 별장을 소유하고 있어요." 골리가 계속했다. "비비안 베르그가 발견된 곳에서 그리 멀지 않은 곳이에요. 맞은편에 있는 숲까지 한 시간쯤 걸려요."

"호로비츠가?"

"네. 말씀드린 대로예요. 세 명의 제보자가 각각 똑같은 이야기를 했어요. 그는 오래 전에 그 오두막으로 이사했대요. 그가 말하기를 사람들한테 너무 치였다, 그래서 자연에서 혼자 살고 싶었다고 했대요. 그 후로 아무도 그를 보지 못했고요."

뭉크는 욕설을 내뱉으며 다시 자신의 차로 달려갔다. "지금 누가 그리로 가고 있나?"

"군대요. 알파 부대를 급파했어요. 그들이 엘리트 군대라고 자랑한…. 에드바르센은 우리가 그곳으로 와주었으면 해요."

"상황실로?"

"네."

"왜?"

"저한테 묻지 마세요." 골리가 한숨을 쉬었다. "자랑하려고 그러는 거 아닐까요? 자기들이 우리보다 낫다는 것을 보여주려고? 저도 모르겠어요. 그건 중요하지 않아요, 어쨌거나 그를 붙잡았으니까. 이제 곧 끝나겠죠, 고맙게도." 그녀의 피곤한 목소리에서 안도의 기색이 묻어났다. "바로 오실 거죠?"

"지금 갈게." 뭉크는 말하고 나서 얼른 차에 올라탔다.

451

70장

　미아는 깨어났지만, 자신이 어디에 있는지 알 수가 없었다. 여전히 꿈을 꾸고 있는 것만 같았다. 이미지들이 산발적으로 머릿속에 떠올랐다가 사라지기를 반복했다. 뭐가 현실인지 알 수 없었다. 그녀는 오두막 안에 있었다. 나무로 된 벽이 보였다. 누군가 막아놓은 작은 창문이 보이고, 할머니가 침대발치에 앉아 있었다. 할머니가 웃으며 미아에게 담요를 덮어주었다. 그런 다음 할머니는 사라졌다. 미아의 팔은 침대 기둥에 묶여 있었다. 발 하나도 마찬가지였다. 나무 냄새가 났다. 새소리도. 이마가 뜨겁게 느껴졌다. 엄마가 침대 끝에 앉아 있었다. 엄마는 과즙 음료와 차가운 수건이 담긴 쟁반을 들고 있었다. 그런 다음 엄마는 사라졌다. 밖에는 아버지가 있었다. 아버지는 막 직장에서 집으로 돌아왔다. 그는 차를 수리했다. 할아버지가 사용했던 녹색 재규어. 언젠가는 자신이 물려받을 차였다. 시그리는 침대 끝에 앉아서 사진앨범을 들고 있었다. 미아는 그녀에게 손을 뻗고 싶었다. 다시는 사라지지 못하게 꼭 붙잡고 싶었다.

죽음은 위험하지 않다.

할머니도 돌아왔다.

시그리는 그녀를 보고 미소 지었다.

올 거지, 미아?

미아는 눈을 떴다. 숨이 막혔다.

도대체 뭐지?

일어나려고 시도했지만 그럴 수가 없었다. 엄습하는 공포를 억지로 가라앉혔다.

진정해, 미아. 살살 해.

정신을 집중해.

그녀의 팔은 침대 기둥에 묶여 있었다. 발도 그랬다. 입은 무엇으로도 덮여 있지 않았다. 미아는 여전히 어리둥절해 하며 주변을 둘러보았다. 이제야 현실을 알 것 같았다. 나무로 된 벽. 다른 방으로 이어지는 문 한 개. 한쪽 벽의 구식 옷장. 오두막. 가려진 창문. 천장의 전등. 미아는 심호흡을 한 뒤 묶인 한 손을 풀려고 애를 썼다. 운이 없었다. 한쪽 발도 운이 없었다. 그래도 괜찮았다.

겁먹지 마, 미아.

그는 너를 붙잡았지만 죽이지는 않았어.

거기에는 분명 무슨 의도가 있을 거야.

일련의 사건들이 천천히 떠오를 때, 배속에서 담즙이 밀려오는 느낌이 들었다. 카메라. 사진들. 카메라 자체보다는 이미지가 실제로 중요했다. 샤를리에의 집 벽에 붙은 사진들. 미아의 앨범 속 페이지 숫자. 살인사건은 모두 그녀와 관련이 있었다.

살렘.

올레르스모 교도소.

금반지.

그녀는 거기서 더 나아가지 못했다.

문이 열리더니 미소 띤 얼굴이 나타난 것이다. 오두막 주인은 뭔가 들고 있었다. 불이 붙은 무언가를.

촛불인가? 아니면 케이크?

"달링, 생일 축하해. 물론 당신 생일이 아닌 줄 알아. 하지만 난 우리가 함께 축하해야 한다고 생각해. 내가 초의 불을 끌까? 아니 당신이 직접 끄겠어?"

71장

쿠리는 자신이 어떻게 죽게 될지 단 한 번도 생각해본 적이 없었다. 그런 생각이 머리에 스친 적조차 없었다. 혹시 나이를 더 먹으면 모를까. 먼 미래에 바다가 보이는 베란다에 앉아서 가끔 생각한다면 모를까. 분명한 것은 이렇게 더러운 아파트에서 매복공격을 당해 머리에 두건이 씌워지고 의자에 묶인 상태로는 아니었다.

그는 다시 한 번 몸을 움직여보았다. 몸이 딱딱한 스핀들체어에 접착제로 붙여진 것 같았다. 밧줄이 손목을 아프게 짓눌렀다. 그는 통증 때문에 울부짖고 싶었다. 하지만 입술을 꽉 깨물었다. 머리가 지끈거렸다. 목에 피가 말라붙은 느낌이 들었다. 그들은 그를 반쯤 죽도록 팼다. 그의 뇌는 제대로 작동하지 않았다.

짐보? 아니, 짐보는 아니었다.

짐보는 이 만남을 마련했다. 마약중독자 케빈과의 만남. 로테라고 불리는 어느 여자애의 집에서. 그리고 그녀는 알란 달의 마약운반책이었다. 그것이 커넥션이었다. 그들이 그 아침에 그녀의 아파트를 감시했던 이유도 설명이 됐다. 달은 자신의 여자친구를 감시하기 위해 거기에 있었던 것이다. 자신의 헤로인을 지키기 위해. 자신의 돈을 지키기 위해.

그리고 지금 자신은 의자에 묶여 있었다. 머리에 두건을 뒤집어쓴 채.

쿠리의 편이어야 하는 달, 그 자식의 배신으로.

빌어먹을. 아, 이것은 그가 상상했던 결말은 아니었다.

옆방에서 흘러나오던 소음이 더 이상 들리지 않았다. 한동안 광란의 소동이 있었다. 날카로운 엉터리 영어, 낯선 노르웨이어 단어. 쿠리는 그의 목소리를 들었다.

개새끼 달.

"우리 이놈을 어떻게 할까?" 달이 말했다.

녀석을 죽여버릴까?

아니 그는 이렇게 말했다. "우리 떠날까?"

쿠리는 말을 할 수가 없었다.

다시 밧줄을 풀려고 해봤지만 그럴수록 손목에 더욱 깊이 파고들 뿐이었다. 그는 의자에 꼿꼿이 앉아서 땀에 젖은 피범벅 셔츠 안으로 두근거리는 심장을 느꼈다.

이런, 제기랄.

발소리. 누군가가 밖에 있었다.

이윽고 손잡이 돌리는 소리가 들렸다.

제기랄.

날카로운 불빛이 그에게로 쏟아졌다. 어찌나 밝은지 두건을 통해서도 감지할 수 있었다. 문가에 어떤 형체가 보였다. 커다란 검은 그림자. 무기 소리도 들렸다. 딸깍 안전장치가 풀렸다.

제기랄.

그는 본능적으로 고개를 숙였다.

그래.

결국 이렇게 되는군.

쿠리는 눈을 질끈 감았다. 몸이 덜덜덜 떨려왔다. 메마른 그의 입술 사이로 몇 마디가 흘러나왔다.

미안해, 모두들.

72장

뭉크는 타원형 테이블 끝에 앉아 있었다. 방 안에서는 일촉즉발의 긴장된 분위기가 감지됐다. 장군은 감추려고 했지만 뭉크는 그의 거드름피우는 얼굴을 알아보았다. 골리가 옳았다. 그들은 순전히 구경하려고 거기에 있었다. 첫 방문 때 뭉크는 이미 그것을 눈치챘다. 교만한 시선들. 멍청이 민간인들아, 이제 누가 실질적으로 이 나라를 움직이는지 보게 될 것이다. 국가안보가 위기에 처했을 때 누가 책임을 지는지.

"모든 이미지 하나하나가 한 병사의 헬멧에서 실시간으로 송출되는 겁니다." 에드바르센은 리모컨을 마음껏 휘두르는 어린아이와 같은 표정이었다. "우리가 보기 편하도록 이 이미지들을 메인스크린으로 옮길 수 있습니다."

비디오게임을 하는 어린아이. 뭉크는 그 비용이 수백만 크로네쯤 들 거라고 추측했다. 구역질이 났다. 하지만 자신의 감정 따위는 더 이상 중요하지 않았다. 이반 호로비츠. 숲속 오두막에 있는 연쇄살인범. 모든 것은 곧 끝이 나리라.

그들은 무장대응군인 델타를 파견할 수도 있었다. 하지만 에드바르센은 확실히 자신의 부대를 선호했다. 게다가 방 안의 정치인들에게 자신이 납세자들의 돈을 잘 쓰고 있음을 증명할 필요도 있었다. 심지어 그들은 이듬해 예산에 수백만 크로네를 추가할 수도 있지 않을까? *이봐, 철 좀 들어.* 뭉크가 자신에게 주문했다. 이제 그만해야 했다. 지금 신경 써야 할 것은 오로지 이 병든 개인을 단칼에 체포하는 일뿐이었다. 애초 뭉크는 고위직들의 개입에 회의적이었다. 그러나 신부의 죽음을 통해 그는 추가 화력이 필요함을 인정할 수밖에 없었다. *파울 말리. 리스트에서 29번째.*

스크린에서 빠지직 소리가 났다.

"원, 쓰리, 목표를 조준하라, 오버."

"쓰리, 원, 명령을 기다려라, 오버."

마치 비디오게임을 보는 것처럼 카메라들이 숲을 누볐다. 군인 넘버 원. 빽빽한 나무들 사이로 옅은 안개. 군인 넘버 투. 앞쪽으로 오두막이 얼핏 보였다. 자동소총의 총신. 군인 넘버 쓰리. 관목 사이로 달려가다가 나무 뒤에서 몸을 낮췄다. 오두막은 이제 그리 멀지 않았다.

"원, 포, 진입 준비하라, 오버."

"포, 원, 진격 준비하라, 오버."

디지털전투. 숲에서 펼쳐지는 실시간 방송. 뭉크는 자신이 스크린에서 눈을 떼지 못하고 있음을 깨달았다. 여러 명의 군인이 지금 오두막의 회색 문을 향해 접근하는 중이었다.

"팀. 여기는 원. 무선 침묵. 출동 준비."

불현듯 상황실에 정적이 흘렀다. 회색 문에 근접한 카메라 앞에 치켜든 엄지가 보였다. 그리고 새로운 팔의 움직임.

마스크를 쓴 군인이 다른 군인과 위치를 바꿨다. 이제 문 앞에는 두 명의 병사가 서고, 다른 병사들은 각각의 창문 앞에 포진했다.

오두막.

숲속 깊은 곳.

이반 호로비츠.

이제 모든 게 끝나리라.

마침내 "출격!"

눈앞에서 장면이 폭발했다. 연막탄. 문이 산산조각 났다. 유리가 깨졌다. 첫 번째 군인이 오두막 안으로 뛰어 들어갔다. 이제 플래시가 들어온 그의 카메라는 필사적으로 사방을 비췄다. 또 다른 병사가 창문으로 진입했다. 화염, 아수라장. 그들은 더 이상 무슨 일이 벌어지는지 볼 수 없었다. 이윽고 무전기의 침묵이 끝나고 연기가 가라앉기 시작했다.

"놈을 체포했다."

"이런, 젠장!"

장갑 낀 손이 허공을 가르며 천장에 매달린 생명 없는 몸뚱이를 가리켰다.

"원, 쓰리, 놈을 체포했다. 하지만 놈은 이 상태로 오래 있었던 것 같다."

"쓰리, 원, 신원 확인은?"

같은 장갑이 처참하게 분해된 몸뚱이의 목구멍에 이르렀다. 군번줄이 보였다.

"원, 쓰리. 우리 병사입니다. 호로비츠. 그런데 보시다시피, 아무것도 할 수 없어 보입니다. 죽은 지 며칠 됐습니다."

카메라가 바닥을 향했다. 오두막 안 천장에 매달린 시신 냄새에 병사가 구역질을 했다.

"여기는 이글." 에드바르센이 심각하게 불렀다.

"이글, 말씀하십쇼."

"사실인가?"

"다시 말씀해주십시오, 이글?"

"호로비츠의 시신이 확실한가?" 에드바르센은 스트레스를 받은 게 분명했다. "투, 원. 다시 확인해봐."

다른 군인이 코를 싸쥐고 목에 걸린 군번줄을 확인하기 위해 시신 가까이로 갔다.

"호로비츠." 군인이 말했다.

"이글, 그 자가 맞습니다. 하지만 킬러는 아닌 듯합니다."

"빌어먹을." 에드바르센이 욕설을 내뱉었다. 그의 얼굴이 살짝 붉어졌다. 그가 방 안의 다른 사람들을 돌아다보았다.

"이제 우리 핸드폰을 돌려받아도 되겠습니까?" 뭉크는 성마르게 투덜거리며 자리에서 일어나 방을 나갔다.

73장

"네가 깨어나지 않을지 모른다고 생각했어." 미소 짓는 얼굴이 말했다. "오랫동안 기다렸던 그날이 드디어 왔군. 행복하지 않아?"

미아는 자신의 망막에 맺힌 이미지가 선뜻 이해되지 않았다.

알렉산데르?

이웃에 사는?

도대체 어떻게…?

금발의 남자가 일어나더니 테이블에서 무언가를 가져왔다. "잘했어." 그녀의 머리를 받친 손. 그녀의 입술에 물잔이 닿았다.

물 반잔이 그녀의 목구멍을 타고 내려가고 나머지는 점퍼로 흘렀다. 그러나 미아는 기꺼이 물을 삼켰다.

"왜…?" 미아는 꺽꺽댔지만 목소리가 되어 나오지 않았다.

"이곳이 참 많이 궁금했을 거야. 그렇지 않아도 당신에게 말해주려고 오래 기다려왔지." 환하게 웃는 눈이 말했다. "자, 그럼 처음부터 시작할까, 응? 떠나기 전까지 시간이 많지 않거든."

알렉산데르가 미아의 뺨을 부드럽게 어루만졌다. 미아는 본능적으로 움찔했다. 밧줄에 단단히 묶인 손목이 아팠다.

"아니 차라리 맞춰보겠어? 당신이 해결했으니까. 하지만 내가 왜 이러는지, 그 이유까지는 모를걸?"

"당신이 그 사람들을 모두 죽인 거야? 나 때문에?" 미아의 목소리는 마치 다른 행성에서 들려오는 듯했다.

"당신 앨범 속 그 사진들, 멋지더군. 그렇지 않아?" 알렉산데르가 웃으면서 그녀의 입술에 다시 물잔을 가져갔다.

미아는 주변을 둘러보았다. 방으로 통하는 문이 열려 있었다.

그곳에서 소리가 들려왔다. 칙칙.

라디오. 아니, 경찰 전용라디오였다. 그것도 여러 개. 하지만 어느 채널에서도 목소리는 들리지 않았다.

젠장! 그들은 문명세계와 멀리 떨어져 있었다. 아주 멀리.

"당신을 지켜보는 일은 재미있었지." 젊은 남자가 미소 지었다. "아주 흥미진진했어. 난 오래 전부터 당신의 휴대폰을 도청했어. 당신은 잠들 때 특히 사랑스러웠어, 그거 알아?"

그가 벌떡 일어나 방을 나가더니 미아의 목캔디를 가지고 돌아왔다. 그리고 목캔디 한 개를 입술 사이로 밀어넣었다.

"여기 있어, 소금 맛. 이게 도움이 될 거야. 가련하기도 해라. 어때, 좀 나아지는 것 같아?" 그는 손가락으로 그녀의 뺨을 타고 내려가다가 입술에서 잠깐 머뭇거렸다. "이건 운명이야, 미아. 우리 서로 알고 지낸 지 몇 년 됐지? 어느 날 갑자기 알게 됐지, 당신의 아파트 바로 옆집이 매물로 나왔다는 사실을. 당신의 이웃이 될 기회잖아? 그 소식을 듣고 내가 얼마나 기뻤는지 알아? 그런데…."

그가 슬프게 고개를 저었다. "겨우 인사만 했지. 이만큼의 세월이 흘렀는데 말야. 실망이야, 미아. 당신은 너무 이기적이야. 만약 우리 둘이 영원히 함께할 운명이 아니라면 나는 진작…."

젊은 남자는 싱긋 웃으며 미아의 이마에 찬 수건을 올려놓았다.

"당신이 내 아파트에 갔어?" 미아가 헉헉거리며 물었다.

그녀는 다시 주변을 둘러보았지만 이제 그림자만 보였다. 그녀의 눈이 다시 감기려고 하자 그가 쿡 찔렀다.

"안 돼, 깨어 있어. 깨어 있어야지, 달링. 우리에게 시간이 많지 않다는 것을 기억해." 그가 미아의 턱을 살짝 쥐고 흔들었다. "위대한 수사관 미아 크뤼거!" 젊은 남자가 갑자기 소리치며 일어섰다. "이렇게 앞에 있는데, 그녀는 자신의 참된 사랑을 알까? 천만에! 그렇다면 거부당한 이 가련한 연인은 어떻게 그녀의 환심을 살까? 그녀는 진정 무엇에 관심이 있을까? 이 위대한 수사관은? 오직 한 가지 밖에 없지!"

그는 손가락으로 허공을 찌르며 입이 귀에 걸리도록 웃었다. 미아는 일종의 역겨운 서커스 공연을 보는 느낌이 들었다.

그의 눈.

그의 웃음.

그는 여기에 없었다. 이 남자는 전혀 다른 어딘가에 있었다.

"자, 당신은 이제 내 존재를 알게 됐어, 그렇지?" 알렉산데르가 웃으면서 양 팔을 위로 뻗었다. "난 더 이상 투명하지 않아, 그렇지? 뭐라고? 아니라고? 맞다고? 당신은 이제 나를 볼 수 있어, 그

렇지?" 그가 웃음을 터뜨렸다. "이만하면 천재 아니야? 당신도 인
정해야 해. 그래. 나는 죄다 읽어보았어. 모든 것을 보았지. 미아,
난 당신에 관한 모든 것을 알고 있어. 사진들. 당신의 일기. 아, 그
런 것들이 얼마나 아름다웠는지, 당신은 이해할까?"

그가 싱긋 웃으면서 침대로 돌아와 미아의 뺨에 다시 손을 댔
다. "게다가 말야, 사람이 다른 누군가를 속속들이 알게 된다는 게
놀랍지 않아? 비록 당신은 한 마디도 들려주지 않았지만 말야."

"왜…?" 미아의 눈 위로 다시 어둠이 밀려왔다.

"당신이 내 목숨을 구해줬기 때문이야." 젊은 남자는 이제 진지
해졌다. "아니, 꼭 그런 건 아니지만 맞아, 난 그렇게 말하곤 했지.
당신이 그를 체포했기 때문이라고. 살렘, 그 방화범 말이야."

미아는 고개를 저었다. 아니면 끄덕였던가. 그녀는 더 이상 상황
이 분간되지 않았다. 자신의 팔과 다리도 무감각해졌다.

"집이 연기로 가득 찼지." 젊은 남자가 다시 일어났다.

서커스 공연이 또 시작됐다. 다만 지금은 분위기가 음울했다.

"내 방에서 연기가 났지. 내가 기억하는 건 그게 다야. 내가 다시
깨어났을 때, 그들은 죽어 있었어. 아빠. 형 퀴레. 둘 다. 프레드릭
스타드의 우리 집과 함께 그들도 불길에 먹혔지. 그것으로 충분히
나쁘지 않은지 엄마는 내가 그랬다고 생각했어, 내가. 엄마는 내
잘못이라고 생각했어."

불.

《사자왕 형제의 모험》.

죽은 형.

미아의 추측이 옳았다.

"내가 성냥을 가지고 놀았다고? 내가!" 젊은 남자는 미소를 머금고 고개를 갸우뚱했지만 시선은 다른 어딘가에 가 있었다.

미아는 뭐라고 말하고 싶었지만 그럴 수가 없었다.

"그 후로," 알레산데르가 흥분해서 계속했다. 마치 오랫동안 이 순간을 기다리며 연습해온 연설을 하듯이. "엄마는 나와 관련된 건 아무것도 해주지 않았어. 내 이마에 카인의 낙인이라도 찍힌 것처럼. 내가 악의 산물이라도 되는 것처럼. 나를 쳐다보려고도 하지 않았어. 나를 지하실에 가뒀지. 그러고는 학교에 갈 때만 풀어줬어. 텔레비전과 낡은 비디오레코더. 그게 다였어. 영화가 하나밖에 나오지 않는. 난 그것을 보고 또 봤지. 《밤비》. 나. 그리고 그 영화. 그게 아이한테 어땠을 거라고 생각해?"

얄팍한 입술 위로 이제는 시선이 진지해졌다. 그러나 그의 눈은 더 이상 미아를 보고 있지 않았다. 그는 더 먼 곳으로 나아갔다.

"그런데 어느 날 말이야, '알렉산데르, 오두막에 가지 않을래?' 엄마가 말했어. 당신은 알아? 그때 내가 얼마나 기뻤는지? 엄마와 어딘가에 가는 것? 차에 앉아서 라디오를 들으며. 그때 얼마나 좋았는지, 나는 아직도 생생하게 기억해. 모닥불. 부엌에서 나는 음식 냄새. 한겨울이었지. 엄마는 벽에서 무언가를 가져와 내 머리에 묶었어. 사슴뿔. 엄마는 꽁꽁 언 호수를 가리켰지. 반짝거리는 빙판. '저기 아래 밤비가 있단다.' 엄마가 그렇게 말했어, 미아. *저기 아래에 밤비가 있단다, 알렉산데르. 네가 머리에 뿔을 달고 얼음으로 가면 밤비를 만날 수 있어⋯.*"

미아는 천천히 발을 몸 쪽으로 끌어당겼다. 그러자 약간의 자유가 느껴졌다. 팔만 좀 자유롭게 움직일 수 있다면….

"듣고 있어, 미아?" 그가 동경하는 눈으로 물었다.

"듣고 있어." 미아가 쉰 목소리로 말하며 억지로 미소를 지었다. "당신은 밤비를 보려고 얼음 위를 걸어갔구나…."

"밤비." 젊은 남자가 웃었다. "난 열 살이었어. 난 밤비를 보러갔지, 알겠어? 왜냐하면 난 밤비를 좋아했거든. 얼음 위에 앉아 있었어, 몇 시간 동안이나. 몸이 파랗게 얼 때까지. 하지만 밤비는 오지 않았어. 나는 결국 포기하고 눈밭을 걸어 오두막으로 돌아왔어. 그런데 거기에는 아무도 없었어."

"뭐라고?" 미아가 놀라 물었다.

"엄마, 엄마는 떠나고 없었어." 젊은 남자는 한동안 말이 없었다. "그리고 몇 년이 지나서 당신이 왔어, 미아 크뤼거. 어디에선가 불쑥 나타났지. *그건 방화범의 짓이었어요, 엄마. 내가 아니었어요. 방화범이 그랬어요.* 아, 미아, 당신이 엄마의 얼굴을 봤어야 하는데. 수년이 지난 후 병원 침대에 누워 있는 엄마에게 내가 신문을 보여줬을 때. 당신 기억나? 그 신문 1면 말이야."

기억이 희미했다. 〈VG〉와 〈다그블라뎃〉.

그녀가 범인을 체포한 직후였다.

"엄마는 그제야 알게 되었어. 사랑이 담긴 눈으로 나를 바라보았지. 미아, 당신은 무슨 말인지 알지? 당신의 엄마가 죽은 직후였잖아. 엄마의 눈. 엄마는 내 손을 어루만졌어. 나한테 미안해하는 엄마의 눈을 봤어. 그 모든 상처에 대해. 나를 방치하고, 감옥에 있는 동안 나를 시설에서 자라도록 내버려두고, 나를 오두막에 두고 떠난 것. 그래서 나에게 엄마 노릇을 해주지 못한 것을. 엄마는 마침내 이해하게 됐지. 자, 보여?" 젊은 남자가 웃으면서 미아의 뺨을 어루만졌다. "엄마….."

미아가 조심스럽게 발을 다시 뻗으려고 할 때 알렉산데르의 정신이 다시 방으로 돌아왔다.

"그래, 그렇게 된 거야. 당연히 그랬지, 미아 크뤼거. 당신은 나의 운명, 나의 진정한 사랑. 당신과 나는 영원할 거야. 그건 우연이 아니었어. 그렇지, 미아? 당신이 나를 구한 건?"

"고마워." 미아가 마침내 미소 짓는 표정을 보이면서 말했다.

"그리고 이제, 우리는 함께 떠날 거야." 젊은 남자가 말했다. 그는 이제 한층 차분해진 듯했다. "그 전에 먼저….."

그가 저쪽으로 달려가더니 잠시 후 뭔가를 가지고 돌아왔다.

저건, 웨딩드레스?

"당신에게 잘 어울릴 것 같지? 당신과 나, 달링? 우리 가기 전에." 그는 미아가 볼 수 있게 웨딩드레스를 높이 들고 다시 웃었다.

"어디로…, 어디로 가려고?" 미아가 애써 미소를 지으며 물었다.

"무슨 뜻이야?" 알렉산데르가 다소 놀란 듯이 반문했다.

"방금 떠날 거라고 했잖아? 어디로 가냐고?"

그가 이상한 눈으로 미아를 보았다.

"퀴레한테 가야지, 당연히. 그리고 시그리한테. 당신도 그걸 원하지? 이 모든 것을 두고, 당신과 나는 낭기얄라로 가는 거지?"

낭기얄라.

《사자왕 형제의 모험》.

동화 속에서 그곳은 마법의 땅이었다.

미아는 마침내 그가 무슨 말을 하는지 이해했다. 그녀의 생각은
곧 명료해졌다. 상자 속 미아의 일기. 정신과의사와 면담 후 그녀
가 썼던 숱한 메모들.

자살에 대한 생각. 누런 밀밭을 천천히 걸어오는 쌍둥이 여동생.

어서 와, 미아, 어서 와.

"아, 깜빡 잊었네." 젊은 남자가 웃으면서 손뼉을 쳤다. 그는 신
이 나서 거실로 달려가더니 등 뒤로 손을 감추고 나타났다.

"이것, 봐." 그가 다시 웃으며 미아의 얼굴 앞에 익숙한 무언가를
들어올렸다.

그녀의 눈은 이니셜을 보았지만 뇌는 받아들이려 하지 않았다.

M. 미아의 M. 이것은…, 시그리의 팔찌?

어떻게….

"당신을 위한 거야, 달링." 알렉산데르가 웃으면서 팔찌를 그녀
옆 침대 위에 천천히 내려놓았다.

74장

"이상 무. 여기엔 아무도 없다."

누군가 머리에 쓴 두건을 잡아당겼다. 쿠리는 현실로 돌아왔다. 이제 더욱 밝아진 빛이 그의 눈을 찔렀다. 우르르 마루를 가로질러 걸어오는 부츠들.

"이상 무. 여기는 비어 있다. 놈들은 떠났다."

어떤 손이 턱 아래에서 쿠리의 머리를 밀어올렸다.

"내 이름은 욘 볼드요. 당신이 라르센이지? 쿠리?"

쿠리는 입을 벌리기가 힘들었다.

"달은? 그 변호사 로렌트센은? 그들이 여기에 있었지?"

쿠리가 천천히 고개를 끄덕였다.

"오래 전에 여기를 떠났나?"

어디에선가 경찰라디오가 칙칙 소리를 냈다.

"난…." 쿠리는 다시 말을 하려고 애썼지만 목소리가 되어 나오지 않았다.

"그들은 떠났다." 볼드의 것으로 짐작되는 목소리가 말했다. 그는 쿠리에게는 보이지 않는 누군가를 돌아보며 계속했다. "수배자 명단에 올렸어. 멀리 가지 못했을 거야."

오, 맙소사!

그는 여전히 덜덜 떨고 있었다. 멈추기가 힘들었다.

"그를 풀어줘." 다른 목소리가 말했다.

다리 위의 두 손, 두 팔.

쿠리는 손에 다시 피가 도는 것을 느꼈다.

"여기 아무도 없나?"

"이 자 빼고는 아무도 없어."

딱딱한 바닥을 가로질러 오는 더 많은 부츠들.

"빌어먹을, 오케이." 이번에는 더 멀리 떨어진 밖에서 많은 목소리가 들렸다. "메시지 보내. 모든 상황 종료."

볼드가 멀리 안개 속에서 다시 나타났다. "괜찮아요? 일어날 수 있겠어요?"

여러 개의 손들이 도왔지만 쿠리의 다리는 움직이기를 거부했다. 그리고 나서 그는 의식을 잃었다.

75장

미아는 다시 정신이 들었다. 이번에는 거울 앞이었다. 또 기절했던 게 분명하다. 그 사이 그가 미아를 옮긴 것이다.

그는 여전히 미아에게 마약을 주입하고 있을까?

의자였다. 거실의 거울 앞에 놓인 의자. 지금 그녀의 손에는 수갑이 채워져 있었다. 다리에는 아무것도 없었다.

"아주 잘 맞는군. 그렇게 생각하지 않아, 달링?"

거울에 비친 미소. 미아는 머리카락 속에서 뭔가를 느꼈다.

머리빗이었다.

그가 머리를 빗겨주고 있었다.

그녀의 얼굴.

그는 미아의 얼굴에 화장을 해놓았다.

손가락에 낀 건 뭐지?

금반지.

그리고 그녀의 몸을 감싸고 있는 이상한 옷.

웨딩드레스.

그가 입혀놓았다. 화장도 하고.

빌어먹을.

미아는 일어나서 모든 것을 벗어버리고 싶은 충동을 느꼈다. 하지만 움직일 수가 없었다. 거울에 비친 그의 얼굴이 선명하게 보이고, 머리가 서서히 맑아지기 시작했다.

"머리는 어떻게 해줄까, 달링?" 역겨운 그 손가락이 그녀의 머리칼을 만지는 게 느껴졌다. "올릴까?"

거울 속에서 알렉산데르가 웃으며 미아의 얼굴에 자신의 얼굴을 가까이 가져갔다. "아니면 내릴까? 내 생각에 당신은 내리는 게 최곤데. 하지만 오늘은 특별한 날이니까 올려야 할지도 몰라. 당신 생각은 어때?"

시간을 벌어.

마침내 미아는 사고를 제대로 하게 되었다.

"아무래도 올리는 게 낫겠지." 미아는 자신이 바라는 바를 미소로 위장하며 중얼거렸다.

"그래, 나도 찬성이야." 젊은 남자가 뒤로 한 발짝 물러섰다.

무슨 말이 되었든, 그에게 대화를 유도해.

"어떻게 된 거야?" 그녀의 입이 다시 바짝바짝 타기 시작했다.

"뭐가, 달링?" 다른 손가락이 그녀의 뺨을 어루만졌다.

"팔찌? 어디에서 났어?"

"응, 우연히. 그건 당신 거였지. 쌍둥이 여동생의 친구, 시세. 그녀가 우리 아파트 현관 앞에 두고 갔어. 하지만 당신은 그것을 발

견하지 못했지. 내가 주웠거든. 그녀는 우리 동네에서 꽤 오래 서성
거렸어. 당신을 지켜보고 있었지."

그가 살짝 웃고 나서 다시 미아의 머리를 빗겨주었다.

"당신이 옳았어, 그런데….." 그의 목소리가 갑자기 미아의 귀 가
까이에서 들렸다. "마르쿠스 스코그. 당신이 총을 쏜 그 자식 말이
야. 그 자식이 시그리를 죽였어. 내가 시세를 집으로 초대했어. 마
약중독자들이 어떤지는 당신도 잘 알 거야. 난 그 여자한테 한 대
맞을 수 있게 돈을 줬지. 그러자 그 여자가 나한테 어떻게 된 건지
다 말해줬어."

"어떻게 된 건데?" 미아는 또다시 까무라지는 느낌이었다.

"내가 알아낸 바로는, 흔한 이야기였어. 시그리는 헤로인을 들여
오는 마약운반책이었어. 그러다 당신의 도움으로 재활병원에 갔다
가 나왔지."

그 말을 들은 미아는 더 이상 대꾸를 할 수가 없었다.

그가 계속했다. "그래. 시그리는 마음을 고쳐먹었어. 새로운 삶
을 시작할 준비를 했지. 내 생각에 시그리는, 그들이 자신을 또다
시 건드리면, 모든 것을 털어놓으려고 했던 것 같아. 그러자 마르
쿠스 스코그와 어떤 변호사는 그런 시그리를 내버려두지 않기로 결
정했지. 그들이 어떻게 손 놓고 그냥 보고 있을 수 있겠어?"

미아에게 어둠이 덮쳐오고 있었다.

"그런데 이 마약중독자가 그 이야기를 엿들었던 거야, 시세 말이
야. 그녀는 마침 소파에서 마약 주사를 맞고 있었는데, 그래도 알
아들을 정도의 정신은 있었던 모양이야. 결국 그들은 시그리에게

마약을 과다투여했고, 그녀는 죽고 말았어. 그들은 시그리의 시신을 근처 지하실로 옮겼어. 흔하디흔한 마약중독자의 시신을 보면서 뭔가 잘못되었다고 의심하는 사람이 어딨겠어?" 젊은 남자는 웃으면서 자신의 뺨을 미아의 뺨에 갖다 댔다. "정말 올리는 게 좋아? 그냥 늘어뜨리는 건 어때? 이게 더 자연스러운데…."

미아는 기절하기 직전이었다.

안 돼. 제발, 안 돼.

미아는 가까스로 정신을 차렸다.

"어떻게…?" 그녀가 중얼거렸다. "이반 호로비츠는?"

미아는 사력을 다해 고개를 들어서 거울 속 알렉산데르와 눈을 마주치려고 했다.

"아, 그래. 그거야말로 기발했지. 그렇지 않아?" 알렉산데르가 빗을 내려놓았다. "우린 블라크스타드 병원에 함께 있었어. 6개월 동안. 그 사이 서로를 잘 알게 되었지. 그는 전쟁터에 나갔다 온 후 완전히 폐인이 되었어. 그리고 난, 음, 나는, 나야, 보다시피 이렇게 멀쩡해. 그렇지 않아?" 그가 피식 웃었다. "난 그 누구든, 우리가 가는 길에 방해가 되면 그냥 놔둘 수가 없었지, 어떻게 그러겠어? 그냥 당신과 나만 있어야 하는데. 그게 중요했지. 근사한 계획이지 않아? 모두들 엉뚱한 수고를 하게 만드는 것? 살해 리스트? 무작위로 50명?" 알렉산데르는 머리를 뒤로 젖혀 한바탕 크게 웃고 나서 다시 머리빗을 집어들었다. "아니, 이럴 때가 아니지. 안 그래? 오늘은 중요한 날이니까."

미아는 간신히 불러냈던 작은 힘이 다시 사라지는 것을 느꼈다.

이제 그녀는 고개를 들기에도 벅찼다.

시그리가?

아니야.

미아는 더 이상 감당할 수가 없었다.

떠날까?

왜 안 되는데?

악으로 가득 찬 세상.

풀밭을 가로질러 달려오는 여동생.

그 이미지는 절대로 그녀를 놔주지 않을 것이다.

어서 와, 미아, 어서 와.

죽음. 낭기얄라로.

"아니면 내리는 게 좋아?"

제기랄. 다 지긋지긋해.

미아는 다 놓아버렸다.

"당신이 좋을 대로 해." 미아가 말했다.

그리고 천천히 거울 앞에서 눈을 감았다.

76장

그들이 다시 거리로 나왔을 때, 휴대폰이 울리기 시작했다. 뭉크는 전화를 받았고, 아네트 역시 전화를 받는 게 보였다.

"어디 계셨어요, 반장님?" 가브리엘 뫼르크였다.

"응, 가브리엘. 내가 지금 좀 바빠." 뭉크가 말했다. "여기 일이 생겼어. 나중에 전화해야 할 것 같아….."

"소식 들으셨어요?" 가브리엘이 숨을 헐떡이며 물었다.

"무슨 소식?"

"그 자가 아니에요."

"누구?"

"호로비츠, 그 자는 범인이 아니에요. 우리가 범인을 알아냈어요. 미아의 이웃이에요. 이름은 알렉산데르 쇠리."

"어떻게…?"

"우리가 파일을 뒤졌어요." 젊은 해커가 열심히 설명했다. "일바와 제가, 우리가 알아냈어요. 그는 리테르의 환자였어요. 그는 미아에게 집착해요. 화재로 형을 잃었고요. 제가 추측하기로는, 그가 리테르를 통해 그녀를 만난 것 같아요. 첫 번째 희생자인 비비안 베르그."

"자, 진정하고," 영문을 알 리 없는 뭉크가 당혹스러워 하며 다시 물었다. "자네, 무슨 말을 하는 거야? 무슨 파일?"

"범인은 미아의 이웃이라고요." 가브리엘은 이제 고함을 치고 있었다. "우리가 아파트로 사람들을 급파했어요. 반장님, 지금까지 어디에 계셨던 거예요?"

"자네가…?"

그때 통화를 마친 아네트가 뭉크에게 손을 흔들어 전화를 끊으라는 신호를 보냈다.

"루드비가요, 우리가 찾아낸 파일을 보자마자 작성했다고요. 사람들이 다 왔어요. 반장님, 반장님도 여기로 오실 거죠?" 가브리엘이 계속했다.

"뭘 작성해?"

"미아 이웃 남자의 아파트에 대한 수색영장요. 알렉산데르 쇠리, 그는 살인마예요. 우리가 벽에서 사진을 찾아냈어요. 서로 다른 여러 개의 변장사진. 가짜 치아. 가발. 안경…. 집 안 곳곳에 미아의 사진이 붙어 있었어요. 심지어 침대 옆에도. 지금 오실 거죠?"

"사진…, 누구 사진을?" 뭉크가 재차 물을 때 아네트가 다시 긴급히 손짓을 했다.

"미아요. 전부 미아 선배에 관한…."

아네트가 고개를 격렬하게 끄덕이며 그에게 다가왔다. "그들이 젊은 여자를 찾았어요."

"누구?" 뭉크가 손으로 마이크로폰을 가린 채 물었다.

"초록색 야구모자를 쓴 젊은 여자요. 그녀의 딸이 경찰에 전화를 걸었대요. 자기 엄마를 TV에서 봤다고요. 그녀는 지금 경찰본부에서 조사받고 있어요. 우리는 엉뚱한 수고를 했던 거예요, 반장님. 범인의 이름은 쇠리예요. 알렉산데르 쇠리."

젠장.

뭉크는 가브리엘과 다시 통화를 했다. "자네도 지금 거기에 있는 거야?"

"우린 지금 여기에 있어요. 반장님도 얼른 와서 보셔야 해요. 여긴 완전히…, 게다가 미아의 집 현관문이 열려 있어요."

"그대로 있어, 가브리엘. 내가 바로 갈 테니." 뭉크는 말하고 나서 담배를 길바닥에 내던졌다.

77장

올린 머리. 흰색의 길다란 웨딩드레스. 손가락에 끼워진 금반지. 맨발이었지만 미아는 눈치채지 못했다. 그에게 끌려 오두막 밖으로 나와 숲을 통과할 때까지도, 미아는 아무것도 느끼지 못했다. 권총이 그녀의 등을 짓눌렀다. 두 자루의 권총.

글록 권총.

당신도 이거 좋아하지, 미아.

당신이 갖고 있는 것과 비슷할 거야, 그렇지 않아?

바람이 미아의 얼굴에 부드럽게 속삭였다. 그가 나뭇가지를 들어 미아를 물가로 몰았다. 이제 미아에게는 아무 상관없었다.

그녀는 잘해왔다, 그렇지 않은가?

술도 마시지 않았다. 약도 먹지 않았다.

모범적으로 살았다. 긍정적으로.

이제는 그만할 수도 있었다.

테이블 위의 알약. 트뢴델라그 해변에서. 히트라에서.

순전히 사라지기 위해서 미아가 샀던 집.

하지만 그가 미아를 방해했다. 뭉크. 파일을 들고 나타나서.

죽은 여자아이. 여섯 살.

나는 혼자 여행 중입니다.

목에 이런 팻말을 걸고 나무에 매달려 있었다.

미해결사건. 그리고 미아는 보류했다, 죽음을.

그들이 원하는 때, 언제라도 자신을 이용하게 했다.

젠장! 모두 지옥에나 가버려.

젊은 남자가 미아의 등을 찔러 숲을 지나 물가로 가게 했다.

이 어둠. 사방의 악.

미아는 더 이상 감당할 수 없었다. 이 세상을 떠나고 싶었다.

어서 와, 미아, 어서 와.

시그리 곁으로 가고 싶었다.

젊은 남자가 권총을 겨눈 채 미아를 물로 들어가게 했다.

"미아, 바로 이곳이야." 이제 그의 목소리는 미아에게 거의 들리지 않았다. "이 호수였어. 그때에는 물론 얼음이 얼었지만." 젊은 남자의 얼굴에 미소가 번졌다. "나는 여기에 오래 앉아 있었어. 머리에 사슴뿔을 달고 밤비를 기다렸지만 오지 않았어."

미아는 다시 눈을 떴다.

남자가 그녀에게 권총을 겨누고 있었다. "갈 때가 됐지?"

바람이 나무 사이로 불었다. 부드러운 바람.

"같이 갈까? 낭기얄라로?"

새들. 수면을 스치듯 날아가는 새들의 날갯짓.

481

어서 와, 미아, 어서 와.

미아는 감았던 눈을 떴다. 그 순간 정신이 확 들었다. 물가에서 웃는 얼굴. 그는 스토커였다. 자기 머릿속에 미아를 천사로 입력한 애처로운 스토커. 그녀의 이름을 걸고 살인을 저지른 스토커. 전에도 이런 사람들을 많이 만났다. 전혀 눈에 띄지 않던 조용한 사람들. 아이처럼 순진한 얼굴 뒤에 감춘 악마성.

나는 정말로 이렇게 죽는 걸까?

어림없는 일이었다. 이렇게는 아니었다.

"안 돼."

"뭐라고?" 젊은 남자가 물었다. 그가 놀라서 고개를 살짝 돌렸다. "하기 싫어?"

"싫어." 미아가 진지하게 대답했다.

"정말이야?" 젊은 남자가 물가로 한 걸음 더 들어갔다.

"응."

"나와 함께 가기 싫다고?"

"응."

나무 사이로 부는 바람.

"살고 싶다고?"

그녀는 물속의 형체에게 천천히 고개를 끄덕였다.

"좋아." 젊은 남자는 웃으면서 미아를 향해 손을 뻗었다.

권총이었다. 두 자루 중 하나.

"그런 말을 듣게 되다니 기뻐, 미아." 미쳐버린 그의 입이 미소를 지었다. 그가 차가운 물속으로 몇 걸음 더 들어갔다. "그런데 내 부탁 좀 들어주겠어?"

"뭔데?"

"나를 쏴." 그가 다시 웃었다. "나를 위해서 해줄 거지?"

그녀는 총소리를 들을 마음의 준비가 되어 있지 않았다.

새들이 나무를 떠나고 있었다.

"나를 쏴." 젊은 남자가 방아쇠에 건 손가락을 구부렸다.

총알이 미아의 허벅지를 스치고 날아가 뒤에 있는 돌을 맞혔다.

그리고 또 한 방. 이번에는 총알이 미아의 엉덩이 부근 웨딩드레스를 관통했다. 미아는 흰색 드레스에 번지는 피를 보았다.

"나를 쏘라고, 미아." 청년은 물속으로 한 걸음 더 들어가더니 다시 방아쇠를 눌렀다.

총알이 미아의 다리를 스쳤다.

미아는 그의 웃는 얼굴에 권총을 겨누었다.

"알렉산데르." 그녀가 경고했다. "당신이 죽을까, 내가 죽을까?"

검은 수면에 물결이 일었다.

"사랑해, 미아." 젊은 남자가 다시 총을 들었다. 방아쇠 위의 손가락. 이번에는 미아 얼굴을 정면으로 겨누었다.

그 순간, 미아는 늦지 않게 마음의 결정을 내렸다.

PART 7

2013년 6월

78장

태양은 높이 떠 있었다. 오랫동안 느껴보지 못한, 화창하게 따뜻한 날이었다. 뭉크는 뢰아의 집 정원 초록나무 아래 담배를 물고 선 채, 그를 향해 걸어오는 마리안네의 환한 미소를 보았다.

"당신도 이제 그만할 때가 된 거 아니야?"

"무슨 말이야?"

전처가 걸어와 다정하게 포옹했다. "금연하란 말이야, 홀거."

"알았어. 오늘부로 끊지." 뭉크가 웃으면서 담배꽁초를 휙 던졌다. 멋지게 차려입은 커플이 대문으로 들어왔다.

"안녕하세요?" 젊은 여자가 미소를 지으면서 그와 악수를 나눴다. "저는 캐시예요. 지기의 친구지요."

"어서 와요." 뭉크가 웃었다. "음료는 저기에 있어요. 결혼식은 몇 분 후에 시작될 거예요."

커플은 햇살을 받으며 고개를 끄덕이고는 집 쪽으로 난 계단을 향해 걸어갔다.

"우리 딸의 결혼일이네." 마리안네가 말하며 그의 손을 잡았다.

"그러게, 정말 그렇군."

"당신 기분은 괜찮아, 홀거?"

뭉크는 그녀의 손을 꽉 잡고 미소를 지었다. "그럼. 아주 좋아."

"다행이야." 그의 전처가 웃었다.

또 다른 커플이 자갈 깔린 길을 걸어왔다.

"저기예요. 저쪽 테이블에 음료가 있어요." 뭉크가 새로 도착한 손님들을 미소로 맞았다. 그때 미아가 대문으로 들어왔다.

"축하해요." 파란 눈의 미아 역시 미소를 지으며 마리안네와 포옹을 했다. "제 선물을 어디에 둘까요?"

"걔네들은 어떤 선물도 사양한다고 했는데." 뭉크가 말했다.

"알아요. 그들이야 언제나 그렇게 말하지 않나요? 신부는 안에 있어요?"

"응, 거실에."

"오케이. 가서 인사를 해야겠네요. 나중에 봬요."

미아는 마리안네와 다시 짧게 포옹한 후 집 안으로 사라졌다.

"할아버지!" 자그마한 발이 자갈길을 가로질러 달려왔다. 격식을 갖춰 입은 마리온이 할아버지 품에 안겼다.

"어서 와라, 우리 귀염둥이. 네가 해야 할 거 다 기억하고 있지?"

"아이, 할아버지는." 소녀는 심각한 표정을 지으며 말했다. "전 더 이상 다섯 살이 아니에요. 할아버지는 어떻게 그런 생각을 할 수 있어요? 저는 꽃바구니를 들고 있어요. 예쁘게 웃으면서 그들이 걸을 때 땅바닥으로 꽃을 던져요. 됐죠? 어제도 저한테 똑같은 질문을 하셨잖아요."

"잘 아는구나, 마리온. 할아버지가 그냥 확인해본 거야."

"그런데 할아버지?" 마리온이 뭉크를 똑바로 올려다보았다.

"응?"

"바비가 자기 말을 별로 좋아하지 않아요."

"그렇대?"

소녀가 분홍 드레스를 들고 다리를 긁적였다. "네, 정확히 말하면, 그렇지는 않고요. 너무 외로워해요."

"말이 외로워해?"

"네, 할아버지. 자기 혼자니까요. 불쌍한 말. 건초를 먹고 허들을 뛰어넘고 그래도 완전 혼자니까요."

마리안네가 뭉크를 보며 고개를 가로저었다.

"그러니까 네 말한테 친구가 필요하다는 얘기니?"

"딩동댕! 할아버지, 맞아요. 친구가 필요해요. 우리 다른 말 보러 가요, 네? 이번에는 검은 말이요. 이름은 애로우라고 지을 거예요. 아주 빨리 달리니까요. 우리 말도 정말 좋아하겠죠?"

"생각해보자, 마리온."

"와, 신난다. 할아버지, 오늘이요?"

"아니, 마리온. 오늘은 엄마 결혼하는 날이잖아."

"그럼 내일요?"

"이른 시일 내에." 뭉크가 웃었다. 그때 대문이 다시 열렸다.

"안녕하세요?" 쿠리가 걸어와 우물우물 인사를 했다. 그는 입고 있는 정장이 영 불편해 보였다. "여기는, 루나예요."

"어서 와요, 루나." 뭉크가 고개를 끄덕이며 그녀에게 손을 내밀었다. "음료는 저기에 있어요. 예식은 뒷마당에서 열릴 거고요. 음, 이제 금방 하겠네."

"초대해주셔서 고맙습니다." 쿠리가 정중하게 말하고 여자친구를 층계로 안내했다.

뭉크가 주머니에서 담뱃갑을 꺼내려는데 휴대폰이 진동했다.

릴리안이 보낸 문자메시지였다.

따님 결혼 축하해요. 더불어 지난 토요일의 데이트도 고마웠어요. 다시 만나는 거 어때요? 목요일 밤, 콘서트홀 티켓이 있어요. 저녁식사 먼저 하고요?

뭉크는 재빨리 그녀에게 답장을 보냈다.

좋죠, 릴리안. 기대되네요. 진심으로.

계단에 다소 초조한 듯한 얼굴이 나타났다. 결혼식 들러리 노릇을 하는 미리암의 친구였다.

"이제 시작될 거예요. 밴드가 연주를 시작하면 신부가 내려올 거예요. 다 준비 됐어요. 두 분도 곧 오실 거죠?"

"그럼."

"지금 갈 거야." 마리안네가 웃으며 그의 손을 다시 꼭 쥐었다. 그러고는 그를 앞질러 계단을 뛰어올라 하얀 집으로 들어갔다.

79장

아름다운 꽃을 들고 차에서 내린 미아 크뤼거는 잘 정돈된 공원 묘지로 걸어갔다. 그녀는 무릎을 꿇고 무덤 앞에 놓인 시든 꽃을 치웠다. 꽃병에 꽃다발을 새로 꽂고 돌비석을 어루만졌다.

시그리 크뤼거.

몹시 사랑하고 그리워하는

여동생이며, 친구이자 딸.

1979년 11월 11일에 태어나 2002년 4월 18일 사망.

누런 밀 밭을 달려오며 미아를 부르는 쌍둥이 여동생.

어서 와, 미아, 어서 와.

"안 돼, 시그리."

미아는 재킷주머니에 손을 넣었다. 은팔찌를 손바닥으로 잠깐 쥐었다가 자신의 손목에 끼고 있던 팔찌마저 빼냈다.

미아의 M.

시그리의 S.

갈색 땅의 구멍. 이제 팔찌 두 개는 사라졌다. 미아의 가슴 깊은 곳에서 여동생의 애타는 목소리가 들려왔다.

"안 돼, 시그리." 미아가 속삭였다. "이제 난 노력할 거야, 나 혼자 사는 걸. 나 그러고 싶어. 너도 이해하지?"

미아는 흰 비석 앞에서 아무 대답도 듣지 못한 채 일어섰다.

"괜찮지?"

아무 소리도 없었다.

바람소리뿐이었다.

"일을 그만두었어. 나 떠날 거야."

미아는 무덤 앞에서 오래 머물렀다.

누런 밀밭의 여동생.

흐릿한 얼굴이 잠깐 그녀를 돌아다보았다.

그러고 나서 가버렸다.

미아는 재킷을 단단히 여미고 자갈길을 걸어 내려갔다. 마지막으로 흰 비석을 힐끗 돌아본 다음 청록색 재규어에 올라탔다.

그리고 좁은 도로를 향해 차를 몰기 시작했다.

마지막 의식

이르사 시구르다르도티르 ‖ 박진희 옮김 ‖ 변형신국판 ‖ 500쪽 ‖ 14,800원

**"지옥을 찾아 아이슬란드에 왔는데,
어떻게 됐는지 알아? 마침내 지옥을 찾아냈어."**

밤새 내린 눈으로 온 세상이 뒤덮인 10월의 마지막
날 아침. 아이슬란드대학교 교정에 비명이 울려퍼졌
다. 이 학교에서 공부하던 독일인 유학생 하랄트 건
틀립이 눈알이 도려내진 채 난자당한 시신으로 발견
되었다.

영리하고 집요하며 아름다운,
변호사 토라의 활약이 시작된다.

내 영혼을 거두어주소서

이르사 시구르다르도티르 ‖ 박진희 옮김 ‖ 변형신국판 ‖ 540쪽 ‖ 15,800원

"아빠가 그 애를 죽였어요."
"그걸 알고도 침묵해온 너는, 너는 무죄라고 생각해?"

1945년 어느 겨울 밤. 한 남자가 네 살 소녀를 차가
운 땅 속, 깊은 구덩이 아래로 처넣었다.
출생기록조차 없이 세상에서 완벽하게 사라진 소녀.
그러나 누군가는 이 광경을 지켜보았고, 누군가는
소녀의 죽음으로부터 막대한 이득을 챙겼다. …그리
고, 60년이 흘렀다.

우리 시대 스릴러 문학의 가장 흥미진진한 목소리!
_ Peter James(소설가)

부스러기들

이르사 시구르다르도티르 ‖ 박진희 옮김 ‖ 변형신국판 ‖ 528쪽 ‖ 15,800원

삶은 계속된다. 하지만,
도중에 실패한 누군가에게는 그게 불가능하다.

칼바람이 부는 어느 밤. 아이슬란드 수도 레이캬비
크 항구로 호화 요트 한 대가 무섭게 돌진한다. 리스
본에서 출발한 배 안에는 세 명의 선원과 부부, 부부
의 쌍둥이 딸들이 승선했다. 하지만 승객들 모두가,
흔적도 없이 사라졌다. 배 안에서 대체 무슨 일이 벌
어진 걸까?

소름끼치는 공포. 근래의 스릴러 중 가장 극적인 반전을
선사한다. _ Sunday Times(영국)

아무도 원하지 않은

이르사 시구르다르도티르 ‖ 박진희 옮김 ‖ 변형신국판 ‖ 428쪽 ‖ 14,500원

죄를 지으면 반드시 대가를 치러야 하지만,
때로 무고한 사람이 그 형벌을 대신 받기도 했다.

폭설로 온 세상이 덮였던 1974년 3월 초. 아이슬란
드 북부 크로쿠르 소년보호소에서 10대 소년 두 명
이 죽은 채 발견되었다. 유독가스 질식사. 단 한 줄
의 부고조차 없이 처리된 죽음. 그리고…, 40년 넘는
시간이 아무렇지 않게 흘렀다.

당신이 아이슬란드 크라임을 사랑한다면,
절대 놓쳐서는 안 될 작품이 여기 있다.
_ MagaScene(독일)

나는 혼자 여행 중입니다

사무엘 비외르크 ‖ 이은정 옮김 ‖ 변형신국판 ‖ 644쪽 ‖ 값 15,800원

전 세계 35개국 출간!
프랑스 '2016 Le Prix des Nouvelles Voix du Polar Pocket' 수상!

숲속에서 여섯 살 소녀가 나무에 매달린 채 발견되었다. 깨끗한 천사 옷을 입고 등에 책가방을 멘 소녀. 목에 걸린 푯말에는 이런 문장이 적혀 있었다.
'나는 혼자 여행 중입니다.'
수사관 뭉크와 미아는 희미한 흔적을 찾아 범인을 추적하지만 지독히 영리한 살인자는 보란 듯이 수사팀을 따돌린다. 등골 오싹한 공포와 열패감을 딛고 미아는 살인자와 당당하게 마주설 수 있을까?

올빼미는 밤에만 사냥한다

사무엘 비외르크 ‖ 이은정 옮김 ‖ 변형신국판 ‖ 532쪽 ‖ 값 15,800원

유럽 13개국 베스트셀러!

겨울이 다가오는 노르웨이의 숲. 펜타그램 모양으로 밝힌 촛불 안에 열일곱 살 소녀의 시신이 놓여 있었다. 시신을 감싼 올빼미 깃털은 또 무슨 의미란 말인가? 사건은 다시 미아와 뭉크의 몫으로 떨어지고, 가까스로 추스르던 미아의 심신은 다시 황폐한 칼바람 앞에 내던져진다.

자기 안의 악마와 외부의 진짜 악마.
둘과 대결하는 미아의 이야기가 압권이다.
_ The Independent(영국)

옮긴이 이은정

숙명여대 영어영문학과를 졸업한 뒤 전문 번역가로 활동하고 있다.
옮긴 책으로 《올빼미는 밤에만 사냥한다》《나는 혼자 여행 중입니다》《와일드우드》《언더 와일
드우드》《와일드우드 임페리움》《성채》《보드워크 엠파이어》 등 수십 권이 있다.

사슴을 사랑한 소년

첫판 1쇄 펴낸날 2019년 8월 19일

지은이 | 사무엘 비외르크
옮긴이 | 이은정
펴낸이 | 지평님
본문 조판 | 성인기획 (010)2569-9616
종이 공급 | 화인페이퍼 (02)338-2074
인쇄 | 효성프린원 (031)904-3600
표지 후가공 | 이지앤비 (031) 932-8755
제본 | 서정바인텍 (031)942-6006

펴낸곳 | 황소자리 출판사
출판등록 | 2003년 7월 4일 제2003-123호
주소 | 서울시 영등포구 양평로 21길 26 선유도역 1차 IS비즈타워 706호 (07207)
대표전화 | (02)720-7542 팩시밀리 | (02)723-5467
E-mail | candide1968@daum.net

ⓒ 황소자리, 2019

ISBN 979-11-85093-86-4   03850